"当代文学史研究丛书"总序

从1949年全国第一次文代会算起,中国当代文学的建史和研究已有六十多年。在中国历史上,这六十多年是艰难曲折又充满历史机遇的一个年代。但放在一百七十多年来的视野里,人们并不会为它离奇、剧烈、丰富的故事而惊诧。"当代文学"就发生在我们共同记忆的这一历史时段中。在当代文学史研究中,我们无法无视历史的存在而将文学看作一个"纯文学"的现象,我们也无法摆脱文学与历史的无数纠缠,将作为研究者的自己置身事外。明白了这一点,就能懂得中国当代文学学科为何迄今为止都没有像中国古代文学和现代文学那样建立学术的自足性、规范性,反而屡屡地被人误解和贬低。更容易看清楚的是,如果当代史观到今天还没有在幅员辽阔的大地上成为一种"社会共识",那它势必会不断动摇与该史观息息相关的当代文学史的思想基础和学科基础。

当代文学史学科自律性一直缺乏的另一个原因,是它的下限始终无法确定。2000年至今,当代作家的大量新作有如每年夏季长江无法控制的洪峰一样奔腾不息,声名显赫的老作家也不肯歇笔,对自己的思想头绪稍作整理,并对历史作更深远的瞭望。对新作的关注,仍然是最热门的事业。这就使很多当代文学从业者不得不放弃寂寞的研究,转入更为丰富多彩的当代文学批评之中。当代文学批评在慷慨为文学史研究提供新鲜视角和信息的同时,也在那里踩踏涂抹着"文学批评""文学理论"与"文学史研究"的界限。著名作家的新作,还会冲刷、改写和颠覆当代文学以往历史的价值,"超越"依然是当代文学批评最动人的词汇,正是它造成了当代文学观念的不断的撕裂。这种情况下,当代文学的标准和研究规范经常被挪动,也就不难理解。

本丛书提倡从切实材料出发，以具体问题为对象，对当代文学史的"史观"展开讨论，据此观察中国当代文学史为什么会以这种方式展开，影响文学思潮、流派、文学批评和作家创作的历史因素究竟是什么。将这些因素综合在一起，我们就能逐渐知道，它的研究在中国学术环境中失败的症结之所在。

本丛书主张当代文学史研究的"历史化"。认为先划出一定历史研究范围，如"十七年文学""1980年代文学"等也许是有必要的，它会有利于研究问题的分层、凝聚和逐步展开。对具体历史的研究，可能比鸿篇大论更有益于问题的细致洞察，强化研究者对自身问题的反省，所谓的历史化也只能这样进行。

本丛书不收文学批评论集，而专以文学史研究为特色。丛书作者以国内一线学者为主，但不排斥年轻新秀优秀著作的加入，更欢迎海外学者的加盟。既为文学史研究丛书，自然希望研究者以经过沉淀的、深思熟虑的文学现象为对象，不做简单和草率的判断；它强调充分尊重已有的成果，希望丛书的风格具有包容性，也主张收入本丛书的著作对不同于自己观点的研究拥有包容性。

本丛书是在六十多年来当代文学史研究多次努力基础上的又一次开始，这是一项长期和耐心的工作。它并不奢望自己的出版能改变什么，但也相信当代文学史研究的前途并不糟糕。

程光炜
2011年3月2日于北京

自　序

十几年前，在我的博士生工作坊上，学生问过一个有趣的问题，大意是：目前当代文学史教材有关作家作品的评价，跟近年文学批评文章的观点似乎比较接近，这是什么原因？

回想当时已出版和正在撰写的几本文学史教材，包括我与人合著的教材，确实存在着类似的情况。虽然有学者试图对批评的结论做点延伸，换一个角度进行更具新意的解释，但这种情况并没有明显改观。学生提出的问题，一直在我的脑畔挥之不去，及至将十几年来陆续撰就的小说细读文章，编成这本《小说的读法》，我才感到有继续对之探讨的必要。

法国历史学家朗格诺瓦、瑟诺博司的话可以借用一下："那些最早打算根据现场资料来撰述历史的人，发现他们自己处在一个令人尴尬的境地。他们要述说的事件是刚发生了的。"① 学生的疑问可能就来自这里。

今天对新时期作家作品的"文学史细读"，也面临这个难题。即，它们应该如何既吸收文学批评的成果，又与其有所区别，拉开一点点距离，尤其是不能以它们的结论来代替或影响自己的新的判断。对现代文学、古代文学研究来说，由于小说发表在很多年以前，即使也有不少批评文章作为材料依凭，但研究者可以站在"过来人"的位置，用"史家"眼光，去分析解读这些作家作品。

显然，当代文学之所以会出现这种问题，是因为作品和批评差不多出现在同一个时间，而不久后撰写的文学史教材，还来不及清理、沉

---

① ［法］朗格诺瓦、［法］瑟诺博司：《史学原论》，余伟译，大象出版社，2010年，第4页。

淀和反思文学批评的结论,这就使"批评"的痕迹,被不自觉地带到文学史撰写中来。

另一方面,除时间的因素之外,也有与小说联系紧密的史料没有得到开发的问题。中国社会科学院文学所已故的古典文学研究专家孙楷第先生,曾对中国古代小说的史料建设做出过十分卓越的贡献。在 1930 年代,他编辑过《日本东京所见小说书目》《中国通俗小说书目》等学术工具书,为后来的古代小说研究奠定了一定的史料基础。之后,他又开展小说本事的研究,撰有《小说旁证》等著作。本事研究,用今天的话说,就是作者的"小说"是怎么"写出来"的,它们跟作者的生平身世、所处时代之间,究竟是一种什么关系。因此,本事研究,可以称为一种综合性的研究。

因为上述两个原因,才会产生文学史结论和批评的结论有较多重叠、相似的问题。按照我今天的理解,对新时期以来四十年小说的研究,恐怕已经到了本事研究的阶段。至少可以说,研究者应该有意识地与当时发表的小说,保持一定的历史距离,不是带着"同时人"的眼光,而是以一种过来人的心情来看待它们。他可以利用现有材料,例如文学批评的发现,作家的自述、访谈,以及相关的其他材料,然而需要抱着半信半疑的态度,不以前者的是非为是非。自然,如何掌握尺度和分寸,对具体的研究来说,依然是一个考验。

以上是我编辑这部著作的一点浅近的体会。

这本书的出版,因为疫情原因,拖了两年的时间。其间,我对书的体例进行过一定的调整。疫情不仅客观上拖延了该书的出版进程,也无形中加大了本书的责任编辑高迪在校对、编勘上的工作量,而她对所编书籍,又一向秉持着认真严谨和负责的态度。借本书出版的机会,对编辑的工作表示感谢。

2023 年 11 月 4 日于北京

目　录

甲　辑

小说的读法
　　——莫言的《白狗秋千架》……………………… 3
小镇的娜拉
　　——读王安忆小说《妙妙》…………………………24
最为多情是妇人
　　——读贾平凹小说《黑氏》…………………………47
韩少功的变线
　　——从《西望茅草地》到《爸爸爸》的话题谈起 ………72
论余华的三部曲
　　——《在细雨中呼喊》《活着》《许三观卖血记》…………95
我读《妻妾成群》
　　——在苏童与《包法利夫人》译者对话中品味小说 ………114

乙　辑

张炜《古船》的主人公 ………………………………135
论格非的文学世界
　　——以长篇小说《春尽江南》为切口 ………………158
为什么要写《繁花》？
　　——从金宇澄的两篇访谈和两本书说起 ……………177
读《动物凶猛》 …………………………………………196

八九十年代"出走记"
　　——林白《一个人的战争》和《北去来辞》双论 …………… 213
《尘埃落定》与寻根文学思潮 …………… 230

丙　辑

繁华落尽见真醇
　　——读汪曾祺小说《岁寒三友》 …………… 251
文学的"超克"
　　——再论蒋子龙小说《机电局长的一天》 …………… 265
香雪们的"1980年代"
　　——从小说《哦，香雪》和文学批评中折射出的当时农村之一角 … 285
关于劳动的寓言
　　——读《人生》 …………… 303
陕西人的地方志和白鹿原
　　——《白鹿原》读记 …………… 325
普通人的史诗
　　——《一地鸡毛》与"新写实小说"之渊源考论 …………… 341

甲 辑

小说的读法
——莫言的《白狗秋千架》

一

写文章总要有一个开头,我本来打算用《作家的"回乡"》这个题目,但觉得它有主题化的意思,就放弃了。按照会议①要求,要交代一下自己读小说的观念、理论背景和历史语境。就我看来,小说首先是小说,其次它里面有历史生活。我的理论背景原先是很乱的,平时读书一向杂且随便。1983年刚写诗歌评论的时候,很受赵毅衡编选的《"新批评"文集》②这本书的触动。1990年代初,对张京媛主编的《新历史主义与文学批评》产生了兴趣,接着读了一些福柯和海登·怀特的书,新历史主义理论对我过去的历史观形成了严重威胁,我开始全面洗牌,与此同时也在慢慢重构自己的看法。③ 2000年后,我对佛克马和蚁布思的《文学研究与文化参与》、韦勒克和沃伦的《文学理论》、柯林武德的《历史的观念》、黑格尔四卷本的《哲学史讲演录》、竹内好的《近代的超克》以及乔纳森·特纳等人的《社会学理论的兴起》等著

---

① 指2012年秋在北京友谊宾馆召开的"小说的读法"国际学术研讨会。
② 赵毅衡编选:《"新批评"文集》,中国社会科学出版社,1988年。
③ 张京媛主编:《新历史主义与文学批评》,北京大学出版社,1993年;[美]海登·怀特:《后现代历史叙事学》,陈永国、张万娟译,中国社会科学出版社,2003年;[法]米歇尔·福柯:《知识考古学》,谢强、马月译,生活·读书·新知三联书店,1998年;[法]米歇尔·福柯:《规训与惩罚》,刘北成、杨远婴译,生活·读书·新知三联书店,2003年。

作深以为然，多次披览，私自揣摩，还推荐给我的学生看。① 也许是因为年龄、阅历的关系，也许是写作日积月累的结果，我稍嫌混乱地读小说的习惯，这十年间有了转变，开始增删、收拢或集中，逐渐出现一个由繁到简、由单层向多层、以过去的眼光来重审现在的变化。这是一个自我整理的过程。我的读法也许是新批评与社会学的结合，不知这样说算不算准确。另外，最近两年又读了夏志清的《中国古典小说》、石昌渝的《中国小说源流论》和汪曾祺的《晚翠文谈新编》等书，对这些作者关于旧小说的眼光见识，也颇认同。② 以后，对中国古代文论和旧小说，我还想再读一些。我到这个年龄才知道，世上的书真不需要多读，最好的书只需要读几本，读进去就行了。上述书，有的是初读，有的早年曾经翻过但没在意，最近又从书柜里找出来重读。我想读近三十年来的中国小说，光有新批评、旧小说的训练不够，还应该有一点点社会学和历史哲学的方法，否则单一了，没有层次感，不丰富了，就不曲折了。

说到读当代中国小说的历史语境，在座各位多不相同，中国学者与海外学者尤有差异。为什么不同，我一时半会儿说不清楚，留待以后再做清理。对我个人来说，当代小说的阅读视野里应该有一个中国改革开放三十年的框架，加上前三十年，即是完整的当代六十年，是一个甲子的历史框架。仅仅如此还不行，得把民国国民政府时期二十几

---

① ［荷］佛克马、［荷］蚁布思：《文学研究与文化参与》，俞国强译，北京大学出版社，1996年；［美］韦勒克、［美］沃伦：《文学理论》，刘象愚、邢培明、陈圣生等译，生活·读书·新知三联书店，1984年；［英］柯林武德：《历史的观念》，何兆武、张文杰译，商务印书馆，2007年；［德］黑格尔：《哲学史讲演录》（四卷），贺麟、王太庆译，商务印书馆，1959—1978年；［日］竹内好著，孙歌编：《近代的超克》，李冬木、赵京华、孙歌译，生活·读书·新知三联书店，2005年；［美］乔纳森·特纳、［美］勒奥纳德·毕福勒、［美］查尔斯·鲍尔斯：《社会学理论的兴起》（此为西方社会学的权威教材，这是第五版），侯钧生等译，天津人民出版社，2006年。

② 夏志清：《中国古典小说》，江苏文艺出版社，2008年；石昌渝：《中国小说源流论》，生活·读书·新知三联书店，1994年；汪曾祺：《晚翠文谈新编》，生活·读书·新知三联书店，2002年。

年包括进来,把北洋政府时期十几年包括进来,还应该把晚清七十年包括进来。这样,历史跌宕赓续的脉络就清楚了一点,视野就稍微辽远展阔了一些,当代小说在其中的位置会相对稳定,研究者也就有了一个基本坐标。虽然它们还会在特定情境下发生激变、挪动和变异,但这都没有关系,即使这样也不能笼统去说。在我看来,历史语境指的是一个人生存年代的总体环境,它广义上指社会制度、经济环境与本民族历史传统的交汇整合,狭义上指研究者鉴于自身精神结构和知识结构而形成的个人经验,他看待问题的角度、办法和观察习惯。而在其中,一个人生命中的某一重要事件、家庭背景和自身经历势必会影响他对上述复杂信息的吸收和筛选,决定着他对某种知识结构的认同和接受。这种个人经验与知识结构的结合,才是这个人的历史语境。西方社会学理论开创者孔德说:"如果每一种理论必须建立在被观察到的事实的基础上这一点是真的,那么,没有特定理论的指导,事实是不能被观察到的。"因为,"社会学能够追寻和发现社会世界中基本的结构和关系,并且像其他科学一样,能够用很少数量的抽象原理来表达这些结构和关系。对经验现象的观察能够被用来产生、证实和改进社会学的法则"。[1] 柯林武德说:"历史学家把一个现成的经验整体带入了他的工作之中,他以此来判断他那权威出处中所包含的陈述。因为这套经验整体被设想为是现成的,所以它不可能由历史学家自己作为一位历史学家的工作来加以更改;在他开始他的历史学工作之前,它必须是就在那里了,而且还是完整的。所以这种经验就被看作不是由历史知识而是由其他某种知识所构成的。"[2]孔德和柯林武德说,知识是先在的,是先于研究者使用它就存在于那里的。历史学家不过是由于某种需要选择了它,把它与自己的经验整体结合起来,

---

[1] [美]乔纳森·特纳、[美]勒奥纳德·毕福勒、[美]查尔斯·鲍尔斯:《社会学理论的兴起》,侯钧生等译,天津人民出版社,2006年,第22、23页。这是第二章"奥古斯都·孔德和社会学理论的产生"中的一部分内容。

[2] [英]柯林武德:《历史的观念》,何兆武、张文杰译,商务印书馆,2007年,第204页。

于是就构成了他观察和理解这个世界的基本方法。对于我来说,所谓历史语境就是人、世界和知识这三种东西的微妙结合。"文革"肇始,我只有十岁,亲眼看见我父亲学校的学生群起追打老师直至把他们打得头破血流的情形,还有一位非常和蔼的邻居叔叔因所谓历史问题被迫上吊自杀。从此以后,我对所有以国家名义迫害人的暴力都产生了怀疑,不管它们被鼓吹得多么崇高光荣;也彻底放弃了对不管是过去还是现在所有以民粹、民族为口号鼓吹激烈变革的说法的好奇心。我的"人"的观念就这样树立起来了。改革开放让我看到了"世界",与此同时也看到了现代社会对人的深刻影响。在我有限的知识存储中,社会学知识恐怕是最重要的一环。因为对于中国当代小说来说,你如果不了解中国当代史,仅凭一点新批评方法和文学修养是无法深入进去,真正理解作家和小说的,即使写了文章也写不透,不能让读者在里面看见中国当代社会的千山万水,看见风起云涌,看到当代原来不过是中国数千年历史中的一个临时驿站,我们都曾在这里歇脚或感叹。社会学知识能够给你一个认识世界的"结构方式",而且能够给你一种立体感,让当代中国社会更为多层化。小说,不过是当代中国社会多层化结构中的一个部分。没有这个多层结构,就不会有这个模样的"当代小说"。因此,王安忆、余华、贾平凹、苏童、莫言、韩少功、刘震云、路遥、格非、阎连科等作家的生活阅历、价值诉求和文学取向在我眼里其实没有本质的差别。在这三种东西搭建起来的历史语境中,他们的小说虽有差别,但还不至于南辕北辙,因为人性是共同的,他们与我生活在同一个时代。但晚清、民国的历史对我却是遥远的,至少在目前阶段,它们对于我来说还停留在没有经过辨析的知识观念状态中,是由具体材料和事件组成的知识范畴,我只是把它们当作我阅读当代小说的一个大背景,或是若干个参照点而已。我所了解的历史语境只有"文革"和改革开放,所以我只能如此地想问题和写文章。

二

我选择《白狗秋千架》来读,是因为有评者说,莫言三十多年来写了很多好小说,总的说他的长篇不如中篇好,后来的作品不如原来的好。他的中篇小说中有感人至深的东西,到了长篇小说,就越来越稀薄,越来越少了,尽管小说技术越来越圆熟。因为作家早年生活最切痛的人生经验都集中在这里,成名之后,尤其是盛名于世之后,这种人生经验反倒不是促使作家创作小说的主要的东西。这种现象在贾平凹、王安忆、余华和苏童等人身上也不同程度地存在着,并非某一个作家的问题。这种说法究竟是否可靠,还有待观察和另议。

《白狗秋千架》这篇小说真是精彩,是当代文学史上不可多得的作品。它结构紧凑,线索简洁集中,主要写"我"和暖两个人,再加上暖的丈夫、孩子,路过此地的解放军文艺兵蔡队长,以及几个面目模糊的村里闲人。小说的篇幅算不上中篇,但我把它当中篇看。小说采取倒叙手法,写一个"读书人回乡"的故事,鲁迅的《故乡》《祝福》,沈从文的《湘西散记》,萧红的《呼兰河传》,等等,都是这样的故事类型,这种手法并不新鲜。新鲜在于故事的残忍。十年前"我"十九岁,暖十七岁,两人在农村场院里荡秋千。"我"站着推,暖坐在秋千上荡,手护着白狗。秋千荡到半空与横木杆一般高的时候,绳突然断了。"我"摔在地上,暖和白狗落到刺槐丛中,白狗无恙,一根槐针刺进暖的右眼。"我"后来上了大学,眼瞎的暖嫁给邻村的哑巴,生了三个小哑巴。十年后,做大学教师的我衣锦还乡,暖变成一个贫穷邋遢的普通村妇。这种冷峻色调、视角和笔法,还有14、15、19等自然段插入回忆的叙述,可能都来自鲁迅。但鲁迅写不好农村生活的具体细节,他揣摩乡下人的心理来自新锐的知识者,是明显的外来人,莫言在这方面要胜过鲁迅一筹。小说中有两个好细节,一个在开头,一个在结尾。开头写"我"和暖十年后的重逢;结尾写暖骗过丈夫去镇上买布,在高粱地

里提出要和"我"生育一个健康正常的孩子。先看第一个细节。"我"愧疚且谨小慎微地问候回乡路上巧遇的暖,不想碰个软钉子:

> 我一时语塞了,想了半天,竟说:"我留在母校任教了,据说,就要提我为讲师了……我很想家,不但想家乡的人,还想家乡的小河,石桥,田野,田野里的红高粱,清新的空气,婉转的鸟啼……趁着放暑假,我就回来啦。"
>
> "有什么好想的,这破地方。想这破桥?高粱地里像他妈×的蒸笼一样,快把人蒸熟了。"她说着,沿着漫坡走下桥,站着把那件泛着白碱花的男式蓝制服褂子脱下来,扔在身边石头上,弯下腰去洗脸洗脖子。她上身只穿了一件肥大的圆领汗衫,衫上已烂出密麻麻的小洞。它曾经是白色的,现在是灰色的。汗衫扎进裤腰里,一根打着卷的白绷带束着她的裤子,她再也不看我,撩着水洗脸洗脖子洗胳膊。最后,她旁若无人地把汗衫下摆从裤腰里拽出来,撩起来,掬水洗胸膛。汗衫很快就湿了,紧贴在肥大下垂的乳房上。看着那两个物件,我很淡地想,这个那个的,也不过是那么回事。

一个美丽可人的乡村少女变成不修边幅的农妇,在千百年的中国乡村史中是最寻常不过的生命过程。估计很多人在生活中见到这些情景,不会给予太多注意。但为什么这个细节就变得有意思了呢?是因为"我"的"回乡",因为十年前荡秋千的偶然事故彻底改变了这个女人的人生路向。她因此被迫嫁给一个哑巴,又生了三个哑巴。这些都像有一根线,把"我"和秋千事故牵连到了一起。莫言写小说时刚三十岁,看人真够老辣,他在两人对话中使用了刻薄、讨好、挖苦和对立的语调,但是更深的负疚和忏悔的调子却埋在里面了。"负疚"与"忏悔"是这篇小说的基本旋律,也是中国现代文学以来几乎所有农村题材小说的基本旋律。因为从这乡村中走出去的作家如鲁迅、台静农、王鲁彦、柔石、沈从文、萧红、师陀、孙犁、赵树理、李准、马烽、浩然、路遥、贾平凹、莫言、张炜等一干作家,都进城当了老爷、小姐,换上教授、官员、记者、作家和军人等"高等社会"身阶。而曾经与他们一起泥水里摸爬滚打的一班儿时伙伴,却还是面朝黄土背朝天的卑贱小农,他们自己的父亲母亲兄弟姊妹还在操持艰辛的农活,过着像暖所咒骂的"高粱地里像他妈×的蒸笼一样"的焦枯人生。人性之悲悯原是人类最根本的伦理取向,更何况这些成功人士虽然每天待在书房,但内心却要面对那些如蚂蚁般在广阔田野里操劳却摆脱不了一生贫困的父老乡亲们。他们也许一生都会被这种乡村记忆所折磨,一生都要含着眼泪去写那些叫他们痛苦辗转的小说。他们怎么可能不时刻在那里纠结难解?这是中国农村题材小说自鲁迅发端而历经百年始终连绵不断,在各类文学题材中作家阵容最大、成就最为显赫的深刻历史原因。我觉得我是理解乡土作家对故乡的内疚和忏悔的感情的,因为我1970年代中叶也曾有过这种命贱若浮尘、生却不如死的知青的劳动生活。

虽然同为"回乡",都带着内疚和忏悔的心情,我发现这篇小说内含的结构与鲁迅和沈从文的同类作品是不尽相同的。韦勒克、沃伦在《文学理论》一书中把这种创作现象称之为"决定性的结构":"一件艺术品的结构也具有'我必须去认知'的特性。我对它的认识总是不完美的,但虽然不完美,正如在认知任何事物中那样,某种'决定性的结构'仍是存在的。"①汪曾祺也说:"鲁迅作品贯串性的主题很清楚,即'揭示社会的病痛,引起疗救的注意。'我的老师沈从文先生,他作品的贯串性主题是'民族品德的发现和重造'。"②可以确定的是,《白狗秋千架》的"决定性的结构"是对农村生活的悲悯、对农民的歉疚。这决定了莫言三十年来的小说,为什么会是现代派小说的形式,农村题材小说的内容。也正因为如此,主人公"我"对暖疲惫的劳动的感受是非常敏锐和特别的,几乎是全面拍摄和尽力揭示的。鉴于有二十年的

---

① [美]韦勒克、[美]沃伦:《文学理论》,刘象愚、邢培明、陈圣生等译,生活·读书·新知三联书店,1984年,第160页。
② 汪曾祺:《晚翠文谈新编》,生活·读书·新知三联书店,2002年,第40—41页。

农活经验,我们感到莫言对庄稼活每个细节的直觉体验都很敏感,这些都在"我"和暖相遇的过程中一一呈现出来:

> 我在农村滚了近二十年,自然晓得这高粱叶子是牛马的上等饲料,也知道褪掉晒米时高粱的老叶子,不大影响高粱的产量。远远地看着一大捆高粱叶子蹒跚地移过来,心里为之沉重。我很清楚暑天里钻进密不透风的高粱地里打叶子的滋味,汗水遍身胸口发闷是不必说了,最苦的还是叶子上的细毛与你汗淋淋的皮肤接触。我为自己轻松地叹了一口气。渐渐地看清了驮着高粱叶子弯曲着走过来的人。蓝褂子,黑裤子,乌脚杆子黄胶鞋,要不是垂着的头发,我是不大可能看出她是个女人的,尽管她一出现就离我很近。她的头与地面平行着,脖子探出很长。是为了减轻肩头的痛苦吧?她用一只手按着搭在肩头的背棍的下头,另一只手从颈后绕过去,把着背棍的上头。阳光照着她的颈子上和头皮上亮晶晶的汗水。

不消说,背着这大捆高粱叶子"蹒跚地移过来"的是分别十年的暖。"我"此次回乡,最想见的人就是她。"我"对暖的感受是爱,是愧疚,还是别的,真说不清。但"我"就是想见她。这是"我"最深的乡愁,不过是通过一个具体的人来体现罢了。

说莫言与鲁迅、沈从文不同,首先是说他们重返农村的"决定性的结构"的不同,由于认知结构不同,他们与农民的关系实际是不一样的。这只是外部观察。其次再从小说的内部看,鲁迅和沈从文从未做过实实在在的农民,没干过农活。鲁迅因为祖父犯案跟母亲逃到乡下待过三个月,沈从文是凤凰县城的居民,他因从小当兵跟着军队在湘西沅水上下游一带换防,接触了一点乡下人的生活,所以他们是"外地人"的身份,不是"本地人"的身份。莫言小说与鲁迅和沈从文小说的不同,就在他完全是"本地人"身份,他对农活的细切手感和身体感觉,以及农活知识都是非常内行的,一看小说就知道这是一个地地道道的本地人。例如,他知道"褪掉晒米"的高粱叶子是"牛马的上等饲料";在"密不透风的高粱地里打叶子",会"汗水遍身胸口发闷",还知道"叶子上的细毛"与"汗淋淋的皮肤"接触的不舒服的感觉。在鲁迅、沈从文小说中,我们几乎看不到对做农活的具体细节和手感的描写。在《祝福》里,鲁迅感兴趣的是祥林嫂的身世和命运。在《萧萧》里,沈从文的兴奋点则在农村古老风俗对人性的压迫,他对萧萧一举一动的描写可以说是风俗画似的,即使其中有很多好细节,如花狗用小曲引诱了萧萧,萧萧抱着小丈夫看热闹,等等。他们的小说里的这些细节,显然是人为地贴在人物身上的,而不像莫言小说是人物本来就有的。只有一个作家原来就是农民,才能在小说人物的一举一动中找准自己原来生活的经验,他的认知结构与这切实的经验是贴在一起的,或者说是从这经验中经年累月地慢慢提炼出来的。"我"和暖说完话,暖要走了,要"我"把刚放下的沉重草捆帮她提到肩上:

  她在草捆前跪下,把背棍放在肩头,说:"起吧。"
  我转到她背后,抓住捆绳,用力上提,借着这股劲儿,她站了起来。
  她的身体又弯曲起来,为了背得舒适一点,她用力地颠了几下背上的草捆,高粱叶子沙沙啦啦地响着。从很低的地方传上来她瓮声瓮气的话:
  "来耍吧。"

就这么一个细节,你就能感到莫言与鲁迅和沈从文的历史位置不一样了。他是从农民中走出来的知识者,而鲁迅、沈从文只是接触过农民的知识者。那种干农活的艰难,那种使得这农活尽量舒服一点的办法,以及从"很低的地方传上来"的"瓮声瓮气的话",都让我感到,莫言是西北高密乡的本地人。他是一位在外面读了书回乡的本地人。这个本地人的一次回乡,就自然地牵扯出一个揪心揪肺的情爱故事来。

三

　　前面我说过因回乡引出了《白狗秋千架》两个最好的细节，但是它们的灵魂，却是那个发生在半空中的"秋千架事故"。能设计出这么一个东西，是莫言的能力明显超出一般作家的地方。他毫无疑义是当代杰出的小说家。

　　正因为有"秋千架事故"，小说的"今生"非常悲惨，它的"前世"也因为过分美丽单纯，让人在阅读时就萌生出不祥的预感。我们在这里先分析一下1970年代一支军队路过村庄的故事始末。1969年冬，中苏两国军队在黑龙江珍宝岛边界线一带发生了激烈的军事冲突，为预防苏联军队突然入侵，中国各地民众都被动员起来挖防空洞，军队也在加紧进行各种训练，野外长途拉练就是为应战准备的训练科目之一。一般读者当会奇怪，作者为什么要插入这个与小说主线似乎脱节的情节？这里涉及1970年代社会就业的问题。对于大多数的年轻人来说，他们想摆脱农村进城只有三条路：当兵、上学和招工。这是小说中出现军人的背景之一。某日，一支解放军部队路过村庄。"一队队解放军，一辆辆军车，从北边过来，络绎不绝过石桥。我们中学在桥头旁边扎起席棚给解放军烧茶水，学生宣传队在席棚边上敲锣打鼓，唱歌跳舞。"在1970年代冷寂萧瑟的日子里，这种场面在中国各地十分常见。梁漱溟认为，"共产党之所以能成功，很重要的一点就是因为共产党用阶级塑造了一个主题来承接晚清之后崩溃的国家主权"，"完成了一个民族国家建构的过程"。① 另外，一个"反题"也值得注意："'大众文艺'几十年的权威和正统地位正是为了弥补'社会主义经济

---

① 张曙光、黄万盛、崔之元等：《社会经济在中国》（上），《开放时代》2012年第1期，这段文字见该刊33页，此为复旦大学新闻系青年学者吕新雨在会上的发言。

基础'的脆弱和艰难。"①两段话放在一起像是小说的"历史画外音"。不过它对理解小说隐藏的深层内涵是有必要的。(莫言对这种场面带着某种戏谑性心理,但当时他恐怕也像"我"和暖一样对这激动人心的场面充满期待吧。)他在小说叙述中插入不少流行的红歌片段,例如,当一辆辆军车涉水过河时,是"小河里的水呀青悠悠,庄稼盖满了沟";车头激起浪花,车后留下黄色的浊流,是"解放军进山来,帮助咱们闹秋收";一辆车落在深水里熄了火,一个首长说糟糕,另一个首长骂"他妈的笨蛋",接着是"吃的是一锅饭,点的是一盏灯";几十个年轻战士跳到水里,抬起了首长的吉普车。河水没膝,湿到他们胸口,露出肥的瘦的腿和臀,则是"你们是俺们的亲骨肉,你们是俺们的贴心人","党的恩情说不尽,见到你们总觉得格外亲"……小说故事,人物性格,在陌生而遥远的画外音配合中变得丰富了,变得曲折了,它们指认给读者的正是作品《白狗秋千架》里面的"决定性的结构"。

作品在文本、社会学和乡村现状之间,发生了巴赫金所说的"复调"的效果。主人公"我"和暖就生活在这复调的年代里,他们缠着部队文艺兵蔡队长要跟他当兵。蔡队长是个年轻军官,部队驻村后,他发现"我"善于吹笛,暖擅长唱歌。"他是个高大的青年,头发蓬松着,眉毛高挑着。暖唱歌时,他低着头,拼命抽烟,我看到他的耳朵轻轻地抖动着。他说暖条件不错,很不错,可惜缺乏名师指导。"蔡队长显然暗中爱上了暖,暖也知道。好男儿哪个不善多情?好女儿哪个不善怀春?青年军官毕竟也是吃五谷杂粮的人嘛。于是大家都心知肚明。队伍要开拔那天,"我"爹和暖的爹一块儿来了,央求蔡队长把两个孩子一起带走。蔡队长说,要向首长汇报一下,年底征兵就把"我们"征去。临别时,蔡队长送"我"一本《笛子演奏法》,送暖一本《怎样演唱革命歌曲》。两人还都当一回事了,天天在那里巴望着,等着。冬去春

---

① [美]唐小兵:《我们怎样想象历史(代导言)》,《再解读:大众文艺与意识形态》,香港牛津大学出版社,1993年,第27页。

来,花开花落,"蔡队长走了,把很大的希望留给我们",结果村庄一切照旧,还是那么破旧,那么寂寞……但莫言极力想告诉我们,蔡队长不是无情无义的男人。当兵的程序非常复杂,他只是一个文艺兵小头目,无法更改那个程序。一个普通军官怎么能够改变程序,像旧军队的人那样随随便便把自己心爱的女人带走呢?知道程序无法违反的蔡队长对暖动了真情。"蔡队长脸色灰白,从衣袋里摸出一把牛角小梳子递给你。我也哭了。"从作品的叙述看,十九岁的"我"和十七岁的暖本来相互暗恋着的,暖实际也已默许。但高大的蔡队长一露面,暖就变心了。"后来,你坦率地对我说,他在临走前一个晚上,抱着你的头,轻轻地亲了一下。你说他亲完后呻吟着说:小妹妹,你真纯洁……"暖还说:"当了兵,我就嫁给他。""他不要我,我再嫁给你。"当兵在那个年代比当农民更有前途。农民除了没白没黑地劳动,什么社会福利也没有;而当兵、提干则意味着拥有了各种优质的社会福利条件。这样看,前面的历史画外音是对小说、社会学和乡村现状复调效果的一种组织形式,一种黏合剂,它越过今天人欲横流的社会,把四十年前那个闭塞兼有淳朴温情的乡村故事生动逼真地呈现在读者面前。

在阅读这些温情场面的间歇中,我一直抬头在为那个荡在半空中的秋千担心着。众所周知,它们只是小说插叙,"我"和暖的命运就在那个"决定性的结构"里。他们的命运就像半空中的秋千,没有安全感,随时会掉下来。亿万中国农民的命运,就像秋千架那样在半空中晃荡着,随时都可能掉下来。我之所以说"秋千架故事"是莫言一个非常杰出的情节设计,是因为他曾经是这个"秋千架故事"所寓含的历史情境的直接受害者。他闭目养神,只凭记忆和一点小技巧就可以想象出这么一个故事来。其实,莫言就是"我"和暖的一个生活原型。换言之,千百万个像"我"和暖这样贫困的农村青年都是这篇小说的生活原型,是原始模特。

如果这样看,"秋千架故事"与"参军未遂"不妨说就是小说的两个叙述点,偶发事故的悲剧与参军的幻想在1970年代语境中如此强烈地冲突着和相互参照着，它们的复调效果就这么显现出来了。当秋千架在半空中荡着的时候，没人会觉得这是一个爱情故事，"我"和暖固然在秋千架上定情，但秋千架的叙述功能不是世俗爱情，它的叙述功能在于隐喻，那是一种充满了不安全感的历史隐喻。这个隐喻，就是中华人民共和国成立后土改、合作化、人民公社、"大跃进"和总路线等等政策，这些政策想要探索的是怎么把中国几亿农民组织起来，转型到现代民族国家的轨道上去，转型到现代农业和现代中国的道路上去。但这实在是一个很大的冒险。孙中山、晏阳初、梁漱溟等人都尝试过，却在不同历史层面上失败了。蒋介石1940年代也组织过农复会，令原北大校长蒋梦麟率一批农业问题专家在四川一带实施，通过减租政策减卸农民负担，改组生产力和生产关系的扭曲状况，扶持农民生产热情，从而把他们转型到工业化下端产业链的轨道上去，也就是温和的"土改"。"土改"失败，农复会一帮人逃到了台湾地区，并继续试验。① 关于大陆的土改以及合作化运动，已有许多专书予以探讨。"新时期"文学初期，作家高晓声的《李顺大造屋》、周克芹的《许茂和他的女儿们》、张一弓的《犯人李铜钟的故事》等小说对此亦有描绘。在我看来，贾平凹、莫言和阎连科等"新时期"农村题材小说创作的"起源性"东西也在这里，这是他们痛苦而屈辱的青少年时期的生活经历。三十多年来，他们之所以笔耕不辍，辗转不安，以至深情寄托，也都源于此。应该说，我正是在这个维度进入《白狗秋千架》的阅读的。多年后莫言和阎连科借参军逃离农村，但是农村的惨痛经验几乎成为他们精神世界的全部创伤。我刚才在读荡在半空中的秋千架的时候有不祥预感，实际上是作家通过小说传染给我的。秋千架作为一种历史隐喻，是日常生活缺乏安全感的一个非常鲜活的比喻。莫言借参军逃离了农村，然而这种不安全感时刻存在着，是他一生难以克服的心理情结。在现实层面上他成功参军，但在小说创作层面上他又

---

① 相关著述有黄俊杰访问、记录：《台湾"土改"的前前后后——农复会口述历史》，九州出版社，2011年。

无法借助参军走出农村这个困境式的寓言,所以他必须找出一个人替他缓解这种情结和惨痛,这个人就是暖。暖背后站着一个隐身的莫言,她其实是莫言在人世间的代言者。在贾平凹、路遥和阎连科的小说中,我们能够轻易指出哪些人物是他们生活经历的代言者,他们自己与小说的主人公有时候是难以分清的。

在我看来,"秋千架事故"中的不安全感,意味着饥饿、死亡、贫穷和丧失尊严等等东西。在这个时期的农村长大的当代作家,几乎都有这种恐怖性的经验。所以,必须用"参军"这个幻想来克服它,使二者在小说里产生出新的平衡。就像暖一样,要克服农村生活的不安全感,就得借助参军或嫁给军人来实现。这是上天赋予乡村女人的权利,应该无可厚非。在安全感不存在之后,通过它们再制造出一个新的安全感来,这就是小说家们写作的秘密。真实的不安全感,与不真实的安全感,在我的阅读里就是前面所说的那种复调性效果,从这种复调性中迸发出的强劲的历史张力,就是"我"和暖对参军的执着期待。如果这样去阅读,就不觉得暖摔下秋千架被刺瞎眼睛的故事悲惨了,也不觉得两位年轻人无望的参军期待滑稽可笑了,它有了一种诗意般的温情,这是一种无比柔和深切动人的温情。这是来自天上人间的最美的声音。我们再来读暖对"我"说过的一段话:

> 后来,你坦率地对我说,他在临走前一个晚上,抱着你的头,轻轻地亲了一下。你说他亲完后呻吟着说,小妹妹,你真纯洁……"他不要我,我再嫁给你。"……

也就是说,我是首先把当时农村普遍贫困的事实,把莫言个人的生活经验,以及他后来参军逃离农村,以倒叙视角组织起来,来阅读暖的故事——也即把他的个人故事等材料组织在一起,再来细读暖和"我"的这番对话的。在被这种考古学材料所建立的宏大历史视野里,在无尽的生活长河中,我一点也不觉得暖抛弃"我"移情别恋青年军官蔡队长的动机有什么卑鄙,反倒觉得它是对 1970 年代农村女青年爱情观和柔情蜜意心态最真实的摹写。如果不这样反而看不清楚农村当时的现实状况，看不清楚被历史所抛弃所伤害的农村青年们深渊般的人生困境。更进一步说，不从这个角度去理解，我们也读不懂贾平凹、莫言和阎连科三十多年来写作的许多小说。暖和"我"的对话，让我真正理解也看明白了这些作家为什么要这样写小说。从暖嘴里说出的天上人间最美的声音，就来自这些小说家们的灵魂深处，这是他们三十年来反复再三地写商州、高密东北乡和耙耧山的最重要的秘密。

四

"我"回乡路上与暖巧遇、要求参军和秋千架的故事，在小说结构上只是作品的开场锣鼓，它还没有抵达高潮。小说高潮在"我"应邀到暖家后才出现。当然这是一个俗套故事，借暖的遭遇渲染"我"返回家乡的浪漫悲情，吸引读者眼球。暖的哑巴丈夫这一人物模型来自马尔克斯的《百年孤独》。三十余年来，残疾人形象在许多作家笔下不绝如缕，真是各有特色，例如韩少功的《爸爸爸》、贾平凹的《秦腔》、阿来的《尘埃落定》等。关于残疾人的叙述显然也是莫言的1980年代小说的主要催化剂。

"我撑着折叠伞，在一阵倾斜的疏雨中进了村。一个仄楞着肩膀的老女人正在横穿街道，风翻动着长大的衣襟，风使她摇摇摆摆。"探访暖家的描写酷似鲁迅《祝福》的开头，它因"我"与暖的亲密关系而令人心碎。迎接"我"的"是那条黑爪子老白狗"，它是这篇小说的引子，同时也是"我"和暖的爱情见证。另一个迎接他的是暖的哑巴丈夫，"他用土黄色的眼珠子恶狠狠地打量着我"，"嘴巴歪歪地撇起，脸上显出疯狂的表情"，"口里发出一大串断断续续的音节"。为命令暖品尝"我"带去的糖，哑巴"左手揪住暖的头发，往后扯着"，"硬塞进她的嘴里去"。他对所有与暖接触的男人都充满警觉仇恨，但因暖的解释,他又把"我"当作同乡知交,与"我"海量喝酒。暖与丈夫的关系已窥全貌。接着是暖三个哑巴儿子登场:"却见三个同样相貌、同样装束的光头小男孩从屋里滚出来,站在门口,用同样的土黄色小眼珠瞅着我,头一律往右倾,像三只羽毛未丰、性情暴躁的小公鸡。孩子的脸显得很老相,额上都有抬头纹,下颚骨宽大结实,全都微微地颤抖着。"小说还叙述了人畜杂居的庄院情景。作品前半部分已尽情展现暖花朵般年龄时的清纯可爱,连路过此地的蔡队长都被她的美貌吸引,亲了她,还虚头巴脑地许诺招她当兵。这也许只是被爱情冲昏头脑的青年军官的空头支票。小说前后部分反差很大,它们因"我"的探访而异常突出强烈。她与哑巴是无爱的婚姻,经常被后者暴打,连生了三个儿子都是哑巴。这个情节设计尽管有点矫揉造作,但作者是在向读者宣示:暖的现世和未来都一片糟糕。暖的命运并非山东高密西北乡的偶然个例。中国1970年代的乡村生活凋敝、闭塞、贫困,无数像暖这样穷苦的妇人徒然挣扎的现状,在当时非常普遍。"1970年代中期之后,由于农村粮食严重不足,有人发现农民的变相'偷窃'在很多地方已很普遍。连1985年莫言创作的小说《透明的红萝卜》中也明目张胆地写到黑孩1970年代偷生产队萝卜的事情。1979年9月国家允许'包产到户'的政策才开始施行,所以《塔铺》写1978年王全放弃高考以超时割麦和其他劳动来换取最基本的生存条件,更证明了'人民公社制度'的全面危机和即将出现的历史终结。"①由此知道暖命运之落入深渊并非缘于秋千架的偶然断绳,它的真正症结乃是那时的历史情

---

① 参考拙作:《〈塔铺〉的高考——1970年代末农村考生的政治经济学》,《上海文化》2011年第2期。1970年代中期后,"家庭本位的价值观与集体本位的价值观之间的冲突还以直接的方式影响生产集体经济,主要表现为农户的'化公为私'的行为。化公为私的手法五花八门,概而述之,可分为借、拿、占、偷四类"。"例如在陈家场,每次生产队喷完药水以后,参加除虫劳动的农民都可以把留在喷雾器里的药水拿回家,到自留地除虫。人人都可以如此去拿,公开地、大模大样地拿,谁也不把这样的拿当作偷。""我们经常会听到各种某某人偷了生产队的什么东西的传闻,从挖几个番薯、拔几棵黄豆,一直到偷生产队的砖头、瓦片,锯生产队的树木,等等"。张乐天:《告别理想——人民公社制度研究》,东方出版中心,1998年,第433、434页。

境给中国农村造成的巨大危机。1970年代的农村像当时的中国社会一样,所有中国人的命运都像荡在半空中的秋千架一般,不知道会飘向何方。

在许多对话和访谈中,莫言都直言不讳地表达了他对历史的伤痛记忆,这为《白狗秋千架》做了最好注脚。他说:

> 我这篇小说(笔者按:指《透明的红萝卜》),反映的是"文化大革命"期间的一段农村生活。刚开始我并没想到写这段生活。我想,"文化大革命"期间的农村是那样黑暗,要是正面去描绘这些东西,难度是很大的。①

当记者问"为什么对于家乡,对于农村,你会写得特别好"时,他回答:

> 这恐怕与我在农村生活了二十年有关系。尽管我骂这个地方,恨这个地方,但我没有办法割断与这个地方的联系。②

他在创作自述中,更是情不自禁地向人们打开痛苦记忆的河流:

> 十五年前,当我作为一个地地道道的农民在高密东北乡贫瘠的土地上辛勤劳作时,我对那块土地充满了仇恨。它耗干了祖先们的血汗,也正在消耗着我的生命。我们面朝黑土背朝天,付出的是那么多,得到的是那么少。我们夏天在酷热中挣扎,冬天在严寒中战栗。一切都看厌了:那些低矮、破旧的茅屋,那些干涸的河流,那些狡黠的村干部……当时我曾幻想:假如有一天我能离开这块土地,我决不会再回来。所以,当我坐上运兵的卡车,当那些与我一起入伍的小伙子们流着眼泪与送行者告别时,我连头也

---

① 徐怀中、莫言、金辉、李本深、施放:《有追求才有特色——关于〈透明的红萝卜〉的对话》,《中国作家》1985年第2期。
② 莫言、陈薇、温金海:《与莫言一席谈》,《文艺报》1987年1月10日、17日。

没回。我有鸟飞出了笼子的感觉。我觉得那儿已没有什么东西值得我留恋了。我希望汽车开得越快、开得越远越好,最好开到海角天涯。①

莫言1955年出生,1976年当兵,这一段正是中国大陆的农村合作化运动从酝酿、发动到高潮,对传统乡村社会生活和伦理秩序破坏最为剧烈彻底的时期。按理说,与家乡亲人一起生活了二十年的人远离故土,一定会恋恋不舍、泪流满面并且刻骨铭心,因为这意味着他的诀别。可莫言的反应却是"连头也没回""那儿已没有什么东西值得我留恋了"。莫言显然不会不爱故乡,不爱他的父老乡亲,但是贫困的确给他造成了太多伤害和侮辱,尤其是当他意识到这一切并非只是由于贫瘠的自然条件。莫言的自述曾写到他的当兵,恰好与小说写"我"与暖的当兵故事构成了某种互文性;自述写到"那些低矮、破旧的茅屋,那些干涸的河流,那些狡黠的村干部",这样的个人生活背景可以转换成小说女主人公暖的生活背景。有时候,我们还真不知道这是真实的人生故事还是来自小说的虚构,这些真假不分的叙述在农村题材小说家笔端经常发生。

看到来访的男友已是"成功人士",暖心都碎了。虽然这种心理有点儿无耻,因为她早有家室。她乔装打扮,穷其家中所有只为讨男友欢心,但这种矫揉造作的装扮在"我"眼里,反而衬托出暖异常美丽的光辉。一对悲苦年代的可怜恋人默然相视却不能深情拥抱,耳鬓厮磨,这种情景足以触发遗憾以至于伤感。"暖用双手交叠在腹部,步履略有些踉跄地走出屋来。我很明白了她迟迟不出屋的原因,干净的阴丹士林蓝褂子,褶儿很挺的灰的确良裤子,显然都是刚换的。士林蓝布和用士林蓝布缝成的李铁梅式褂子久不见了,乍一见心中便有一种怀旧的情绪怏怏而生。穿这种褂子的胸部丰硕的少妇别有风韵。暖是脖子挺拔的女人,脸型也很清雅。她右眼眶里装进了假眼,面部恢

---

① 莫言:《我的故乡与我的小说》,《当代作家评论》1993年第2期。

复了平衡。我的心为她良苦的心感到忧伤,我用低调观察着人生,心弦纤细如丝,明察秋毫,并自然地颤栗。不能细看那眼睛,它没有生命,它浑浊地闪着磁光。她发现了我在注视她,便低下头,绕过哑巴走到我面前,摘下我肩上的挎包,说:'进屋去吧'。"在悲痛欲绝的气氛中,作者莫言竟让男主人公注意到恋人"胸部的丰硕"和"别有风韵",这种描写显然超出了色情意味,而变成一种明显的调侃冷嘲。他这种叙述来自个人风格,不过也可看出对那个悲苦年代的不屑疏远,总之那是一种爱恨交织的乡村作家的阴暗心理。1985年青年作家莫言刚满三十,其叙述功底已经不能小看,他左右逢源,暗藏机锋又圆融含蓄,直逼他文学生涯的高潮。在笔者眼里,作家二十多年前完成的中篇小说《白狗秋千架》《透明的红萝卜》《金发婴儿》和《球状闪电》等等,其艺术成就实际不比批评家津津乐道的恢宏长篇《天堂蒜薹之歌》《丰乳肥臀》《檀香刑》《生死疲劳》等稍逊风骚,其作品布局细密紧凑,语言更为干净利落,而不像后来那样文字思维随意飞腾,不加约束。这一代作家的中篇功底,确实明显要高于长篇。事实上,《白狗秋千架》已然是莫言最重要的作品之一,是他全部农村成长史的微缩胶卷。他个人的文学才华早已尽藏其中。

但暖无意理会"我"的挖苦和心理优越感,她坚决要索回自己失去的十年,她想借通奸还给命运一个公平,而非农村简单粗陋的男女私情。暖要绕过这荒废的十年重寻如花似玉的自己。这时小说已经串联起散乱的线索,带着读者直接走进作品的中心:高粱地。我读到这里,心已开始在微微颤抖。这个极其绝望又极其温馨的结尾,终于使我们对残疾少妇刮目相看。依然是他们爱情见证的白狗在前面引路,暖到乡镇给孩子裁衣服纯粹是个阴谋,她要与男友交媾,并怀上他的孩子。但你感觉"我"的心情也在飞翔,就像莫言当年当兵离家时希望卡车"开得越快、开得越远越好"的心境一样,此时躺在高粱地的暖正是他这篇小说的目的地。作为研究者,这是我距离莫言和小说主人公最近的地方。我几乎听到了他们不均匀的呼吸。当年美丽姣好的暖,此刻已落魄到这种地步,她诱引"我"到高粱地与她交媾并非只为错失的爱情,并非为满足性欲,也并非仅仅为生下一个健康孩子,这是一个贫困的少妇对无常命运的"绝望的反抗"。

> 看到她坐在那儿,小包袱放在身边。她压倒了一片高粱,辟出了一块空间,四周的高粱壁立着,如同屏风。看我进来,她从包袱里抽出黄布,展开在压倒的高粱上。……
>
> 我浑身发紧发冷,牙齿打战,下颚僵硬,嘴巴笨拙……
>
> "我信了命。"一道明亮的泪水在她的腮上汩汩地流着……
>
> "你一走就是十年,寻思着这辈子见不着你了……"

莫言许多小说中都曾出现高粱地的情景,那是在用先锋技巧描红革命、抗战和生命欲望等等。但这回不同,他认为应该回到生活,回到小说具体细节,这种写实的真实程度令人战栗。

我认为要文质彬彬的大学教师接受这种野蛮的性要求也许过于残忍,但有一种命运驱使着他,在强迫他做不愿意做的事情,就像曹禺话剧《雷雨》里发生的情景。

> 我深深地垂下头,嗫嚅着:"姑……小姑……都怨我,那年,要不是我拉你去打秋千……"
>
> "你也该明白……怕你厌恶,我装上了假眼。我正在期上……我要个会说话的孩子……你答应了就是救了我了,你不答应就是害死我了……"

我不会像过去那样读小说了,我会冷静观察小说的历史来路,它的细密纹理,它在一个单纯故事中所呈现开来的多层结构。这个结构里,有"我"和暖的十年,有中国农民所经历的三十年,也有中国农民史的两千年。这个结构就是一个多层次的仓库货架。它好像是秋千架造成的,也好像是命运造成的,还好像是农民史造成的。暖的经验认识使她看不到这些因素。其实连我们这些研究者的视野也是十分窄仄的。我们不过是这多层次历史货架的另一拨造访者。暖的恳求可能来自20世纪的1985年,也可能来自明朝,她在小说里说:"有一千条理由,有一万个借口,你都不要对我说。"

2012年3月17日北京亚运村
2012年4月29日再改
2012年6月6日定稿

小镇的娜拉
——读王安忆小说《妙妙》

1918年6月15日,《新青年》第4卷第6号"易卜生专号"登出胡适的评论《易卜生主义》,胡适、罗家伦合译的《娜拉》,陶履恭译的《国民之敌》,吴弱男译的《小爱之夫》等,由此开端的"娜拉旋风"在中国文学界越刮越猛①。

中国版"娜拉小说"竟占去五四文学的大半舞台,例如鲁迅的《伤逝》、冰心的《一个忧郁的青年》、庐隐的《海滨故人》、冯沅君的《隔绝》、苏雪林的《绿天》、凌叔华的《酒后》等,这还不包括大量未收入文学史的三四流作家的小说②。1940年代后,该主题在小说家笔下继续铺陈,如丁玲的《我在霞村的时候》、宗璞的《红豆》等③。但有趣之处在于,为什么1990年初王安忆还在大写1980年代的"娜拉小说"《妙妙》?她是有意延续20世纪女性小说的这一传统,还是借强势文学谱系而另有所图?这些都逗引起笔者的兴致,不免展卷重读这篇旧作。

一、妙妙的现代化蓝本

1980年代,王安忆细揣文学思潮,写下《本次列车终点》、"三恋"

---

① 胡适等人恰逢其时地把易卜生的社会主题话剧翻译到中国,没料到因此创制了中国新文学的一个人物原型——娜拉式的新女性。鉴于妇女解放的任务始终与建立现代民族国家的目标挂靠在一起,所以后来文学对新女性形象的书写一直不绝如缕。

② 见杨义《中国现代小说史》第1卷(人民文学出版社,1998年)对这些作家小说的描绘。

③ 王德威在《做了女人真倒霉?——丁玲的"霞村"经验》一文中,对此也有过精彩的分析。见王德威:《想象中国的方法》,生活·读书·新知三联书店,1998年,第172—178页。

和《小鲍庄》等著名小说,这些作品因敏于社会巨变和技法华丽而大受称赞。但笔者感到,热衷追随文学思潮可能有损小说家的艺术自觉,被好评如潮所挟持的作家作品反倒影响我们对它们的独立观察。

不过,1990年代脚步刚至,悄悄转型的王安忆马上为读者奉献出令人眼前一亮的《妙妙》(1990年10月)。她在作品中,不厌烦1980年代的滥情叙事,而让主人公在日常生活中重现真身。妙妙纠缠挣扎于几位男人无果而终的情爱故事,使人猛醒社会风气已经大变。世俗生活重返中国,男女情欲正将1980年代的文学叙述颠倒重来。

《妙妙》以安徽蚌埠小镇头铺街招待所女服务员妙妙为主线,叙述她1980年代末如何因虚荣心被镇上拍电影的男演员引诱,与大学生孙团拍拖,继而陷入与有妇之夫何志华的婚外情漩涡无力自拔,最后变成被淳朴小镇居民所不齿的坏女孩的故事。随着妙妙走向堕落,我们看到纯情的1980年代正崩溃瓦解,而1990年代初的社会转型则成为故事的背景。王安忆仔细经营这个女孩的爱情世界,是不安地预感到世俗之风气即将漫卷全国城乡。妙妙就被这样的环境所毁灭,耐人寻味的是,这种环境也是她自愿投入的。她是在自编自导着危险的人生话剧,这种危险性就来自她拿十六岁到十九岁的青春在社会剧烈转型中豪赌。

笔者曾目睹社会的变迁,但铺展小说,仍不禁为这位小镇女子出场的大胆而心惊肉跳:

> 妙妙是个不甘平庸的姑娘,她喜欢站在一个领先的突出位置上。如果连头铺这样的地方,她都站不到前列去,对她的自信心无疑是一种挫伤了。可是为了做头铺街上的先锋,却要在大城市的时尚舞台上退场,也是妙妙不甘心的。因为在她心里是无法对这小镇认同,她认同的是北京、上海、广州这样的地方。那么,做一名小镇的时代领袖,还是做一名小镇的孤独英雄,这问题日夜折磨着妙妙的心……有时候她又想:这个镇是那么小,离县城五

十里路,离省城三百里路,离北京一千里路,有谁知道这个头铺? 她即使是头铺街上最最摩登的姑娘,又有谁知道呢? 妙妙的这些苦恼,已不仅仅是有关服饰方面的具体问题,而是抽象到了一个理论的范畴,含有人的社会价值内容,人和世界的关系,及人在世界中的位置。

由是观之,妙妙是在心甘情愿的情况下参与 1980 年代经商热、下海热和打破铁饭碗热的社会潮流的①。王安忆承认:"她就是一个渴望走入现代社会的人,她就要走到她所身处的社会的前面去。但是她实在是局限太大,她的现代化蓝本那么少,能力又不足,所以她只能违反现有原则。别人怎么做,她偏不怎么做,因她要和他们不一样,她要过一种特别的生活。"②但妙妙又确实没有经商下海的经验本钱,她的本钱只有她的身体。她试图通过身体来完成从小镇到县城、省城直至北京的现代人生规划,虽然小说的结局恰好相反。

北京在妙妙心目中是最具吸引力的现代都市。诚如王安忆所说,她实现梦想的局限虽然太大,可她要追求生活的方式却十分特别。1970 年代曾在附近插队的女知青宝妹根据自身经历写成的小说在全国获奖,北京电影制片厂的摄制组因此入住妙妙工作的招待所。"这样的故事,她从各类影视画报及生活杂志上看来了很多,这给了她做梦的材料。""可是,临到了机会可能来到的时候,她却胆怯起来,时时为自己的妄想不知不觉地红了脸,非常地含羞。"从午后开始,妙妙敏感地听到招待所里充满了清脆响亮的北京话。摄制组的人们在走廊上奔来跑去,互相敲着房门串门,这给招待所带来一股活跃的气氛。

---

① 王苹在《由欲到义:情爱的升华——评王安忆九十年代小说中的爱情书写》已经指出:"80 年代中期以来,随着商品经济的发展,商品意识日益深入到社会生活的方方面面。"见《当代文坛》2003 年第 3 期。

② 与一般评论文章很少提到《妙妙》不同,王安忆在一次访谈中特别讲到这篇小说,认为自己是在"写弱者的奋斗",妙妙其实是一个"不自觉的人"。见王安忆、张新颖:《谈话录》,广西师范大学出版社,2008 年,第 285—287 页。

不过,小说一开始就让妙妙撞到这样一个"北京故事":

> 事情是这样开始的。这一天,妙妙如同往常一样,一个门一个门地去打扫房间。当她打开第三扇门时,却见屋里床上,躺了一对男女,她来不及看清是谁,在做什么,就退了出去,将门带上了,暗锁碰上时的声音简直惊天动地。

这是十六岁少女身体本能的强烈反应,也是她与北京的第一次亲密接触。"她无限委屈地想道:她是多么倒霉啊,她是多么倒霉啊!她想她还是个姑娘呢,却遇到了这样的事,为什么这样欺负她呢?想到'欺负'两个字,妙妙的眼泪就流了下来。"

这显然是一个在委屈和挣扎的同时也很"幸运"的心理斗争过程。因为这个故事的男主角来自北京。她厌恶他,坐在服务台值班,又希望他找理由在这里稍微逗留。可她又有少女的自尊和潜在的自我保护意识,"当他喊妙妙要这要那时,妙妙总不作回答。如有小勉在边上,她就根本装没听见"。可那男演员毕竟是风月老手,他觉得将北京的故事移植到这偏僻的皖北小镇,可能轻而易举。"她越不理他,他就越偏偏要来惹妙妙。"而且,还故意编一些看似寻常的琐事接触妙妙,比如拿钥匙开门、要瓶开水、靠在服务台左顾右盼无所事事地翻书等。

熟知王安忆小说策略的人当知,这里她正在筹措一个高潮,却偏偏让叙述者扯些闲话,似是有意拖沓和应付读者。这么弯来绕去,是作者一贯的手法。在建立主人公命运的逻辑性之前,她要等待合理的时机。这个机会就是摄制组完成任务后准备离开。在小说逻辑上,这次离开不是男演员的离开,而是"北京故事"的离开;对于妙妙来说,它可能是"北京"的离开,她也许永远都无法再与这个遥远的现代都市近距离接触了。这天天气很好,有明朗的阳光和鸟在欢快地鸣叫,妙妙不由心里想:"明天摄制组就要走了,心里不由得有点惆怅,她想:有些人就能走南闯北的,天下为家,而有些人就只能在一个地方过上整整一辈子。她想着这一群男男女女,穿了新式的服装,提了时髦的提箱,吵吵嚷嚷地又要去新地方,过新的生活。她还想:这些男男女女,过一份人生不够,还要在电影上再过一份人生,这是什么福分呢?而另有许许多多的人,许许多多的人却只过一份人生。"在五四"娜拉小说"中,人们会经常读到看到许多主人公类似这种抱怨不满又包含期待的热情话语。五四文学革命把中国传统社会设置成"过去谱系",目的就是为了建立另一个"明天""未来"的知识谱系。这显然是"新青年们"自设的"知识谱系",而它却已为今天中国现代文学史的研究者所认可。在这个意义上,中国现代文学可以说就是关于"明天"的文学。由于现代作家大都生长于乡村和小镇,所以被他们所叙述的"明天""未来",就被镜像化为与之截然不同的"上海""北京""五四""美国""日本""抗战""延安""解放区"等等。

笔走至此,小说作者开始将妙妙推进她人生的第一个漩涡:

> 接近中午的时候,那人突然回来了,自己开了一辆吉普车,让妙妙去开一个剧务的房间,取一件拍摄用的什么东西,说是马上要用……就在开了锁她拔出钥匙的这一瞬间,妙妙忽然被那男的拥住了。他拥住她,双手抱住她的乳房,将她推进了房间……她在相当长的一段时间里,没有想到是发生了什么事情……妙妙不知道自己为什么不叫。只要她叫,隔壁伙房就会听见。妙妙也不知道自己为什么不使劲挣脱。她软弱地对自己说:她是挣不脱的。她觉得自己还没有回过神来时,事情已经发生了。

妙妙事后想过告发那个男人,可那模糊又犹如阳光般"亮得炫目"的男人在她的情爱观里,已渐渐由具体转换为抽象。在这里发生了一个奇妙的时空转换。他不是一般的强奸犯,由于被小镇环境的语义发酵,加上这个心比天高的小镇女孩对他的"故意误读",他具有了抽象性质。他是抽象的"北京"。因此,这等于是她的身体与抽象的"北京"做了某种秘密的交换。她告他等于无形中告发了"北京",告发了自己的"明天""未来",以及与这一切密切关联的1980年代末的中国社会。这一切繁花似锦就会跟着告发而一起坍塌消失。这是妙妙不愿意的,是她最后没有告发,同时又发生了自我安慰和安顿并豁然开朗的一个潜在的理由。她骄傲地认为,小镇上所有人都不会知道这个秘密。由于要守住这个秘密,"妙妙成了头铺街上最孤独的人,没有人知道她心里在想什么"。虽然她有时也会被这孤独熬得很苦,可妙妙有了自己的人生哲学:"她要是不孤独了,和头铺街上的女孩还有什么区别呢?如果和头铺街上的女孩没了区别,她妙妙还有什么特别的价值呢?她凭什么骄傲呢?妙妙要不骄傲了,妙妙的生活还有什么意义呢?"

就这样,借助"北京"匪夷所思的辉煌光环,这个丑恶的男人被小说所忽略。由于摄制组告别晚会的搭台,"北京"也好像被挪移到这个小镇,是它把整个气氛推向狂欢的状态。妙妙"一下子喜欢上它了",她"好像把白天的事都忘了,站在伙房往餐厅上菜的那道门口,笑出了眼泪花"。于是,经由"北京"和摄制组晚会这一超级中介,妙妙的等级身份迅速飙升,她在远离小镇、县城、省城,她显然是站在比它们更高的历史台阶上。妙妙突然意识到,自己竟"和世界上无论发达国家还是不发达国家的所有女人一样,喜欢晚会。在晚会上,可以看见许多人,同时被许多人看见;可以听见许多人说话,然后再说给许多人听"。小说精彩地写道:"妙妙纵情地笑着,让她上菜,她都听不见,还挡别人的道。伙房的老宋头说她,她就和老宋头顶嘴,骂他老不死的。"就在这一瞬间,妙妙脱离了小镇,而与众明星一起进入了北京。那里仿佛到处是聚光灯、红地毯,有各种晚会、宴会。在这幕1980年代末的戏剧中,妙妙作为非职业演员拥有了自己的戏文。

对这类历史所催生的小人物社会身份转换现象,老黑格尔做过极其精辟的分析,他举赫拉克利特的例子说,这位哲学家"进一步规定了实在过程的抽象环节,他把这过程区别出两方面来,'向上的路和向下的路'——一条是分裂的路,一条是合一的路。它们必须这样本质地来理解;分裂是实现,是对立面的建立;另一方面是:统一自身的反映,是这个现存对立的扬弃"。"在这两方面中,敌对、斗争是差别发生的原理,——但导向燃烧的是统一及和平"。① 摄制组的男演员正是促成妙妙"现存生活"激烈发酵的重要诱因,由于他的强行介入,妙妙的情爱观被"规定了实在过程的抽象"性质。在她十六岁的人生面前呈现出"分裂"的"向上的路和向下的路"。但是,她的"向上"即意味着"向下";她要实现"分裂",就必须将生养她的小镇设置为"对立面"。但"对立"也意味着"合一","合一"必须通过"分裂"的过程而得以实现。其实,从五四家族中走出来的这些"娜拉"们,大都有过惊人相似的经历。对这些"娜拉""新青年""新女性""叛逆者"在社会转型期中的行为逻辑,陈建华以茅盾早期小说的"时代女性"为案例做过深刻的论断,他认为《蚀》中的静女士、孙舞阳、章秋柳,《野蔷薇》里的娴娴,《虹》里的梅女士等等,"都天生丽质,同时带一点神性,也带一点魔性,其形象塑造并不符合'现实主义'的金科玉律"。"她们更具抽象性,缺乏现实的依据。她们特立独行,不受社会关系的羁绊,更能操控自己的情感。她们的过去是模糊的,仿佛生活在激情的历史里,逸出了马克思主义的政治经济学的分析范畴。的确,她们的再现更得益于唐宋传奇的文学想象及其男性狂想,那种乌托邦成分得之于二十年代苏俄的'杯水主义',而那种'摄人的魔力'、'肉感'的刺激,或歇斯底里的'狞笑',则带有英法'颓废'文学中的'尤物'的影子"。② 这些行为中,同时铺排着一个"分裂"与"合一"相互对立又相互转换的辩证的逻辑。妙妙显然是这些"时代女性"的"后世传人",写这篇小说时的王安忆是在充分调用"娜拉小说"的历史资源。

经过"分裂""合一"理论以及陈建华令人信服的分析过程,当繁丽刺激的晚会行将结束,那个混账的男演员再次抱住妙妙青春的身体

---

① [德]黑格尔:《哲学史讲演录》第1卷,商务印书馆,1959年,第306页。
② 陈建华:《"革命"的现代性——中国革命话语考论》,上海古籍出版社,2000年,第310页。由于作者把这些"新女性"置于对"中国革命话语"知识谱系的考古学的发掘和论述中,这些人物飘忽不定行为背后的历史内涵,得到了相当深刻的揭示。

时,我们已经不再"气急败坏",反而觉得这是一个合理的过程。因为她是在自甘自受,她已经灵肉分离,她在实现对小镇的历史性超越。她果敢且不再难过地接受了这一切:"妙妙忽然又感觉到他从身后抱住她时,拂着她的后颈脖的呼吸,这是来自北京的男人的呼吸。他还用好听的北京话急骤地叫她的名字,'妙妙''妙妙'的。'妙妙'这两个字喊在他的嘴里,就好像是另一个名字,是另一个妙妙似的。他亲妙妙的动作,就好像那些外国电影上的男人一样,妙妙呢,就成了电影里的女人。"小说《妙妙》创作的同时,1980年代正在向1990年代急剧地过渡、腾挪,进行文化产业置换,这个"外面世界"成功改造了这个不安分的小镇女孩的全部思想。妙妙寻思:"和一个遥远的北京来的男人有这样的亲近感是一件不同寻常的事情。妙妙这时心底里隐隐地起了一股骄傲的情绪。"读者也应看到,"这就是妙妙和一般的女孩不同的地方,而且,为了强调这种区别,妙妙还有意将那些寻常女孩的问题看得淡一些,她想她应当做得更像大地方的人一些"。"她和头铺街上的人们的距离多么远啊!她和他们之间,连一点对话的桥梁都没有。"现代文学中的"娜拉"们,都曾有过妙妙这种从"小镇"到"大地方"的奋斗经历。虽然王安忆未必意识到这些,但妙妙确实是在步她们的后尘。

二、不同之"娜拉"

胡适1918年写过一篇声讨"封建观念"的檄文《易卜生主义》,他说:

> 易卜生的戏剧中,有一条极显而易见的学说,是说社会与个人互相损害;社会最爱专制,往往用强力摧折个人的个性,压制个人自由独立的精神;等到个人的个性都消灭了,等到自由独立的

精神都完了,社会自身也没有生气了。①

在小说里,头铺街的娜拉——妙妙,可能正是胡适所指出的小镇守旧观念的受害者。例如,居民对她与在省重点大学就读的同学孙团恋情的无端指责,她得承受来自哥哥的家庭压力,想乘机占她便宜的张业和小发还在加倍疯狂地骚扰,这些事实证明了妙妙的受害者地位,而这都是"社会"摧折"个人"自由独立精神的结果。诚如胡适所见,"社会与个人相互损害"将最终导致社会发展的停滞。

读者当会明辨,生产胡适式的评论的五四环境在《妙妙》中已经消失。五四新文学,是生产新知识分子话语和形象的文学。而1980年代末的中国作家,面对的则是另一堆社会转型问题和文学问题。充满知识分子气味的子君(《伤逝》)、露沙(《海滨故人》)、吴天(《隔绝》)和静女士、慧女士(《幻灭》)等"娜拉"们,与1980年代末的妙妙显然不属于同一种类型。所以王安忆提醒我们:妙妙是一个"不自觉的人"②。小说《妙妙》某种程度上虽然在步《伤逝》《海滨故人》《幻灭》的历史后尘,1980年代的中国也仍有五四反封建的社会思想特征,但同时,1980年代在历史关系上也是直接承接"十七年"而来,五四的环境对1980年代和1990年代文学来说也许更像是可做参照物的历史文化公园。所以,我们应该认为妙妙是一个"不自觉的娜拉",她与米尼(《米尼》)、阿三(《我爱比尔》)是那种"将自己的人生毁坏得差不多了"的人物类型,她们都是王安忆采访上海女子监狱后的收获。对这些社会底层人物的采访,使王安忆深刻认识到,社会转型在充分"解放个人"的同时,也可能造成"个人堕落"。这使王安忆由此脱离了五四"新青年""新女性"文学谱系对她创作的规训,促使她另起炉灶,她的野心是要记录中国1980年代/1990年代社会转型过程的历史面貌,

---

① 胡适:《易卜生主义》,《新青年》第4卷第6号"易卜生专号",1918年6月15日。
② 王安忆、张新颖:《谈话录》,广西师范大学出版社,2008年,第285页。

而可怜的小镇少女妙妙正好身在其中。有意味的是,与子君、露沙、静女士纯粹的精神追求相反,妙妙把读者的视线引导到现实层面,她喜欢孙团的主要理由竟然是:他"完全不说本地话,说了一口标准的普通话"。喜欢一个说普通话的人固然有精神生活成分,但它更多是小镇女子的生活虚荣心。

小说里,妙妙已经不像第一幕那样被动,她驾轻就熟,成为孙团的"恋爱教师"。"孙团就用手围住她的肩膀,战战兢兢地吻了上来。妙妙发现孙团并不会接吻,他以为接吻就是嘴唇碰着嘴唇。他们这样停了一会儿,就将嘴分开了。妙妙想:他是真不懂还是假不懂啊?过了一会儿,孙团小声说:再吻一回,这一回吻长一点。妙妙就想:他是真不懂。她心里有些瞧不起他,还有些怜惜他。第三回吻的时候,她就教他了,他的舌头先是退缩了一下,然后便恍然大悟似地活跃起来。这一回,他们真地吻了很长的时候。"可是妙妙的身体价值此刻正在慢慢贬值。在结束了与北京男演员的高端经验后,她只能退而求其次选择过去看不起的省城大学生。孙团来自省城,妙妙于是对他就有了优越感。然而,这种"身价贬值"和"优越感"的互文性恰好又说明妙妙已经在把自己的身体视为一种交换的物质,它深刻揭示出1980年代/1990年代社会转型过程中的本质倾向——物质转换正式登上了历史舞台。这是妙妙身体在小说中最突出的意义之一。妙妙就处在这一历史进程之中,我们有什么理由强要她向子君、露沙、静女士们看齐,让她们在高层次的精神层面上互动?于是读者发现,妙妙的"主动"实际是一种历史的主动,而孙团还停留在1980年代纯情恋爱的阶段。第二天,"孙团猝然转过身子,抱住了妙妙。他像发疟疾似地浑身打战,手却很勇敢地伸进了妙妙的衣服里。妙妙就说:插门。孙团起身插了门,回来再要抱妙妙。妙妙却挡住了他,神情严肃地看了孙团的眼睛,说:孙团,你是真地爱我?……孙团就嗫嚅着说:我怕什么?妙妙说:怕我粘住你呀!孙团就又说不出话来了。"这时候,妙妙在场面上完全占据了主动,她与被男演员抱住时的她已判若两人,就像战士有了自己的阵地。她明白即将到来的"90年代"就那么回事。在妙妙自我洗礼的比照下,孙团的面容动作变得十分难看。他"又摸索妙妙的衣扣。妙妙由他摸索,他不懂的地方,还教他。孙团激动地说:妙妙,你和别的女孩一点不一样;妙妙,你和别的女孩一点不一样!"

妙妙这时分明已经站在1990年代的门槛上。所以,她发现不能与来自省城的孙团结合后,很快就接受了妈妈的建议。这种接受使她进一步从北京、省城向县城滑落,她鬼使神差地爱上了县计划生育办公室来镇上检查的二十八岁的有妇之夫何志华。虽然妙妙最瞧不起县城,可她"身无长技,她只有凭了她的一个身体,去为她争取神奇的人生作牺牲"。和孙团一样,何志华也是一个懦弱者。他严重失眠,整宿整宿地在招待所走廊上徘徊。他并没有想到进入妙妙的生活。他讨好地接触妙妙,仅仅因为妙妙手里织着毛线衣,这样可以帮他打发掉整夜可怕的失眠时光。"何志华向来是个胆小本分的人,从事的又是医学这种严肃谨慎的科学工作。"这在暗示妙妙把何志华(县城)认作结婚对象,结局将比与男演员、孙团纠缠更惨。妙妙这种悲惨经历,已经在预示1990年代将比1980年代更难掌握,更加扑朔迷离。王安忆不是那种"社会剖析派"小说家,她不会成为鲁迅、茅盾那样的社会分析家。但她的历史感觉的确又惊人地犀利、透彻。她说,因为"都写实,在手法上",有人把她和张爱玲联系起来。实际上,"我个人最欣赏张爱玲的就是她的世俗性。欲望是一种知识分子理论化的说法,其实世俗说法就是人还想过得好一点,比现状好一点,就是一寸一寸地看,上海的市民看东西都是这样的,但是积极的,看一寸走一寸,结果也真走得蛮远"。① 看来王安忆的人生观、女性观和文学观都不在胡适对五四文学的设计规划里,所以她不可能成为鲁迅、茅盾那种类型的"社会剖析派"作家。虽然她的文学观与五四文学观难脱干系,也或

---

① 见刘金冬对王安忆的访谈《我是女性主义者吗?》,《钟山》2001年第5期。

许有这种那种藕断丝连的联系,但王安忆已经是"当代人",而不再是"五四一代人",她像我们这些人一样,是被"当代"训练的一代人,所以她的个人经历和历史记忆都注定了,她的小说创作会与五四知识谱系保持着一种貌合神离的历史联系。在文学家族上,她诚如王德威所评,乃是真正的"海派传人"①。

妙妙在王安忆小说里并不孤独,她身边有一个专属于1990年代上海社会的"娜拉"群体。她身边还有《米尼》里的米尼,《我爱比尔》里的阿三。当米尼在蚌埠附近临淮关车站没跟知青女同学回上海,而是随阿康留下来的时候,她最终返回的已经不是"知青年代"的"上海",而是"改革开放年代"的"上海"了②。阿三 1990 年代初向往的世俗生活,是"上海"与"外国"的联姻,那些外国男友与其说是她未来的丈夫,不如说是她"走向世界"的桥梁,"上海的市民看东西都是这样的","看一寸走一寸",这正是上海人"世俗生活观"的"合目的性"。虽然妙妙不在上海,但在王安忆小说里,她已经具有上海人那种世俗和切实、看一寸走一寸的思维方式了。她起先接触男演员,继而接触孙团,后来选择何志华,在她的生活逻辑中都是丝丝相扣、环环连接着的,竟没露出一处破绽。这是张爱玲的小说哲学,也是王安忆的小说哲学。可是妙妙生活格局狭小,毕竟不能与上海女人米尼和阿三相

---

① 王德威在《落地的麦子不死——张爱玲的文学影响力与"张派"作家的超越之路》(见其著作《想象中国的方法》,生活·读书·新知三联书店,1998 年,第 248—255 页)、《记忆的城市,虚构的城市 I:海派文学,又见传人》(《现代中国小说十讲》,复旦大学出版社,2003 年,第 278—298 页)两篇中,仔细梳理了王安忆与"海派文学"尤其是张爱玲小说的承传关系,认为 1980 年代末以后她的小说,是在"海派文学"的轨道上发展的。例如,他在叙述了从《海上花列传》到张爱玲、苏青、潘柳黛、凤子等擅写上海都市女性的文脉后,坚定地指出:"在这样一个传统下写《长恨歌》,王安忆的抱负可想而知"。但同时敏锐发现:"然而王安忆的努力,注定要面向前辈如张爱玲者的挑战。"(见后一篇论文,《现代中国小说十讲》第 292 页。)

② 陈华积:《"米尼"们的"沉沦"——王安忆小说转型研究》。此为在中国人民大学文学院博士生"重返八十年代"讨论课上的发言,后发表于《当代文坛》2011 年第 1 期。本文详细讨论了米尼在知青下乡和改革开放两个不同年代的上海巨变之中的命运,认为社会和城市转型正是导致"米尼沉沦"的主要因素。他的讨论,对我的研究有积极的启发。

比。但她与她们是被转型社会所抛弃的弱势女人,这又使她们身上共同带着1990年代的痕迹。《妙妙》的第三部分,王安忆开始在贴心贴肺地细心揣摩最后陷入困境的妙妙了,她一步踩空,步步滑落,轰轰烈烈的"娜拉故事"行将收场,已经类似《长恨歌》中王琦瑶令人心痛的结局。"夜晚的时候,妙妙躺在值班室的床上,看着薄薄的窗帘后面的如洗的月光,心中茫然一片,她不知道自己将往何处去。将往何处去这样的问题开始来折磨她的心了。没有归宿使她心慌意乱。"妙妙的人生观是切实和脚踏实地的,它与子君、静女士、孙舞阳们"知识分子理论化"的"爱情理念"南辕北辙,更不能等同于"革命加爱情"的人生模式。如果说失败的米尼、阿三还可以在上海这个多维都市空间里周旋,借以自保,那么在单一化的小镇社会,妙妙已经没有了退路。无论在革命年代还是在上海,贬值后的女人身体还可能产生剩余价值,如转向革命和金钱等等,可妙妙的身体已一钱不值。起先是北京来的男演员的强行占领,接着是省城来的孙团的继承,最后是她自己向县城来的何志华投怀送抱:"事情是在何志华单独住的房间里发生的。激动和冲动使得何志华浑身颤抖,他牙齿格格打战地对妙妙说:妙妙,我该死了;妙妙,我该死了!相比之下,妙妙要镇定得多了,她躺在何志华身下,一下一下地捋着何志华的额发,说:这没什么,何志华,这没什么,何志华。她想告诉他,她和头铺街上的一般女孩那种落后的观念是不一样的,可是内心又生怕给了何志华可乘之机,所以就又说:何志华,咱们算什么呢?何志华,咱们算什么呢?"妙妙明白与有妇之夫交往,对她将意味着怎样的严重后果。如果与北京男演员交往,兴许还能跟摄制组浪迹天涯,能够进入"演艺圈"呢;如果与孙团成功在一起,那至少也会迁居省城;与何志华的故事,则使她断了自己最后的退路,她在小镇头铺街无法存身,读者已经看得分外明白。

这时王安忆使出对世故人情细腻拿捏的全部功夫,模拟海派小说丝丝入扣的老练笔法,她在从容收紧小镇世俗伦理的最后一道网,就看妙妙怎么挣扎:"下一次,何志华到头铺来找妙妙时,妙妙就对他说了离婚的事。"妙妙之所以这样峻急,是因为她已经没有了继续周旋的本钱。"何志华垂头坐着,一语不发,半天才说一句:妙妙,我对不起你。妙妙急了,说:你为什么不能对不起她,我不要你对不起。何志华就一句话也说不出来了。妙妙也不说话了,两人闷着头从中午坐到晚上,晚上又坐到早晨,然后,何志华就要走了。他走时,妙妙一把抱住他,说:何志华,你走了还来吗?何志华也落泪了,前言不搭后语地说:妙妙,我失眠的病更重了。妙妙不松手,说:何志华,我再不说离婚的事了,你走了还要来!何志华抚摸着妙妙毛茸茸的头,眼泪一颤一颤地掉在妙妙的头顶。这时,码头上传来了汽笛声,何志华说:妙妙,我要走了。妙妙心里忽然恍悟到,何志华这一走就再不会来了,妙妙就又要一个人,在这孤独的、危险的头铺街上","她放声大哭,抱紧了何志华不放"……在小说开头,故事也是从码头上传来的汽笛声中开始的。但那次来的是北京的摄制组,这次走的是"再不会来了"的何志华。妙妙就像经历了一次彻底轮回。这种轮回使妙妙的形象更具文学史的光辉。五四后的近百年来,新文学作品中的无数个"娜拉"不都曾经经历过这种轮回吗?像静女士、慧女士、孙舞阳、梅女士,从"追求""动摇"到"幻灭",然后从"幻灭""动摇"重新开始,一代人总是在重复上一代的故事,然而没有一个不是坚决果敢,无怨无悔。当然我们也不应为此不安,因为只要有社会思潮的召唤,人们就都不会安于自己现在的位置,所有的时代大概都会如此。

陈建华在他的论述中帮我们厘清了"五四娜拉"和"八十年代娜拉"意义的差异。他在评价1920年代革命高潮期的"娜拉"们时说:"我们不难发现这些女性形象,以《蚀》三部曲中的静女士、方太太、孙舞阳、章秋柳、《野蔷薇》里的娴娴为序,以《虹》的梅女士为终结,从各篇小说创作的先后时序来看,她们呈现某种曲线的运动,向'革命'的历史运动与方向愈益靠拢。换言之,随着作者描写技术的改进,她们在思想气质上更具时代性或社会性,她们的主体意识表达得更具革命性。"他同时指出上海的"都市文化"已在茅盾同时期小说中占据了很大篇幅,它几乎成为小说的背景、结构、组织,渗透到人物的灵魂活动当中:"尤其是在孙舞阳和章秋柳的形象塑造上,体现了作者的欲望、意志与理智之间的复杂冲突。她们那种'模特儿'般的健全身材原本于二十年代上海的都市文化,既带有资产阶级有关'人体'审美的艺术观,又含有'强种'、'保种'的改良主义的关怀。茅盾一方面充分利用都市的文化资源,在塑造这些摩登女性的同时,巧妙转换民族资产阶级的文化符码,使她们成为'革命'的载体。"①如果拿该评论与王安忆的小说设计相比较,两个年代"娜拉"所承担的历史任务之不同已经昭然若揭。据陈华积披露:"《米尼》是王安忆1989年6月采访白茅岭女子监狱后,根据部分采访材料创作而成的。"②按我的猜测,她采访女子监狱后写成的还不止《米尼》,至少还有《我爱比尔》《妙妙》等,因为它们都牵涉因为社会转型而导致女人堕落这种文学主题。只不过她偷偷把妙妙从上海转移到了皖北,扮成"小镇的娜拉"。此时王安忆已决定彻底"下海",她正从新时期文学的"新启蒙路线"转业到海派文学的"市民小说路线"上来。陈建华的研究,在这里足以成为我们观察王安忆创作转变的重要参照。陈建华认为,按照作者的主观愿望,茅盾是要在"革命运动"与"都市文化"的整体结构关系中重建女性形象的"主体意识";而众所周知,王安忆却在按照海派的文学地图,主动偏离近百年新女性文学的创作规则,她是在破解新文学在现代性、时间性上的霸权,让过于社会化的现实生活重回它原生态的起点。她不想让文学创作再承载新文学这家百年老店开发民智的烦琐任务,她像海派前辈们一样深信"小说就是小说"。妙妙就是她笔下的一个实验品。由此观之,我们发现王安忆与陈建华在表述"娜拉"的文

---

① 陈建华:《"革命"的现代性——中国革命话语考论》,上海古籍出版社,2000年,第338页。

② 陈华积:《"米尼"们的"沉沦"——王安忆小说转型研究》,此为中国人民大学文学院博士生"重返八十年代"讨论课上的发言,后发表于《当代文坛》2011年第1期。

学意义时观点是如此不同。她说:"《妙妙》其实也是写弱者的奋斗,这一类人的命运我个人是比较倾向关心的,这好像已经变成我写作的一个重要的题材,或者说一个系统。她们都是不自觉的人。有时候不自觉的人比自觉的人有更多的内涵,自觉的人他都是知己知彼地去做,他有理性,于是理性也给他画个圈,有了范围;不自觉的人却可能会有意外发生,他们的行动漫无边际。"①常常令人意外的妙妙,果然在实践着王安忆的对这类人性的观察。小说结尾,妙妙病了,她对招待所所长说自己"算看明白了","要想做出点出格的事,就得把自己毁了","像我这样没本事的人","用鲜血和生命也换不来美好灿烂的明天的"。

三、小说内外的寂寞

我在研究妙妙这个人的时候,总情不自禁想把笔转向塑造她的作者王安忆。因为我想到一个"人物"与"作者"互映的问题。这种"互映"也是一种小说的读法,它对陈建华那种历史分析来说是文学化的补充。在手法上,它类似古人对小说的"点校""索引"。夏志清评论於梨华著名小说《又见棕榈,又见棕榈》时说,"同每个真正小说家一样,她所亲自经历的,她所见到、听到的事情都是她创作的材料",他还直截了当地指出,这篇小说"复制了她自己一九六二——一九六三那年看到、听到、嗅到的一切"②。1960 年代末,王安忆从上海来到安徽北部蚌埠附近的农村插队。1972—1978 年间,通过关系到江苏徐州文工团工作。小说家回忆,它的"前身是一个地方戏的团体,规模很

---

① 王安忆、张新颖:《谈话录》,广西师范大学出版社,2008 年,第 285 页。这里对"不自觉的人"和"自觉的人"在小说创作上的讨论非常有意思,它说明王安忆这代"50后"的作家开始从文学思潮的控制中解脱出来,他们认为生活的"混沌"可能要比生活的"理性"更接近于艺术的真实。持此看法的,还有贾平凹等,如贾平凹在《秦腔》后记中也有类似表示。

② 夏志清:《文学的前途》,生活·读书·新知三联书店,2002 年,第 123 页。

小,在农村城镇串来串去演出"。①"在徐州文工团,情感上经历了很多波折"②。在十几岁到二十二三岁的时光中,她一人独自离开繁华的上海,颠沛流离于安徽乡下和小城徐州,内心的寂寞和伤痛可想而知。

妙妙十六岁到十九岁,王安忆十几岁到二十多岁,都处在少女怀春的脆弱敏感的年龄。这是寂寞日涨,且又说不出什么缘由的年纪。王安忆为摆脱乡下插队生活,背着手风琴借父母名义到处找关系、托朋友,受人冷落不说,还经受车船颠簸之苦。妙妙在小说里愤激地说:"都是同样的青年,却为什么有的过这样丰富多彩、日新月异的生涯,有的却那么苦闷?苦闷的日子多么难熬啊!"当年,王安忆到安徽北部很贫穷的大刘大队插队,肯定吃过不少苦头,受过不少乡村干部的欺负和闲气,她后来几乎不直接写农村,与她讨厌那个地方不无关系③。何况二十多岁的女孩子,无论感情还是工作都在急切地寻找一个归宿,于是有一段时间她从蚌埠乘车回上海,再从上海辗转到徐州,还得经常回去应付地里的农活,对付村干部的白眼,这种"生涯",与妙妙何异?

妙妙这段时间里也在盲目寻找,她潜意识里感觉到,要离开这个鬼地方得靠男人,北京的,省城的,最不济也得是个县城的。可能小说家本人有"很多波折"的个人感情生活,都被移植到这个小姑娘身上了。潜意识中的某种东西,被转换成不动声色的小说技术。妙妙并没有准备好谈恋爱,仅仅出于虚荣心羡慕北京来的摄制组,就被那男演

---

① 王安忆:《感受·理解·表达》,《上海文学》1982年第8期。
② 王安忆、张新颖:《谈话录》,广西师范大学出版社,2008年,第34页。
③ 1985年,王安忆在与上海作家陈村做的《关于〈小鲍庄〉的对话》中披露:"十五年前,我去安徽插队,那地方叫做大刘大队。大刘大队是由一个大庄和两个小庄组成的,大庄叫大刘庄,小庄一个叫小岗上,另一个便叫小鲍庄。"(《上海文学》1985年第9期)根据插队生活写作的小说仅有《小鲍庄》《大刘庄》《岗上的世纪》《姊妹们》等寥寥几篇。由此观之,王安忆是一个很自尊的人,不愿意披露内心不愉快的生活经历,包括在徐州文工团的有"很多波折"的个人感情生活。

员占了便宜。尽管孙团家人反对,但她跟他已经如胶似漆,眼看就要进入下一场,即谈婚论嫁的阶段。孙团和她的关系已生米做成熟饭,妙妙在这段关系里对孙团感激得一塌糊涂。"她不由地哭了起来,眼泪流在孙团的脸颊上。她哭着说:孙团,你不知道;孙团,你不知道!她想起那么多的孤独的日子,没有人理解她,把她当作一个怪人。"在类似于"乡下戏班子"的徐州文工团里面,肯定什么人物都有,偏执、怪癖、端庄、好色、下流、正派、农民习气、江湖艺人性情,梨园春秋,戏真情假,真是五光十色。内心孤傲的王安忆置身其中,要与许多不喜欢的人应酬,也难免不在这堆人中吃亏,这种孤独郁愤有谁知道?妙妙不过是代她哭自己罢了。否则,妙妙凭什么会如此地撕心裂肺,竟有些控制不住?更有意思的是,地方戏中奸臣小人当道,忠厚人士却处处碰壁的戏文,也在生活中原封不动地上演。孙团回省城大学后,给妙妙写来热情似火的情书,忍不住还披露出对她身体细节部分的欣赏。但这些信,悉被镇上邮政局的小发截获,成为把柄。他也在暗恋妙妙,此时孙团的信正好为他提供了进攻的武器。于是,同为天涯沦落人,《妙妙》接通了十几年前的徐州文工团,作者和人物的眼泪也横流在一起。这种难以与人言说的"文本秘密",也许只是我们的妄猜。

当年的少女王安忆,或和同伴,或一个人,从大刘大队徒步数里地赶到淮河码头,乘船到蚌埠,再由那里换火车回上海。工作之后,则从徐州乘车到上海探亲。寂寞的心绪,伴随了她孤身在外近十年的岁月,她也从一个十几岁的小姑娘,到了二十多岁。在这段不堪的生涯中,轮船和火车是她生活的见证,也是她寂寞心情的道具。在《妙妙》中,"轮船"也是主人公妙妙生活的道具。为什么"寂寞"呢?因为两人都在乡下或小镇上。只有"轮船""火车"才能载她们离开此地,它们是她们小镇岁月中联系着大城市的一座桥梁。王安忆仿佛带读者重访了她过去生活的一处处痕迹。我们跟着小说家和她的人物一起等到即将驶往蚌埠去的轮船:"第二天上午,从大柳巷开来的船靠码头了,由宝妹小说改编的电影的摄制组上了船,往蚌埠去了。妙妙觉得,她的心跟随着摄制组一起走了,这使她有了一种很开阔的情怀,她觉得,她已不再是头铺街上的女孩了","她想她自己的身子虽然在头铺街上,可是精神上却已经获得了解放,飞翔得很远"。"她将过一种进步的生活。"读到这里,感觉妙妙也在帮助我们重新整理王安忆当年的生活,一种"大刘大队"—"上海""徐州"—"上海"的刻骨铭心的痛切经历。在所有上海人眼里,"上海"才是一种"进步的生活"。王安忆如此怜惜心疼妙妙,其实也在怜惜心疼当年曾为少女的自己;她如此三番地写到"轮船""火车"(如《本次列车终点》《姊妹们》《米尼》《轮渡上》《文工团》《蚌埠》等小说),是因为它们载着重返理想生活的梦想,是一种"进步的生活"。其实,早在创作《妙妙》六七年前,王安忆就借写知青小说《本次列车终点》之机,谈到自己曾经长久纠结的心绪。她说:在插队和徐州文工团的八年间,尽管可以回上海探亲,"而每次回上海,我总觉得,我的毕生的遗憾,就是不能回上海了"[①]。

摄制组乘船走了。妙妙觉得她的心也跟着摄制组走了,人在镇上,灵魂却不在此地。妙妙可能还没爱上那男演员,可是由于某层关系,她感觉自己的生活与那人联系在一起了,分不清楚彼此了。"那人给了妙妙一只小小的半导体收音机,妙妙就总是拿它来听歌曲和电影剪辑录音。这只收音机的频道很难调准,总是格吱格吱响着,发出模模糊糊的声音。妙妙就很专注地听着,极力要听清里边的每一句旋律和每一句对话,如有一句话没有听清,她便觉得受了损失,流露出焦躁的神情。夜里,她在被窝里抚摸着这个又小又旧的收音机,想着那人,想着那人在这里的情景,一天一天的,清楚得像在跟前。她想:什么时候再会有这样的日子呢?"王安忆人在乡下,心却留在上海。像那年代的很多年轻人一样,她想被推荐上大学。小说《文工团》写道:"那年头,年轻人前途茫茫,只要有一点暗示,便如飞蛾扑灯一般奔至而来",当为作者心灵真实的记录。在长达一年的等待中,王安忆开始自学数

[①] 王安忆:《生活与小说》,《西湖》1985 年第 9 期。

学,学到高次方程时,见上大学愿望不能实现,便开始想别的出路。在文工团的最初两年,她的生活十分悠闲。时间一长,又觉出了苦闷,她开始写日记、看书。还写了一篇散文,写的是一个牺牲小集体为大集体的农村知识青年,这篇文章被上海文艺出版社收入一本反映知青生活的散文集,可书从1975年一直拖到1977年才出版。她坦率地承认:"说来说去,我写作的初衷只是为了找一条出路,或是衣食温饱,或是精神心情,终是出路。"① 蚌埠到上海四百八十多公里,徐州到上海也要六百三十多公里。从蚌埠乘火车回上海,途经南京、镇江、苏州等地;从徐州到上海,再多出宿州一站。按照1970年代中国火车每小时七十公里的速度,王安忆从蚌埠至上海需要七个小时,由徐州至上海最少也要九个小时。这是小说《米尼》主人公米尼从蚌埠回上海的路。它也是王安忆1970年代的一段心路历程。她和妙妙一样,在一个漫长岁月中等待着,白白打发走了少女的金子般的时光。在20世纪中国文学中,写少女等待出路的小说可谓比比皆是。沈从文《边城》里的翠翠,明知出走的傩送可能永远都不会回来,她却要在岸边一直地等待下去。少女的等待不是能用距离测算的,它的意义往往是空渺而宏大的。妙妙不可能再等到那人回来了,虽然她的心已经跟着他和那个摄制组走得很远很远。王安忆当时生活的乡下和小镇,距离上海不过几百公里,算不上遥不可及,然而正是这种难熬的等待,成就了这位当代杰出的小说家。有人认为这种人与时空的关系中,最终容纳了"生存和死亡、恒久与变动、天意与人为等诸种命题"②。十年后,王安忆成为一位作家,她渐渐意识到,所有的小说家都在不自觉地复制自己过去的生活。"在农村那些艰苦而又寂寞的日子里",我明白,"我是不能甘心做一名农民的"。然而,小说家又不是在简单和原封不动地复制自己,"当我写出我的哀乐时,便有人向我呼应,说我写出了他们

---

① 王安忆:《自述》,《小说评论》2003年第3期。
② 见程光炜等《中国现代文学史》(第2版,中国人民大学出版社,2007年,第236页)中,吴晓东对沈从文小说"变与不变"命题的精彩分析。

的哀乐,我感到了人心的相通,并且自以为对人们有了一点责任",想让"内容更博大一些,担负的人生更广阔一些"。她不再觉得自己当年往返于津浦铁路,自怨自艾像妙妙、米尼那样命苦了。但同时又产生了一种非常奇妙的小说家的独特眼光:"从此我便有了一种奇怪的感觉,觉得我的小说是和我的人生贴近着,互相参加着。我的人生参加进我的小说,我的小说参加进我的人生。于是,我便再也回答不出,我终究是为什么写作了。"①

在《妙妙》这篇引人深思的小说中,我们觉察到过去、现在和未来三种时间的存在。"小镇娜拉"并不是五四的文学特产。娜拉的意义在1980年代有了更丰富的延伸、变形和扩充,它同时也是从1950—1970年代一路走过来的。在中国人的生活中,"娜拉"几乎是所有女孩子成长史中的一个"人物原型"。不独子君、静女士、孙舞阳有,米尼、阿三、妙妙有,王安忆和现世中的女孩子们都有。"娜拉"原来是易卜生《玩偶之家》的主人公,翻译到中国来就变成了一个超世纪的文化符号,很多进入"现代社会"的女性们都被它命名了。因为这种命名,我们这才觉察到《米尼》《我爱比尔》和《妙妙》的时代深度,觉察到我们原来是生活在过去、现在和未来的三种时间中的。在这三种时间中,任何历史人物和文学人物都是过渡性的,都是鲁迅所说的那种"过客"。正是在这种历史视野中,我们发现原以为1980年代是"黄金十年",是浪漫理想义化高峰上的一道风景,却没有料想到,在漫长的人类历史中,它竟然也是寂寞的。这种"寂寞",透过对妙妙与王安忆的"互映"式的观察和研究能够看出来。1980年代是永远值得怀念的,同时也是寂寞和苦闷的,它被《米尼》《妙妙》《我爱比尔》等小说记录了下来。

在蚌埠车站,米尼没有跟女知青们乘车回上海,而是随能说会道、调皮有趣的阿康留了下来。她的"过去"(知青生活)随之结束。

---

① 王安忆:《自述》,《小说评论》2003年第3期。

她站在"现在"的门槛上，接下来就是与阿婆吵翻后一气之下走出家庭，与阿康结婚。"现在"展开在她的眼前，而跟着流氓无赖阿康意味着会毁掉她的全部生活，"未来"就是毁灭，这在年轻的米尼意识中竟然毫无察觉。"未来"往往都是家里长辈们事先知道，而子女们是无法预期也接受不了的。像苏童《妇女生活》中的少女娴与母亲赌气后搬到孟老板的公寓、王安忆《长恨歌》中的少女王琦瑶不听劝告与李主任同居等等，都是这方面的典型例子。米尼的生活同样不能回头，她不可能再从蚌埠车站那里重新开始。蚌埠车站是米尼从插队的乡下回上海的中转站，是命运发生巨变之地。蚌埠车站在读者眼里像是一面镜子，里面有米尼的过去、现在和未来。它像是一个命运的枢纽，同时也是1980年代的历史枢纽，旧的历史在死去，新的历史在到来，而米尼和女知青们对即将来临的这场历史剧变浑然不知。

《妙妙》最后一章，妙妙大病了一场，这时由宝妹小说改编的电影要公映，据说是因为审查的缘故，全国公映前电影厂专门派人到头铺街上放映。为答谢头铺街，还举行了盛大的答谢仪式。妙妙在电影里又看见了那人，好像回到了几个月前，有一种时光倒流的错愕感觉。对妙妙来说，"过去"居然如此短暂，"现在"和"未来"才是漫长的，它意味着坑坑洼洼危机四伏的一生。妙妙触景生情，她过去生活的一幕一幕，在回忆中展开。但她沮丧地发现，"他在里面只是演个小角色，连名字都没有，而且在荧幕上显得很丑，腮小小的，一点不精神，还有些萎顿。他只出现了几个镜头，便一去不回了"。作者在这里避免了俗套的悲剧性结局，她采取了传记式的倒叙手法。就像王安忆在积累了丰富的小说写作经验后，刻意要在这里强调生活的混沌一样。电影散场之后，妙妙一个人走在回招待所的路上，不再被年轻人的寂寞、苦闷困扰了。从十六岁到十九岁，妙妙在小镇头铺街滞留了三年的时间。她的过去在追思中出现，那是一种苦中带甜的记忆。在即将展开的更长的岁月里，为自己，为自己这代人，如何更有价值地去支配它们,她自己也不知道。妙妙回想过去,渐渐知道应该好好享受现在,因为她对于未来实在没有把握。

2011 年 1 月 24 于北京亚运村
2011 年新年后再改

最为多情是妇人
——读贾平凹小说《黑氏》

一、这妇人

1985年发表的中篇小说《黑氏》第四节写木犊到山外铜官煤矿做工,学校的校工来顺三番五次来撩少妇黑氏,她风情万种终难自制的情形:

> 这夜里月光冰洁,蛐蛐鸣叫不是十分寒冷,亦不多少潮闷,正是心性勃发之良机。来顺见黑氏真心待他,愁情忧绪很快从心上退却,说了许多话,许多话说在一条既出线又未出线的边缘地带,常常是双关语,后来见黑氏双手搓衣,鬓角发动,飘飘飞飞,多几分娇媚,便自己把握不住自己,那一双饥渴的爪子就钳住了黑氏的腰。黑氏惊慌挣扎,但全无效,先是叫"来顺!来顺!你疯了?!"后来就一语不发,处于昏蒙状态,完全被放倒在了那张小床上。同情心是女人的优点,缺点却往往根源于这同情之心,今晚上黑氏吃了亏。

这段文字,是对贾平凹早期小说魂灵的点穴之笔。它犹如墙上挂着的一面镜子,把作家这三十年小说的脉络纹理映照了出来。黑氏是贾平凹作品中常见的山里妇人形象。这些妇人原本是深山里没见过世面的年轻女人,在农村改革之风的劲吹下,嫁到山外或独自闯荡,因受家庭变故,突然燃着了内心的骚情(此为陕西方言,意指人的生理欲望)。这骚情被评者回收进"生活美"、"爱情追求"、人性解放的文学框架,由此焕发出时代的光辉。① 在小说里,黑氏是一个苦命妇人。她嫁给山外小镇贷款员的儿子,由于家贫兼"手脚胖、丑",年纪比丈夫大而遭夫家嫌弃,喂猪、揽羊,上青崖头上砍柴火,做饭。她过的是缺乏爱情的婚姻生活。"一到晚上,小男人就缠她。男人是个小猴猴,看了许多书,学着许多新方法来折磨。""小男人压迫着她,口里却叫着别人的名字,黑氏知道那是些村里鲜嫩的女子,泪水潸然满面。"但贾平凹不想按改革小说的套路,推演出黑氏的反抗故事,作者认为她的故事来自她生命的原初状态。像普天下大多数妇人一样,黑氏即使已察觉丈夫与那女子有染,依旧打算跟他低眉顺眼地过日子。就这样她认识了最先告知奸情的校工、四川人来顺。

在认识来顺之前,黑氏也认识本村邻居,年轻的光棍木讷。黑氏对这位木讷老实的汉子心里萌发同情,两人曾隔着墙头吃热乎乎的拳头大的洋芋。她起初并没有想与他们调情,虽然憨直的木讷替她打了与小男人私通的女子,还因此被拘了十五天。但小男人与她离婚后,事情发生了逆转。她从小镇搬回村里,借住在生产队的一间牛棚。虽有媒人纷至沓来,寡居的黑氏深沉寂寞却常袭心头。她最害怕秋雨,"坐在炕头上,看门前水滩里明灭雨泡。再往远处,是田埂,是河流,是重重叠叠的山"。黑氏人是木的,心眼却是鲜活的,天天为性爱冲动所苦。她仔细留神脸子白白的来顺的眉里眼里,被他撩拨的话弄得耳朵发烧。每当这时,黑氏就想起另一个人,木讷。来顺和木讷虽然都是光棍,来顺却更讨妇人喜欢,木讷只懂对妇人好,除闷头担龙须草做苦工别无他法。来顺和木讷请媒人拿了三百多元聘礼展开竞争,黑氏鬼使神差地跟了木讷。新婚当夜,这憨厮被闹婚的乡人灌醉,独自睡了。小说用作者的令人熟悉的细腻笔法写道:"入夜,木讷醒来,见是黑氏

---

① 参见王愚、肖云儒:《生活美的追求——贾平凹创作漫评》,《文艺报》1981年第12期;刘建军:《贾平凹论》,《文学评论》1985年第3期。中国当代文学史应该感谢王愚、肖云儒、费秉勋和刘建军这几位最早评论路遥、贾平凹和陈忠实小说的陕西籍批评家,如果没有他们的大力举荐,这些小说家很难说能够顺利地成为全国性作家,而且他们对这些作家作品的评论,直到今天都没有过时,仍然有参考价值。

穿了一身新衣,坐在灯下,那衣服把黑氏几年前的青春寻回来,心里万般涌动。叫声:'黑!'却无下语,嗤啦一笑,又嗤啦一笑,欲近来又怯胆,搓手不已,可笑如顽童忸怩。黑氏知道他是童身子,人丑家穷又欠言辞,从没有安排女人的经验,可笑了顿生可怜,她梳理了光生生的头发,心想:今日嫁他,就是他的人……黑氏是过来的,偏也作几分羞色,眼角眉底漾一种风情。木犊噗地便吹灭了灯,像饿虎一样扑来。"笔走至此,读者知道这是小说家故意在作铺垫,是在转移注意力,因为下面尽写木犊一味傻卖力气,去煤矿做工,从矿上挣回两千一百二十元与黑氏在小镇东街开一个小饭店,都是闲笔闲篇来着。它在等候另一个人的到来。

  黑氏是值得我们深深同情的妇人,也是一个不安分的多情妇人。贾平凹早期小说常写到这类命运不济又不安分的乡村妇人。《天狗》里天狗与把式女人是徒弟与师娘的关系,两人却眉目传情,歌声传意,最后以"招夫养夫"的乡俗睡在一起。《人极》叙及光子和拉毛因奉父命结为兄弟,以及他们与落难女子亮亮和白水的情欲恩怨,以此尽展封闭乡村里复杂多变的性爱故事。人们似乎更喜爱作家贾氏对亮亮风情的绝好描写,她在被两兄弟从水中搭救的第二天就这般亮相:"光子生疑,以为贼,卧房里就走出亮亮,头发乱乱的,娥眉初颦,两腮赤红。"笔者早就疑心,贾氏偏袒这些柔骨酥软的妇人并非要凸显作品主题思想,而是沉溺于某种古老的文人情趣。这三十年贾氏作品最令人难忘的恐怕也不是他的文学精神,而是经中国悠远古代传至周作人、沈从文等人又影响到他的性情文章。1990年代后,小说家作品中这类妇人更是层出不穷,生活地点、环境、衣服、神情频繁变更,但黑氏的魂灵与此一脉相承。跟着子路的回乡之路,我们看到他在《高老庄》与众多乡间妇人的野合、偶合。他感兴趣的也许不只有身体之乐,还有这种你来我往、我进你退复又卷土重来的细密幽微的心绪过程。菊娃是子路前妻,离婚后一人过着苦酸日子。子路是贾平凹小说里经常出现的情种男人,他从城里回乡,两人旧情复萌。子路抛开女友西夏跑到店里调情,她也不拒绝。小说第174页写道:"菊娃说:'这么大的人了,离婚这些年了,还哭鼻子流眼泪的,别人不笑话,自己也笑话自己了;……咱高高兴兴说些话。'子路说:'高高兴兴说些话。'""子路说:'离了婚又来找,在外人眼里是不是怪怪的,不正常?'菊娃说:'咱这儿的人自己事都管不了偏爱管别人的事!要关了门说话我就把店门关了。'子路说:'大白天关门,让人看见……'菊娃说:'猪死了就不怕热水烫了。'哐啷关了门。菊娃转过身来,是含怨带羞的一个笑,然后往店的里间屋走,经过子路身边了,伸手拨了一下他的头发。子路的额上有一撮头发溜下来。子路看着菊娃,却把那只手抓住了。"①读者应该深记贾平凹有一部伟大的长篇小说《废都》。《废都》恐怕是《金瓶梅》和《红楼梦》以来中国很重要的一部长篇世情小说,尽管它至今依然饱受争议,一时难以料断。②《废都》描绘的是中国当代文学史上光彩耀目的"金陵十三钗",它写妇人之细致,叙述之精细稳妥到位,观人言语行为和灵魂之深邃,都是当代小说六十年来罕见的,虽然有时作者会把男女之事写得污秽不堪,令人心跳脸红。笔者以为,唯有在这部小说中,贾平凹才得以把隐藏多年的个人性情发挥到淋漓酣畅,把他的文字功底展现到从未有过的极致,对几位主人公的生命状态做了最豪华和最尽情的浪费。但可惜这部伟大小说只顾几位西京文人的风流情史,而忘了像《金瓶梅》《红梦楼》那样细致广泛地刻画古城西京的风俗、勾栏街肆,深入普通市民家居生活的精微细部,这就使它不如前两者那么丰富,把这座千年古城的不朽风俗史留给后代读者。当然这也暴露出作者小说写作的软肋,他在大段涂抹和消费人物性情的同时,多层复杂的客观叙述却远远不够。他的小说的故事性一般都偏软弱。不过,贾氏也直白地告知读者:"我记住这本书带给我的

---

① 贾平凹:《高老庄》,春风文艺出版社,2006年。
② 黄平在《"人"与"鬼"的纠葛——〈废都〉与八十年代"人的文学"》(见《当代作家评论》2008年第2期)一文中,对1990年代批评界激烈指责《废都》的前因后果有过精彩的分析,认为当文学批评用1980年代"人的文学"的理论要求这部小说的时候,实际已经告诉人们,批评家并没有对出现在1990年代文学中的市场经济规则作好准备。

无法向人说清的苦难,记住在生命的苦难中又唯一能安妥我破碎了的灵魂的这本书。"①唐宛儿不啻是潘金莲的幽灵现身。她就是1990年代的黑氏转世。他近于放肆地把黑氏当年藏着掖着的大胆妇人故事,最终变成现实:

> 周敏一走,唐宛儿便把院门关了,回来却说:"庄老师,我给你买甑糕去吧。"庄之蝶一时竟不自然起来,站起了,又坐下,说:"我早上不习惯吃东西,你要吃就给你买吧。"妇人笑着说:"你不吃,我也不吃了。"拿一对毛眼盯着庄之蝶。庄之蝶浑身燥热了,鼻梁上沁了汗珠,却也勇敢地看了妇人。妇人就坐在了他的对面,凳子很小,一只脚伸在后边,一只脚斜着软软下来,脚尖点着地,鞋就半穿半脱露出半个脚后跟,平衡着凳子。庄之蝶就又一次注视着那一双小巧精美的皮鞋。妇人说:"这鞋子真合脚,穿上走路人也精神哩!"庄之蝶手伸出来,却在半空划了一半圆,手又托住了自己的下巴,有些坐不住了。妇人停了半会,头低下去,将脚收了,说:"庄老师。"庄之蝶说:"嗯。"抬起头来,妇人也抬了头看他,两人又一时没了话。庄之蝶吃了一惊,说:"不要叫我老师。"妇人说:"那我叫你什么?"庄之蝶说:"直呼名字吧,叫老师就生分了。"妇人说句:"那怎么叫出口?"站起来,茫然无措,便又去桌上抚弄了铜镜儿,说:"听孟老师说,你爱好收集古董的,倒舍得把这么好的一枚铜镜送我们?"庄之蝶说:"只要你觉得它好,我也就高兴了!你姓唐,这也是唐开元年间的东西,你保存着更合适哩。你刚才只看那镜面光亮,还没细看那背面饰纹吧?"妇人就把铜镜翻了来看,才看清镜背的纽下饰一鸳鸯立于荷花上;纽上方是一对展翅仙鹤,垂颈又口衔缓带同心结。而栉齿纹凸起的窄棱处有铭带纹一周,文为:"昭仁晭德,益寿延年,至埋贞壹,鉴优长全,窥妆起态,辨皂坤妍,开花散影,净月澄圆。"妇人看了,眼里充溢光

---

① 贾平凹:《废都》,北京出版社,1993年,"后记"第527页。

彩,说:"这镜叫什么名儿?"庄之蝶说:"双鹤衔绶鸳鸯铭带纹铜镜。"妇人说:"那师母怎肯把这镜送我?"庄之蝶一时语噎,说不出话来。妇人却脸粉红,额头上有了细细的汗珠沁出,倒说:"你热吧?"自个起身把木棍撑窗子扇。窗子是老式窗子,下半截固定,上半截可以推开。木棍撑了几次撑不稳,踮了脚双手往上举,妇人的腰身就拉细拉长,明明白白现出上身短衫下的一截裸露的后腰。庄之蝶忙过去帮她,把棍儿刚撑好,不想当的一声棍儿又掉下来,推开的窗扇砰地合起,妇人吓得一个小叫,庄之蝶才一手扶了她要倒下的身子,那身子却下边安了轴儿似的倒在了庄之蝶的怀里。庄之蝶一反腕儿搂了,两只口不容分说地粘合在一起,长长久久地只有鼻子喘动粗气。

唐宛儿起初因喜欢文学青年的丈夫周敏,随他闯荡西京,结识西京知名文人庄之蝶后,移情别恋。两人初试身手,通过相互比较、切磋,渐渐找到合适的角度和感觉,进入了状态。从这个角度看,黑氏在贾平凹小说家族中有了新一代传人。我们可以说,从这根从黑氏传到唐宛儿的接力棒,可看出一百年来"家国情仇"的文学叙事即将土崩瓦解(这是现代文学的典型叙事模式,在"十七年"和新时期初期又掀起高潮)。唐宛儿与黑氏携手越过20世纪中国文学的藩篱,一起回到了晚清、晚明,她们风情万种,姿态漪迷,款款返回寻常百姓家。现代中国文学在高头大章了一百年之后,在这里终于放低了自己的身段。

中篇小说的叙述空间当然局促,但贾平凹照样把黑氏照顾得很好,使她的手脚得以尽情舒展。既然小男人和木犊给了她婚姻却不能给她爱情,黑氏的感情天平就难免暗中向来顺倾斜。小说中,作者撇开叙述者,带着我们进入黑氏再婚后的故事当中。木犊刚去矿上,求婚未成的来顺就来继续骚扰黑氏。起初,瘫痪在床的公公驼子老爹对这对男女监视得甚紧,处在忠诚与性爱漩涡中的黑氏也难免挣扎不已。"一想到来顺,黑氏就竭力以排外的警惕来完满自己对丈夫的忠诚,但是这种完满,于远在千里的木犊是最宜的,于这个正在疯狂如狼虎的少妇年纪而空守一面大炕的人是极不平衡的,她多少感觉到了一种内疚,对来顺不起,'他说到底是好人',她暗中给自己说,或许,当初重嫁时,她极可能就是嫁给来顺。"以我陋见,在爱情婚姻选择上盲目混乱,是天下年轻人的通病,其实完全想清楚的婚姻也未必一定幸福完满,人这一生就如此稀里糊涂地走过。如果说,作者在讲庄之蝶和唐宛儿的故事时还略带着玩赏的心情,那么在黑氏和来顺的故事中他就有一点放任自由的意思了。在黑氏拒绝了来顺帮忙刨地之后,来顺又拿来三块肥嘟嘟酱赤赤的熟猪肉逗她。她这才发现,来顺不仅能干活,还会讨妇人欢心,这与只会使坏的小男人和老实无趣的木犊有天壤之别。作者跟我们一起走进了这位年轻妇人幽微细密的心绪世界:"黑氏立即便将院门关了,免得四邻知道,扶老爹上炕,作了许多解释,就到自己屋里痴痴呆坐。她怪这驼子太是多心,没事的事惹出事来,倒让她重新审视这来顺,愈觉让他委屈。女人之所以称为女人,自多了一份比男人所没有的柔水一般的同情心,她满足于男人对她的爱悦,一个动作,几句言语,就可以换得万般感念。而男人,若野蛮无赖式的一味施侵略政策,这感念就随之消灭,但乖觉的男人则来一种小技,装作受屈受辱,那女人的柔水就海一样深,四处溢流。来顺正是如此。"

于是,发生了文章前的那一幕。来顺竟不知足,即使木犊赚回两千多元钱,夫妇俩办起小饭店,日子步入正轨后,他还在惦记黑氏。小说家好像知道两个人眉来眼去的心思,就故意放走了木犊,让木犊与黑氏换班,轮流在小饭店和村里老屋两处看门,说穿了这是给来顺更多可乘之机。一次木犊不在店里:

> 说说话话,不知不觉,自自然然,来顺是把黑氏的手握住了,用软和的舌头舔,用牙轻轻地咬。黑氏没有吱出一声,事毕了,她送他出门,星月满空,夜更深沉,村外四面包围着的即将成熟的麦子,在清风中涌动,将月光漾出波般的亮闪,浓重的令人心醉的四

月田野地气使黑氏饱饱地吸了几口,涨满了全部胸膛。

事实上,就在这你来我往、情送意合的过程中,黑氏对木犊的感情也在悄然发生着变化。它起初是一点一滴、羞羞涩涩、遮遮掩掩的,甚至是欲盖弥彰的,但日子一久,从量变到质变,就会突然发生惊天动地的事情。

这年秋天,社会改革风潮吹遍了全国城乡,大城市的工厂单位都到这个小镇上推销城里产品,再买山货回去。黑氏夫妇的小饭店也迅速扩张,从一间改作三间,木犊照样做笨活,黑氏张罗招待四方客人,直忙得人仰马翻。来顺时常来店里,与主人和店员调笑,热酒下肚,眼睛就痴痴发呆。黑氏让帮工的肥胖女子陪她睡在店里,木犊有时回店睡觉,黑氏就借故支肥胖女子回来拿什么东西。老厨师提醒木犊多陪妻子,这厮居然浑然不觉,依然傻里傻气。八月十五的晚上,月亮出奇的圆,肥胖女子准备了酒水,拟请店主人夫妇享用,却远近不见了黑氏的踪影。这时有孩子在村口锐声叫道,有一对偷情男女被人绑在一起:

一块瓜田的作废的草庵里,一对赤身男女被绳缚,身上被人盖了一张被单。村长正在审问:
——你们是哪里人?
——西川村的。
——为什么到这儿?
——回家去,天黑了,路不好走,在这歇一夜。
——你们是什么关系?
——夫妻。
——有什么证明?带结婚证吗?是不是私奔的一对贱东西?是不是人贩子,骗拐了这女人?

这对偷欢男女——来顺和黑氏最终被村民释放后,亡命地向野外狂奔:"女人抬起头来,被架着跑,终不明白这路还有多少远程,路的尽头,等待着她的是苦是甜,是悲是喜?"……

村长厉声向被捆的来顺和黑氏索要结婚证,《废都》里众多知情者却没有人向庄之蝶和唐宛儿要这种东西,这就是1990年代与1980年代的不同。唐宛儿因文学之缘与庄之蝶交好,黑氏与文学风马牛不相及,她与来顺私奔纯粹是他给了她爱情。

《废都》把男女之爱写成了对身体的相互欣赏,相互揉搓攻击,当然也有相互怜惜;《黑氏》写男女之爱则是文绉绉的,像是一篇美文,一篇羞涩的牧歌。不过我们也很难说《废都》不是一篇更大、更辽阔、更引人深思的美文。对1980年代很多读者来说,这段描写使他们目睹了被当代文学长期遮盖的人性秘密,他们第一次看到了性交。贾平凹这一阶段的很多小说,都用这种暴露、叛逆和逃跑的方式匆匆结尾。因为他无法预知历史的进程,不知道即将展开的1990年代究竟是什么样的。他的这种结尾可能过于匆忙、草率,但我们多少可以看出作家本人在急剧变动的历史当中的紧张和茫然。小说家让读者看到黑氏与三位男人做爱,刚开始她像被缚笼中的小鸡,她的性爱和爱情都没有苏醒;到第五节、第六节,她对来顺则是一幅老鹰搏击小鱼的图画:她纵容来顺这个丈夫的情敌在小店帮工、帮闲,兼带不付账的吃喝(这等于没把木犊的感受放在眼里);她公开与来顺聊天,"两人说此说彼,来顺忘了时间,黑氏也忘了时间";这次黑氏不像上次"处于昏蒙状态","完全被放倒在了那张小床上",而是变成与来顺相互"用软和的舌头舔,用牙轻轻地咬",最后公然在野地里与来顺做出更为惊世骇俗的事情来。在小说开头,她尚可理智地控制自己的本能意志,但到最后,她却变成了一只鹰,一头母兽,在风气渐开但乡俗依旧古老保守的村庄附近狂奔乱闯。这个可怜无告的妇人,因为无法控制自己的情欲反而增加了她悲剧的深度。在黑氏的故事里,作者用他独特的笔法,相当饱满地写出了传统与现代两面镜子照耀下的一位乡村妇人的所有的野性。

二、这妇人与沈从文小说

近几十年来,关于沈从文小说的研究可谓浩如烟海①,但直到最近,他作为现代中国文学的一个"抒情传统"才被王德威提到。② 然而沈从文对新时期初期年轻作家韩少功、贾平凹等人的影响,以及这一抒情传统在他们作品中的充分展现,却极少有人论及。1992年,已有十余载小说创作生涯的贾平凹回忆说:"无论中国的文学怎样伟大或者幼稚,事实是我们就在其中,且认真地工作着。"③十年后,贾平凹自觉地将沈从文小说与他们这代作家做了历史的联系。如果说"十七年"小说、"文革"小说除孙犁等少数作家之外,对这代作家多有革命暴力和政治的影响,那么恰如贾平凹自己所说,沈从文告诉他的则是什么是"最好的小说":

> 我记得大学都快毕业了,突然有一天在书店见到一本书,是综合性的小说选本,里边有沈从文的一篇,我读了觉得是我那些年看到的最好的小说,就买了。平常买书,很少买综合集子,这次是冲着沈从文的一篇而买的。后来又在另一个综合集子中发现了沈从文的另一篇小说。我那时年轻冲动,给出版那个集子的出版社写了一封信,说希望以后在集子里多收那个叫沈从文的文章。但我不知道沈从文是什么人。后来,我的一个同学从西北大

---

① 1980年代初,跟北大教授王瑶读研究生的凌宇就开始了对沈从文的研究,他著的《沈从文传》(北京十月文艺出版社,1988年)是中华人民共和国成立后第一部研究沈氏创作的专书;美国学者金介甫的博士论文《沈从文传》(湖南文艺出版社,1992年),在研究方法和角度上更为独特。同一时期,在国内外出现的"沈从文热"中,刊发在《中国现代文学研究丛刊》等许多杂志上的研究论文不计其数。
② 王德威:《抒情传统与中国现代性》,生活·读书·新知三联书店,2010年,第98—101页。
③ 贾平凹:《四十岁说》,《贾平凹文集》第12卷,陕西人民出版社,2008年,第238页。

学图书馆借了一本书,是沈从文的一本选集,才知道沈从文是20世纪三四十年代的作家。但我清楚地记得看过一本沈从文的选集,是三四十年代的,就像现在的出版社出的丛书一样,每个人编一本,前言有人写,或统一写,或是请评论家来写。沈从文那册的前言上有这样的话,大意是说他有这样那样的特色,但永远不可能成为一流的作家。现在,50年以后正好反过来,沈从文成了中国真正的一流作家。作品确实要靠时间来检验,当时的评价是不一定准确的,这可以给我们许多启示。接触了沈从文的作品以后,才知道沈从文写了那么多东西!后来图书馆开放了,我的天,世上居然有那么多的好作家、好作品呀!①

作家于1972年从陕西省丹凤县棣花乡被保送到西安的西北大学中文系,工农兵大学生学制三年,他于1975年毕业,之后到陕西人民出版社任文学编辑。1974年开始文学创作。"大学都快毕业了"——指的就是这个时期,即"文革"动乱时期。"文革"时期大学图书馆的许多图书是不开放的,其中也包括像沈从文这样的"反动作家"的作品,所以我们能够想象贾平凹第一次阅读沈氏小说时的吃惊。坦率说,这位"反动作家"的小说让他少走了很多弯路,更何况沈氏的个性气质与他又如此接近甚至相像。"30年代中期,当他的好友丁玲终于皈依'革命文学'时,沈本人已出落成为一个抒情文体家,一个乡土主义者。"②沈从文就这样进入了贾平凹的小说世界,时隔多年,他也像乃师一样成为中国当代小说界著名的"抒情文体家"和"一个乡土主义者"。

黑氏从沈从文小说的妇人家谱里脱胎而来,同时她身上也带着贾平凹本人的心理印记。在沈氏1934年的小说《一个多情水手与一个多情妇人》中,十九岁的小妇人被一个年过五十的老兵占有,她的心灵

---

① 贾平凹、谢有顺:《贾平凹谢有顺对话录》,苏州大学出版社,2003年,第45页。
② 王德威:《现代中国小说十讲》,复旦大学出版社,2003年,第129页。

却在广阔的天地间自由驰骋,把自己的感情给了多情的水手牛保。沈从文用他灵动的笔致,描出了一个极其生动的年幼妇人的韵味:"门开处进来了一个年事极轻的妇人,头上裹着大格子花布首巾,身穿绿色土布袄子,挂着一条蓝色围裙,胸前还绣了一朵小小白花。那年轻妇人把两只手插在围裙里,轻脚轻手进了屋,就站在中年妇人身后。说真话,这个女人真使我有点儿'惊讶'。我似乎在什么地方另一时节见着这样一个人,眼目鼻子皆仿佛十分熟习。若不是当真在某一处见过,那就必定是在梦里了。公道一点说来,这妇人是个美丽得很的生物!"若在左翼文人柔石笔下,小妇人夭夭必定被叙述成一个"受侮辱受损害"的乡村农妇;而在沈氏作品里,她则是一个来自大自然的"美丽得很的生物"。夭夭对自己的美浑然不觉,它完全是大自然的赋予,当然这也与沈从文力图叙写社会底层人物健康自然的生命形式的小说观念有关。占有夭夭的老兵是个烟鬼,不珍惜她的贞操,经常把她当作与人交换钱物的东西,"只要谁有土有财就让床让位"。至于这位小妇人,也许是太年轻了,并不觉得眼前生活有什么苦痛,她对钱毫无兴趣,"却似乎常常想得很远很远"。作者在夭夭山间泉水般清纯的性格里,逐渐感触到"先前一时我所感觉到的一件事情的真实。原来这小妇人虽生在不能爱好的环境里,却天生有种爱好的性格。老烟鬼用名分缚住了她的身体,然而那颗心却无从拘束"。而牛保,只是她痴爱的许多身体雄壮的年轻水手中的一个。一只船在码头停靠,船上恰有一个体魄更遒劲的年轻男子下来,这都会让夭夭的心怦怦乱跳。起初,作者想叙写对夭夭命运的同情,可他终于悟到,这些底层人士的欲望和悲哀中其实有一种时间上更为悠久辽远的"庄严"和"神圣"的东西。"文革"结束后,我们能够理解初涉文坛的年轻作家贾平凹阅读沈从文小说时的激动醉迷。被当代社会封锁多年的"现代文学",在年轻作家眼里就像走出巴士底狱时看到的第一束耀眼夺目的阳光,那是我们这代人所独有而另一代人永远都无法理解的历史记忆。不过,细揣前面贾平凹"我的天,世上居然有那么多的好作家、好作品呀"的感慨，恐怕它不仅来自图书馆对现代小说的封存，还有这人性描写中满盈出的沈氏对生命意义深邃独到的理解，而这正是贾平凹这代作家所缺乏的文学功课。王德威称之为中国现代文学的"抒情传统"，用意是提醒它其实是中国古代小说的一脉相传，前面提到的《金瓶梅》《红楼梦》等就是它最老的祖宗。夭夭、唐宛儿和黑氏就来自这座最为古老庄严的中国文学的图书馆，她们身上散发着古代文学的醇香文墨。

黑氏不明白她为什么遭受丈夫全家人的歧视。结识木犊和来顺之后，她本能的生命意识就像山里的滚滚激流冲破阻塞任性地奔泻了。小说《黑氏》的重心在来顺。黑氏在小男人和木犊两家，尽管拼命地做活，可内心是孤独的。细心的读者在这黑胖粗笨的妇人身上察觉到一个道理，那就是人都是寂寞的：在村里和镇上住久了，她的寂寞在与日俱增，她人虽粗笨，情感生活却异常丰富。像夭夭一样，她对生活环境的感觉特别敏锐，她知道来顺前来调戏另有企图，第一天她把他关在院门外，第二天却又去学校找他，坐下来帮他洗衣。乡下男女间的欢爱，在院落墙头或破屋陋室，在山野庄稼地里都可以进行，解决临时性问题虽盲目草率，但文化生活贫乏、蓬勃的生命力无处寄放却是深层原因。小说写黑氏给来顺洗衣时，来顺并不老实，黑氏没有反抗，只是顺从。这种逻辑似乎难以理解，然而就两人的关系来说，又是自然而然的。在小男人欺负她的日夜里，在木犊去矿上做工的寂寞日夜里，多情善感的她多次想哭，但还是克制住了激动的情绪。她主动去找来顺，是因为她在来顺那里找到了安慰，找到了生活的意义。而且来顺还有乡下男人少有的温柔和文明，她从这种细腻的感觉中丝丝缕缕地发现来顺原来是真爱她的："她清白过来，房子的灯，芯小如豆，忽而暗下来，要灭又不灭，焰浅蓝像雾，微漾不静。她记起刚才身子被放倒后，这个强有力的人却并没木犊那种粗暴，耐心抚爱，一派文明，明白他是处理女人的老手，或是初试，则无师自通，这是比木犊高明之处。但后来，脑子又一片空白，翻起床，也不看来顺，无言返回家去。"天底下，无论城里还是乡下的妇人，总会为爱做出一些糊涂事。妇人天生是为爱来到世上的,贾平凹从老师沈从文小说里明白了这个道理,但沈氏绝未想到就在他辞世的几年后,这位徒弟居然在长篇小说《废都》中做出了更为惊心动魄的文学实验。夏志清对这种违反乡规伦理的文学描写做了辩护,对它的抒情意义做了极其明晰的阐释。他评价沈从文的文字,实际也可以用来表述对贾平凹小说的观察:"在这一段混迹江湖的日子中(他是湘西沅水上下流船只的常客),沈从文结交了各式各样的人物,如军官、土匪、私娼和舟子。因此,他以小小的年纪,就已接触过成人世界里情欲、堕落与英雄色彩的一面。在这许多他经历过的事件中,有些看来是非常邪恶的,但换了另一种眼光看,却是人类精神一种美的表现。"①

通过分析沈从文的作品,批评中国文学载道传统而强调重建以个人性灵为基础的"抒情传统",是夏志清留给学界的最深刻的印象。为此他还不无激烈地申斥"城里人"的虚伪而歌颂"乡下人"的道德,"为了表示他与其他作家的不同,沈从文很喜欢强调自己的农村背景"。②在他笔下,乡下姑娘的逃婚行为充满神秘诗意和韵味,他不惜用细致入微的文笔使这行为洋溢着唯美的情调。在并不太出名的小说《劫余残稿》的"巧秀和冬生"部分中,作者为巧秀的逃婚营造了一个抒情的环境:

> 我一生中到过许多稀奇古怪的去处,过了许多式样不同的桥,坐过许多式样不同的船,还睡过许多式样不同的床。可再没有比半月前在满家大庄院中那一晚,躺在那铺楠木雕花大床上,让远近山鸟声和房中壶水沸腾,把生命浮起的情形心境离奇。以及迁到这个小楼上来,躺在一铺硬板床上,让远近更多山鸟声填满心中空虚所形成一种情绪更幽渺难解!

---

① 夏志清:《沈从文的短篇小说》,《文学的前途》,生活·读书·新知三联书店,2002年,第90页。
② 夏志清:《沈从文的短篇小说》,《文学的前途》,生活·读书·新知三联书店,2002年,第88页。

这篇小说因是作者后来整理的"残稿",对大宅子里十七岁女仆巧秀逃走的前因后果交代得并不清楚。在这远离城市的偏僻的山乡,在远近山水鸟声所包围的静静的宅院,主人公想到走过的许多地方、所见闻的各种离奇人生故事,于是在空虚中形成某种"幽渺难解"的心理。大千世界无奇不有,社会人世之离奇可能要远超出小说,小说不过只记录其九牛之一毛而已。巧秀心里暗暗喜欢在团防局做事的冬生,在团防局做师爷的表叔,却要她做满家大队长的小老婆,而冬生家则希望他娶一个有前途的姑娘,这就使她两头落空。一日,一个路过这个寨子的吹唢呐的男人,不知怎么用言语诱惑了年轻的巧秀,她就稀里糊涂地跟他跑了,也不知跑到什么地方去了。"巧秀逃走已经半个月,还不曾有回头消息。试用想象追寻一下这个发辫黑,眼睛光,胸脯饱满乡下姑娘的去处,两人过日子的种种,以及明日必然的结局,自不免更加使人茫然若失。"但"这个女人本身,那双清明无邪眼睛所蕴蓄的热情、沉默里所具有的活跃生命力,一切都远了",被"遗忘在时间后,从此消失了,不见了"。在小说这种顺应自然的笔调中,叙述者"我"对巧秀的未来命运做了许多猜测,例如,在常德府的大西关,辰州府的尤家巷,以及沅水流域大小水码头边许多小船上,像成千上万接纳客商的小婊子一样,走上了那一代逃婚叛逆小妇人们所重复的人生道路。我们已经提到,在《黑氏》结尾,黑氏因与来顺野合被乡人抓到,被村长释放后在大雨中盲目狂奔,最后可能不得所终的情形。黑氏举止中隐约有巧秀的影子,但又略有差异,她们所面临的社会制度毕竟不同。假如说沈从文在巧秀命运中展现的是他"常"与"变"的人生哲学,那么我们在贾平凹这篇小说里读到的,却是1980年代中国农村改革和人性解放后种种令人错愕的事实。贾平凹的小说是直接对社会发言,沈从文则是失望于社会后要重建一个理想化的乡村社会。两位作家虽然同为"乡下人"出身,但我们应该知道,他们分别来自不同的年代,1980年代的中国社会无论如何都与1930年代的中国社会有着差异甚大的制度安排和人文环境。1930年代,执编《大公报》时期的沈从文挑起了"京海文学"论争,从而形成文学史上的京派,并因此形成他的一整套的主张。沈从文小说美学的源头实际是周作人"人的文学"和"美文"的理论,它们承袭中国古代文学传统中与载道文学背道而驰的性灵文学,声称要抵抗、反对新文学以及商业文学和左翼文学的现实功利主义价值趋向。周作人在1921年发表的《美文》中,明确把它定义为是从"批评""学术性"和"叙事"性中分离出来的"艺术性"和"抒情性"的一种文章①。追随周作人的抒情文学观,沈从文把自己的小说定位为一种追求"优美,健康,自然,而又不悖于人性的人生形式"②。沈从文的小说美学是相当明确、自觉和自成系统的。所以,沈从文并不以为巧秀跟人稀里糊涂地逃走丢人现眼,它是这种乡下小妇人根据自己的生命体验实现的"人生形式",尽管她最后很可能会像许多同龄人一样在大大小小的码头上做了婊子。黑氏的形象塑造受益于沈从文的小说,但贾平凹所面对的农村改革环境明显不同于沈从文们当时的社会现实环境。他没有自己的系统文学理论,却敏于现实生活和人物内心细微的脉搏,这就使他写这篇小说时陷入了既大胆写出黑氏的出走,又不知她路在何方的短暂困局。他不知道黑氏应该怎么走,他当时确实也不知道自己的文学道路应该怎么走,当时社会没有那样的制度安排。从贾平凹的《黑氏》到沈从文的《一个多情水手与一个多情妇人》《劫余残稿》,我们的阅读经历的是一次时光的倒流。显然我们不能指望这位年轻作家把二十年后中国的事情都看得那么明明白白。

三、这妇人与古代小说

《黑氏》与当代文学前三十年的主流小说不是一条树脉根系,它发

---

① 周作人:《美文》,《谈虎集》,北新书局,1928年,第41页。
② 沈从文:《〈习作选集〉代序》,《沈从文选集》第5卷,四川人民出版社,1983年,第231页。

源于沈从文和孙犁的抒情小说传统,根基却建筑在中国古代小说的源流传统上。

　　贾氏小说与古代小说、戏曲和诗词的关系,是贾平凹研究中最为困难的一个题目。一是古代小说浩如烟海,贾平凹所读古代小说的量大且内容杂。二是贾氏对阅读来源的具体叙述少得可怜,两者的历史联系很难建立起来。然而恰恰这个题目是我们深入了解贾氏秉性气质和文章风格的关键。他在《我心目中的小说》里说:"在我初读《红楼梦》和《聊斋志异》时,我立即有对应感。我不缺乏他们的写作情致和趣味,但他们的胸中的块垒却是我在世纪之末的中年里才得到理解。""我的小说越来越无法用几句话回答到底写的什么,我的初衷里是要求我尽量原生态地写出生活的流动",而"小说真是到了实在为难的境界,干脆什么都不是了"①。《关于语言》一文写道:"小说,顾名思义,小的说话,一段说话,那么,你这个作家是怎么个说法呢?传统的小说观念里,一切说法都是手段而不是目的,描绘、表达人与事的,实际上,它不仅在描绘表达人与事的,说法的本身就是一种目的。"②在《四十岁说》里他又说:"作家实在是一种手艺人,文章写得好,就是活儿做得漂亮。"③而在这些多样芜杂的阅读与汲取当中,他最推崇的大概就是那种善于闲话的小说:"能善于闲话的作家差不多都是文体作家,有性情,艺术天赋高,有唯美倾向,又是不过时的作家。"④王富仁、郜元宝更是提醒我们注意贾平凹小说风格形成过程中西安古城文化和陕西乡土气质所发挥的作用,它们与古代小说融会贯通,赋予了贾氏创作古旧、乡土小说的特殊气质。王富仁说:"我是曾在西安生活过三、四年的,它就是贾平凹《废都》中的西京,是一座'废都'。""到了西安,你首先就得进坟墓,昭陵、茂陵、始皇陵,都是古人的坟墓,连

---

① 贾平凹:《我心目中的小说》,《小说评论》2003 年第 6 期。
② 贾平凹:《关于语言》,《当代作家评论》2002 年第 6 期。
③ 贾平凹:《四十岁说》,《贾平凹文集》第 14 卷,陕西人民出版社,2008 年,第 238 页。
④ 贾平凹:《关于语言》,《当代作家评论》2002 年第 6 期。

半坡遗址都有一片掘开的墓葬地。""大雁塔、小雁塔,你在李泽厚先生的《美的历程》中就能看到它们的照片,它们是美,并且至今不失其雄伟浑厚,但你又总觉得它们是风尘仆仆的,站了一千来年,站得有些累了。"他认为贾平凹小说的精神气质和审美观念产生于这种特定氛围,这是认识《废都》精神资源的一个关键。不这样去认识,批评者就无法真正深入《废都》内部。为此,他认为贾平凹1980年代的小说虽好,但它们所吸收的那些"乡土题材""改革题材"对于作家创作而言不过是"文学的衣服",它们并不真正反映作家贾平凹真实丰富的内心世界。① 郜元宝指出:"尽管被称为'奇才'、'怪才'、'鬼才',但贾平凹登上文坛,靠的还是长期不懈的努力。""很长一段时间,他并没有找到适合自己的道路,只是靠着散漫的阅读、丰富的农村生活经验、中国当代文学某种惯性推动力,以及韧性的投稿,来表达一份朦胧的感动。"②贾平凹玩古碑、收藏奇石怪树、擅写书法,在文学圈子中也是非常出名的。他是文学界一个真正的玩家。这种情况下,小说确实如他所说是一门手艺,这种玩赏、性情、眼光和文化处境,就被自觉不自觉地带入作品氛围中。

黑氏就像从《聊斋志异》众多鬼魅女人中走出来的妇人。《狐妾》一篇写山东莱芜人刘洞九在汾州做官。一日独坐官署内,忽然听到一阵娇弱的妇人的笑声从亭子外由远而近,进屋一看,站着年龄不同的四名美貌妇人。刘氏知道官署中早有狐仙故事传闻,以为是幻觉,也就不去管它。可是一天,其中那个年长者来到官署,称自己的小妹(即昨日站立之一者)想与老爷有缘,愿意今天就与他来个洞房花烛夜,喜结良缘。刘拿眼睛谛视那妹妹,发现竟是一个光鲜美艳极了的年幼妇人,于是大喜。又觉得现实与昨日幻觉差距太大,刘氏心中不够踏实,

---

① 王富仁:《〈废都〉漫议》,肖夏林主编:《〈废都〉废谁》,学苑出版社,1993年,第201—216页。
② 郜元宝:《贾平凹研究资料·序》,郜元宝、张冉冉编:《贾平凹研究资料》,天津人民出版社,2005年,"序"第1页。

因此用手试探那妇人的私处,感觉与真人无异。那年幼妇人见状笑道:自己是刘洞九前任官员之女,因迷惑于官署里的狐仙,郁郁而死。众狐仙以精术生出她,自己因此变成了狐仙,而且比飘飘欲仙的狐仙更加美丽动人。《聊斋志异》是中国古代小说中写借幻觉实现梦想的杰作,当然荒诞不经,也因为如此,其中许多篇章便充满了神秘鬼魅的光彩。另一篇《荷花三娘子》写宗生在田野里撞见狐女与人野合,便上前调笑,动手动脚,狐女笑道:"腐秀才!要如何便如何耳,狂探何为?"妩媚妖冶之语,不是一般闺阁少女能说得出的。这狐女迷惑宗生,是要吸取他的精气以修炼成仙,因而话中颇多挑逗性。小说史专家石昌渝认为:"生前的遗憾在死后得到补偿,这是志怪小说'人鬼恋'类型中常见的母题。""《聊斋志异》继承了志怪传统,记叙的都是神鬼花妖狐魅。"它"不像唐代传奇小说那样,男子对女子具有居高临下的地位",相反,《聊斋志异》恰恰是男子家境比女子贫寒,所以"女子冲破了许多障碍,才使得爱情圆满"。①

  黑氏虽来自当代农村,她身上却沾染有某些鬼气、怪气。小说写她受小丈夫欺负后,"眼睛闭着,心却睡不着,一股黑血在肚里翻腾。恨娘家人穷,不能门当户对",让她白受嫌弃。这时产生幻觉,"雨还在落着,院子里水汪汪一片白亮。忽见得隔壁那家院子上空红光一片,甚是吃惊"。待她爬上院墙头看,才知是邻居木犊准备早早出门做活。她的个人经历还带着狐女亦真亦幻的古怪气息,例如星夜里到小学校捉奸,与来顺的因缘,以及她周身散发的充满妇人灵性的狐气和暗媚。笔者已经提到,她嫁给木犊后,本已生米做成熟饭,却仍然情欲难忍,并不严厉拒绝来顺的撩拨,反而还推送往来。作品写她亦真亦幻的"下意识"尤其精彩:

    再到地里去,两天前刨的一半的地,却剩下了一小半。黑氏

---

① 石昌渝:《中国小说源流论》,生活·读书·新知三联书店,1994年,第214—217页。

生疑:馍不吃有人会吃,地不刨也会有人来刨?这人是谁,如此亲善?夜里是二十九,乌云吞了月亮,黑氏再去刨地,地畔上有一个黑影,忽大忽小。她惊这过去,刨地人竟是来顺!

她没有叫他,立在他的身后,呼吸觉得不匀。来顺为这些微的特异的生息注了意,回过头来了,也没有说话,但眼睛放光,黑暗里看得清有奇异之色。

吃馍、"刨地"、"黑影"、"忽大忽小"、"特异"、"奇异"等意象都取自《聊斋志异》,是典型的幻境,黑氏竟好像是一千年前年幼妇人和狐女的脱胎降生。笔者想到,天下之大,人生之短促,总有永远不理想、永远不满意的遗憾,作家于是就托身来世作为对这人生的补偿。黑氏与来顺的关系类似志怪小说的那种"人鬼恋",同时它也指认出另一个中国凋敝农村的隐形的寓言。这些离奇华丽的文学描写,是对空使生命岁月蹉跎的人们的精神宽慰,茫茫苍天都应该同情这对可怜弱势的乡下男女。

《黑氏》结构松散,却有利于抒情的气息贯穿作品的始终。贾平凹的小说大多结构不好,故事连贯性不强,忽紧忽松,忽快忽慢,有时还写得喜怒无常,没有坚固的逻辑予以支持。他的小说事实上是那种抒情性小说,是小说的抒情;它们是商州深山里的奇花异石,是古城长安墙头悠远吹奏着的古埙,是狂士口中的汉曲;它们也是大写意的散文,是讲究醇厚兼顾扭捏的戏曲,是文人的词章,是半坡遗址,更是年久失传的孤残的秦腔。贾平凹是当代小说家中的一个异类。他终究更是小说家中的散文家。他小说的魅力根本是抒情,不是叙事。他的作品总如一曲穿过汉朝、唐朝和明朝的长歌,犹如细细山泉流水一路远去,一种充满山野气息和古旧文人风味的韵致是他的作品始终不变的红线,《腊月·正月》《天狗》《古堡》《废都》和《高老庄》等小说就是这方面最漂亮的例证。贾平凹尽管生在新社会,骨子里却是旧时代的古旧文人,他的小说的结构不好,题材、主题都不那么自觉明确,这是旧社会古旧文人的通病。在"进化论""人道主义""个性解放""苏俄理论"没有大面积地引进中国,统治中国现代文坛之前,中国旧社会的古旧文人们都是这么生活、思想和写作着的。晚清以降,梁启超等一班主张文学革新的人鼓吹改造这些旧东西,但这些旧习气依然通过唐代传奇、宋元话本和《世说新语》《海上花列传》《官场现形记》《孽海花》《老残游记》《二十年目睹之怪现状》等旧小说,通过周瘦娟、包天笑、张恨水等海派京派文人传承给了后代作家。在笔者看来,贾平凹小说的境界是取法自唐宋传奇、宋元话本的,文法语言上却与晚清小说联系最多。因为文言文的小说已经不适于当代读者阅读,而半文半白的晚清小说,却容易成为他们的最爱,这是贾平凹小说创作在当代中国成功的最大关键。中国古典小说在现代文学中没有"断代",在当代文学却"断代"了三十年。贾平凹实际是这些旧小说在1980年代的最大传人。他接过沈从文等人的历史接力棒,成为唐代传奇、宋元话本、四大名著和晚清小说的后代子孙。何兆武在《上学记》里说,《红楼梦》是受到《金瓶梅》很大的影响的,因为《金瓶梅》所揭示的人性的深度,给了《红楼梦》和后代作家很多的启发。①

我们反复说的《黑氏》的"多情""有情"等实际就是"人性"的问题。在《中国古典小说》一书中,夏志清曾对晴雯和宝玉缠绵悱恻的爱情有过精彩的评价:"读者先前或许以为宝玉即便不是一个大情种也是一个拈花惹草的男人,然而这两个对比鲜明的场景则有力地否定了所有这方面的联想。他不仅在一个放肆地挑逗他的女人面前全然手足无措,而且在晴雯的床边也显得颇为被动。他悲不能禁,不能自已。而恰恰是病入膏肓的晴雯主动地表示出她是多么需要他,表示她对他的一腔如火的爱情——她要茶喝;为过去没能表白自己的爱情,空使青春岁月蹉跎荒废而悔恨不已;猛地咬断自己的指甲,挣扎着脱下自己贴身的袄子赠给情人,以作为自己以身相许的象征,而以前的她由于过于坦直和骄傲而未能把爱情献给她的情人。正是这些言辞举动

---

① 何兆武口述,文靖撰写:《上学记》,生活·读书·新知三联书店,2008年,第117页。

使得她的永别令人荡气回肠,弥久难忘。比之黛玉、宝钗、袭人来,关于晴雯的描写所占的篇幅极少,但凡在有她出场的情节中,她都是高度个性化了的,因此晴雯可以被认为是作者创造的形形色色的女性形象中最令人叫绝,最为成功的一个。"[①]贾平凹的中篇小说《黑氏》只是他漫长文学生涯前半叶的一个小小的序曲,这篇作品艺术上虽远不如后来的《废都》和《高老庄》出色,但借助它观察贾平凹的文学气脉和前后历史却毫不逊色。黑氏对来顺的爱情同样像晴雯一样坚定、决绝,她放弃镇上大好生意不做与他义无反顾地私奔,她使作者文学气脉、气象的呈现相当饱满。但正如我们前面所说,由于作者当时还很年轻,阅历仍不够丰富,写作经验不够成熟,所以,黑氏只能算是《废都》和《高老庄》等巅峰小说出现之前的一个实验。在《废都》中我们看到,柳月对庄之蝶的一往情深,因为她明天就要嫁给不喜欢的瘸子而动人心扉。贾平凹对柳月离家前夕的圆熟描写更叫人难忘。两人相互难舍难分,庄之蝶把一只古铜镜赠与柳月,之前他把另一只铜镜赠给了唐宛儿。这使柳月无限地嫉妒起来,嫉妒的同时,又把她与"庄老师"的分别看作永别。她说:"'你说心里话,你明明白白也知道我不会爱着大正的,但你把我就嫁给他,我也就闭着眼睛要嫁给他!是你把我、唐宛儿都创造成了一个新人,使我们产生了新生活的勇气和自信,但你最后却又把我们毁灭了!而你在毁灭我们的过程中,你也毁灭了你,毁灭了你的形象和声誉,毁灭了大姐和这个家!'庄之蝶听了,猛地醒悟了自己长久以来苦闷的根蒂。这是一个太聪明太厉害的女子,他却没有在这么长的日子里发现她的见地,而今她要走了,就再也不是他家的保姆和一个自己所喜爱的女人了,她说出这么样的话来,给他留下作念。难道这柳月就像一支烛,一盏灯,在即将要灭的时候偏放更亮的光芒,而放了更亮的光芒后就熄灭了吗?庄之蝶再一次

[①] 夏志清:《中国古典小说》,江苏文艺出版社,2008年,第279—280页。应该说,这是夏氏著作中写得最好的一部,它的长处并不在版本考察的功力上,而在对作品内容的分析能力上,其中许多地方,都远远超出了中国的同代研究者。

抬起头来,看着说过了那番话后还在激动的柳月,他轻声唤道:'柳月!'柳月就扑过来,搂抱了他,他也搂抱她,然后各自都流了泪,庄之蝶说:'柳月,你说得对,是我创造了一切也毁灭了一切,但是,一切都不能挽救了,我可能也难以自拔了,你还年轻,你嫁过去,好好重新活你的人吧,啊?!'柳月一股泪水流下来,嗒嗒地滴在庄之蝶的手臂上。"这一次贾平凹又把中国妇人的多情善感推向了极致,并做了尽兴发挥。

　　读到这里人们已经知道,《黑氏》是一篇那个无情年代过去后的"有情小说"。黑氏的多情,是作者想传达给读者的最重要的隐喻。小说向人们明确传达的有情有义,则是对无情历史的最彻底的鞭挞。然而,如果仅仅在这个小框架里认识贾平凹和他的小说,就太狭窄了。在《我的姐姐张爱玲》一书中,张子静是这样解释这位在小说中极其老练克制、在小说之外的爱情生活中又极其糊涂多情的女作家的:"姐姐聪明一世,爱情上,沉迷一时。"乱世男人胡兰成对张爱玲三心二意,而"姐姐与他认识后就一往情深,不能自拔"。"胡兰成后来去武汉办《大楚报》,爱上一个护士小周。抗战胜利后他化名逃亡,又爱上一个秀美。姐姐去温州找他,说出小周与她,要他选择,他却不肯。"即使情断义绝之后,张爱玲仍慷慨地将电影《不了情》《太太万岁》三十万元的巨额编剧费寄给他。① 由此可知,贾平凹是把妇人看作世界上最能通显人性之美的造物来看待的,是把她们看作万物之灵长,看作最不可思议的人情、世情和人性的象征的。在《山石、明月和美中的我》一文中,他以"女人"为中心,将对于万事万物的观察做了某种浪漫的放大。他说:"我常想,这个世界不同于五十年代、六十年代,在八十年代里到底是什么形状、色彩和音响呢?一个国家和一个国家面对着这个世界所发出的心声,要受阶级、民族、政治、社会、制度、地理、习惯的制约,而我们中国人的心声又是什么呢?进而又受着性格、气质、环境、

---

① 张子静、季季:《我的姐姐张爱玲》,吉林出版集团有限公司,2009年,第158、156、171—172页。

爱好、教养的制约的我个人的心声,又是什么韵律呢?"又说:"当我欣赏学习国画、戏曲的妙处的时候,我就忘却不了我的山石和明月了。夜里我在山地上行走,明月总是陪伴着我,我上山,它也上山,我下沟,它也下沟。山石是坚实的,山中的云是空虚的,坚实和空虚的结合,使山更加雄壮;山石是庄重的,山中的水是灵活的,庄重和灵活的结合,使山更加丰富。明月照在山巅,山巅去愚顽而生灵气,明月照在山沟,山沟空白而包含了内容。这个时候,我便又想起了我的创作,悟出许许多多不可言传的意会。"① 这位擅长写妇人的杰出小说家,把妇人作为一个观察无比神秘和深邃的世界的窗口,来显示他的哲学观、文学观和人性观。在他看来,妇人真正是"坚实和空虚的结合",是最值得观察也是最无法穷尽的一种生命的现象。但他又非常清楚地意识到:"我可能不是一个政治性强的作家,或者说不善于表现政治性强的作家,我只有在作品中放诞一切,自在而为。"到了一定艺术境界的小说写作,已经处在那种"见山是山,见水是水,见山不是山,见水不是水,见山还是山,见水还是水"的深刻复杂的状态。② 正是在这里,他的小说与沈从文的小说和中国古典小说的文化血脉相通了,丝丝缕缕地联系在一起了,浑然天成地成为一种东西了。后者是那种不被"进化论""人道主义""主体觉醒""人性解放"和"苏俄理论"等西方思想与文学方法规训的文学状态,是那种顺从自然而无能无力和建筑在东方文明根基之中的写作状态。在走出新文学而重回中国传统文学大峡谷中认识自己的时候,我们才体会到贾平凹在本节开头那句话的含义:"小说真是到了实在为难的境界,干脆什么都不是了。"③

在《黑氏》里,黑氏、木犊和来顺都是老实本分而且可怜的乡下人,他们不会想到自己从何而来,又将跟着命运的水流向何处。就像沈从

---

① 贾平凹:《山石、明月和美中的我》,《贾平凹文集》第 11 卷,陕西人民出版社,2008 年,第 220—221 页。

② 贾平凹:《四十岁说》,《贾平凹文集》第 12 卷,陕西人民出版社,2008 年,第 240 页。

③ 贾平凹:《我心目中的小说》,《小说评论》2003 年第 6 期。

文笔下的夭夭、巧秀，就像曹雪芹笔下的晴雯、宝玉，像《聊斋志异》中众多鬼魅女人，还像他自己笔下的师娘、菊娃、唐宛儿、柳月等一干可怜可爱的妇人，贾平凹竟也不知道黑氏逃离故乡后的下一个人生的驿站究竟在哪里。在大千世界当中，作家和主人公都是被动的、渺小的、无助的和可怜的，像生生死死的蚂蚁等弱小动物，生存与毁灭都在一夕之间。我们都不知自己路在何方。黑氏出生在一个大时代，却在三个男人之间无助地挣扎，听任欲望和生命的驱使而无法安定下来。她目睹小男人的荒唐，只想与他平平顺顺地过一辈子。离婚后糊涂地选择了木犊，心里却时时想着更灵动体贴而且有情的来顺。她与来顺的偷情东窗事发，不得不连衣服都穿不整齐就落荒而逃。小说里的这些细枝末节令我们心痛惋惜、爱莫能助，也徒生伤悲。从《黑氏》我就想到，贾平凹的文学目标哪只是这篇简单的小说就能了结，他是一个能够超越自己时代和主人公命运的作家，这使他从三十多年前一直走到了现在。从看到沈从文的小说起，从阅读大量古代典籍、戏曲、辞章和仔细品评商州山石明月的时候起，我们就得对他另眼相看。当然这是写完《黑氏》这篇分析文章的后话，算是篇末的一点闲话。

写于 2011 年农历最后一天
2012 年 3 月 26 日再改

韩少功的变线
——从《西望茅草地》到《爸爸爸》的话题谈起

如何从韩少功几十年创作之变中理出一个比较清楚的线索,是当代文学史研究的难题之一。

蔡翔说,在中国的当代作家中,韩少功是"最具理论家气质的"。他的"二律背反"命题和"寻根文学"主张,使他对当代文学的理论贡献,并不逊于他的小说创作。但"人们曾经怀疑,韩少功过于强烈的知性精神或者过于清醒的智者品格,是否会影响到他小说写作的'迷狂'状态"。①

吴亮说:"前不久有几个朋友都问起过我,理性给韩少功的小说写作带来的是帮助还是障碍?""韩少功是否在自己的小说里有意无意地载负了过重的理性意念,因而总让人觉得艰涩、刻意和诡奥?"这"也许可以据此断定他的小说太带有目的性"②。

南帆说:"韩少功想肯定什么?这远不如他的否定对象明晰。"他的"肯定往往闪烁不定,隐约其辞,甚至彼此矛盾。它缺少一种正面的强烈之感"。"韩少功还十分乐于制造某种异样的气氛。韩少功的一部小说标题为《真要出事》——他的许多小说总是为人们带来即要出事的感觉。"他举例提到了《北门口预言》《空城》《爸爸爸》《归去来》和《鞋癖》等作品。③

---

① 蔡翔:《韩少功代表作 蓝盖子·前言》,韩少功:《韩少功代表作 蓝盖子》,春风文艺出版社,2002年,"前言"第1—2页。

② 吴亮:《韩少功的理性范畴》,韩少功:《鞋癖》,长江文艺出版社,1995年,第299、306页。

③ 南帆:《历史的警觉——读韩少功1985年之后作品》,《当代作家评论》1994年第6期。

这些批评家和韩少功都是新时期文学的重要参与者,他们在肯定这位优秀作家成就的同时,也对他创作的多变表现出了担忧。①

我懂得"一叶知秋"的道理。窃以为对韩少功这种有自己模型的作家来说,不必把研究扩大到他全部的创作领域,只需截取某一段就可以。

我截取的是从《西望茅草地》到《爸爸爸》这一段。

一、从《西望茅草地》到《爸爸爸》之变

先从两篇小说写法的比较说起。

《西望茅草地》创作于1980年10月,《人民文学》1980年第10期发表,获同年全国优秀短篇小说奖。韩少功当时是湖南师范学院中文系大二学生,因他的知青经历,作品被看成是知青作家创作的伤痕题材小说。故事以第一人称的角度展开:1960年代末,"我"中学毕业,不顾父母劝说阻拦,只身混上西去列车,到一个周围都是茅草地的农场当知青。迎接他们的是一个剃着光头,赤膊赶着马车的老汉。后来知道他是曾有上校军衔的场长张种田。张种田是军人作风,农民思维,只懂广种薄收,不会科学种田。他让知青整天挖地、烧荒、锄草、播种、点粪,还不准他们谈恋爱,但他自己也亲力亲为。小雨是场长的女儿,她经常找"我"借书,跟我谈保尔·柯察金、普希金,渐渐与"我"眉来眼去。小雨是劳动模范,"我"也积极争取上红榜。一天晚上,"我"提着梭镖去站岗,突然被人捆绑到一个山洞里。黑脸汉子声称他们是救国先遣军第八纵队,今晚就在全县暴动。绑架者审问:农场武装部的枪在哪?场长、书记住哪?在准备英勇就义前,"我"心里默念小雨,还高呼"打倒反动派!"……原来这是场长考验知青革命意志的一套把戏。"我"经受了考验,上了红榜,但场长为阻止"我"与

---

① 韩少功的理论兴趣是否影响到了文学创作,还得进行具体的研究。在当代作家中,像韩少功、张承志和张炜这样有一定思想深度的,还是不多的。

小雨恋爱,把她调到了场部,小雨后来死于森林大火。小说的结尾曲折动人。农场因长期亏损解散,场长调任某学校校长,他一下子苍老很多。离开农场的时候,"我"见到场长拿着酒壶,踉踉跄跄地走了。

  车身晃荡,车内一片笑声。"猴子"和"大炮"在抢烟,笑声特别响。他们在笑什么呢?笑手里的烟?笑各自的前景?……茅草地的事业,只配用笑声来埋葬吗?……
  我笑不出来……偷偷流出一滴泪。

作品发表后好评如潮,被认为是"伤痕文学"的力作①。我倒认可韩少功自己的说法,张种田形象的成功塑造,一定程度上受到了伤痕文学作品的影响,其复杂性却已超出伤痕文学的范畴②。

《爸爸爸》1985 年 12 月完成,《人民文学》1985 年第 12 期马上刊出。提倡"寻根文学",加上这篇寻根代表作及时问世,使韩少功声名大噪。不少评论文章都认为这篇作品受到了魔幻现实主义文学的影响。它也确如李庆西所言,运用的是魔幻现实主义文学"年代不详""打破传统小说的全知观点"和"神秘造成背景的飘移与延伸"等创作手法③。

《爸爸爸》的故事和人物都没有连贯性。某地某年,鸡头寨的一个男孩丙崽生下来时,不吃不喝两天两夜,第三天才哇地哭出声。他脑袋畸形且特别大,眼目无神,行动呆滞。吃饱之后,不分男女,总会喊声"爸爸"。如果被打,就白眼一瞪,咕噜一声"×妈妈"。鸡头寨和丙

---

  ① 蒋守谦:《韩少功及其创作》,《文艺报》1981 年第 19 期;曾镇南:《韩少功论》,《芙蓉》1986 年第 5 期。
  ② 韩少功:《留给"茅草地"的思索》,《小说选刊》1981 年第 6 期。
  ③ 参见陈达专:《韩少功近作和拉美魔幻技巧》,《文学评论》1986 年第 4 期;李庆西:《说〈爸爸爸〉》,《读书》1986 年第 3 期;汪政、晓华:《神话·梦幻·楚文化——韩少功创作断想》,《萌芽》1988 年第 2 期;刘再复:《论丙崽》,《光明日报》1988 年 11 月 4 日;等等。

崽不知来自何处,当地人民语言怪异,行为神秘,一直住在大山里的白云上面。传说他娘在灶房码柴,弄死了一只蜘蛛,现世报应,生下了丙崽这个怪胎。他父亲叫德龙,一天借口出山贩卖,走后不归。丙崽没有真实的爸爸,于是逢人便喊"爸爸"。

经常欺负丙崽的是没婚娶的老后生仁宝,仲裁缝的儿子。因为性压抑,他常躲到林子里看女崽们在溪边洗澡。又因眼睛看不清楚,便用棍子探看母牛"某个部位"。奇怪的是,他在寨子里说古怪古音,到山外与窑匠、商贩、读书人和阴阳先生交谈的时候,却说起了官话。

鸡头寨与鸡尾寨械斗屡战屡败,人们将失败归咎于丙崽晦气,决定杀他祭神。但寨子依旧三日无粮。喝过毒药的老人只得面对东方而坐,头缠白布的青壮男女在烧毁木屋后开始"过山",到新坟磕头后接着唱"简"。令人惊诧的是,丙崽居然又从不知哪里跑了出来,而且头上脓疮还褪红结壳了。他用树枝搅了一下瓦坛里的水,冲一个人影嘟哝了一声:"爸爸。"

两篇作品读起来感觉很不一样。因为前者是"传统小说",后者是"现代小说"。布斯在《小说修辞学》一书中对它们的创作手法做了区分:传统小说追求的是全知的叙述视角,作者渴望"戏剧性"地坐在读者面前,所以,这种小说的时间、地点和人物均有现实的根据;"现代小说"恰好相反,读者看不到作品的时代背景、故事发生地和人物形象。再加上"隐含作者""叙述距离""怀疑性"等写作技巧的穿插运用,经常让读者摸不着头脑。因此,传统小说给人的印象是比较"可信的",而"现代小说"则是"不可信的"①。

从1980年到1985年这五年,韩少功的急剧变化,让关注他创作走向的批评家都感到惊讶。曾镇南称赞他是"长江以南"最善于在艺术上进行探索的青年作家,又说:"我是在读完《爸爸爸》、《蓝盖子》之后才回过头读韩少功最初的习作的。起点与暂时的终点之间落差之

---

① [美]W.C.布斯:《小说修辞学》,华明、胡晓苏、周宪译,北京大学出版社,1987年,第122、178、179、181页。

大给我极为讶异的一个强烈印象。"①南帆说,《西望茅草地》与"今日的韩少功"拉开了不小的距离。"我首先惊异地看到,韩少功果断地抛弃了诗意","《爸爸爸》的出现恶作剧地毁掉了种种诗意的语境"。人们不难察觉,他的小说中"秽物"骤然增多了,例如蚯蚓、蛇、蝙蝠、拳头大的蜘蛛、鸡粪、鼻涕、尿桶、体臭、汗珠、月经、阴沟、大肠里混浊的泡沫和腐臭的渣渣等等。南帆指出:作品的隐喻、客观性和叙述距离"往往闪烁不定,隐约其辞,甚至彼此矛盾。它缺少一种正面的强烈之感"。他也提到了张承志:"张承志已经认出了自己归宿的高地,并且公开地亮出了旗帜。于是,张承志具备了一种义无反顾的气概。"他"已经有了赖以为文为人的高贵灵魂"。而"韩少功却没有自己的偶像。他对偶像以及种种偶像的替代物疑心重重! 这决定了他没有诗意的眼光和抒情的歌喉"。②

  韩少功是从作家创作的实际来解释自己的变线的。他说:"'文革'开始,我十三岁。父亲不主张我搞文学,认为危险。"1968年到湖南汨罗县(今汨罗市)当知青,数理化一点用不上。于是搞宣传墙报,激发了写材料、诗歌和小说的兴趣。1974年后社会上有所松动,便私下读一些优秀的文学作品,也限于鲁迅一本薄薄的杂文,以及唐诗宋词之类。"我下放的那个生产大队,有一个生产队的社员劳动一天只能得到人民币八分钱",甚至劳作一年还要赔钱,饥荒的现象很普遍。新时期文学兴起后,落难和插队经历成为很多作者重新观察历史的角度。"当时不止我一个,贾平凹、张抗抗、陈建功、刘心武……都在写问题小说",这在当时是"很正常的"。③

  1984年城市各项改革全面铺开,西方书籍和现代派小说被翻译过

---

① 曾镇南:《韩少功论》,《芙蓉》1986年第5期。
② 南帆:《历史的警觉——读韩少功1985年之后作品》,《当代作家评论》1994年第6期。
③ 韩少功、施叔青:《鸟的传人》,韩少功:《在小说的后台》,山东文艺出版社,2001年,第115—120页。

来,他又极大地调整了自己思考历史和文学创作的视角。他从文学创作的实际状况中发现了不少问题,自己的思想变化于是有了前因后果:"关于寻根,如果不了解它提出来的前提,确实会引起某些误解,也会出现意思上的偏差。"它针对的是当时小说创作的弊端:"现在正在写作品的主要是两代作家,中年作家和青年作家。中年作家是五十年代成长起来的,受俄苏文艺的影响特别大,对俄苏文艺作品非常熟悉。有的作家提起契诃夫喜欢拉长音:契诃——夫,念得很有韵味。"

他认为这不是崇拜不崇拜苏联文学的问题,而是与此相关的文艺理论,正在阻碍当代文学创作的发展。当时不少面对社会巨变的青年作家,在下笔的时候一筹莫展,颇感苦恼。他在访谈中说:

> (中年作家)一听到俄苏歌曲就情绪激动,能引起亲切的回忆。因为这与他们的青春旺盛时期是紧紧相连的,引起情绪激动是很自然的。文艺理论也是别、车、杜的观念,"生活即美","现实主义精神","人民性","时代感"等等,成为整整一个系统。

而这时候,被翻译过来的卡夫卡、波德莱尔,开始充斥青年作家的阅读视野。大大超出他们对巴尔扎克、果戈理的喜爱。因此,"吃"海明威的变成海明威,"吃"艾特玛托夫的变成艾特玛托夫,"吃"卡夫卡的变成卡夫卡,这与"吃"苏联文学的变成苏联文学的现象如出一辙。文坛这种状况让胸怀抱负的韩少功忧心忡忡:

> 所以,我就想到了我们民族文化怎样重建,怎样找到自己的文化。这是第一个问题。第二个问题,对传统文化的认识,对东方文化的认识这是一个全球性的课题。①

---

① 林伟平:《文学和人格——访作家韩少功》,《上海文学》1986年第11期。

二、韩少功变线的内外原因

在韩少功研究资料的创作谈和访谈中,有密集而广博的知识和概念,如二战、市场经济、电信、传媒技术、信息社会和全球化等①。这在当代小说家中比较罕见,连考古学出身的张承志也非如此。大学同学骆晓戈对这种韩少功现象并不稀奇:"他是思辨型的,谁都会得出这个结论。"②

曾是湖南作家协会同事、后跟韩少功一起做《天涯》杂志的蒋子丹也持这种看法,认为"韩少功是个有智慧有主见且极善思辨的主儿,路要怎么走文要怎么做皆有他自个的章法",所以"韩记小说向来是以理性见长的,小说以外的文章就更充满了理性"。③

韩少功的确不愿只做小说家,他想扮演对文学进行反思和总结的理论家角色。1982年2月大学刚毕业,他就写出诸如《读沧浪诗辩》《难在不诱于时利》《人:复杂与丰富》《文学创作中的"二律背反"》和《作者的性格型智障》《词语新解》《词的对义》等文论。因《文学创作中的"二律背反"》引起争议,就写《从创作论到思想方法》与学者钱念孙等论争。1985年2月,从湖南省总工会的《主人翁》杂志调入湖南省作家协会,随后到武汉大学英文系进修英语,钻研理论书籍,渴望能直接读西方原著。这年7月,他在《作家》杂志发表了震动全国文学界的理论宣言《文学的根》。

对知识能否成为文学作品的构成因素,韩少功与曾镇南和南帆等批评家可能有不同的考虑。他在接受张均采访时承认,他当时关注的问题并不限于寻根,因为"85新潮"一个很大的内容就是现代主义,这

---

① 韩少功:《信息社会与文学前景》,《面对空阔而神秘的世界》,浙江文艺出版社,1985年,第67—79页。
② 骆晓戈:《韩少功印象》,《芙蓉》1986年第5期。骆晓戈是韩少功湖南师范学院中文系的同学,对他比较了解。她曾以诗人名世,是1980年代一个很活跃的诗人。
③ 蒋子丹:《〈韩少功印象〉及其延时的注解》,《当代作家评论》1994年第6期。

需要用理论知识去探索和辨析。新潮之前,他因"二律背反"这篇文章与人发生争论。"当时王蒙先生也介入争论,表现得比较开明,说有规律但也允许有例外。我比他激进,认为例外就是律外之律,就是我们还未认识的规律而已。《爸爸爸》这一类作品的主题多义化,就与这种认识观的变化有关"①。他在接受施叔青访谈时做了进一步补充:"我的创作两种情况都有:一种先有意念主题,为了表现它,再找适当的材料、舞台。另一种比较直觉,说不清楚的、零碎凑起来的。我自觉理性在很多时候帮倒忙,但也不否认有时候从理性思维中受益。《爸爸爸》的情况最开始是一些局部素材使自己产生冲动。比如那个只会说两句话的丙崽,是我下乡时邻居的小孩。"

韩少功甫一未必就想出现这种"理论大""小说小"的失调比重,而是"寻根文学"使他由湖南文学界的中坚人物,一跃跻身全国文坛领袖的行列。这让他萌生了一种暧昧难言的"急于事功"的心理。从此,不愿再降低已在文学界形成的声望高度。另一原因是,1988年从湖南到海南,《天涯》组织学界诸多知名学人讨论当代中国问题,这更让他感到自己的理论规划和思辨具有了"全国性"。如果说理论思维在《爸爸爸》阶段还是"说不清楚的、零碎凑起来的",那么,它自觉渗透到《马桥词典》《暗示》和《山南水北》等作品的创作中,可以说是在情理之中了。

从湖南到海南,不单是从内陆到沿海,这一空间转移还意味着韩少功从湖南的传统社会来到了全球化时代的最前沿,这给了他对历史和过往的文学进行全面反省、思想整体性升华的契机。他在对话录中对王尧说,在大学时代的学潮中,他发现赞成和反对的人的脑子里,都充满了"官本位"思想:"他们所反对的东西,常常正是他们正在追求的东西,政治对立的后面有文化上的同根和同构。我对此感到困惑,怀疑一场政治手术能否解决这样的文化慢性病。我开始意识到,我们

---

① 张均、韩少功:《用语言挑战语言——韩少功访谈录》,《小说评论》2004年第6期。

不能像伤痕文学、反思文学那样,把人仅仅看作是政治的人,还必须把人看作文化的人。"①

在《马桥词典》《暗示》《山南水北》等作品的访谈中,他就是以这一理论反思为贯穿,来串联自己文学思想的主脉的。他表现得斩钉截铁和充满自信:

> 崔卫平:坦率地说,我对诸如"方言"、"地方性"、"地域色彩"这一类东西有一种不知所措的感觉,实际上我们关心的还是普遍性的问题。如果一个东西据说仅仅是有关"方言"或"地方性",那我为什么要阅读它?……
>
> 韩少功:我从80年代初开始注意方言,这种注意是为了了解我们的文化,了解我们有普遍意义的人性。
>
> ……
>
> 崔卫平:……马桥人的发音仅仅提供了一个想象力的起点。你是在用更为通用的当然也是文学的语言钩沉出不为人知的马桥语音,尤其是揭示出其中包含的人性内涵、人类生活的某个侧面。
>
> ……
>
> 韩少功:在我的理解中,小说也是创造知识,只是这种知识与我们平时理解的知识不大一样。小说的功能之一就是挑战我们从小学、中学开始接受的很多知识规范,要叛离或超越这些所谓科学的规范。②
>
> 张均:《暗示》出来之后,评论界感觉到解释的困难。……
>
> 韩少功:……我必须重新回到生活中来,看一看我们的回忆、感受、想象、情感、思想是怎么回事,看一看具象是如何隐藏在语言里……《暗示》考虑的则是人、语言、具象这样一种三边关

---

① 韩少功、王尧:《韩少功王尧对话录》,苏州大学出版社,2003年,第56页。
② 韩少功、崔卫平:《关于〈马桥词典〉的对话》,《作家》2000年第4期。

系……在文体上,这本书同样是打破小说与散文的界限,甚至走得更远。①

在从湖南到海南的时空转移中,韩少功的作家角色,的确发生了根本性的变化。如果说当年提倡寻根,是出于对伤痕、反思文学不满,是创作在兼顾理论的话,那么在海南,则变成理论要裹挟着创作往前走;读者从他回答崔卫平、张均关于两部长篇小说的提问中,大概可以看出端倪。

对韩少功创做出现如此重大的变化的原因,当然不能轻率做出结论,还要从他当时的社会和生活环境出发做进一步的探讨。

韩少功在《我与〈天涯〉》这篇"海南回忆录"中说,1995年底,海南省作家协会的主席退休,作协机关有一年时间陷入无政府主义状态。他对作协这种机构本无好感,但在领导部门的劝说下勉强出山。抱着"大局维持,小项得分"的想法,他想抓抓作协的《天涯》杂志。这本杂志1980年代还不错,1990年代在市场竞争中丢盔卸甲,吃过新闻出版局两次黄牌,每期只印五百份,其中一百份还是寄赠作者的。因整个机关被当作房产租给了一个公司,编辑部连一间办公室都没有,开会借用外单位的一间房,那情形"简直像地下工作者的'飞行集会'"。怎么能使这个濒临破产的小店恢复运转?韩少功的改革措施,一是重整编辑队伍。他自嘲说,当时编辑部只剩几员女将,但个个都能折腾:罗凌翩没学历,因为在《海南纪实》杂志干过,有丰富编辑经验且强记博闻;王雁翎研究生毕业不久,办事诚恳、细致、随和,后来被培养成编辑部的内当家;蒋子丹既是作家,又编过湖南的《芙蓉》,跟自己铁杆,是抢稿和挖稿的高手,在全国文学杂志编辑中有"北周南蒋"的口碑。后来又有青年小说家张浩文、号称"李大一"的李少君和郑国琳等人的加盟,一时间人才济济。

---

① 张均、韩少功:《用语言挑战语言——韩少功访谈录》,《小说评论》2004年第6期。

二是管理改制。首先是为纠正原编辑部懒、散、乱的状态,实行了"考评制",所有员工都有打分权,把大家的"德、能、勤、绩"置于群众监督之下,果然,少数坐惯了轿子的党员干部只能灰头土脸地走人。经过人员瘦身,减少编稿审稿程序,明显提高了效率。其次是分工明确,充分调动编辑们的竞争力和责任意识。蒋子丹的主业是审稿,但组稿也极强,晚上九点长途电话半价,她就把电话打向祖国的天南地北,弄得作家、批评家和学者心惊肉跳。李少君是从报社跑来兼职的,在国内新生代作家和学者中有很好的人脉,又是一种急公好义的湖南人性格,但变成一个思想文化批评领域稿源的"快抢手"。最后是启动特聘编辑机制。韩少功与李陀本来是很熟的朋友,知道他是文坛的热心人,便拉来帮忙。韩少功原先与南帆不熟,1995年底在上海开会,他与南帆同住一室,几个晚上的闲谈,让韩少功有了就近观察的机会,他感觉南帆人和文章都朴实、诚恳且不乏自己的见解,因而获得"极大的好感",引为同道。于是,内部编辑与外聘编辑里外呼应,遍地开花,弄得有声有色。

三是产品改型。这给韩少功带来极大的声誉,使《天涯》一跃成为与《读书》齐名的"全国名刊",也被迫卷入了"新左派风波"。他说:"编杂志就是一种生产,需要有良好的管理和技术,需要产、供、销环环流畅。"要保证杂志发行"流畅",赢得最广大的读者,想出当代中国问题这个好栏目是顶重要的一环。"民间语文"面向作家之外的普通百姓,"让他们日常的语言作品,包括日记、书信、民谣等等都登上大雅之堂"。这个戏称"严禁文人(与狗)入内"的栏目因其大众形式、民族气派而大受欢迎,其作品有《患血癌少女日记》《火灾受难打工妹家书》《下岗女工日记》和《"文革"支左日记》等等。"作家立场""一图多议""特别报道""文学""艺术"和"研究与批评"等专栏也很抢眼。1990年代的《天涯》,引起最大争议的当然是"新左派事件"。据韩少功回忆:

在这种情况下,当汪晖的长文《论当代中国的思想状况与现代性问题》拿到编辑部来时，我觉得眼睛一亮，立即建议主编破例一次，不惜版面发表这篇长文。据说汪晖本人一直犹豫是否应该更晚一些在国内发表这篇文章，李陀也建议他暂时不要发表。他们对《天涯》的果断可能都有些感到意外。就像很多人后来所知道的，正是这一篇长文成为了后来思想文化界长达数年一场大讨论的引爆点，引来了所谓"新左"对阵"新右"或"新自由主义"的风风雨雨经久不息。由于俄罗斯经济发展的严重受挫，由于亚洲金融风暴的发生，还由于从美国西雅图开始的抗议和骚乱，这场讨论又与全球性的反思大潮汇合，向下一个千年延伸而去。

而因此爆得大名的汪晖与韩少功初次见面时，流露出的是一副不那么领情的表情：

> 他后来来海口参加一个长篇小说的讨论会，坐在角落里几乎始终一言不发，那是我与他的第一次见面。他看了我的文章以后淡淡地说："你似乎认为世界上只有好人而没有好的主义，这恐怕有问题。"

对事件势态的发展，韩少功"一直睁大眼睛，注意各种回应"，"想找几只真正的大老虎来跟他们练一练"。他内心也紧张得打鼓，怕给杂志和作协引起更大的麻烦，于是就有了"在做这些事情的时候，我们并不想和一把稀泥处处当好人，更没有挑动文人斗文人从而招来看客坐地收银的计谋"的自我开脱等表白。为表明《天涯》不偏不倚的态度，韩少功他们赶紧组来反击或不同意汪文的萧功秦、朱学勤、刘军宁、汪丁丁、李泽厚、秦晖、钱永岸和冯克利的文章，尤其是任剑涛全面批评汪晖的重头长文《解读新左派》，予以救火，但好像时机已晚，韩少功还是被学界安上了"新左派"的帽子。他带着自嘲意味地说："如果硬说神圣的'资本'碰不得，一碰就是'新左派'，那我们就'新左派'

一次吧,被人家派定一顶有点别扭的帽子,多大件事呢。"①

不能不说,经这《天涯》一役,韩少功再以"纯粹作家"的身份待在文学界已经很难。关键是,他急切强盛的理论思维,已超出文学范围,而迈入当代中国的思想文化领域当中②。他后来著述中的理论概念和知识,也从与文学创作一度密切的"文化"范畴,扩张到许许多多庞杂、拥挤和多维的问题中。对韩少功来说,这种社会环境和个人命运的剧变,在他也许是始料不及的,但我愿意相信,从"湖南文学界中坚人物"到"寻根派大将",再"全国文坛领袖之一"到"《天涯》一役",这里面的确有我上下叙述的韩少功的人生轨迹可循。这高处不胜寒的个人状态,造成了他不能够完全掌控的复杂局面。这或许就是张均所说的,"评论界感觉到解释的困难"的原因。

三、如何看待变线小说的被批评

光看韩少功自己怎么说不够,还要看读者和批评家怎么看他的作品。

很多人相信,知识对创作长时期的大面积入侵,已对他 1990 年代后的小说创作构成了不可小觑的威胁,这为《马桥词典》和《暗示》的争议埋下了伏笔。不过韩少功倒有比较清醒的自评,然而自评为什么没阻止他变线加快的脚步,把变线调整到一个更为适当的状态,我一直不能理解。

从文学史角度看,作家自评是有关作家的第一手材料,虽然这种材料的史料价值会被诟病。不过,韩少功的自评仍具有自我反省色

---

① 韩少功:《我与〈天涯〉》,《然后》,山东文艺出版社,2001 年,第 199—233 页。
② 原帅在博士论文《从湖南到海南——韩少功文学道路的历史考察(1974—2000)》中,对此有过比较充分的研究。平心而论,韩少功 1990 年代散文随笔中的思想建构虽然丰富深刻,但也略显芜杂、混乱,不及张承志那么清晰,虽然也有自己思想运转的主轴和解释逻辑。他的思想结构对于反思研究《天涯》杂志,尤其是反思 1990 年代思想文化界存在的问题,也有一定的参考价值。

彩，有对自己思想、创作的深刻洞见，它对韩少功研究有某种补充的作用。

1982年，他在答《湘江文学》编辑部问中说："人当然很难完全免俗。如韩愈说的'诱于势利'、'望其速成'，在一个青年作者的成长过程中，恐怕是难免的现象。""独创性的可贵贡献，常常不是赶时髦能得到。""深入生活，是需要甘于寂寞的。"①

1986年，他跟人谈起发动"寻根"讨论的往事："总的来说，我们对于现代派的讨论，对于寻根的讨论和关于现代派与寻根的创作实践，都有一种早产现象，或说是早熟。这早产早熟便带来一种根基不扎实、先天不足那样的虚弱。"②

2001年，他对自己创作的变线，以及相关艰难探索的反省越来越深入了："有些作家用一种模式一股劲写下去，我不行，老觉心慌。我每写一篇，希望有新的发现，有新的惊讶。但这种新的尝试也不一定比以前的更好"，有时候"往往力不从心"。所以，"我觉得实验性的小说最好是短篇，顶多中篇，长篇则完全没有必要"。③

看得出来，他内心深处对创作变线不停寻找更理想的文体形式，追求多义性，却没有最终找到稳固根据地的状况，是感到焦急不安的。他热情赞扬好友张承志在宁夏西海固建立了永久的文学根据地，却不经意流露出这一微妙心曲："胡人张承志离开了他的边地，奔赴他的圣都西海固，在贫困而坚强的同胞血亲们那里，在他的精神导师马志文们那里，他获得了惊讶的发现，勃发了真正的激情。"④

从韩少功的自评来看，他对自己的创作有很高的目标和期待，正像他的理论对当代文学的探索也有着很高的要求一样。但这目标和

---

① 韩少功：《难在不诱于时利——致〈湘江文学〉编辑部》，《湘江文学》1982年第4期。
② 林伟平：《文学和人格——访作家韩少功》，《上海文学》1986年第11期。
③ 韩少功、施叔青：《鸟的传人》，韩少功：《在小说的后台》，山东文艺出版社，2001年，第127、129页。
④ 韩少功：《灵魂的声音》，《海南日报》"文艺副刊"1991年11月23日。

要求如果脱离了创作实际,是否会导致作家最不愿意看到的那种明显落差呢?不妨来听听批评家的看法。

王建刚对韩少功的分析是这样的:从《爸爸爸》到《马桥词典》中贯穿着一条文化的血脉,"当韩少功声言'想得清楚的事就写成随笔'之后又说'想不清楚的事就写成小说',可见文化又一直是他所'想不清楚的事'"。①余杰说:"在我看来,从《马桥词典》到《暗示》,不仅没有体现出作者在形式探索上的丝毫进展,也没有反映出作者在思想力度上的任何开拓。对形式的玩弄和迷恋使作者陷入了固步自封,对现实的躲避和冷漠使作者囿于自言自语。"②吴俊承认:"《暗示》都更不像小说了。虽然它和以前的《马桥词典》在发表和出版时都置于小说的名下,但显而易见,它们的暧昧的文体性质使得习惯上的文学批评暗吃一惊。"③蔡翔也表示:"《暗示》是一个没有重心的文本。《暗示》之中的一百多节没有形成一个叙事的整体结构。"④旷新年在分析了作品后说:"《暗示》没有完整的情节、结构,没有必然的开头、结局,也没有中心和唯一的主题。"如果这样下去,"它必然引起某种知识的后果"。⑤ 王蒙指出:韩少功说他动笔之前,就野心勃勃地企图给马桥的每一个地方立传,"我却从来没有想过为'每一件东西'立传"。他对作家无所不包的视野表达了敬佩,但谈到语言问题时强调《马桥词典》"使这种理论与马桥的生活经验相结合,倒也有新意。我个人并不完全同意这种说法,我觉得它有点因果倒置,危言耸听,深刻与片面都十分了得"。⑥ 杨扬在《〈暗示〉:一次失败的文体实验》一文中明确告诉人们:"读了韩少功的新作《暗示》之后,感到有些纳闷,这种纳闷主

---

① 王建刚:《不确定性:对韩少功文化心态的追踪》,《理论与创作》1998年第2期。
② 余杰:《拼贴的印象 疲惫的中年》,《文艺争鸣》2005年第1期。
③ 吴俊:《〈暗示〉的文体意识形态》,《当代作家评论》2003年第3期。
④ 蔡翔:《日常生活:退守还是重新出发——有关韩少功〈暗示〉的阅读笔记》,《文学评论》2003年第4期。
⑤ 旷新年:《小说的精神——读韩少功的〈暗示〉》,《文学评论》2003年第4期。
⑥ 王蒙:《道是词典还小说》,《读书》1997年第1期。

要还不是字句或表意方面的,而是来自文体。"他进一步解释说,作者似乎预料到读者阅读会有陌生感,所以在前言里特别强调作品意在解读生活的具象等,才如此设计。其意图读者多半也能理解,阅读的时候还是疑惑不断产生。作家想突破、想变化都可以理解,"但万事总有个度,小说文体的变化如果超越了某种度,那就不是小说了"。①

既然韩少功的作品在众多批评家那里变成了较难处理的研究对象,那我就再找一位比较理解他的批评家,看能不能用稍微宽一点的路径,来分析这位一路向前从未止步的作家。我想到了李陀。

李陀在《〈暗示〉:令人不能不思考的书》一文中老实承认,起初,他以为《暗示》有两种读法,一是随便翻阅,二是耐心细读。他本来就喜欢笔记小说,想轻松随意地读作品,却发现不行。转而耐心细读,他仍然觉得非常辛苦。他猜测这可能是韩少功经过深思熟虑而有意给读者设置的一个"阅读的圈套",不难看出,它更像文坛先扬后抑的叙述笔法,因为"然而"才会最后道出批评家的真实看法。

李陀果真紧紧抓住韩少功小说着力探索的"附录"不放。他说,学术著作一般都有附录,这在小说中则十分少见。作品三篇附录的最后一篇,"还是一个一本正经的《主要外国人译名对照表》,表中共列人名六十七人,其中文学家艺术家十三人,其余五十四名都是哲学家、科学家和各类学者。如果事先不知道这是部文学作品,只看这附录,很容易觉得你手里是一部学术或理论著作,绝不会想到它是一本小说"。他不由得问:韩少功为什么这么做?是让那些喜爱刨根问底的人查对起来方便?李陀自己回答:当然有这个作用,但读者却不愿意看这种书。

李陀紧扣这个话题进一步探究。他说,就算能接受"把文学写成理论,把理论写成文学"这种说法,这样做的必要性是什么呢?他希望看出韩少功的某些意图,例如附录二的索引就"耐人琢磨",它也警告

---

① 杨扬:《〈暗示〉:一次失败的文体试验》,《文汇报》2002年12月21日。

当代的知识生产存在着"文献的自我繁殖"的风险。在20世纪人类进入信息时代,社会变成"资讯社会"之后,人们的精神状态很容易被这些内容控制。他认为这几十年写作发展的历史应该是中产阶级一步步争取领导权,并成功地取得了领导权的历史,这就形成了一种可以叫作"中产阶级写作"的潮流,不管这潮流中的具体表现怎样花样百出。但他为老友辩护道:"韩少功以《暗示》的写作加入了这个讨论,而且切入的角度非常特殊。"

李陀是一位认真的批评家,无意在文章中"为熟人讳",他直奔韩少功的痛点。绕开韩少功的知识圈套,他开始分析作品的人物:对小说来说,不管作家玩什么游戏,他都难以阻止人们来谈作品塑造的人物,无论对作家还是一部小说来说,人物始终都是作品的生命。李陀强调,"《暗示》中有不少人物,其中老木、大头、大川、小雁、鲁少爷几个人还贯穿全书。从小说眼光看,这些性格鲜明人物本来都可以成为一本正儿八经的小说的主人公,包括书中那几个着墨不多可是活灵活现的次要人物,像绰号'呼保义'的流氓江哥"等。如果作家愿意,他有能力把每个人的故事都铺排成精彩的短篇小说。他好心劝告老友:既然《暗示》主题是直面当代知识忽视具象和实践而形成的严重知识危机,写作"就不能仍然走'从书本到书本'的路线",就得"确保这本书是作者对这个世界真实的体会"。

李陀最后称:"作家在《暗示》的写作里是出了一个自己给自己为难的题目,这就是把文学写成理论,把理论写成文学。"因此,"这个写作是否成功,既不能由书的发行量,也不能以到底拥有多少读者的赞成来决定"。不过,他很快放过老友,把读者注意力转到了轻松休闲的话题上:

> 还是两年前的夏天,我和刘禾曾到韩少功的乡下家里去住了些天。他家有两点给我印象很深,一个是家门大开,常常有村里的农民来访,来访者通常都径直走进堂屋坐下,然后大口吸烟,大声说话,一聊就半天,据说乡里乡外,国际国内,无所不包(甚至还

有中美撞机问题),可惜全是当地土话,我们根本听不懂。另一个是院子很大,其实是一片菜地,种的是茄子、番茄、豆角、南瓜、黄瓜、当然还有湖南人最爱吃的辣椒等等,甚至还有不少玉米。在那些天里,我们看到了作为一个普通农民的韩少功,他赤着脚,穿着一件尽是破洞的和尚领汗衫,一条很旧的短裤,担着盛满粪水的两个铁桶在菜畦间穿行,用一柄长把铁勺把粪水一下下浇到菜地里……①

文章的叙述只到这里,对韩少功变线的批评有无道理,还需要时间的检验,需要继续探讨研究。

四、再从《西望茅草地》和《爸爸爸》说起

这种情况就逼着我再次回到文章的起点。李陀对问题的回避,让人想到批评界对《西望茅草地》时期的作品好评是比较一致的。他们对韩少功后来作品评价的分歧和落差,始于《爸爸爸》,到1990年代就变得比较公开了。这就意味着,他们认为韩少功的变线从《爸爸爸》开始出现了问题,随着他日渐走远的步子,这个问题不仅影响着他整个创作的面貌,而且也对以后文学史的评价产生了直接的影响。

人们的目光,情不自禁地再次回到从《西望茅草地》到《爸爸爸》这个阶段上来。

《西望茅草地》等一批写实小说,是韩少功相当结实的创作成果。张种田是当时文坛一个少有的血肉丰满的人物形象。他早年从军,这种经历在他农场生涯中留下深深的痕迹。他个性暴躁,律己甚严;他催促知青大干苦干,自己同时身先士卒。他严厉制止知青恋爱,可个人的生活也严肃清白,他把充沛的父爱全部奉献给了养女小雨。小雨

---

① 李陀:《〈暗示〉:令人不能不思考的书》,韩少功:《暗示》,(台北)联合文学出版社,2003年,第7—19页。

之死,他当然难辞其咎,但他同样是那个时代的悲剧主人公。农场解散的一幕悲慨动人,英雄一世的张种田不得不告别他深爱的军人生活,离开农场的知青在肆意欢笑,老场长张种田却成为历史牺牲者。也许在韩少功看来,历史巨变中的个人往往是渺小无助的,可由他们命运构成的深思,却没有在这巨变结束后轻易地消失。

> 光荣北伐武昌城下,
> 血染着我们的姓名;
> ……

读者听到年轻的韩少功发自肺腑的呼唤:

> 场长,你还唱这首歌吗?我还能看到你吗?我多么想抱住你……痛痛快快地哭一场,哭你身上和我身上的伤痕,哭小雨,哭大家……
> 风停了,雨住了。灿烂明亮的甘溪从落日那边慢慢流过来,落霞晚照,水天一色,茅草地似乎在燃烧,那台废拖拉机还摆在山上,像刻记一切的碑石,像经历了多少次失败的英雄,面对自由的风,静静地注视着过去和未来。

作者韩少功不仅在为主人公张种田而歌哭,实际也在为1960年代、1970年代自己在湖南乡下度过的青春而歌哭,他通过这个人物找到了失踪多年的自己。小说里的一幕一幕,让他重返当年激情燃烧又憋屈压抑的岁月:1967年8月,韩少功在武斗中受伤、住院。1968年2月,他报名下乡,落户湖南省汨罗县天井公社茶场。1969年5月,组织知青读书小组,为农民办夜校。1970年4月,涉嫌所谓政治活动,被公社拘押审查,起因是发动农民给腐败干部贴大字报,结果被农民出卖。转到天井公社长岭大队继续务农后,他开始创作短篇小说《路》等。1974年在《湘江文艺》等杂志陆续发表文章、作品,同年12月,被汨罗县文化馆录用,结束了六年的知青生活。① 当时知青插队超过五年还没抽上来的现象比较少见,韩少功可能受到了父亲自杀、得罪村社干部及性格等多方面的影响。当年一起下乡的知青,这时纷纷招工、当兵、上学,四散离去。一个荒芜萧瑟的村庄,可能只剩下了韩少功等少数几个知青。前途渺茫,个人的出路又在哪里?他在小说《飞过蓝天》中动用了自己这部分困居乡村无法伸展的生活经验。六年岁月仿佛是一场梦,"他播下一片惊疑,然后默默地走了,沿着山路,走向自己的家。那里有他的书本、弯刀,还有口琴和鸽箱,还有那顶散发着桐油香味的斗笠"。"蓝天""鸽子"在作品中恰恰反衬着没有前途和自由的韩少功的命运。

张种田是作家韩少功对自己的一种假托。只有奋斗的理想已然破灭,他才能深切地洞悉这个老战士内心的悲凉,并萌生出一种将心比心的理解与同情。在这个意义上,"我"的视角中的张种田不是愚昧可笑的,被历史抛弃的这位老兵并非无足轻重,他的人物形象反而在小说中高大地耸立起来了;在这里,《西望茅草地》的思想内涵显得异常丰满深厚,因为它超越了伤痕文学狭窄的框架局限,韩少功高出当时作家一截的见识和爆发性的艺术创造力,也由此可见一斑。

然而一切都变了。丙崽就这样仓促地登场:

> 他轮眼皮是很费力的,似乎要靠胸腹和颈脖的充分准备,才能翻上一个白眼。调头也很费力,软软的颈脖上,脑袋像个胡椒碾捶晃来晃去,须沿着一个大大的弧度,才能成功地把头稳稳地旋过去。跑起来更费力,深一脚浅一脚找不到重心,靠头和上身尽量前倾才能划开步子,目光扛着眉毛尽量往上顶,才能看清方向。

---

① 廖述务:《韩少功传略》,廖述务编:《韩少功研究资料》,天津人民出版社,2008年,第8页。

这个"历史怪物",据称负载着巨大的历史功能和文学任务,可令人不解的是,它与韩少功的人生和思想世界究竟有什么关系?能想到的答案就是,韩少功是在替当代文学分忧,他以牺牲自己的创作为代价承担起了引导新时期文学前进的使命。我以为只有这样,才形成了一个韩少功创作变线的结构模式。然而这种愿望先于创作的思维模式,使得《爸爸爸》与《西望茅草地》的历史之间出现了一个不可理解的断裂。因为两篇作品之间没有任何交流与对话。我认为这是一个对理想始终抱着强烈使命感的小说家,在毅然决然地离开自己的创作根据地,向一个陌生、遥远和未知的领域进军时,留下的一道极深的辙印。这道极深的辙印,也许很多年以后会在当代文学史内部酝酿出一种自我反思的力量。然而韩少功个人为此付出了不必要的代价。

如果翻阅香港牛津大学出版社出版的《革命后记》这本书,可以发现韩少功在思想和创作上的发展轨迹。"革命""知青""九十年代""全球化"等字眼,是贯穿在他的精神世界并影响着他的文学创作的至关重要的东西。韩少功本来可以从长沙到汨罗,再从湖南到海南,最后重新回到他精神的出发地汨罗县,可他为什么要偏离这条思想主线,去弄什么文化和小说文体这样一些与他的思想本来无关的东西呢?

这确实是一个令人费解而一直没有被穷究的问题。

香港中文大学的邝立峰注意到了《爸爸爸》对韩少功后来创作的影响。他认为面对1980年代的文化困局,韩少功之所以变线,是由于相信作家可以在新的政治经济和文化生态中开辟出新的写作资源。所以,无论《爸爸爸》还是后来的《马桥词典》《暗示》,他都选择用寻根来回应问题。《爸爸爸》是从地域文化中寻找批判性良方,后者则提倡与城市文化相对应的农民文化及思维。

台湾学者黄文倩认为,韩少功一路探索,是由于他关心的重点并非文学而是中国社会的现代性问题。虽然他宏大的计划未能取得令人满意的效果。韩少功的问题是他有意超越自己的知青身份的限制，但又不耐烦让脚步总停留在一个固定的地方，有意要开辟新的根据地这种主观性很强的野心造成的。只是良好的愿望并没有得到相应的兑现，这在很多进取心强的作家身上并不鲜见。她开出的是与我的文章不尽相同的另一种整合问题的方案："如果我们将《山南水北》、《日夜书》、《革命后记》一起联系来看，或许更能理解韩少功的苦心——这三部书都可以视为韩少功近十年有机的思想建构，是他分别从不同的角度，思考中国的本土'现代'性转型的重要组成部分，如果说《山南水北》是他活在当下的新实验（仍持续进行），《日夜书》和《革命后记》就是他清理及响应过去的努力，只有整合起来，我们才能理解韩少功尝试走向的未来——透过有劳动、革命与公共实践等思想资源的新中国的历史中的再发现与检讨，才能征用它们作为前进的方法与力量。"①

2000年12月，韩少功发表了谈论自己创作转向的重要文章《进步的回退》一文。他说："当很多富裕起来的中国农民从乡村进入城市的时候，我算是一个逆行者，两年前开始阶段性地离开城市，大半时间定居在中国南方一个偏僻山区——我在上一个世纪60年代当知识青年的地方，曾经进入过我的长篇小说《马桥词典》及其他作品。""这是一种中国古代读书人'晴耕雨读'的生活方式，我觉得没有什么不对。"这几十年，韩少功从湘西汨罗县转道长沙，再从海南海口到汨罗县"自愿下乡"，表面上是转了一圈又回到他人生和文学创作的起点，但在我看来，他虽把身体扣留在本地，思想灵魂却是一路向前的。因此，他的身体只是一个文学道具，他的真正肉身与其艺术的创新探索是一直朝前永不回头的。

应该承认，韩少功是一个身体与观念结伴同行，一直在探索着现代主义文学发展方向的苦行僧式的优秀作家，而其他作家的探索都停

---

① 黄文倩：《论韩少功近十年的历史反思与感性特质——以〈日夜书〉、〈革命后记〉与〈山南水北〉为核心》，《淡江中文学报》2015年第32期。

止或转向了别的方面。从文学长河的角度看,他不失为一个令人尊敬的探索性作家,但仅仅从作家的角度看,又是不免可惜的。

2018 年 8 月 30 日于亚运村
2018 年 9 月 11 日再改

论余华的三部曲
——《在细雨中呼喊》《活着》《许三观卖血记》

  1980年代是余华不稳定的实验期,他创作的成熟表现在1990年代的长篇小说中。在问世的五部长篇《在细雨中呼喊》(1991)、《活着》(1992)和《许三观卖血记》(1995)、《兄弟》(上、下,2005、2006)和《第七天》(2013)中,前三部得到比较一致的认可。《兄弟》上部强,下部弱,《第七天》不能算准备得很充分。《在细雨中呼喊》是作者的"心理自传"①,《活着》写福贵生存之艰难,《许三观卖血记》写底层人的耻辱,它们从不同角度达到了当代小说的极致。但这不是说,这些就是能对余华的创作做出结论性评价的小说。对他小说的认识还有一个沉淀期,有一个与同时代最佳作家的比较性视野,以及他前后期创作的相互比较,这都需要细心、耐心和眼光。

一、伤 害

  与探索期作品相比,余华《在细雨中呼喊》的叙述视点终于沉淀下来了。② 如果说前者尽力在模仿川端康成和卡夫卡,后者向中国传统

---

  ① 这是陈晓明的观点,见《胜过父法:绝望的心理自传——评余华〈在细雨中呼喊〉》,《当代作家评论》1992年第4期。
  ② 不停抖动的叙述镜头,证明了当年先锋小说家故意造成与现实社会的不对称的扭曲关系。郜元宝指出这是没有能力与读者沟通,"余华的小说所呈现的某种'在世'的方式,一开始确实叫同在人世的读者感到无法理解,甚至难以接受",它"总显得和常人不太一样"(《余华创作中的苦难意识》,《文学评论》1994年第3期)。

小说的靠拢则是明显的。① 我们看这篇小说的开场白：

> 身穿军装的王立强，在这样的情景里突然出现，使我对南门的记忆被迫中断了五年。这个高大的男人，拉着我的手离开了南门，坐上一艘突突直响的轮船，在一条漫长的河流里接近了那个名叫孙荡的城镇。我不知道自己已被父母送给了别人，我以为前往的地方是一次有趣的游玩。在那条小路上，疾病缠身的祖父与我擦肩而过，而对他忧虑的目光，我得意洋洋地对他说：
> "我现在没工夫和你说话。"②

这段描写让人感觉，从先锋文学转向写实小说，作者还处在磨合的过程中，可令人好奇的是，他为什么突然会有一百八十度的大转弯呢？余华的解释是，1980年代"读了卡夫卡之后，才明白人家才是一个无所畏惧的'江洋大盗'，什么都能写，没有任何拘束"，"我找到了那种无所羁绊的叙事和天马行空的想象"，"人物都是我手里的棋子"。随着阅历增加，他发现情况并非这样，现实世界远比小说世界丰富，继续任性恐怕要跌跤："到了《在细雨中呼喊》的时候，我就非常明显地感觉到，这个人物怎么老是有自己的声音？叙述稍微放开一下，这种声音就'呼呼呼地'出来了。""等到我写《活着》的时候，这种感觉就非常深了。"③

《在细雨中呼喊》就处在"无所羁绊的叙事"和"人物的声音"的转换之间。余华不再随便驾驭人物，他有意让"我"（孙光林）与哥哥孙光平、父亲孙广才、苏宇苏杭兄弟和祖父孙有元保持着距离。他的叙

---

① 吴义勤：《告别"虚伪的形式"——〈许三观卖血记〉之于余华的意义》，《文艺争鸣》2000年第1期。吴文认为，随着《活着》等小说的问世，象征着"作为80年代新潮小说代表的余华已悄悄开始了他个人艺术道路上的'转型'"。

② 余华：《在细雨中呼喊》，上海文艺出版社，2004年，第5—6页。本文所引《在细雨中呼喊》作品内容，均出自这一版本。

③ 余华、洪治纲：《火焰的秘密心脏》，洪治纲编：《余华研究资料》，天津人民出版社，2007年，第15、19、20页。

述感觉依然强烈,但开始给人物留下转圈的空间,他明白"客观"比"主观"更能抓住读者。而在他习作期的《十八岁出门远行》《现实一种》《河边的错误》等作品中,任性的毛病则随处可见。小说在"我"与孙家父子、与苏宇苏杭兄弟和与祖父孙有元三条线上分别展开,又彼此交叉,形成畸形成长的内外张力。第一条线夸张和戏剧化,第三条线干涩勉强,第二条线最为精彩。"伤害"与"相互伤害"是小说的动力,它在塑造畸形成长的"我"的形象。"伤害主题"达到了鲁迅小说之后所罕见的程度。《在细雨中呼喊》无疑是余华最成功的"心理小说"。

"被伤害"确实伴随着苏杭苏宇的成长,可大家没在意这些"受害者"也在加害着同龄人。① "我"升入中学后,与南门时期结识的苏杭重新成为朋友,因此也成为苏杭身边的"观察者"。苏杭兄弟备受成长期性压抑的折磨,很随便地将个人危机转嫁给同校的女学生。在街上,当有年轻姑娘走过,他就带头放肆地喊道:"姐姐啊,你为什么不理我。"同学因此一阵哄笑。苏杭以"胸部丰满"来评价女生,但他偏偏又喜欢一个班上最瘦小的女同学。一天放学,他吹着口哨向那个瘦女孩走去,还不时回头向"我们"做鬼脸。瘦小女孩开始哭哭啼啼了,她身旁另一个丰满女同学勇敢地插到他们中间,气愤地说:"流氓。"苏杭对她说:"你再说一遍。"那女同学毫不示弱:"你就是流氓。"苏杭竟然挥拳朝她丰满的胸部打去。"那个女同学先是失声惊叫,随后捂着脸哇哇哭着跑开了。"苏杭给"我"看有女性私处彩色照片的生理书籍,"让我的呼吸急促紧张。一种陌生的知识恫吓着我,同时又诱惑着我"。有一天,苏杭企图性侵一个乡村老妇,被她儿子发现后,赶紧狼狈地跑掉。苏宇沉默内向,但也有惊人之举。他虽然只是高中生,生理上却已经趋于成熟。一天在僻静巷子里偶遇一个丰满的少妇,他激动得浑身颤抖不已,在非常冲动地强行拥抱她后被抓并被送去劳教。

---

① 赵月斌:《承受与挣扎——余华小说论》,《山东文学》2004年第11期。

走前一天,苏宇被押到学校操场的主席台上,挂在胸前的木牌上写道:"流氓犯苏宇。"郑亮、苏宇和"我"是三个形影不离的朋友,苏宇出事后,郑亮试探地问"我":"你恨苏宇吗?""那时我眼泪夺眶而出,我为苏宇遭受的一切而伤心,我回答郑亮:'我永远不会恨他。'"

余华努力在小说中营造着"伤害"的循环,这就是伤害弱小者,意味着在加害自己。就像鲁迅《阿Q正传》《祥林嫂》《孔乙己》,伤害者与被害者构成一个相互循环的过程,那些麻木的看客,在欣赏别人的痛苦时,心理上同时受到某种惩罚,形成另一层更隐蔽的自我伤害。《在细雨中呼喊》中,"我"(孙光林)在生理发育过程中备受折磨。他在目睹两兄弟伤害循环的时候,发现自己也在"观察别人"的过程中无力自拔。加害通过苏杭兄弟这个"他者",最后落实到孙光林的"自我"身上。因此,加害不是外在于自己的抽象主题,它同时被内化为自己切身具体的伤痛。表面上,余华的小说叙述在从"无所羁绊的叙事"转向"人物的声音",但与此同时,"无所羁绊的叙事"又在悄悄归来。在线性时间里,这是"创作的转型";然而在空间视野中,这是另一种"重返"。作者有时候向前"转型",有时候又倒退回到他创作的原点。后者看似是"退步",实际却是更上一层楼,走向了更丰富复杂的境界。这是研究者所不能抵达的作家生命的隐秘的状态。

小说很快在"战栗"一节,就提前达到高潮。作者搬来弗洛伊德精神分析学理论,将其揉进人物的心理过程。十四岁时,一个事件使"我"浑身发抖:"自己的内裤有一块已经湿润。"于是"我"羞愧恐惧,且猛然感觉到深重的罪恶。"我"惊慌地离开厕所,随后看到一个清洁女工提着木桶走了进去。白天夜晚被截成两半:他白天坦荡从容,夜色降临,"美丽的曹丽便会在想象中来到我的身旁"。"我"一跨进学校就提心吊胆,因为不敢正视曹丽,却无法阻止敏感的听觉。"我"把自己的肮脏行为告诉苏宇,苏宇说:"这是手淫。"十六岁时看电影,邻村一位二十多岁的姑娘站在前面,拥挤使"我"的手触到了她的臀部,"诱惑一旦出现就难以摆脱,尽管我害怕不已,还是将手轻轻碰了上去。姑娘没有反应,这无疑增加了我的勇气"。"接下去我以出奇的胆量在姑娘臀部捏了一把,姑娘这时格格笑了起来。"这笑声在电影最枯燥的时候忽然响起,显得异常响亮。过了一段时间,曹丽与男音乐老师的私情败露,她在写给学校的检讨材料中承认:"我坐不起来了。"男生对这句话哄笑不已,女生则兴奋地相互传达,这令"我"备受挫折。接着余华将加害别人转向加害自己,"我"由苏杭苏宇的"他者",变成了"当事人":

> 十五岁那年春天,有一天中午洗澡后换衣服时,我发现自己的身体出现了奇怪的变化。我看到了下腹出现了几根长长的汗毛,使我还在承受那个黑夜举动带来的心理重压时,又增加了一层新的恐慌。那几根纤细的东西,如同不速之客突然来到我光滑的身体上。我当初目瞪口呆地看着它们很久,我找不到合适的态度来对待它们,只是害怕地感到自己的身体已经失去过去的无忧无虑。
>
> ……
>
> 刚才的情景与其说让我悲哀,不如说是让我震惊。正是那一刻,生活第一次向我显示了和想象完全不一样的容貌。

"心理自传"这条叙述主线是小说最吃重的部分。作为余华1980年代先锋小说与1990年代长篇小说之间的一道分界线,《在细雨中呼喊》正处在"无所羁绊的叙事"和"人物的声音"的转换之间,但到高潮部分,突然又退回"无所羁绊的叙事"上去了。郜元宝认为这部"心理自传"的"我""仅仅是一个暧昧模糊的主体","这样的'我'不能充当回忆昨日的起点和根据"。因此,"余华在展示昨日的苦难时排除了今日的立场和认识,排除了今日仍然对大多数人有效的道德习俗、情感方式和意识形态的许诺"①,所以,这种先锋叙述是一种不与大多数人

---

① 郜元宝:《余华创作中的苦难意识》,《文学评论》1994年第3期。

沟通的小说叙述。但耐人寻味的是,倒是余华这种任性的叙述,使鲁迅的这种"伤害主题",达到了他去世多年后所罕见的程度。"心理伤害"使《在细雨中呼喊》成为当代最杰出的"心理小说"。正因是心理小说,才避开了郜元宝所说的现实叙述,避开了与大多数人的道德习俗和情感方式的沟通交流。① 然而,它创造了"读者",创造了能够与之沟通交流的另一种"少数的读者"。这部长篇,其实是献给"无限的少数人"的。

二、生　存

比之《在细雨中呼喊》和《许三观卖血记》,《活着》是三部曲中相对弱的作品。晚《呼喊》一年问世的《活着》,留有从"无所羁绊的叙事"向"人物的声音"大胆转进的痕迹。余华在《〈活着〉前言》中承认,他的早期创作根源于自己和现实的那种紧张关系,"我沉湎于想象之中,又被现实紧紧控制"。后来,他发现了福克纳,找到一条温和的途径,"他描写中间状态的事物,同时包容了美好和丑恶"。随着时间推移,"我内心的愤怒渐渐平息",意识到现实应该放到"历史和人文精神之中","它连接着过去和将来"。由此来看,《活着》又是一部有特点的作品:

> 正是在这样的心态下,我听到了一首美国民歌《老黑奴》,歌中那位老黑奴经历了一生的苦难,家人都先他而去,而他依然友好地对待世界,没有一句抱怨的话。这首歌深深打动了我,我决

---

① 作家李洱有一次告诉笔者,余华作品中出现的"儿童视角"或说"弃儿形象",是受到英国作家狄更斯的启发和影响。而在我看来,这种"少年心理特征",可能是余华精神世界中最重要的东西。他是不是真正从这里走出来了,还很难说。当然这也构成了他与众不同的独特性。

定写下一篇这样的小说。①

《活着》在向"人物的声音"急切地靠近。作者急着在从迷恋20世纪现代派小说中退出的过程里向19世纪现实主义小说表达自己的尊敬。小说叙述者是一个到乡村收集民歌的文化馆人员,他让福贵老人在一棵树下,讲述了自己半个多世纪的人生故事。这是败家子的故事。徐家原先有两百多亩地,经父亲祸害剩下一百多亩,福贵接着败家。他娶到城里米行老板美貌贤惠的女儿家珍,却不安于重振家业,而是天天在城里青楼吃喝嫖赌。日本人投降那年,赌馆师傅龙二拿出他这些年的赊账,他只得把家里一百多亩地全部典出。家道中落,搬到茅屋居住的福贵,又被国民党抓了壮丁。从战场上逃回的时候,母亲故世,村里开始土改。十七岁的女儿凤霞又聋又哑,十二岁的儿子有庆在城里念小学。他经历了饥荒、有庆病死、"文革"动荡、家珍死亡等人生悲剧。"活着"对于福贵一家,真是一道难过的坎,叙述人也想告诉读者,这也是千百万个中国人家庭都难迈过的坎。好在,对年老体衰的福贵最后的安慰是,凤霞嫁给了城里的拐子、搬运工人二喜,二喜很爱凤霞,对他也很孝顺。但凤霞又因难产而死。三十二岁的余华想用"民族寓言"形式嫁接传统小说的写实笔法,提炼中国人"活着"的深刻悲剧命题。当年我读《活着》,确实被深深感动。二十多年后再读,感动淡出,冷静凸显,发现作者专注"人物声音"的叙事转向并不成功,反倒是他过去"无所羁绊的叙事"更令人印象深刻。当然,美国民歌《老黑奴》豁达、宽广的人文情怀,的确在取代狭促激烈的现实怨愤,成为余华小说的主调,这一转换最后终于在《许三观卖血记》中得以全面实现。

19世纪现实主义小说与20世纪现代派小说的最大不同,就是它对现实生活的深度介入,以及充满人道主义情怀的社会批判。它不故

---

① 余华:《〈活着〉前言》,《活着》,长江文艺出版社,1993年,第2、3页。本文所引《活着》作品内容,均出自这一版本。

弄玄虚,用脚踏实地的写实手法塑造人物形象,体贴他们人生的艰难,近距离地与广大读者进行心灵的对话。《活着》的客观叙述超过主观感情,对人物心理的刻画尤为动人深刻,比《在细雨中呼喊》更贴近现实生活。它之动人,就在它的生活实感。作品写到家里因生存艰难,被迫将十二岁的凤霞送人的断肠一幕:

> 凤霞被领走那天,我扛着锄头准备下地时,她马上就提上篮子和镰刀跟上了我。几年来我在田里干活,凤霞就在旁边割草,已经习惯了。那天我看到她跟着,就推推她,让她回去。她睁圆了眼睛看着我,我放下锄头,把她拉回到屋里,从她手里拿过镰刀和篮子,扔到了角落里。她还是睁圆眼睛看着我,她不知道我们把她送给别人了。当家珍给她换上一件水红颜色的衣服时,她不再看我,低着头让家珍给她穿上衣服,那是家珍用过去的旗袍改做的。家珍给她扣纽扣时,她眼泪一颗一颗滴在自己腿上。凤霞知道自己要走了。我拿起锄头走出去,走到门口我对家珍说:
> "我下地了,领凤霞的人来了,让他带走就是,别来见我。"
> ……
> 这当儿我看到凤霞站在田埂上,身旁一个五十来岁的男人拉着她的手,凤霞的眼泪在脸上哗哗地流,她哭得身体一抖一抖,凤霞哭起来一点声音也没有,她时不时抬起胳膊擦眼睛,我知道她这样做是为了看清楚她爹。

按照19世纪小说人与时代相关联的叙事规则,凤霞被送人不是一个孤立事件,它联系着一个特殊时代。比起作品对福贵前半生插科打诨的"行为"描写,这种犹如刀划般的"心理活动"描写更为深刻。《活着》艺术上的不足,可能是人物的"行动"描写过多,而"心理活动"描写被削弱。"卢卡奇在《小说理论》第二部分里提出了小说的类型学。由于小说是成问题的人物在疏离的世界中追求意义的过程,因此就定义而言,心灵与世界就永远不会完全相适应。于是,卢卡奇根据在新时代里小说主人公的心灵'或者比外部世界狭隘,或者比外部世界广阔',确定了两种不同的主要小说类型。在第一类型的情况下,产生的是一种细致描写行为但缺乏心理描写的小说。卢卡奇以塞万提斯的《堂吉诃德》作为第一种小说类型的代表。在第二种情况下产生的是一种描写行为甚少,但却大量描写心理活动的小说。卢卡奇把古斯塔夫·福楼拜的《情感教育》作为第二种小说类型的代表。而歌德的《威廉·迈斯特的学习时代》,则被视为上述'两种创作类型的结合'。"①前面说过,《在细雨中呼喊》是余华"无所羁绊的叙事"时期留下的"心理自传"小说,"心理活动"占去作品大部分篇幅;而《活着》出于叙事调整的需要,有意识让"人物的声音"更为凸显。然而这样一来,反而暴露了作者的短板,即他不可能像鲁迅那样控制性极强地用平静的白描叙述人物,展示人物的幽微心理,只能用短促急速、插科打诨的重复叙述来展现人与时代的"不完全适应性",依赖戏剧性语言和冲突来推进小说情节。于是,"活着"的历史沉重性,也即郜元宝所说与读者"沟通交流"的机会就被轻易地失去了,取而代之的是鲁迅《阿Q正传》的插科打诨,而又没有鲁迅小说对主人公悲剧处境的深邃剖析。有了戏剧性,却丢掉了沉重成分,人物的历史情感就变得轻飘了。

卢卡奇显然把第三种小说类型看作19世纪伟大小说的理想标准。在他看来,前两种或细致描写行为或描写心理活动的小说样态,难度都低于"两种创作类型的结合",因为这种"综合性""关联性"的文学叙事,恰恰是考验一个作家长时间忍耐力和综合能力的关键点。正因如此,后者所描写的人物心灵才不会"比外部世界狭隘",而会"比外部世界广阔"和深邃。1980年代末,《人民文学》编辑朱伟与余华交往多,他对作家有近距离的观察:"余华告诉我,他父亲是山东人,母亲是浙江人,两人都是牙医。他大约六七岁起就在家庭关系中成了

---

① 《小说理论·译序》,[匈]卢卡奇:《小说理论》,燕宏远、李怀涛译,商务印书馆,2012年,"译序"第 ix—x 页。

一个不和谐的因素。他渴望自由。""他一直强烈地感觉被束缚和禁锢。"他多梦,经常在梦里看到杀人和惊险追捕的场面,"也许是梦魇纠缠的缘故,他经常会产生莫名其妙的惊恐"。朱伟在这篇《关于余华》的文章中回忆道:

> 走在狭窄的路上,他常常怕正常行驶的汽车会突然冲来撞他;经过路口,他常常怕遇到意外的阻挡;在朋友家里,冰箱通电的咔嚓声也会吓他一跳。他情绪容易波动,经常有许多奇怪的感觉,很难做到把思维固定下来,因为思维跳跃快,内心躁动,又常表现出一种急躁。他好像生活在回忆之中,一天起码有十几次回忆到过去,过去的那些回忆可以每一细部都很清晰地呈现在跟前。

不过他也强调:"真实生活中我所接触的余华,却浑身上下充满了自信。他个子不高,善谈,经常从一个话题突然跳到另一个话题。他好激动,但较好的心理调节机制又很快能把激动调节成平静。"①

从人格学的角度看,幼年时家庭"不和谐"因素造成的"心理创伤",与多梦、敏感、容易激动等性格相结合,恐怕构成了影响余华最根本的心理倾向。这种倾向使一个人的"心理自传"停顿在童年阶段,未能进化到稳定成熟的成年阶段。这种心理倾向是爆发性的、突然性的,如果抓住一个好题材、好片段,会写出非同寻常的"惊人的小说"。反之,也会束手无策。这种倾向使他最容易接近川端康成、卡夫卡,部分地接近鲁迅(鲁迅的中短篇小说都是史诗题材,然而他过分敏感的个性气质,使之无法完成这种题材的长篇小说),却不容易接近19世纪那种长时间忍耐和将"两种创造类型结合"的综合性的长篇小说。也就是说,他的性格是极不稳定的。这种性格擅长写《在细雨中呼喊》,不一定擅长写《活着》这种平实客观的小说。在《活着》中,需要

---

① 朱伟:《关于余华》,《钟山》1989年第4期。

耐心刻画的小说的关键性细节,余华都用戏剧化的语言和场景把它们打发掉了。比如,作品开头写福贵的败家,是写"那妓女嘟嘟哝哝背着我往城门走",福贵还在众人面前戏谑道:"岳父大人,女婿给你请个安。"再比如通过凤霞写时世艰难,则是先把她送人,接着让她嫁给拐子二喜,等到结婚、怀孕,而且被二喜的爱情孕育出温暖的氛围后,凤霞却因难产而死。1990年代初,习惯于阅读伤痕文学的苦难叙事,寻根文学的神秘玄奇,先锋小说的悬疑隐秘的读者,很容易对余华这种虽直面现实人生,却借助戏剧化手段创造审美陌生化效果的作品产生好奇心。然而时过境迁,也有人会发现,戏剧化处理正好掩饰了余华写实能力的短板。

如果说,《在细雨中呼喊》的背景比较模糊,那么《活着》和《许三观卖血记》的历史背景却是极为清楚的。《活着》其实就是20世纪中国人关于生存的"史诗性记忆"。"生存"是《活着》的作者最需要用心处理的历史、哲学命题。"战争与革命决定了二十世纪的面貌","革命引导着一代又一代的人前赴后继"①,也因此付出了巨大的牺牲。来处理这种题材的,应该是路遥、陈忠实这样的作家。应该用19世纪长篇大段地写实的笔法,用全景观的大视角描写,而不是用变化不停的戏剧性手法,不是用这种截取断面的方式描写。它的创作过程应该像路遥为写《平凡的世界》花费了三年时间读报纸、做采访和深入生活,像陈忠实为写《白鹿原》花费两三年到长安、蓝田等县去抄县志那样,付出巨大心血,然后才投入小说创作之中。余华这三部长篇小说的篇幅都比较短,《在细雨中呼喊》(18万字)、《活着》(15万字)、《许三观卖血记》(15万字),这种长篇小说的篇幅大概最适合他这种性格心理结构的作家。余华在这种"小长篇"中游刃有余,实现了他写小说的最自由的状态。可到篇幅稍长的长篇《兄弟》(上、下)里,上部虽然紧凑、紧张、激烈和精彩,但小说一旦在下部拉长,大规模增加字数,就

---

① [美]汉娜·阿伦特:《论革命》,陈周旺译,译林出版社,2011年,"导言"第1页。

变得枝蔓，就会引起读者和批评家的不满了。如果说长篇小说是"结构的艺术"，那么余华显然是20世纪中国这种"小长篇"小说结构最杰出的写作者之一。毋庸讳言，这种规模的小长篇是以牺牲"史诗性"和"全景观"为代价的，而卢卡奇、阿伦特心目中这种"20世纪革命"的长篇小说，确实又是以"史诗性"和"全景观"为最高标准的。这样一个文学标准，不会因余华是中国作家而变化。

不过，以一部长篇来总结"大跃进""文革"等历史事件对中国普通家庭的影响，《活着》的确有很大的功劳。我们也看到，高晓声的《李顺大造屋》、周克芹的《许茂和他的女儿们》、张一弓的《犯人李铜钟的故事》等的伤痕叙事，到余华的创作中变得豁达大度起来了。这种豁达，大大提升了余华长篇小说的境界，拓展了他的历史情怀。余华的小说是要告诉读者，重叙历史的目的，不是令人们仇恨历史，而是促使人们从历史仇恨中走出来，获得崭新的自由和精神世界的彻底解放。陷在历史记忆中而不能自拔的终究不是好作家，正如陷在历史怨恨之中而不能获得超然胸怀的长篇小说终究不能成为伟大的小说一样。在这部作品中，福贵把聋哑女儿凤霞送给别人后不久就后悔起来了。作者专门设计了一个福贵把女儿从别人家背回来的细节：

> 天黑后，路上的石子绊着凤霞，走上一段凤霞的身体就摇一下，我蹲下去把她两只脚揉一揉，凤霞两只小手搁在我脖子上，她的手很冷，一动不动。后面的路是我背着凤霞走去，到了城里，看看离那户人家近了，我就在路灯下把凤霞放下来，把她看了又看，凤霞是个好孩子，到了那时候也没哭，只是睁大眼睛看我，我伸手去摸她的脸，她也伸过手来摸我的脸，她的手在我脸上一摸，我再也不愿意送她回那户人家去了。背起凤霞就往回走，凤霞的小胳膊勾在我的脖子上，走了一段她突然紧紧抱住了我，她知道我是带她回家了。
>
> 回到家里，家珍看到我们怔住了，我说：
>
> "就是全家都饿死，也不送凤霞回去。"

这个细节里的温馨,是伤痕文学叙事中很少看到的。这个温馨场面,反映出余华对社会、对人性的别样的理解。其实作品刚开头,余华就想塑造一个不沉溺于历史怨恨的胸襟豁达的老人形象:"福贵说到这里看着我嘿嘿笑了,这位四十年前的浪子,如今赤裸着胸膛坐在青草上,阳光从树叶的缝隙里照射下来,照在他眯缝的眼睛上。他腿上沾满了泥巴,刮光了的脑袋上稀稀疏疏地钻出来些许白发,胸前的皮肤皱成一条一条,汗水在那里起伏着流下来。此刻那老牛蹲在池塘泛黄的水中,只露出脑袋和一条长长的脊梁,我看到池水犹如拍岸一样拍击着那条黝黑的脊梁。"注意余华创作自述的研究者应该知道,这是那首美国民歌《老黑奴》里宽豁的历史情绪。我由此认为,对余华1990年代初创作转型的分析,不应只专注于他对小说形式的探索。只有对社会历史产生了新的认识视野的作家,才会想到应该在小说的叙事形式上有一个真正的转变。余华的转变,不只是先锋文学的转变,也反映了当代文学与历史关系的转变。从1979年到1991年,中国作家走出历史怨恨,并获得一种高屋建瓴的历史视野,用了整整十二年的时间。《活着》在这个意义上可以看作对"伤痕文学"的历史深化。它也是曾经充满历史怨恨情绪的当代文学的一次成功的自我拯救。"生存"主题,在这部长篇小说里被重新审视,并由此焕发出了更加温暖耀眼的历史和人性的光芒。

三、看　客

接着要谈的是余华三部曲的最后一部《许三观卖血记》。近年来,研究者开始把考察余华创作源头的目光,从川端康成、卡夫卡转移到鲁迅身上,认为正是后者促成了余华从先锋小说到当代小说"中国化"的彻底转型。两位作家虽相隔半个世纪的历史时空,但鲁迅与"辛亥革命"、余华与"文革"这两个大时代的命运关系,却使他们产生了心有灵犀的感应。① 余华在鲁迅身上开启了他对中国历史传统和社会人性的新理解。"看客"是当代研究者从鲁迅作品中提炼出来的一个文学命题。李欧梵在《铁屋中的呐喊》一书中指出:"要认识鲁迅将'独异个人'与'庸众'并置的这一原型形态,必须上溯到他1907年的一些著作。"例如《摩罗诗力说》和《文化偏至论》等。他说,《药》的悲剧意义在于,"烈士被庸众所疏远和虐待,成为孤独者;但这孤独者却只能从拯救庸众、甚至为他们牺牲中,才能获得自己生存的意义"。另外一类孤独者还是庸众的一员,例如,祥林嫂在"被看"的荒谬戏剧中变成被她的同类迫害的"孤独者",这个"主题在《祝福》中达到高峰"。因此,"鲁迅小说里被'看'的牺牲者有两种,一种就是上述的'独异个人',另一种却是庸众中之一员。这人由于某种情况被置于舞台中心,处于与其他庸众相对立的孤独者地位"。被"看客"所排斥的不仅是"独异个人",也包括来自看客群体之中的"庸众"。②

在《在细雨中呼喊》里,"看客"的灵感被融入到作品中,经过《活着》的铺垫,到《许三观卖血记》里发展到高潮。某种程度上,"文革"把中国式的"看客文化"推向了历史的最高点。一天,一群戴红袖章的人将许三观老婆许玉兰带着,说是将在城里最大的广场开一个批斗会,已经找到"富农""右派""反革命"和"走资派",就缺一个"妓女"。许玉兰回家时,被剃了阴阳头,路上行人对她指指点点,都张着嘴笑。"看客们"意犹未尽。另一天"他们让许玉兰搬着一把凳子,到街上最热闹的地方去站着。许玉兰就站在了凳子上,胸前还挂着一块木板,木板是他们做的,上面写着妓女许玉兰"。但这些人的兴致很快转移到别的方面去,把一直站到天黑的许玉兰忘掉了。还有一天中午,许三观用小铝锅给街上罚站的妻子送饭,一个人拦住他说:"你是不是叫

---

① 李立超的博士论文《论余华小说中的"鲁迅传统"》(中国人民大学,2013年)认为,余华转型期对社会历史认识的深化,一定程度上是受到了鲁迅创作的启发,他是以潜在的"国民性主题"来写作《活着》《许三观卖血记》等小说的。

② [美]李欧梵:《铁屋中的呐喊》,尹慧珉译,人民文学出版社,2010年,第71、73—75页。

许三观？你是不是给那个叫许玉兰的送饭去？我问你,你们家里开过批斗会了吗？就是批斗许玉兰。"结果许三观就回家跟三个儿子一起批斗了许玉兰。在"文革"里,麻木的看客们正是在观看被批斗、被侮辱的所谓"地富反坏右分子"的过程中,得到了心理的极大满足,体验了前所未有的狂欢。在这里,余华用"看客"的视角,用喜剧性的口吻,将这血腥的历史事实撕破了给后代读者看。

余华知道,"看客"要看的不是许玉兰示众,而是许三观的"卖血"。因为,只有"卖血"和"看客"幸灾乐祸的反应,才能将作品的犀利之笔直接戳到"看客文化"的深处。在小说中,许三观每次卖血都源自某种人生困境。第一次卖血是为筹钱结婚,第二次卖血是为一乐打人还债,第三次是报复许玉兰婚前失身,第四次是为请二乐插队村子里的村长吃饭,第五次是为一乐到上海治疗肝病。之后他便一发不可收拾,一路从林铺、北荡、西塘、百里、通元、松林、大桥、安昌门、靖安、黄店、虎头桥、三环洞沿途各镇一直卖到上海。许三观决心用自己这条老命,救出在上海医院里奄奄一息的儿子一乐。在这里,余华试图把看客的反应写到极致状态。一乐打伤方铁匠的儿子,许玉兰因一乐是何小勇的骨血,便上门讨要医药费。许三观卖血替一乐还债,更觉得自己受辱变成王八。于是许玉兰气急之中便跑到何家门口叫骂:"有一个女人前世做了很多坏事,今世就得报应了,生不出儿子。"何小勇老婆挺身迎战,只见她双手拍着自己的大腿冷笑:"有一个女人死不要脸,偷了别人儿子的种,还神气活现的。"许玉兰还嘴说:"一口气生下了三个儿子的女人,当然神气。"何小勇老婆则更泼辣地还击:"你看看自己的裤裆里有什么？你裤裆里夹着一个百货店,谁都能进。"许玉兰转为刻薄:"我裤裆里夹了个百货店,你裤裆里夹了一个公共厕所。"

作者又把"看客"一路引到了林芬芳的病床。自知做了王八的许三观,匪夷所思地性侵了林芬芳。更匪夷所思的是,许三观还用卖血钱为她买来了很多营养品。事情因此败露,林芬芳丈夫立即把这些营养品拿到了许家。急于找不到故事线索的"看客"们不由得兴奋起来了：

> 戴眼镜的男人指着桌上的东西，对许三观的邻居们说：
> "你们都看到桌上堆着的肉骨头、黄豆、绿豆了吧？还有一斤菊花你们看不到，被肉骨头挡住了，这是许三观送给我女人的，我女人叫林芬芳，这城里很多人都认识她，你们也认识她？我看到你们点头了。我女人和这个许三观都在丝厂里工作，还在一个车间。我女人去河边洗衣服时摔了一跤，把腿摔断了，这个许三观就到我们家来看望我女人。别人来看望我女人，也就是坐一会，说几句话就走了。这个许三观来看望我的女人，是爬到我女人床上去看望，他把我女人强奸了。你们想想，我女人还断着一条腿……"

余华不仅受鲁迅小说启发引进了庸众视角，把许三观、许玉兰夫妇带到庸众的视野中受辱，还进一步发展出许三观、许玉兰这种互看的视角。这个互看视角，差一点摧毁了许三观，差一点摧毁了这个小人物家庭。但在这个过程中，他改造了鲁迅小说沉重的历史命题，而换上那种"嘻嘻哈哈式"的喜剧性的叙述视角。余华不是用鲁迅"为了忘却的记念"的方式去处理历史命题的，他是用"真正忘却"这种独有方式告诉读者这是可以翻过的历史的一页。正是在这一点上，我们认为余华与鲁迅是有差别的。日本学者丸山昇在他杰出的论文《辛亥革命及其挫折》中，分析了鲁迅与辛亥革命之间复杂纠缠的关系，他的分析帮助我们进一步理解了这种差别。他说，1920年代的鲁迅"寂寞也罢、绝望也罢，一切都无法片刻离开中国革命、中国的变革这一课题，中国革命这一问题始终在鲁迅的根源之处，而且这一'革命'不是对他身外的组织、政治势力的距离、忠诚问题，而正是他自身的问题"，

"'革命'问题作为一条经线贯穿鲁迅的全部"。它们都是"决定性的"。①

余华的"看客"视角没有转向鲁迅思想革命的方面,也没回到《在细雨中呼喊》那条伤害、怨恨的路径,而是沿着原谅主题一路推进了。何小勇被汽车撞成植物人,许三观以德报怨,鼓励一乐上房喊何小勇爹招魂。一乐哭不出来,想从屋顶上下来,何小勇老婆哭求许玉兰。许玉兰动了怜悯之心,她上前几步,抬头朝屋顶的一乐喊:"一乐,一乐你把头转过来,是我在叫你,你就哭几声,喊几声,去把何小勇的魂喊回来,喊回来了我就带你回家,你快喊吧……"怨恨转为同情,两个曾在何家门口扭打一团的女人,终于在何小勇的生死之间,显示出异常强大的人性光辉。作品后半部一改余华靠重复叙述推进情节故事的写作惯性,即一改许三观卖血的重复叙述,而向着原谅的主题深入掘进了。在家庭批斗会上,许玉兰向三个儿子承认了当年与何小勇的私情,解开了一乐的出生之谜。许三观这时指着许玉兰说:"你们要恨她的话,你们也应该恨我,我和她是一路货色。"许玉兰也勇敢地对孩子们说:"他和我不一样,是我伤了他的心,他才去和那个林芬芳……"在中国,或说在家庭中,对孩子最好的良知教育恐怕就是如何原谅别人。如果说"文革"是一个禁区,那么"原谅"则是一个更讳莫如深的禁区。正如只有走出"近代受害者视角"的中国,才能够称得上是一个大国,冲破"文革"禁区,尤其是冲破因"文革"而造成的更大范围的人与人的怨恨,冲破原谅的极限,也是一个极难但十分重要的命题。

余华不想在这个紧要处收笔,他拟继续开掘许三观卖血与社会现实的关系。在他 1980 年代的探索性作品中,"个人"与"现实"处在人为虚构的紧张关系中,显示出不真实的状态(年轻的余华那时认为这才是"最真实"的)。这次他反其道而行之,打开这道枷锁,让小说走出先锋文学的魔咒,走上更宽阔通达的大道。小说与现实的关系,实

---

① [日]丸山昇:《辛亥革命及其挫折》,[日]藤井省三主编:《日本鲁迅研究精选集》,林敏洁主译,中央编译出版社,2016 年,第 44、54 页。

际是作家与现实关系的形象诠释。不同的作家与现实的关系是千奇百怪的。某些鼓吹"自我书写"的作家,永远都挣不脱这道枷锁。而对勤于探索,并开始具有大作家胸怀的作家来说,"现实"不再是"个人"的桎梏物,它可以用来重塑"个人",使作品人物比外部世界更广阔。鲁迅是如此,托尔斯泰是如此,卢卡奇所说的行为和心理"两种创作类型的结合"也是如此。这是对一个作家综合能力的考验,是对他认识世界能力的总体概括能力的考验。在《许三观卖血记》中,我认为余华做到了。听说是为招待二乐插队的生产队长,一向苛刻的李血头不再刁难,"许三观看到李血头的脸色温和了一些"。他动了恻隐之心:"'不行。'李血头摇着头说:'我是为你好,你要是把命卖掉了,谁来负这个责任?'"但他最后还是同意了。在林铺镇的河边,当地人问他为什么不停舀水喝,他答是为救儿子卖血。为了多喝水,他央求众人给点盐,"他们都点起了头,过了一会儿,有几个人给他送来了盐,都是用纸包着的,还有人给他送来了三壶热茶"。而在百里镇,许三观因卖血过多又累又冷,终于倒在了地上。有人给他盖上四床棉被,把他送到了一家旅馆,还给他买来一碗面条。许三观与住在一起的北荡乡下的老汉有一番对话。老汉问他为什么要舍命卖血,许三观说:"我快活到五十岁了,做人是什么滋味,我也全知道了,我就是死了也可以说是赚了。我儿子才只有二十一岁,他还没有好好做人呢,他连个女人都还没有娶,他还没有做过人,他要是死了,那就太吃亏了……"老汉听罢点头道:"你说得也对,到了我们这把年纪,做人已经做全了……"余华的小说终于走出了"个人""自我"等先锋文学的魔咒,重新调整了他与现实的关系。他从"虚构现实"回到"理解现实"当中。在他重新理解许三观"卖血史"的"看客视角"中,他的眼光和精神世界都得到了很大的升华。他不再以"自我"的视角看世界,而是换作以许三观的视角来看世界了。这个全新的视角,使余华小说的视野阔大、雄浑了很多,像卢卡奇所说,作品人物比世界更加广阔了。在这个意义上,我认为《许三观卖血记》是比《在细雨中呼喊》和《活着》更上一层楼的成熟作品。虽不能下定论说余华的三部曲是他最好的作品，可目前我们还找不到推翻这个看法的理由。

2017 年 10 月 11 日于北京亚运村
2017 年 10 月 31 日再改

我读《妻妾成群》
——在苏童与《包法利夫人》译者对话中品味小说

苏童写过《妻妾成群》创作谈①，王德威、王干、朱伟、张清华和张学昕等评家也有关于《妻妾成群》的评论文章。②众多评家从批评角度解读苏童，我则以为从作者角度理解作品更有意思。2002年，福楼拜《包法利夫人》译者周小珊与苏童的对话《一部关于人性弱点的百科全书》在《译林》发表，彼时《妻妾成群》已问世十三年③，"对话"与苏童作品表面没有交集，但这两部小说的内面却有共鸣的张力。我隐隐闻到了爱玛和颂莲之间相似的气息，看到她们在人性漩涡中徒然的挣扎。于是就这样形成了本文双重交叉的篇章结构。

一、周小珊与苏童初谈《包法利夫人》

百度上关于周小珊的资料含混不详，可这位《包法利夫人》的译者兼研究专家眼光不俗，她与苏童的对话，仿佛是在重建《妻妾成群》的阅读氛围。周小珊首先介绍《包法利夫人》的中文翻译史，她说，作为

---

① 苏童：《我为什么写〈妻妾成群〉》，《纸上的美女——苏童随笔选》，人民日报出版社，1998年。

② 参见王德威：《南方的堕落与诱惑》，《读书》1998年第4期；王干：《苏童意象》，《花城》1992年第6期；朱伟：《最新小说一瞥》，《读书》1990年第3期；张清华：《天堂的哀歌——苏童论》，《钟山》2001年第2期；张学昕：《在现实的空间寻求精神的灵动——读苏童长篇小说〈蛇为什么会飞〉》，《北方论丛》2002年第4期。

③ 周小珊、苏童：《一部关于人性弱点的百科全书——苏童读〈包法利夫人〉》，《译林》2002年第1期。苏童：《妻妾成群》，《收获》1989年第6期。"对话"与《妻妾成群》有十三年的时间间隔，如果从按照历史材料进行分析的传统研究方式看，两者间似乎没有必然的联系。

19世纪的文学巨匠,福楼拜对法国文学乃至世界文学的影响是非常深远的。《包法利夫人》1925年由李劼人首次翻译成中文,之后八十多年间,著名译者还有李青崖、李健吾、许渊冲、罗国林和周克希等。李劼人翻译这部作品还有一个故事:1919年巴黎和会举行的时候,李璜、周太玄在法国创办巴黎通讯社,向国内同步报道和会的进展,因人手不够,李璜邀请李劼人参与此事。李劼人借机在巴黎大学、蒙彼利埃大学弄了一个文凭,他大概是那时看到《包法利夫人》这部作品的。这部中华书局1925年版译本,名字起初还怪怪的,叫《马丹波娃利》,周小珊怀疑可能译者把Madame音译成了马丹。她接着强调,福楼拜有边创作边朗读的习惯,经常读到深更半夜,直到嗓子里发不出声音时才停下。因此李健吾评价他:创作是他的生命,字句是他的悲欢离合,而艺术是他的整个生活。周小珊补充说,福楼拜非常讲究语言的节奏感。但她似含深意地话锋一转,回过头问苏童道:巴黎第八大学的雅克·内夫教授建议我调查福楼拜对中国作家是否还有吸引力,他特别提到了您。①

有点走神的苏童,避开周小珊的问话喃喃地说:"我上大学的时候看过《包法利夫人》,那个时候看书只是泛泛地读。当时看的肯定是李健吾的译本,但是时间长了,印象不深了。"当周小珊说丁玲曾经受到福楼拜客观、冷静、细腻的描写手法的影响,她至少将《包法利夫人》读过十遍时,苏童嘟哝着回应道:"我没有看过那么多遍,第一遍看得很马虎,主要是看故事情节。"然后他说第二遍读开始认真了,第三遍在做比较,稍微地细致深入了一些。苏童所说自己不断递进的作品阅读过程,第一遍是"大学生阅读",第三、第四遍可能是"作家阅读"。前者只泛泛看;由于有了创作经验,后者会有意识地将之前看的与之后看的、别人的作品与自己的创作,再做细致的比较。这是"创作的比较",具体来说,就是"描写手法的比较":"许多以前疏漏的,或者是没

---

① 周小珊、苏童:《一部关于人性弱点的百科全书——苏童读〈包法利夫人〉》,《译林》2002年第1期。

觉得出彩的地方,在第三遍阅读的时候,会觉得很精彩。"这时候,他才抬起头,好像是对着周小珊,又好像是对那些会读这篇"对话"文章的研究者,带有总结意味地说:

> 我认为这部作品无疑是一部关于人性弱点的百科全书,所有的人性弱点在里头都有表达。关于欲望、贪婪、背叛、欺骗、虚伪,要说可以说很多。以前许多人物形象都会疏忽,比如药剂师郝麦,大家开始阅读的时候都觉得这个人物形象不清楚,是一个配角。但是到了结尾,包法利夫人死了,他得了十字勋章。这种钻营,资本主义萌芽阶段对于利益的最大追求在每个人身上都有体现。还有包法利先生,这个人物形象在读了多少次以后也会觉得特别清晰。一般大家都觉得是个可怜虫、受气包、窝囊废,不由自主地对他产生无限的同情,而把包法利夫人想象成一个蛇一样的女人。其实福楼拜一开始就把包法利先生这个形象的复杂性全部写到了。①

从"对话"中可知苏童早期创作的发展轨迹。他跟周小珊说的都是实情。他1980年考上北京师范大学中文系,九月初登上北上的火车,20小时后才到陌生的北京站。出站时他看到下午明媚的阳光,广场上的人流,10路公共汽车的天蓝色站牌。对来自外省小城苏州的年轻苏童来说,在北京求学的四年意味着"真正的开始":"我感受到一种自由的气息,我感受到文化的侵袭和世界的浩荡之风。"在北师大,他经常第二节课后背着书包走出校门,恍惚间搭乘22路公共汽车到西四,在延吉冷面馆吃一碗廉价的朝鲜冷面,之后去北图、北海,到美术馆看美展,再去王府井大街随便游逛,或转车去前门,到一家小影院看日本电影《泥之河》。他写过很多诗歌、小说,投到全国各家杂志,怕退稿给同学看到,将一个北京籍女同学的家当作回信地址,大概

---

① 周小珊、苏童:《一部关于人性弱点的百科全书——苏童读〈包法利夫人〉》,《译林》2002年第1期。

他从那里拿到不少退稿信。到1983年在《青春》《青年作家》《飞天》和《星星》上发表作品的时候,已经是大学毕业前后。①

当周小珊以成熟作家的标准,要求苏童谈阅读《包法利夫人》的经验时,他一瞬间的"走神"和"喃喃自语"是自然反应,他也许陷入对往昔岁月的深思当中,还不习惯对话者一下子把自己拔高。他当年就是从一个大学生,一个小作者起步的,有点像年轻时候的福楼拜。苏童说《包法利夫人》是一部关于人性弱点的百科全书,已在他写出《妻妾成群》十多年之后,但这并不表明他二十多岁的时候对人物的人性问题就没有独到的看法。

二、离开北京初到陈家的颂莲

在苏童所有小说中,颂莲是一个最令人惋惜的女孩子。鉴于有告别故乡来到陌生北京的人生经验,苏童能准确感知到颂莲初到陈家的状态。十九岁的四太太颂莲,是傍晚时分由四个乡下轿夫抬进陈佐千老爷家的花园后门的。用人们正在井边洗旧毛线,突然看到一个白衣黑裙的女学生走下来,还以为是在北平读书的大小姐回家了。②

那一年,满脸灰尘、疲惫不堪的女学生颂莲留着齐耳短发,并用一条天蓝色的缎带箍住,脸是圆形的,未施脂粉,显得有点苍白。她钻出轿子,站在草地上有些茫然,黑裙下是一只藤条箱子,秋日映照下的身子单薄纤细。佣人们注意到她擦汗不是用手帕而是用衣袖。颂莲走到水井边,对洗毛线的丫头雁儿说:"让我洗把脸吧,我三天没洗脸了。"

颂莲从一个破落的北京家庭,嫁给五十岁挂零的陈佐千老爷做

---

① 苏童:《一份自传》,《纸上的美女——苏童随笔选》,人民日报出版社,1998年,第130—131页。
② 作品内容引自苏童《妻妾成群》长江文艺出版社1992年初版本。这个初版本不是这部作品的单行本,书名虽是《妻妾成群》,但里面还收有刘恒的《伏羲伏羲》、贾平凹的《佛关》、格非的《褐色鸟群》等小说。

妾,已是"人性弱点"的最初暴露。但她没想到,这条道路竟把她引向了命运的深渊。颂莲上大学一年级时,父亲经营的茶厂倒闭,学费随即中断。她辍学回家的第三天,突然听到家里厨房有人尖叫,跑过去一看,割断静脉的父亲斜靠在水池旁。颂莲本来就是很实际的女孩子,继母逼她在做工和嫁人之间选择,她淡然回答:当然嫁人。做工意味着苦海无涯,虽然还有一点剩余的自尊。嫁人则等于风险投资,尤其是给人做妾,幸福和毁灭则各占一半。颂莲不肯吃苦,不肯这辈子就做一个穷人堆里蓬头垢面的妇人,她决定到遥远的陈佐千家里铤而走险。《包法利夫人》告诉读者,农家女爱玛不愿终生待在乡下,情愿做人填房。她父亲卢奥老爹必须在卖掉22亩田产和让女儿跟呆板无趣的乡村医生包法利结婚之间选择,于是他决定卖掉女儿。① 颂莲和爱玛的委屈中都有不肯吃苦的原因,也不乏爱慕虚荣,毕竟跟一个家产丰厚的中老年男人一起享受荣华富贵,总比跟贫穷青年男人吃苦受累更为平顺。

　　苏童写小说的习惯是不肯平铺直叙,他要为颂莲安排一个凶险的伏笔。圆房第二天,陈佐千带颂莲拜访前三房妻子。他是在半秘密状态下纳妾,所以颂莲进门前一天大太太毓如还浑然不知。颂莲刚上前行礼,毓如手里的佛珠就突然断线滚了一地。颂莲想上去帮她捡,却被轻轻推开,毓如只说:罪过,罪过。颂莲在二太太卓云那里受到热情的接待,二太太又是让丫鬟拿西瓜子、葵花子、南瓜子和蜜饯招待,又是与颂莲亲热地拉起家常。颂莲偷眼觑她,只见卓云脸上、身上、容貌里有一种温婉的清秀。陈佐千好像挺爱她,自己也觉得喜欢她,很快就喊卓云姐姐了。颂莲去见有倾国倾城之貌的三太太梅珊,结果吃了个闭门羹。她感觉到了梅珊的孤傲。颂莲走过北厢房,想偷看梅珊,却见梅珊正在窗帘后看她。但年幼无知的颂莲不知道,冷淡的大太太和孤傲的三太太都不是她的敌人,反倒是笑脸相迎的二太太卓云,最

---

① [法]福楼拜:《包法利夫人》,许渊冲译,译林出版社,1992年,第17—26页。

后给了她致命一击。丫头雁儿事实上成为二太太的同盟。颂莲一进门,不小心得罪了身边的丫头雁儿——她嫌雁儿头发有味道,强迫她洗头。小说写道:雁儿端了一盆水在海棠树下洗头,越洗越委屈,心里的气恨就像一块铁坠着。她走过晾衣绳,就朝颂莲的白衬衣吐了一口,在黑裙子上又吐了一口。

　　1980年到1984年,苏童孤身一人待在北京,他理应愈加体贴颂莲,结果他反而狠狠去戳她内心的伤口。因为"人性弱点"的发现,唤醒了他的小说家意识。他不能以一个普通人的平常心,而应该用福楼拜的"客观性艺术"深挖这个难得的好题材。① 从1980年初涉诗歌、小说创作,苏童懵懵懂懂地走过了八九年的生涯,到1989年写《妻妾成群》时,他意识到:"'四太太颂莲被抬进陈家花园的时候是十九岁……',当我最后确定用这个长句作小说开头时,我的这篇小说的叙述风格和故事类型也几乎确定下来了。对于我来说,这样普通的白描式的语言竟然成为一次挑战,真的是挑战,因为我以前从来未想过小说的开头会是这种古老呆板的语言。"他不是不知道颂莲在陈家的难处,她毕竟才十九岁,"新嫁为妾的小女子颂莲进了陈家以后怎么办"?然而小说家意识又让他狠心地想:"《妻妾成群》这样的故事必须这么写。""是不是把它理解成一个关于'痛苦和恐惧'的故事呢?假如可以作出这样的理解,那我对这篇小说就满意多了。"②

----

① 许渊冲在《包法利夫人·译序》中,对福楼拜小说这种"客观性艺术"曾经大加赞赏,认为最后一章写夏尔之死时,在第二段、第三段、第四段和第五段,用的"全是客观的、现实主义的白描"。许先生是北京大学西语系的资深教授,福楼拜研究专家。"译序"忆及,他1940年代后期在巴黎大学攻读文学学位,《包法利夫人》是研究法国语言和文学的必修课。1946年为他开课的是亚赞斯基教授,讲课时注重分析书中人物的性格特点,这使他受益匪浅。1947年开课的是布鲁诺教授,他是法国著名的语言学家,讲课过程中,对福楼拜的语言艺术做了精辟的讲解。而自己论文的导师莫罗教授,则重视《包法利夫人》的篇章结构,指出福楼拜擅长用对比手法,例如第一部写爱玛的结婚,第三部又写她的出殡;第一部实写舞会上的子爵,第三部又虚写教堂前的子爵。这样的前后呼应,使读者有了今昔对比,感慨系之,收到强烈的艺术效果。

② 苏童:《我为什么写〈妻妾成群〉》,《纸上的美女——苏童随笔选》,人民日报出版社,1998年,第165—167页。

作家当然懂得给刚进陈家的颂莲一个回旋的余地。做妾虽与洞房花烛夜的正房妻子有天壤之别,但颂莲依然想执妻子之礼,并试图让这个仪式焕发欣悦的光彩,还不失时机弄点女孩的小情调。她缓慢替陈佐千脱下衣服,换上睡衣。佐千说,"我喜欢光着睡"。颂莲只得依从说,不穿恐会着凉。佐千却说,"你不是怕我着凉,你是怕看我光着屁股"。北京女学生的文明底线,顷刻间被这位乡下土豪露骨的粗鄙洞穿。她虽说不怕,可脸颊已经绯红,不过,她仍想在人生大考之前,欣赏一番丈夫的身体,像千百个第一次激动而惶恐地走入婚姻殿堂的女孩一样。陈佐千的身材真是不堪,他干瘦细长,生殖器像弓箭一样紧绷,有如一只卧睡的仙鹤。透不过气来的颂莲急忙侧身关灯,却被佐千用手拦住,他说别关灯,"我要看你"。像是在经历一种历史的循环,北京来的女学生颂莲终于退回古老形式的起点。好心的读者,情不自禁地要为这个身世不幸的女孩祈祷。不过,比起陈家妻妾环伺的凶恶环境,她与丈夫那夜梦一般的男欢女爱,仍令这间小屋荡漾着一丝短暂的诗意:

"颂莲仿佛从高处往一个黑暗深谷坠落,疼痛、晕眩伴随着轻松的感觉。"在这里,与其说苏童给小说肃杀的气氛调入一点人性的暖色,不如说他增加了人性弱点的丰富性,或说他极大地丰富了颂莲性格的层次感。

三、苏童向周小珊谈对《包法利夫人》的看法

韦勒克、沃伦曾经提醒人们留意"文学创作"和"文学研究"的差异:"我们必须首先区别文学和文学研究。这是截然不同的两种事情:文学是创造性的,是一种艺术;而文学研究,如果称为科学不太确切的话,也应该说是一门知识或学问。""有一种说法是,除非你自己搞创作,否则就理解不了文学;没有亲手写过英雄双韵体的人,就不能也不应该研究蒲伯(A. Pope),或者,不曾亲自用无韵诗写过戏剧的人,不

能够也不应该去研究伊丽莎白时代的戏剧。"①这个看法虽让人有生硬武断之感,但不失为至理名言。这时候会场上的苏童化被动为主动。学者周小珊咄咄逼人的姿态,不觉间被作家苏童强大的气场所削弱,它俨然是苏童评价《包法利夫人》的主场。

苏童对《包法利夫人》精湛的细节尤感兴趣。他说,为什么大家说《包法利夫人》是一部巨著?是因为其中有很多很棒的细节。本来大家都觉得包法利先生这个形象比较扁平,可他给人做手术"喀哒"一声,把人家的脚筋弄断了的细节,忽然就使他平淡和脸谱化的形象生动起来了。刚做完手术,他赶紧向周围人宣布手术成功的消息。讽刺之处在于,可怜的瘸子原来还能一拐一拐地走,因这次手术,医生卡尼韦只好给他截肢。看到场面无法收拾,包法利先生躲在家里非常惶恐。然而他又想,会不会瘸子本来就是外翻足呢?于是,对看上去软弱善良的包法利先生的抒写,借这个细节到了巧夺天工的地步。苏童指出,福楼拜在运用这个细节时,也没放过对包法利夫人内心过程的刻画。作家是用了所有的加法,一步一步把这个女人推到最后绝望的境地。作品写医生给瘸子做内翻足手术的时候,包法利夫妇在家里听着外面的动静。从他们对话能够看出,包法利夫人对这个愚蠢丈夫内心深处的厌恶,被一个一个加法加深了。她虽然尽力同情丈夫,但总有一个事件、一个细节,让她朝着相反的方向走,这使她的背叛就越来越疯狂。②

对话场合犹如竞技场。自诩福楼拜专家的周小珊当然不会示弱,她要把苏童转移到对包法利夫人心灵问题的讨论中。在她心目中,这是一个学术性的话题。她说小说里面有个叫勒侯的奸商,他总是给包法利夫人介绍华贵衣服,怂恿她换窗帘,还借钱给她,这些东西表面都

---

① [美]韦勒克、[美]沃伦:《文学理论》,刘象愚、邢培明、陈圣生等译,生活·读书·新知三联书店,1984年,第1页。

② 周小珊、苏童:《一部关于人性弱点的百科全书——苏童读〈包法利夫人〉》,《译林》2002年第1期。

是账单,其实是一步步把她拉下水。福楼拜对人性的揭示,展现了他思维缜密和逻辑性强的心理结构。法国的大学非常注重在研究作家作品时,对学生们进行学理训练。他们认为,作家创作虽是一个感性的过程,然而专家的研究则必须是理性的、科学的和系统的。作家作品只有被纳入知识体系当中,才可称得上是学术研究。2000年我在巴黎留学的时候,巴黎第八大学和巴黎高师每个月都举办一次福楼拜的讲座,讨论的问题无奇不有,精细到观察这位作家创作过程中对自己完成篇章的朗读,及作者复杂幽微的心理活动。苏童对此并不认可,他认为勒侯与包法利夫人的交往关系,不过是小说的技巧。他回应说,勒侯当然是包法利夫人吃砒霜的一个直接因素。可大家为什么还要说福楼拜伟大?是由于他不光在一个平面上写人性,他还兼顾到社会环境对一个人心灵的影响。在爱玛堕落及走向毁灭的过程里,所有的外力中还隐藏着一只手,就是人性的贪婪。同时,代表着资本经济的贪婪、冷酷的商人勒侯,正因为看到爱玛身上这种与生俱来的贪婪,才巧妙地利用了它,最后把她逼向绝路。爱玛的死,表面看是一个感情因素的东西,实际包含着福楼拜想通过勒侯来推演她无尽的物欲贪婪这一层因素,如此,她的心灵问题就不平面了,就显得波澜起伏了,内含着立体和丰富多姿。苏童觉得,要把爱玛的形象塑造好,关键是得先把勒侯的心理逻辑铺设好,经过他在隐蔽处的怂恿和推波助澜,爱玛的心灵戏剧才会深刻好看。所以,他认为福楼拜写勒侯是有动机的。一个商人需要无限地积累财富、无休止地欺骗,需要找一个受害者。爱玛虽是个精明的女人,但终究抵不住自己的强盛物欲,于是她与勒侯做了一个十分合法的事情,最后的结果却让人感到不可思议。在金钱—物欲这个资本经济心理逻辑的推导下,读者终于明白,包法利夫人的死,并非受到良心的谴责,也非为忏悔和赎罪,而是所有外力加在一起,所有的加法做到一起,让她吃了砒霜。

　　比较一下学者周小珊与作家苏童角度不同的评论,不得不佩服韦勒克和沃伦眼光的精辟。知识会把学者束缚在作品外围,好处是能对作家作品有一个比较清晰的文学史定位,其评论等于是《包法利夫人》概论;而抛开知识的作家,则从作品外围直插文本内部,把这部小说的内部场景、内部结构翻腾得无一遗漏。通过分析人物性格,通过比较人际关系,他们把作品尤其是人物的人性秘密研究得淋漓尽致。这种从外部和内部不同角度看《包法利夫人》的形态,能进一步看出苏童不像周小珊那样注重"学术",而是更加注重"小说的写法",这反映出他的作家身份和细腻的艺术感觉。作家是从不讳言自己是小说的写手的,他们知道,小说是一门手艺,伟大作家与一般作家的差异,往往就在看似常识的问题上,比如细节、观察人物心灵等等。创造性地发现并巧妙利用一个细节,能使作家充分施展对人物心灵的观察揣摩,并对其进行外科手术式的犀利分析,这一点在不同作家身上,经常有天壤之别。苏童是做足《包法利夫人》的细读准备,才来到现场与周小珊对话的,他注意到包法利先生"喀哒"一声错误切断瘸子脚筋之后,爱玛微妙的心理反应,他更注意以勒侯做参照,来看爱玛不可遏制的贪婪,看她如何一步步地落水。然而,机敏的批评家王德威不相信上述见解是苏童多年后的"悟得",觉得他天生就是这方面的能手:"《妻妾成群》写少女颂莲因家贫自愿嫁给半百富户陈佐千为妾,逐渐堕落,原是控诉封建淫威的最佳题材。但苏童的女英雄对豪门之内的情欲世界,有着惊人的适应力。她在妻妾争宠的斗争中,绝非省油的灯。"①

　　苏童二十六岁就写出短篇杰作《妻妾成群》,他绝非如一些评论家所说,是先锋小说家中的第一个"转型"作家。这是出自某种天性,他天生就是一个研究人性弱点的早熟的专家。因此朱伟说:写女子因家庭贫寒中断学业给人做妾,这是旧小说常见的写法,苏童的本事是看透这平庸的模式,重新赋予了它一种异样的光彩。"他毫无顾忌地按他自己对那么一个女人的理解,大胆地写她作为一个人本能的欲望,

---

① 王德威:《南方的堕落与诱惑》,《读书》1998年第4期。

本能的嫉妒和本能的贪婪,然后再去勾勒她的本能所面临的阴冷与昏濛。一个富于生气的个性面对一个毫无生命力的家族,一种柔静的温婉的文化氛围面对一种枯涩的昏浊的背景,使颂莲身上具有强烈的悲剧色彩。"①

四、颂莲在妻妾争宠中的斗争

即如苏童在关于《包法利夫人》的讨论中所说的,他把细节当成颂莲在妻妾争宠斗争中的重头戏来写。颂莲当时年轻懵懂,看不清家里的真相。大太太毓如冷淡,三太太梅珊孤傲,她错以为二太太卓云是自己的同盟。一日,站在中院的颂莲见卓云孩子的忆容、忆云姐妹在玩蚯蚓,不一会儿,听见她们嘀咕:她也是小老婆,跟妈一样。生气的颂莲告知卓云,没想到她非但不袒护,还说,"看我回去拧她的嘴"。卓云给了颂莲厚道的感觉,然而她又觉得疑云丛生:忆容姐妹小小年纪,怎么能看清她在这个家庭的地位?

卓云也会笼络颂莲,有次见她脸色很难看,便起来扶住她的腰。关切地说:"你脸色不好。"颂莲笑说身上来了。"卓云也笑,我说老爷怎么又上我那儿去了呢。"这话明显是示弱。刚到陈家时,佐千喜新厌旧,夜夜黏在颂莲床上。作为一个有性经验的男人,他很迷恋颂莲在床上的热情机敏,但不知她是天性如此还是曲意奉承。颂莲心底,也想如梅珊那样给佐千生一个儿子,于是便与他黏得更紧。佐千对颂莲的宠爱,陈府上下的人都看在眼里,这哪能逃过卓云精明世故的眼睛?在佐千四位太太中,真懂人情世故的就是卓云。显然,她的示弱不等于软弱,而是以静制动,是隐忍,是在等待机会。结果这种假象刚开始蒙住了女孩颂莲的眼睛。证明卓云老练的是这个细节:说闲话时,她打开一个纸包,拿出一卷丝绸来对颂莲说,"苏州的真丝,送你裁件衣

---

① 朱伟:《最新小说一瞥》,《读书》1990 年第 3 期。

服"。颂莲赶紧推卓云的手,"你给我东西,怎么好意思"。没承想卓云嘴朝外面一瞥道,要是隔壁女人(指三太太梅珊),"她掏钱我也不给,我就是这脾气"。颂莲心里一动,更对卓云放松了警惕。

颂莲渐渐感到卓云的阴险,是在与大太太、三太太做了比较之后——这里自然也有苏童所说的那些加法。她发现,自己越是对陈佐千使小性,卓云便越对佐千百般逢迎,无形之中,更激起了佐千对性格刚硬的颂莲的冷落。颂莲终于看出,她真正的敌人不是毓如、梅珊,而是笑里藏刀的卓云。她决定狠狠报复。一次,佐千赌气从颂莲屋里走出,到卓云处过夜,第二天卓云来探望,她还躺在床上。卓云上前摸她额头:不烫呀,不是生病是生气吧?于是笑着拉她起来,说这样躺没病也孵出病来。颂莲说,起来能干什么?卓云道:"给我剪头发,我也剪个你这样的学生头。"颂莲显出犹豫神色,后来才抓起一件旧衣服给她围上,用梳子慢慢梳着卓云的头发说:"剪不好可别怪我。"卓云答:"剪不好也没关系,这把年纪了还要什么好看。"颂莲又表示手生,卓云则鼓励她:"剪呀,你怎么那样胆小?"伴随着剪刀双刃的撞击声,卓云乌黑松软的头发掉了下来。① 卓云说:"你不是挺麻利的吗?"颂莲答:"你别夸我,一夸我的手就抖了。"说着卓云发出一声尖厉刺耳的叫喊,她的耳朵被颂莲狠狠剪了一下。

上述两个细节都触及颂莲的"心灵问题"。与刚到陈家时青涩、稚嫩的北京女学生相比,这时的她,终于感到一味地退让在这个妻妾成群、杀机四伏的家庭里,是无法生存的。然而,与她们斗争也未必会有好结果,宅院里那个深井里的冤魂们,就是一个证据。这时,作品外面又传来周小珊和苏童关于《包法利夫人》的对话。周小珊说:"丁玲早期的作品如《阿毛姑娘》、《莎菲女士的日记》,据说都有《包法利夫人》

---

① 过去我读这里,没发现有一个可怕的静场,它原来包含着一个预谋。这次再读,才知道这是苏童从《包法利夫人》那里学来的叙述节奏,故意停一拍,好像是不经意的,可这停顿再起,小说的气场就大变了。从作品的篇章结构看,这是《妻妾成群》的第一个高潮,它与最后颂莲发疯这个高潮,形成前后呼应的关系。这既显出作品叙述的波澜起伏,又产生出了异常的艺术效果。

的影子。您也创作了很多女性题材的作品,您觉得《包法利夫人》是否对您有影响呢?"苏童有点承认的意思,说以前写《妻妾成群》的时候,看过福楼拜这部小说,但谈不上什么影响,不像今天这么喜欢。《包法利夫人》是写女性的最好的蓝本,因为在所有作家塑造的女性形象中,这是一个巅峰,再没有人能超越。福楼拜的女性描写给了我们一个方法,就是如何去展开对她们的合理的思考,他是把所有的细节,所有的一切都放到最合理的位置上,使之具有文学的因素。[①]

在《妻妾成群》中,苏童对颂莲的"心灵问题"也是一层层地展开的,借助精到准确的细节技巧,一步步地推进,然而始终将它们置于一种合理的逻辑当中。因为初到陈家的无经验和胆怯,颂莲选择了最容易打交道的卓云;但是当意识到最算计她的也是卓云的时候,便使出了不顾一切的手段:狠狠剪她耳朵。卓云佯装不袒护忆容姐妹,又送苏州丝绸,却挑拨陈佐千恨颂莲,见颂莲被冷落还来探望,继而二人终于剪刀相见,这些细节都被巧妙地组织在一个合理逻辑中。到这里苏童还嫌不够,他更是想出这个细节将颂莲推入了深渊:佐千五十大寿晚宴上,颂莲很迟才到现场。见佐千脸色铁板阴沉,她将那条羊毛围巾送上,做微薄之礼,佐千"嗯了一声,手往边上的圆桌一指,放那边吧"。颂莲走过去,见桌上是一只金戒指,一件狐皮大衣,一只瑞士手表,感到自己礼物的寒酸。但她不肯放弃在老爷面前的特殊地位,于是说:"我积蓄不多,送不出金戒狐皮大衣,我再补送老爷一份礼吧。"她忽然起身抱住佐千的脖子,在他脸上亲了一下,又亲了一下。佐千脸突然涨得通红,似乎想说什么,又没说出,终于把她一把推开,厉声道:众人面前你放尊重一点。

[①] 周小珊、苏童:《一部关于人性弱点的百科全书——苏童读〈包法利夫人〉》,《译林》2002 年第 1 期。

五、两部小说内面的共鸣

写到这里,我才比较清楚地想到:文章之所以没有采用影响比较那种比较文学的思路,是因为我在"对话"与"作品"这种双重交叉的文章结构里感觉到,《妻妾成群》与《包法利夫人》两篇小说里有内面的共鸣。人们从"对话"联想到苏童的"作品",再从"作品"感触到周小珊、苏童的"对话",或者说,苏童通过与周小珊的对话重新梳理和总结了他的小说,因此,大家在这种双重交叉关系中,闻到了爱玛和颂莲之间相似的气息,看到了她们在人性漩涡中的徒然挣扎。

《包法利夫人》的译者、北京大学西语系教授许渊冲指出,福楼拜这部长篇小说取材于一个"真实的故事"。夏尔·包法利的原型是欧解·德拉玛,1812 年生,曾在福楼拜父亲主管的卢昂医院实习,有行医执照,但不允许动大手术。1836 年与三十岁的寡妇(小说改成四十五岁)结婚,妻子死后,1839 年又迎娶农家姑娘德尔芬·库蒂丽叶(包法利夫人爱玛的原型)。德尔芬相貌俊美,曾在修道院实习,然而生性风流,爱交男朋友。与她同岁的女佣奥古斯汀·梅娜吉回忆说,她俩一起读小说,羡慕并模仿贵妇人生活,每逢周五就在家中搞聚会,但无人赴约。德尔芬心高命薄,不甘心平静的婚后生活,她不信教,搞过两次婚外恋,1848 年 3 月因倾家荡产,被迫服毒自杀。①

苏童说,《妻妾成群》的创作纯属虚构。② 1989 年春天的一个夜晚,他在南京一个独居的阁楼上开始写这篇小说,但故事在他脑海里盘桓很久。灵感最初来自他的朋友、西安诗人丁当的一首同名诗作

---

① 许渊冲:《包法利夫人·译序》,[法]福楼拜:《包法利夫人》,许渊冲译,译林出版社,1992 年,"译序"第 1 页。
② 苏童:《自序七种》,《虚构的热情》,江苏人民出版社,2003,第 249—255 页;《我为什么写〈妻妾成群〉》,《纸上的美女——苏童随笔集》,人民日报出版社,1998 年,第 165—167 页。我查找了他很多相关的叙述,没发现这个题材与作者的真实生活有联系的任何材料。

《妻妾成群》，激起创作欲望的是中国人都知道的那个古老的故事，同时还要归功于《红楼梦》《金瓶梅》《家》《春》《秋》等名著的文学营养。而至于批评界认为他善于写女性人物，他自己倒没有想到。这篇小说写了一大半后被锁在抽屉里，之后夏去秋来，他看见窗外的树木开始落叶，便想起应该把它写完。

　　福楼拜这部小说1857年出版，苏童的作品1989年发表，两者相隔一百三十二年。《包法利夫人》是一个真实的故事，《妻妾成群》完全是虚构的。它们之间究竟因什么共同性而产生"内面的共鸣"？我认为是两位女主人公都不安分的性格；另外是心高命薄的人生道路。《妻妾成群》开局不久，颂莲因父死家道中落。继母摊牌，叫她在做工与嫁人之间选择，颂莲淡然回答：当然嫁人。继母又问：想嫁一般人家还是有钱人家？颂莲说，当然是有钱人家。爱玛家境尚可，但在乡下，父亲问她是否愿意给一个小镇医生做填房，她竟毫不犹豫地答应。原因就是可借此离开乡下进城。颂莲与几位太太争宠，圆滑不够，性子又硬，还逼死丫鬟，便被佐千遗弃。包法利先生忠厚可靠，然极枯燥无趣，生性活泼的爱玛难以满足，因此酿成红杏出墙。苏童对周小珊说，福楼拜让爱玛与罗多夫第一次眉目传情，居然是在农业展览会上，这牵涉到很多写作技巧，更重要的是暗示爱玛爱慕虚荣。① 中国与法国相距几千公里，颂莲与爱玛的生活年代相差虽不到一百年，但社会结构、习俗制度和生存土壤毕竟不同。不过，躁动于生命深处的不安分性格，却使她们在人性的某一基点上发生了共振。这真是非常奇怪而令人难以理解的生命现象。

　　颂莲初进陈家那段岁月，陈佐千爱她、宠她，她以为他会宠爱自己一辈子。没想到"妻妾成群"这种古老制度，原来会让女人的专宠位置不断轮换，新的替代旧的，自己竟也有被人替代的一天。当初如接受继母的另一选项，嫁一般人家，虽衣食不足，但还安稳。佐千因她使小

---

① 周小珊、苏童：《一部关于人性弱点的百科全书——苏童读〈包法利夫人〉》，《译林》2002年第1期。

性,因她逼死雁儿,不原谅她,渐渐与她疏远。她身上又来了,佐千的无能冷淡让她没有子嗣,将终生在陈家孤老,这是她最接受不了的。初版本第51页,写颂莲因苦闷与飞浦喝酒大醉。飞浦走后,她面色酡红,在自己房里手舞足蹈,摔摔打打,宋妈进来按她不住,只好去喊陈佐千。佐千一进屋,就被颂莲抱住,满嘴酒气,胡言乱语。颂莲让陈佐千疼疼自己,"今晚陪陪我"。佐千说:"你这样我怎么敢疼你?疼你还不如疼条狗。"毓如听说后也赶来,埋怨佐千不加约束,命人给颂莲灌药醒酒。颂莲在陈家所有的好日子,至此结束。

爱玛欠勒侯三千元法郎无力偿还,央情人罗多夫帮忙,遭拒绝。情绪激动的爱玛,发现心高命薄的生活竟是一场幻梦。她对坐在火炉前椅子里的罗多夫说:"为了得到你一个微笑,为了你看我一眼,为了听到你说一声'谢谢',我可以把一切献给你,把一切都卖掉,我可以干粗活,可以沿街乞讨……你晓得吗,没有你,我本来可以过得快活的!谁要你来找我?……刚才你吻过我的手,手现在还是暖和的,就在这个地方,就在这地毯上,你跪在我面前发誓,说永远爱我。你使我相信了:整整两年,你使我沉醉在最香甜的美梦中!"出轨的爱玛,这时再回不到过去的生活当中。她跑到药剂师那里弄砒霜,冲动而轻率地结束了自己的一生。

有人指出:"要了解前人,最重要的就是要了解前人的想法;只有了解了历史事实背后的思想,才能算是真正了解了历史。"[①]苏童认为,《妻妾成群》与《包法利夫人》的内面共鸣点,是作者都试图揭示主人公人性的秘密:"我觉得像《包法利夫人》这样的经典,是一个写作者必备的功课。它对于写作者永远是有指导意义的,让你知道什么叫人物形象,什么叫刻画人物内心。""爱玛,一个普通农户的女儿,为了还钱奔走在街上,最后吃砒霜自杀。一个人怎么会落到这种地步?令人揪心。这就是人物形象,这就是人物内心,人物的性格发展。"最后,

---

[①] 何兆武:《历史的观念·译序》,[英]柯林武德:《历史的观念》,何兆武、张文杰译,商务印书馆,2007年,"译序"第27页。

他还以曾经沧海难为水的语气对周小珊说:"我们今天的文学创作,我个人的观点,谈什么主义,谈什么流派都是假的,但是对于学习经典,从经典中汲取营养,这倒是一个永恒的需要。"①

由以上种种,可以推出两个结论:

第一个结论是,两部小说内面共鸣之产生,显然来自苏童、周小珊对《包法利夫人》的对话。两部表面没有直接关联的作品,在他们的对话中建立了关联点。这个关联点,进一步表现为苏童对福楼拜作品中人性复杂性的深邃理解,并让我们进一步了解了他创作《妻妾成群》的初始思想状态;他的解读实际已超出批评家对他作品的理解,使我们的研究能够达到原先阅读这篇作品时远未到达的思想深度。人们认为《妻妾成群》是苏童迄今为止最精彩绝伦的小说,这可能不是虚言。

第二个结论是,沿着苏童解读福楼拜《包法利夫人》这条幽密的路径,我认为他之所以如此贴近和理解福楼拜,是由于他们身上拥有相类似的文学气质:擅长写女性。他对福楼拜和爱玛的同情和理解,也就是他对自己小说创作的同情和理解;他如此精彩地理解了爱玛,等于是精彩地理解了颂莲,我把它看作作家对自己作品的最到位的评论。

苏童对周小珊说,《包法利夫人》中没有一个完美无缺的人物,人格上、道德上真正的完美都没有。每个人都有缺陷,这是福楼拜作品中最具有惊雷般效果的东西。他对笔下的人物进行全面的批判,不留一点余地,剥光了每个人的衣服,也不想使文学作品与社会保持相对的平衡。正是这个动机使作品变得伟大。② 在《妻妾成群》中,苏童也试图做到这些,作品里没有一个完美无缺的人物,但人人都在可恶中有值得同情的东西。作家也想让作品在 1980 年代文坛具有

---

① 周小珊、苏童:《一部关于人性弱点的百科全书——苏童读〈包法利夫人〉》,《译林》2002 年第 1 期。

② 周小珊、苏童:《一部关于人性弱点的百科全书——苏童读〈包法利夫人〉》,《译林》2002 年第 1 期。

惊雷般的效果。梅珊和医生被卓云当场捉奸，在被仆人拖回陈家北厢房的路上，她双目怒睁，一路叫骂。院落静寂后，陈佐千去梅珊房中坐了一会儿。外面是好大的雪。凌晨时分，颂莲听见窗外一阵杂乱的脚步声，被几个人抬着的梅珊在挣扎，他们朝紫藤架那口井走去。她终于明白他们要干什么。在《包法利夫人》结尾，包法利夫人吞下砒霜，包法利先生竟还在傻傻地等着妻子回家。正是这惊雷般的效果，将两部小说串联在了一起。而这串联在一起的效果，已远远超出前面两个结论涉及的范围。

2018年1月12日于北京亚运村
2018年1月23日修改

乙 辑

张炜《古船》的主人公

自《古船》诞生之日起,主人公原型就一直受到人们的关注。隋抱朴形象的构造方式,是张炜不同于其他作家的一个触碰点,同时它自身蕴含的诡秘性,也是令人们大伤脑筋的。

在一次文学讲座上,张炜很隐晦地说起主人公的原产地:"当年读像托尔斯泰的《复活》,感动非常,记忆里总是特别新鲜,不能消失。里面的忏悔啊,辩论啊……""原来伟大灵魂的痛苦",都是不能原谅自己。①1984年,雷达就敏感到《古船》的主人公原来是"葡萄园里的'哈姆雷特'"。但雷达批评的兴趣点还黏滞在新时期初期的现实主义文学观念上。他在致张炜的信里说:"在你的小说里,与其说我们关心斗争的结局,不如说我们更关心'老得'内心冲突的内容。"他不满张炜将主人公封锁在自我冥想中的遗世姿态:"如果其中没有时代生活本质方面的踪迹,没有时代情绪的回荡,那就成了恩格斯说的'恶劣的个性化了'。"②王彬彬也去触摸过隋抱朴:"《古船》的叙事主人公不但置身事外,且亦置心事外。他仿佛站在一个山岗上,对脚下争斗着的人物无一偏护。他犀利的目光直射进历史和人物的内心深处,并客观冷静地讲述着他的发现。"③摩罗对作家和主人公的矜持也有评说:"那个静静地坐在磨房里达十年之久,悄悄地进行忏悔和自我搏斗

---

① 张炜:《世界与你的角落——在苏州大学"小说家讲坛"上的讲演》,《当代作家评论》2002年第3期。

② 雷达:《独特性:葡萄园里的"哈姆雷特"——关于农村题材创作的一封信》,《青年文学》1984年第10期。雷达写这封致张炜的信时,《古船》(1986)还未发表,他已预见到了这个"哈姆雷特"作为一个认识性装置,对张炜以后创作的深远影响。

③ 王彬彬:《俯瞰和参与——〈古船〉和〈浮躁〉比较观》,《当代作家评论》1988年第1期。

达十年之久的形象,可以说是整个新文学史上最有力量的小说形象。"他说,张炜在农村找到一个文学起点后,一路猛跑,勇往直前,"直到把他笔下的农民一个个培养成了诗人和知识分子(如老得、隋抱朴等或写诗或读《共产党宣言》)"。当这种姿态无法解释市场经济中的不义、黑暗和丑陋罪恶等现象时,他就走上了中国知识分子驾轻就熟的"归隐之路,即山林与田园"。因此,《古船》主人公身上始终纠结着张炜内心的"矛盾",他生长于农村,"但我敢肯定,张炜绝不是真正的乡下人"。①

那么,我们该相信哪位批评家的滔滔宏论呢?在读了几个月的张炜研究资料后,我真是被一会儿是托尔斯泰、葡萄园、哈姆雷特,一会儿是农民、磨房、知识分子的观点给弄糊涂了。而疑惑也由此萌生:对《古船》主人公的学术性研究之所以没开展,是不是作者自己的写作观念造成的呢?

一、作家生活的地方

这不能不先从作家生活的地方开始。

据张炜少得可怜的传记资料,他原籍山东栖霞,1956 年出生于黄县(今龙口市),小时候随家人迁至乡下,并没经历过主人公隋抱朴在粉丝厂老磨屋的生活。他在烟台师专中文系的老师萧平说,1979 年春,张炜和几个爱好创作的同学发起文学社,出版一个油印刊物,经常拿稿子给他看。张炜性格内向、朴实,有点拘谨。逐渐熟悉后,他给萧平讲过一些家庭的遭遇:

> 他的家在一个镇子上,后来又迁到了海边。住宅不在村里,而是孤零零地在一条大河入海口岸边的果园里。家里有许多书,

---

① 摩罗:《灵魂搏斗的抛物线——张炜小说的编年史研究》,《当代作家评论》1997 年第 5 期。

他就读了不少文艺作品。十几岁的时候,离开了父母,到百多里外的叔叔家住了。叔叔家同他们家隔着一座大山。每年他都盼望着探家的日子,终于盼到了,背着包裹,翻过这座大山,走上百多里,回到家里,同父母姐姐团聚几天。而常年只能望着乌云漫漫或白雪皑皑的远山,思念着山那边的亲人。当他说起这些的时候,看得出是很动感情的。①

由此可知,童年生活经历和家庭遭际,使张炜初涉人世便感受到压抑气氛,却又让他在农村的闭塞环境中,受到了大自然和文学的熏陶,这"对于一颗幼小的审美心灵的形成,也许是必不可少的"。萧平接着说,张炜生活的葡萄园农场附近有几个稀落的村子。作家的父母有工作,读书的学校有没有农村同学情形不详。从作品看,他住在农村,在田野树林里游玩,与农民子女有一种若有若无的联系。他跟社会的接触极少,"这限制了他对世事的认识,但却使他较多地看到了人——特别是少女和老人,在自然中所表现出的美"。他心中装满了自然之美,虽然目睹了丑恶,但那也"只是作为美的陪衬"。他的人物好像都被自然过滤过,于是作品的社会气息就被冲淡了。这形成了他作品独有的特色,但无意中也构成"他的创作的局限"。②

我读作品时,察觉到张炜和主人公隋抱朴的生活环境很不一样。隋抱朴出生在洼狸镇附近的一个村庄。他是当地地主隋迎之的长子。隋家拥有河两岸最大的粉丝工厂,在南方和东北几个大城市里还有粉庄和钱庄,是洼狸镇隋姓、赵姓、李姓三大家族中最具权势和财富的一家。隋迎之猝死,家产在一场历史巨变中被没收。赵家取而代之成为新时代宠儿,隋家子弟抱朴、见素和含章沦落为赵家掌管的粉丝厂的

---

① 萧平:《他在默默地挖掘——关于张炜和他的小说》,《中国作家》1986年第1期。

② 萧平:《他在默默地挖掘——关于张炜和他的小说》,《中国作家》1986年第1期。

工人。见素对赵家一直怀恨在心,伺机重新变成小镇的主人。隋抱朴却执意继承父亲隋迎之的"赎罪遗志",他是粉丝厂最娴熟的技工,是磨屋一个最静默的人。每遇厂里发生"倒缸"大祸,总是他独挽狂澜于既倒,使这座粉丝大厂重回正常秩序。隋抱朴一生经历父死、妻卒、家亡、爱人嫁于他人等磨难,以及几次重大历史事变,但他始终让自己置身事外,俨然一个历史的"多余人"。作品也没把他当一个普通的农民来描写:

> 抱朴静静地坐在老磨屋里,只偶尔用木勺去运输带上拨动几下。青白色的绿豆汁从地上暗道直接流入粉丝房的沉淀池里,再没有人来抬大木桶了。①

他不是一直都这样绷着的。妻子死后,他与村里女孩小葵有过一段情感。两人曾有一个狂热之夜。小葵嫁给兆路后生下了累累,抱朴却疑心他是自己的亲生儿子。兆路死后,抱朴去找小葵,在一块蓖麻地里,小葵一颗一颗地摘着蓖麻,没有理他。抱朴激动地在裤兜里找烟,想借累累这个话题,与小葵破镜重圆。两人默默摘着蓖麻,小葵突然哭了,说:"你是谁?你十来年没跟我说一句话,我也没见到你。我不认得你是谁。"抱朴叫道:"小葵!小葵!""我知道你恨我,多少年就这么恨下来。可我比你还要恨我自己,咱俩多少年恨的是一个人。这个人毁了你的日子,对不起死在东北煤窑里的兆路兄弟,他有罪。"张炜也承认自己与隋抱朴有不同的人生道路。他说,父亲长年在外地,母亲在果园打工,自己大部分时间与外祖母在一起。②"我出生不久就随家迁出龙口,搬到了海滩林子里。那里离一些村落还比较远,是一个林场和园艺场。由于太寂寞,后来我就

---

① 张炜:《古船》,人民文学出版社,2000年,第98页。本文引用的《古船》作品内容,均出自这一版本。

② 张炜:《我跋涉的莽野——我的文学与故地的关系》,《我跋涉的莽野》,春风文艺出版社,2001年,第2页。

穿过林子到一个外地人聚居地去。这个小村离我们算是最近的了,都是从遥远的异地他乡迁徙来的。"①林场和园艺场与农村、农民之间有很大距离。如此看,张炜确实不熟悉农村生活,他是在一种有距离感的旁观者视角中感受那里的一切的。他的农村生活,只是"割草""采蘑菇"和"捉鱼"。他在没有围墙的学校读书,自述中没有提及农村同学,我不清楚是否为林场、园艺场子弟学校不接收本地农村生源所致。"我们学校那时候上劳动课。老师常领我们到林子深处采草药,有的课,比如音乐课,有时也到林子里上。""两年的中学生活一晃就过去了。"②尽管后来几十年,农村一直是张炜小说创作的灵感来源和素材资源。③

一个不熟悉农村生活的作家,却成功塑造了农民主人公的形象,这本身就是令人拍案称奇的案例。我注意到,残留着张炜生活痕迹的《九月寓言》,对他的身世材料有所补充,这也是对《古船》生活环境的重现。一条荒芜的路,是工区通向小村庄的唯一通道。沿途草藤间是倒塌的墙壁、破碎的砖石。很多年前,做工程师的父亲带领全家来到这个荒凉的小平原开拓新生活。因为寂寞,工区子弟一天到晚往小村子里跑。作品写到五个爱干净的农村女人带着换洗衣服,包几卷煎饼,"像探险似的悄悄走进夜色里",她们是要到工区的澡堂里洗一次澡。有一个人影在前面引路,她们掩了嘴,紧张地从一个过道向澡堂摸去。村里在澡堂做小工的小驴,怕厂里知道,就在外面锁了门。澡堂里的水是热气蒸腾的,白气喷涌,"妇女们哇哇大叫,四处钻挤"。尽管池子里的水非凉即烫,她们仍然尽情享受着从未有过的快乐:"每逢他坐在那儿,她们总是趴在水里。一辈子也没有被这么多的热水泡过啊!多么舒坦!""她们互相搓着,皮屑和灰土一层层脱去,好像积

---

① 张炜:《关于〈九月寓言〉答记者问》,《当代作家评论》1993年第1期。
② 张炜:《童年三忆》,《散文与随笔》,山东文艺出版社,1993年,第22—29页。
③ 张炜:《关于〈九月寓言〉答记者问》,《当代作家评论》1993年第1期。

了半辈子的污垢一下子除掉了。"①

于是问题出现了:张炜为什么不选取自己熟悉的工区素材呢?他住在农村边上,但那是一种雾里看花的叙述关系。说到底,他不过是工区与农村之间的一个游走者。然而,就是它构成了我研究张炜的一个新疑点。大概有很多次吧,张炜像《九月寓言》的那个工区子弟一样,穿过沿途倒塌的墙壁、破碎的矿石,经过一条荒芜的小路,到附近村子里,或是在村子周边毫无目的地游逛。一路上,他也许不止一次地遇到过隋抱朴等乡村人物吧。他身居隋抱朴生活的外围,工区或林场、园艺场就像一个观察农村的瞭望哨。对作家来说,相对于他要表现的农村生活,相对于他要塑造的作品主人公,他实际处在一个别扭的写作位置上。这是一个相当尴尬的位置。可奇怪之处在于,在这文坛风风雨雨的四十年里,在赞美和非议中,他都这么执拗地坚持着,固执地相信着。他是怎么做到的呢?

二、农村、农民、葡萄园与哈姆雷特

其实,不光我纳闷张炜与隋抱朴的暧昧关系,早在三十四年前,雷达就对张炜与"老得"——乡村知识分子隋抱朴"前身"的别扭关系有所质疑。

雷达在《独特性:葡萄园里的"哈姆雷特"——关于农村题材创作的一封信》中,先肯定主人公老得描写的"独特性",说他与农村农民接触不多,却是一个在葡萄园里沉思默想的"哈姆雷特"。他接着说道:"我几乎没有看到过与他哪怕稍稍相似的农村人物形象。"他于是拿出新时期农村题材小说的谱系来比较:"那个时候,农村刚试行责任制,文学着重写了一批惶惑与喜悦交集的老年和中年农民,写了他们的历史情绪,出现了诸如李顺大、陈奂生、冯幺爸、孙三老汉等生动的

---

① 张炜:《九月寓言》,人民文学出版社,2005年,第56—57页。

艺术形象。"他说,张炜虽注意新时期初期农村青年的"烦闷",着力刻画"思考者"形象,但这一形象与路遥、贾平凹笔下的青年不一样,"不少敏感的作家几乎同时发现了在一些先进农村青年中,涌现了'思考者'。他们身处新旧交替的生活漩流中,为了挣脱旧的精神羁绊前进,常常难免表现出一种'烦闷感',例如贾平凹《小月前本》的撑船女小月、《鸡窝洼人家》的主人公禾禾,张石山《一百单八碴》的贵武等。他们在吃喝拉撒睡等生活琐事中生出烦恼,又是脚踏实地生活在土地上的农民。而张炜对农村生产资料,对农民计算生活的具体细节不熟悉,"恕我直言,从你这部小说中能够看到的当前农村经济生活变化的细节并不很多"。雷达固然不是主张作家在作品中罗列劳作细节、账目核算,一定要像柳青、赵树理那样对农村生活了如指掌,但"恩格斯说过,他从巴尔扎克的作品里所学到的东西,'也要比从当时所有职业的历史学家、经济学家和统计学家那里学到的全部东西还要多'(恩格斯:《致玛·哈克奈斯》)"。因此,"你要承认,正因为巴尔扎克对社会生活的熟悉和了解根本不限于道德方面,所以,他的作品在客观上才能提供这么多意想不到的有用的东西吧!这对我们是很有启发的"。①

很明显,雷达还不习惯看到农民身上的"知识分子性"。他与路遥、贾平凹和张石山一样,是从国家政策的视角寻找农民群体里的"思考者""烦闷者"的,自然会按照"农村、农民、葡萄园和哈姆雷特"的顺序关系,根据新时期农村题材小说的创作成规,从生活到思想,而不是从思想到生活,来评价张炜创作的意义。张炜与之相反来创作农村题材小说,而且别出心裁地塑造了农民形象——这就是"哈姆雷特、葡萄园、农村和农民"。也就是说,他不是从农村劳作过程和账目核算的角度来写农民,而是用哈姆雷特和葡萄园做镜子,在严厉地审问农村和农民的世界。

---

① 雷达:《独特性:葡萄园里的"哈姆雷特"——关于农村题材创作的一封信》,《青年文学》1984年第10期。

张炜有这样的思想感觉,当时文坛的热捧声浪要负一定责任。①文化热的理论神器,也让他相信思想火山能熔化农村题材小说存在的问题。有时候,他确实把作家的身位摆得过高:"我在葡萄园生活过好多年,也熟悉'老得'。"②他告诉读者,"真正的隐秘也许不是具体的故事、事例,而是沉淀到这一切之中的东西",例如时代、人性、宿命等。作为作家,他"首要的任务还是投入思想者的行列,寻找思想者的"。③但他谨慎地认为,作家不一定要介入社会思潮,"'退守'是一个战士才能使用的概念,所谓退而守之"。④优秀作家不是将生活的繁杂都纳入作品,而是要严格筛选,用真正的内心来拷问、锻打和反省它。他还声言:"我想走的倒是一条相反的道路。"想想看,在辽阔的海边,在一条河岸边,在纷杂的世事面前,在葡萄园里,"有一个哈姆雷特式的'我'在思念徘徊,表达着他对这个世界的无尽的感激和忧思,同时也在挣扎和准备"。这么看,他"就已经是一位具备大勇的人了。他在我心中其实已经是等同于神话中的英雄和王子一类的人物了"。正由于此,"对于这个热热闹闹的社会而言,我可能永远保持了外来人的感觉"。⑤为此,他特别援引托尔斯泰的《复活》给自己的启示,杰出非凡的书籍总有两个共同特点:一是精神上非常自尊;二是书中伟大的灵魂,最终都不能原谅自己,而他不能原谅自己的事情,经常被我们现代人看作"小事情"。他甚至激动骄傲地表示,人的一生太短暂,要用军

---

① 当时许多批评家,因 1980 年代"文化反思"思潮的影响,多从表现"民族忧患意识"的角度来赞扬张炜《古船》的思想意义。这种把作家抬得很高的做法,势必会影响对主人公隋抱朴这一独特形象的构造方式的探讨反思。这就使年轻的张炜将精神维度置于世俗文化的对立面,选择了一条相对单一的创作道路,而不像其他作家有多次的自我崩裂和创作转型。

② 张炜:《为了葡萄园的明天》,《中篇小说选刊》1985 年第 1 期。

③ 张炜:《关于〈九月寓言〉答记者问》,《当代作家评论》1993 年第 1 期。

④ 张炜:《昨日里程——张炜访谈》,《流动的荒原之草》,浙江文艺出版社,1998 年,第 175 页。

⑤ 张炜:《〈柏慧〉与〈蘑菇七种〉》,《我跋涉的莽野》,春风文艺出版社,2001 年,第 72、5 页。

事家、哲学家和思想家这些高指标来要求自己。这显然是一个古典文学的境界：

> 我们是否拥有这样的记忆：天正下雨，你把刚刚写好的东西用塑料布包好，走几十里路，只为了去找一个人——为了说不清的热爱，为了赢回那一小会儿的骄傲和陶醉。如果我们发现了一本好书，也会带上它走很远的路，翻山过河——只因为山的那边有一个人，只为了让他与自己一起感动。

因此张炜相信古典情绪，它不单是作家最珍贵的生命状态，还深刻"孕含了一种生命的质量"。"人的内心应该燃烧着辩论的热情。"所以，尽管后来遭到诟病，可他并不以"葡萄园里的'哈姆雷特'"为耻。①

从张炜的创作理论来解读隋抱朴高出普通农民的身位，没有人觉得他怪异到了不通情理的地步。抱朴一个人坐在老磨屋里，每天按时往磨眼里扣绿豆。"他宽大而结实的后背对着老磨屋的门口，右侧上方则是石屋里唯一的一个小窗户。从这个小窗户往外望去，可以望见旷阔的河滩，散立着'吴堡'，一片片的柳棵子。更远一点的蓝色天幕下，闪烁着一片银色，那就是晒粉场了。"（第14页）他显然是一个拥有大格局的农民。然而又不是主张无抵抗主义的甘地。他也无意成为镇上的强人四爷爷。他终日沉溺的就是历史。家族财产被抄，后母不堪凌辱自杀，作为大户子弟的兄妹三人（抱朴、见素和含章），在历史巨变中沦落为当年农村二流子赵多多掌管的粉丝大厂的工人。时代潮起潮落，说不定哪一天，这一切会再次洗牌，谁也说不清历史的反复性。像张炜一样，他相信这就是历史的宿命。因此，他懒得纠缠于人和人的恩怨。他这份清醒、这份超越，并不为弟弟见素，包括全镇的民众所理解。然而，过去岁月里发生的一幕幕，又一次次地啃噬着他

---

① 张炜：《世界与你的角落——在苏州大学"小说家讲坛"上的讲演》，《当代作家评论》2002年第3期。

的灵魂，令他陷入无法自拔的痛苦。他知道见素还在怨恨："粉丝大厂姓隋。它该是你的、我的。"见素的目光锥子般刺在哥哥脸上。抱朴摇摇头："它谁的也不是。""可我会夺到手。""你不能。如今谁也没有这力气了。"（第43页）抱朴脑海浮现出历史上的某一天，民兵为报复镇上恶霸地主，便折磨他一对无辜的儿女。女儿死后被扛到河滩上埋掉。但他几天后见一伙人围着树大笑大叫，那个被埋的女儿被绑在树上。"她身上有一块块血印、伤疤，可全身还算雪白的。没有一丝衣服，闭着眼，象睡着了。乳头没有，上面结了黑黑的血块"。他停顿一会，才对见素说："亏他们想得出啊！他们在她的阴部插了一颗萝卜！……"（第248页）这可能就是张炜在答记者问时所说："真正的隐秘也许不是具体的故事、事例，而是沉淀到这一切之中的东西。"在翻天覆地之际，抱朴记得，父亲隋迎之幻想通过"赎罪"来洗清财富的罪恶感。即使这财富是通过辛勤正派的经商获得。父亲算是一个开明士绅。可1950年代末到1960年代初的"三年困难时期"，镇上的民兵却不放过已成世上孤儿的他们兄妹。他们被几个持枪民兵押走，分别关押在不同地方。陌生的干部审问抱朴：粮食藏到哪里去了？"你还不讲实话吗？"抱朴说："昨天就是实话。"干部听了，"啪"地打了抱朴一个耳光……这几十年，枯坐老磨屋的抱朴，脑子里整天琢磨的就是这些往事。但他绝没想到，妹妹含章从十几岁到三十多岁，一直被四爷爷所凌辱和霸占着……

隋抱朴当然不知道自己痛苦的来由，可我们得用考察视角去探触俄国19世纪的文学传统。这传统是张炜小说的思想源泉。抱朴对弟弟说："我不是恨哪一个人，我是恨整个的苦难、残忍……"他这种不知来由的痛苦，有点像哈姆雷特，像托尔斯泰《复活》里那个想通过折磨自己来赎罪的贵族聂赫留朵夫。表面上，聂赫留朵夫赎罪的痛苦因诱奸伤害玛丝洛娃这一"具体的故事"而引起，而实际上，托尔斯泰要追究"沉淀到这一切之中的东西"。在托尔斯泰眼里，聂赫留朵夫是这样一个人：他"思考上帝、真理、穷与富的问题，阅读有关这些问题的书籍,议论这些问题,他周围的一些人就都认为这很不合适,而且有点儿可笑"。① 他一次次到关押玛丝洛娃的监狱探监,看到上层社会人士所漠视的卑贱者的生活真相,心灵受到极大的震撼。他对她说:"我是来请求你饶恕的。"但久居底层的玛丝洛娃表现得非常木然。她与他之间其实已生死两隔。虽然这隔阂是因她不理解聂赫留朵夫发自内心的赎罪而造成的。就和鲁迅《祝福》里"我"与祥林嫂的隔膜,以及《药》里被拯救者对拯救者的冷漠态度一样。因此,这痛苦来自描写拯救者主人公的作家内心,却不为被拯救者所理解。所以,魔鬼对聂赫留朵夫说:"这个女人已经不可救药了。你这样做,无非是把石头拴在自己脖子上,自己淹死,也无益于别人。"② 这样,就出现了"具体的故事"与"沉淀到这一切之中的东西"的冲突。然而,聂赫留朵夫仍毅然退掉大住宅,打发掉佣人,搬到一个旅馆中住,并决定赤身去救玛丝洛娃。他心想:她也许改变不了,等到她被释放,或者被流放,自己也跟着她去,到时候一切也就自然而然改变了。聂赫留朵夫这种通过自我牺牲来拯救玛丝洛娃,进而抵达自救目的的坚毅行为,被作品最后《马太福音》中的一段话证实和升华了:"人不仅不应当以眼还眼",还"应当宽恕别人的欺侮,好好地忍受,人家对你有什么要求,都不能拒绝"。③ 所以《复活》译者力冈评价道:

> 古往今来,一切伟大的作品都具有高超的艺术性、高度的真实性、深厚的人性。《复活》正是在这几方面都达到了非同一般的程度。
>
> ……
>
> 《复活》是人性的人复活,也就是人性复活。④

---

① [俄]列夫·托尔斯泰:《复活》,力冈译,译林出版社,1998年,第51页。
② [俄]列夫·托尔斯泰:《复活》,力冈译,译林出版社,1998年,第155、159页。
③ [俄]列夫·托尔斯泰:《复活》,力冈译,译林出版社,1998年,第481页。
④ 力冈:《人性的复活》,[俄]列夫·托尔斯泰:《复活》,力冈译,译林出版社,1998年,第5、7页。

我们由此想到,张炜所设计的隋抱朴的痛苦类型,的确不符合雷达为张炜量身定制的农村题材小说的"尺寸"。不过,隋抱朴的思想境界,恐怕比一般农村题材小说的主人公要高出很多。但张炜这种不与农村真实生活、不与当代中国社会实际直接对话的文学叙事,也是他几十年来最受争议的地方。①

当代的农村题材小说,是要求作家勇敢地站出来,为农民的命运大声疾呼。然而,张炜却匪夷所思地绕过它去接通《复活》里的聂赫留朵夫,这该是当代文学史的一幅多么奇异的景象啊!这也是一个被当代文学史封存起来,没有得到讨论的问题。一定意义上,张炜与主人公隋抱朴那种非常别扭的叙述关系,既是他与众不同的创作理念和表现形式造成的,也与当代文学创作观念的单调有莫大的关系。张炜与当代文学史的不对称关系,是文坛对他小说的主要争议点,更是他小说最深沉的痛点。他就在与文学史关系的别扭中抗争着,坚持着,并且固执地相信着。

三、"老书"成就了张炜和隋抱朴

要进一步理解张炜与农村题材小说的不协调,以及他与主人公精神生活高度的同质性,还得从两人都喜欢读"老书"的习惯说起。

一定程度上,是张炜将隋抱朴带进读老书的思想境界,拥有了思想者的眼光,才使他不同于高晓声、贾平凹和张石山等作家的农村题材小说中的乡村人物的。

他对苏州大学的学生说,现代社会的浮华,提倡仿古的"朗读者",遍布大小城市充溢着中产阶级气味的"书廊""书吧",一切冒充古代书院的"读书节"开幕式,知名作家在上面的表演,反而使我们容易"忽略了一些古书"。

---

① 张均:《看见一朵花有多难?——由〈独药师〉论张炜》,《中国文学批评》2017年第4期。

老书其实也是当家的书,比如中国古典和外国古典、一些名著。我们还记得以前读它们时曾被怎样打动。那时我们把大量的时间花在读老书上。这些书,不夸张地说,是时间留下来的金块。

"那时"是他念中学和大学的 1970 年代、1980 年代。与"把大量的时间花在读老书上"的时候相比,他对把大量时间花在别的方面的 1990 年代是非常敌视的。正是这强烈的敌视感,将他引向了深邃的思考:①

读一些老书,我们常常会想:他们这些书中人物,怎么会为这么小的事件、这一类问题去痛苦呢?这值得吗?也恰恰在这声声疑问之间,灵魂的差距就出来了。

……

现在的书比起过去,一个普遍的情形是精神上没有高度了,也没有要求了。没有要求的书,往往是不能传之久远的书,也成不了我们所说的"老书"。②

一些批评家曾嘲笑张炜让隋抱朴读老书《共产党宣言》的写法,认为过于夸张做作,这种看似具有反思性的观点,对我有过一定的影响,实际也在误导读者对张炜的观感。但隔了几十年的风雨,尤其是看到一些作家与社会同流合污的现象,看到一些被人看好的文学作品其实一直停留在思想的肤浅表层的现象后,我好像已明白他深沉的心机。这叫不比较就没有发言权。后发的研究性结论,可能就是在不断的比

---

① 可以注意到,对 1990 年代文化的世俗化倾向比较抵触的当代作家,这时候在思想上都有一个洗心革面的深刻变化,例如张承志和张炜。与有些人适应和顺从的态度相比,他们的姿态固然十分激烈、偏激,但仍然可以看作一种非常认真的态度,这在二人的作品中都有表现。

② 张炜:《世界与你的角落——在苏州大学"小说家讲坛"上的讲演》,《当代作家评论》2002 年第 3 期。

较参考过程中产生出来的。

见素想扳倒粉丝大厂主管赵多多,于是暗中查账。一天深夜,见哥哥的窗户又亮了起来,见素便走进他的房间。抱朴有睡前读这部老书的习惯。他摊开书包,有几处不很明白,就用红笔做了记号。发现见素进门,他继续读书。见素看到他把"宗教的虔诚""骑士的热忱""小市民的伤感"三个地方,都画上重重的红杠。见素见书中说:"那时,俄国是欧洲全部反动势力的最后一支庞大后备军;美国正通过移民在吸收欧洲无产阶级的过剩力量。"抱朴对弟弟说:"我准备读一辈子。""日子每到了关节上我就不停地读它。"见素眼睛停留在书的这几行字上:"我们的资产者不以他们的无产者的妻子和女儿受他们支配为满足,正式的娼妓更不必说了,他们还以互相诱奸妻子为最大的享乐。"看到见素鼻孔耸动着,抱朴的脸色严峻起来,盯着那几行字,一边伸手去取香烟。见素也激动起来了。最后,他看到本页书末尾的两行字:

> 为了这个目的,各国共产党人集会于伦敦,拟定了如下的宣言,用英文、法文、德文、意大利文、佛来米文和丹麦文公布于世。(第160—162页)

有一天,抱朴跟弟弟谈到了读"老书"对他心灵的启示、震撼和宽解:

> 象我刚才讲的,镇史上都没有。这是镇史的缺陷。你千万不要小看了这一笔的有无,它会影响一代又一代人对镇子的看法。后辈人不明白老辈人,后辈人的日子就过不好。他们以为老辈人没有做过,就去试一试,其实老辈人早就做过了。……不是镇上的人,不是老隋家的人,就永远也闹不明白这是为什么,刚刚能安静静坐在磨屋里了,这多少也是个福。我坐一天,有时坐半夜,走回去洗洗脸,吃饭吃得饱,再睡觉或者读书。我一遍又一遍读《共产党宣言》,知道这跟我们的镇子、跟苦难的老隋家人分也分不

开。(第250页)

张炜和隋抱朴爱读"老书",是一个解开《古船》主人公原型之谜的密码。张炜通过"老书"提升了主人公的思想境界,养成了他避开纷乱世事沉思冥想的知识分子精神气质。作品里的"老屋"实际是隋抱朴的"书房"。像张炜一样,他在"书房"里观察改革开放初期农村的历史进程,体察乡村人物的悲欢,思索历史文化的纠结冲突。他还像马克思一样,一边在工业革命时代英国曼彻斯特的"血汗工厂"考察,分析资本时代劳资矛盾的永恒结构;另一边在大英博物馆读书、写作,深刻思考人类普遍的命运。在构思写作《古船》主人公的过程中,张炜将自己的思想境界和精神气质慷慨地赋予了他,久而久之,这种思想境界和精神气质又慷慨回报给他,从而铸造了他以思想带小说,令作品主人公服从他历史思考轨道的创作视角和艺术风格。在这个意义上,我猜测张炜就是《古船》主人公的原型之一。因为,"我就是隋抱朴"是在作者与主人公的对话结构中不时闪现的。郜元宝曾对两个人的思想境界大加赞赏:"《古船》最大的特点,是尽可能强烈地展览人性的黑暗,揭露人生的苦痛、历史的无常直至道德的绝境。当然,在这同时,作家也表达了谋求救渡的意念。""《古船》不仅浓缩了80年代中国文学的批判力量。代表了80年代反思的深度,也为90年代的小说设立了一个并不容易超越的水准。"[①]罗强烈也在抬高评价等级,强调张炜为中国当代文学塑造了一个"思想的雕像":"抱朴的灵魂,是中国曲折而痛苦的历史在其个体成员的心灵上打下的一个'死结'的象征",他无疑已成为一座"思想的雕像"。他还替张炜辩护说:这位作家虽有点偏激,但他"认为'形式热'不可能产生伟大作品","倾心于用哲学精神审视和表述自己、民族和历史"的观点与想法,仍然是一

---

① 郜元宝:《"意识形态"与"大地"的二元转化——略说张炜的〈古船〉和〈九月寓言〉》,《社会科学》1994年第7期。

种难得的真知灼见。①

  显然,"老书"已渗透到隋抱朴思想活动的所有角落。作品第一章即力图展现出隋抱朴宏大的历史视野:"我们的土地上有过许多伟大的城墙。它们差不多和我们的历史一样古老。"而洼狸镇,不过是他剖析中国历史的一个案例:"矮矮的小屋,窄窄的巷子,表明了他们生活得是多么拥挤。"读者感到,第二章到第四章似乎都在表现洼狸镇民众在1979年"农村改革"一门心思奔小康的热闹场面,隋抱朴却以"父亲之死"为思想线头,从这时代节点上脱开身,在更高处观察起历史的是非功过和兴衰规律来。他很有点像张炜:"读一些老书,我们常常会想:他们这些书中人物,怎么会为这么小的时间、这一类问题去痛苦呢?这值得吗?"为模仿中国历史先贤们"存天理,灭人欲"苦行僧的生活,他杜绝女色,严控性欲,眼睁睁地看着小葵嫁人和改嫁。但这种自我牺牲对一个生命力旺盛的男人来说,是极其可怕的:"他几乎每隔几天就要在炕上辗转反侧,二十年来总是如此。他深夜在院里一个人徘徊。"读"老书",恰好也变成一种最好的排遣。他想着《共产党宣言》提示的抽象问题:"这样就产生了封建的社会主义,半是挽歌,半是谤文,半是过去的回音。"正如上述两位批评家所言,他的思想眼界已远远超出了1980年代,在数千年的历史星空中徘徊回旋。因为有这硬邦邦的底气,当见素冲进老磨屋,见他面对汹涌澎湃的改革大潮,乃至夺回洼狸镇的野心都无动于衷时,只得气愤地斥责他就是"一块石头"。即使连弟弟抛出"你就是个好人,没做一丁点坏事,可你老要受别人欺负""我就不明白你还怕丢了什么,你忍了多少年"这种颇伤兄弟之情的狠话时,隋抱朴也只是"深深地望了他一眼"。

  隋抱朴身上的怪,能够在历史上追踪到线索:这种一心冲破思想牢笼的怪人、怪现象,在中国历史上可谓层出不穷,如庄子、嵇康、李贽、苏曼殊、王实味等。这个怪现象背后,涉及一个如何认识"常"与

---

① 罗强烈:《思想的雕像:论〈古船〉的主题结构》,《文学评论》1988年第1期。

"变"的历史规律的问题。"变"代表的是跟着时代潮流一往无前的人,他们呼唤改革,借助奋斗享受富足的生活。他们的价值目标是"当下"和"现世"。而"常"则代表不完全跟着时代潮流走的人,他们赞成改革,会停下脚步思考改革中孵化的社会问题,例如"寡均""异化"等。他们生活在体制内,思想却是离经叛道的。亚里士多德在世时,曾经不被人理解;他去世后,便被世界久久地遗忘了。黑格尔却说:"他的思辨的理念,首先得在他的'形而上学'一书中去找寻。"我们称其为"形而上学",亚里士多德则叫它"第一哲学":"亚里士多德毫不含糊地把纯粹哲学或形而上学与其他的科学区别开来,认为它是一种'研究存在之为存在以及存在的自在自为的性质的科学'。"它是"善、目的、最普遍的共相"。黑格尔对"常"有独特深邃的解释:"河流永远在变化,但它仍是一条河流,——是同一的样子,是一个普遍的存在。"他不认为这种原地不动的"常"是古怪,是反常,它反而是"最普遍的共相"。① 这与罗强烈前面说张炜认为"'形式热'不可能产生伟大作品",说他因此而坚持用哲学精神审视自己、民族和历史,在意思上是一样的。张炜不是亚里士多德那样的哲学家,但这个视角能解释作者和主人公思想和行为的逻辑结构。亚里士多德的著名研究专家苗力田说,亚里士多德公元前384年出生于马其顿的斯它拉城,家族以行医为业。公元前367年,青年亚里士多德离开宫廷争斗的马其顿王国,来到雅典。他师从柏拉图,前十年跟老师修习基础课程,后十年以辅导员身份,做教学辅导工作。柏拉图去世后,为躲避学院的人事纠纷,他离开雅典到小亚细亚,在这里利用沿海岛礁林立的地理条件进行研究。不久他成为马其顿王国著名王子亚历山大的教师。亚历山大死后,他为躲避雅典人的迫害,逃到优卑亚岛卡尔基斯城他母亲遗下的老屋,次年病故。苗力田认为:"亚里士多德的一生,是竭力摆脱外部干扰,潜心于教学和学术研究的一生。"在亚里士多德看来,"哲

---

① [德]黑格尔:《哲学史演讲录》第2卷,贺麟、王太庆译,商务印书馆,1996年,第288—289页。

学不能满足于事物是什么,还要探索日常所见事物生成和存在的原因,要去解决事物是由什么构成的,以及怎样才能使人去了解这样的难题。""在开始,人们对身边所不懂的事情感到好奇,进而对更重大的事情感到好奇。""神的生命就是思想的现实活动,它就是现实性。"这就是超越了现世功利性的思想,"思想就是对思想的思想"。①

隋抱朴和见素身上是"两种现实性"。见素身上是新时期改革的现实性,抱朴身上则是涵括了新时期和"十七年"的当代史的现实性。见素的现实性是没有思想的,抱朴的现实性具有对现实的超越性,因而赋予了超越性以"思想"。如果说这对同父异母的亲兄弟有所不同,就在于抱朴拥有"老书"里蕴含的"思想",见素则没有。所以,隋抱朴表面的"怪",指向的是"常",是一部洼狸镇历史的"常",是一种洞穿了当代史权威解释理论的"常"。抱朴以"父亲之死"为线头,追索到1950年代的报复,1960年代的疯狂,1980年代的推倒重来,他目睹几十年的历史变迁,心灵在读"老书"《共产党宣言》中沉静下来了。因此,他不觉得父亲之死、继母之死、妻子之死、小葵命运和妹妹含章的痛苦是"正常"的,这是"变"所必须付出的历史代价。他在老屋中看到了那个极其浩渺的"常",这成为他待在那里的理由。

> 我想的多,做的少,差不多只配坐在老磨屋里了。我一想起要做点什么,就心慌。好象什么都不怕又什么都怕。不是镇上的人,不是老隋家的人,就永远也闹不明白这是为什么。刚刚能安安静静坐在磨屋里了,这多少也是个福。我坐一天,有时坐半夜,走回去洗洗脸,吃饭吃得饱,再睡觉或者读书。……知道这跟我们的镇子、跟苦命的老隋家人分也分不开。这不是一天两天能读

---

① 苗力田:《亚里士多德全集·序》,[古希腊]亚里士多德著,苗力田主编:《亚里士多德全集》第1卷,秦典华、余纪元、徐开来译,中国人民大学出版社,1990年,"序"第1—5页。

懂的书,得用心去读,而不只是用脑。(第250页)

这一节本来是说张炜隋抱朴怎么读"老书"的,保持着全文考证和考察主人公原型复杂含义的叙述风格,没想到又单独发展出"中外怪人史"和亚里士多德这条线。我觉得这不经意又刻意的一条线,是在延伸、深化着对怎么读"老书"这一问题的理解。作为文章,它可能是一张一弛的,有着直接材料与间接材料忽而离开忽而又合在一起的叙述风格,我不知道它是否产生了作家自己所希望的那种效果。

四、张炜是作品主人公原型吗?

文章发展到这里,终于能够推理:张炜是作品主人公原型吗?

雷达、摩罗都曾怀疑过主人公身上有张炜的影子,但他们认为如果从现实主义文学的角度做考察,张炜不具备隋抱朴那种农村生活经验。而我愿意说,张炜不完全是根据农村生活经验塑造主人公,而是以自己的精神观念来塑造他的。

这种推理逻辑或许会令考据家失望。我知道,问题发展成这样一定程度上是因为材料不足,缺少根本证据。今后随着张炜真实身世的披露,若能将之与主人公的生活加以比对和比较,也许可以进一步推论,推动这个研究的进展。不过,实际也可以开辟另一个途径,这就是依据张炜的思想生活和文学观念来进行研究。

出于这一考虑,带入黑格尔对亚里士多德哲学的理论分析也有进益。黑格尔指出,在亚里士多德那里:

> 自然保持着自己;在自然中,有一种自我保持……"犹如宙斯大神降雨;降雨并非为了使谷物生长,而是出于必然性。上升了的水蒸气冷却了,被冷却的水就成为雨落下来。"下雨根本是它本身的事;"谷物因此而茂盛起来,那乃是偶然的。正如假定谷物因此受害,也不是雨点为了使它们受害而落下,雨点不过是无意地

造成灾害而已。"这是偶然的事;就是说,它有一种必然性的联系,但这种联系乃是外部的关系,——而这就是偶然性。既然原因是偶然的,结果也就是偶然的。

……

所有个别的效果都是合乎目的的,和这个统一性相关联的;"因此,当它"(当某物按照一个目的)"被造成时,目的就是它的本性,"——内在的普遍性和目的性,所以称为本性……"每件东西的本性是怎么样,它就怎么样生成;它就变成为怎么样的东西,"……它从它自己出发,实现自己,产生自己(再产生);但那被产生出来的,本身正是根据,就是说,是目的、自在的类,在它成为现实之前它同样作为可能性而存在。①

这就提示研究者,文章前面一连串的作家出生地、农村农民和葡萄园的哈姆雷特、读"老书"等话题,都是偶然的,而张炜自身提供了他自己的必然性。即便小说的主人公换成另一个出生地,换成城市人物,故事也依然是围绕着张炜的必然性、目的、本性而运转的。因此,将这些对于张炜来说等于是身外之物的、偶然性的文学思潮和创作规律附加在他身上是没有任何效果的。在新时期文学四十年里,其实不乏这种类型的作家,如张承志、路遥、史铁生和韩少功等,他们皆从自己出发,实现自己,也生产自己,并生产出作品的主人公。在张炜这里,《秋天里的愤怒》的老得、《古船》的隋抱朴、《九月寓言》的"他",以及《柏慧》《家族》等作品的"我""他"等主人公,他们的原型可以说都是张炜,因为他们是由张炜的思想生活和文学观念生产出来的。

"我就是隋抱朴",张炜的创作理论似乎证实了这一点:"真正的隐秘也许不是具体的故事、事例,而是沉淀到这一切之中的东西",他

---

① [德]黑格尔:《哲学史演讲录》第 2 卷,贺麟、王太庆译,商务印书馆,1996 年,第 310—312 页。

的"首要的任务还是投入思想者的行列,寻找思想者的"。① 他相信作家对当代社会不是直接介入,"'退守'是一个战士才能使用的概念,所谓退而守之"。② "对于这个热热闹闹的社会而言,我可能永远保持了外来人的感觉。"③

有人写了一个得意的片断,很想像当年那样用塑料纸包好,冒着雨雪翻山越岭,过河,去读给某个人听。很可惜,山与河俱在,听他朗读的人却没有了。

在张炜的诸多理论表述中,我印象最深的就是要保持"外来人感觉"这句话。这是一种"自我隔离"的意思。隋抱朴就是这种意识到要与"当代社会"保持距离,进而更深刻地观察它、洞穿它的秘密,而有意将"自我""隔离"的作品主人公。

或许正因为隋抱朴就是张炜,他是张炜生产出来的,所以他是在替作者说出对社会的观察和看法,不光是他目睹了继母茴子的遭遇:

> 茴子一次去菜园,又遇上多多从眉豆架下钻出来。茴子回身就跑,赵多多在后面嚷:"跑什么,早晚的事。还剩下了?"茴子听了这话就不跑了,站下来,笑吟吟地等着他。赵多多高兴地拍打着自己的身子,说:"这就对了。"他走了过去,茴子突然把眉头皱到一起,像猫一样恶狠狠地举起两爪,把赵多多的脸抓得稀烂。当时赵多多忍住疼,抽出枪来,把脚下的泥土打了个洞。茴子这才跑走了。(第49页)

"真正的隐秘也许不是具体的故事、事例,而是沉淀到这一切之中

---

① 张炜:《关于〈九月寓言〉答记者问》,《当代作家评论》1993年第1期。
② 张炜:《昨日里程——张炜访谈》,原载《流动的荒原之草》,浙江文艺出版社,1998年,第175页。
③ 张炜:《〈柏慧〉与〈蘑菇七种〉》,原载《我跋涉的莽野》,春风文艺出版社,2001年,第5页。

的东西。"①张炜的这段创作理论,照见了主人公隋抱朴的思想纹理。他不满足于历史上曾经发生的具体的故事、事例,而更关注沉淀到这一切之中的东西。张炜让主人公实践他的创作理论,等于承认了"我就是隋抱朴"这一考证的结果。在隋抱朴的一言一行中,我嗅到了张炜身上的思想气息。主人公观察当代中国社会的独特方式,也令我想起熟悉的作者张炜的影子。

他们都在山东黄县那个临海的葡萄园旁边的农村长大,亲身经历了许多历史事变。他们知道农民、农村与哈姆雷特之间,在文学书写上是一种非常别扭的关系。他们隔着小说,都在读"老书",思考纠缠在当代中国身上那些复杂的东西。显然,这是作者与作品合谋酿制出来的一个主人公。

不可否认的是,当文学创作一日千里地向前发展变化的时候,张炜总是在经营着一个固定不变的主人公,多少有些僵化、呆滞,缺少活力。但当文学创作把各种招数都变了一通之后,人们再回过头来,又惊喜地发现这个主人公依然焕发着异常深刻新鲜的思想魅力。它变成当代文学的一座雕像。在它面前,变来变去的东西反而终成泡沫。

批评家雷达和摩罗把张炜将自己作为《古船》主人公,看作他创作的一个局限,这在文学发展的某一阶段上,是有一定道理的。但若放在张炜的创作史上,放在新时期文学四十年的全部视野中,却遮蔽了它独具的特色,我们研究《古船》主人公,就是要重现张炜创作的这一独具的特色。通过分析主人公,来发现张炜文学世界里某一块曾被忽视的有价值的矿石。

然而不能说雷达和摩罗的批评没有道理,从不同角度去解释作家作品,都是为了要丰富它们,我认为这篇文章与两位批评家并无意见

---

① 张炜:《昨日里程——张炜访谈》,《流动的荒原之草》,浙江文艺出版社,1998年,第175页。

的分歧。我与他们观点的一个微妙的差别点就是,我相信张炜是那种从自我出发,再产生自己的作家。

  这就要求我们研究者,既要注意吸收批评家有益的见解,又要从已定的研究成果中跳出来,沉潜到作家的世界中再触摸、再观察、再分析。

  这样去看,从考证角度去证实或证伪张炜究竟是不是《古船》主人公的原型,已变得不那么重要了。

2018 年 8 月 7 日于亚运村

2018 年 9 月 5 日修改

论格非的文学世界
——以长篇小说《春尽江南》为切口

一

1981年秋,格非从老家江苏丹徒考入华东师范大学中文系,毕业后留校任教。2000年跟钱谷融教授念完博士,同年调到清华大学。新时期以来,毕业于名牌大学的小说家应该不少,如陈建功、曹文轩、刘震云、苏童、方方、池莉、林白,等等,像他这样一直念到博士的却凤毛麟角。

整个1980年代,可能由于徐中玉、钱谷融等老先生的无私提携,华东师大的校园评论和创作蔚然成风。二老带出的研究生王晓明、许子东、李劼、南帆、胡河清、殷国明等爆红全国,华东师大青年批评家群体几乎占据了"先锋批评"的半壁江山。1950年代初,华东师大由沪上私立大学圣约翰、大夏、光华等校合并组成,起初不是很出名。但风水轮流转,这所学校的文学新秀在与诸多老牌大学的竞争中抢得了先机。这是华东师大在文学领域的辉煌年代。格非回忆说:

> 华东师大中文系有一个不成文的规定:凡是今后从事于文学理论研究的学生,必须至少尝试一门艺术的实践,绘画、音乐、诗歌、小说均可以。本科生的毕业论文也可以用文学作品来代替。我不知道这个规定是何人所创(有人说是许杰教授,不知是否真确),它的本意是为了使未来的理论家在实践的基础上多一些艺术直觉和感悟力,可它对文学创作的鼓励是不言而喻的。一直到今天,我都认为这是华东师大中文系最好的传统之一。我因为没

有绘画和音乐的基础,只得学写诗歌及小说。①

1980年代的普通大学生,大概都沾染了一点喜欢逃课、耽于幻想和没有什么计划的毛病,格非也不例外。听高年级同学说,成为一个好学生的前提就是逃课,而有学问的老先生平常见不着,来上课的老师基本是工农兵学员出身,一些课程不仅无益反而有害。格非曾说,有时实在无聊,"免不了在校园里四处闲逛。我和几个喜欢植物的同学一起,竟然以一个月之力,将园子里所有奇花异草逐一登记在册。我们的辅导员是过来人,眼看着我们游手好闲虚掷了大好光阴,虽然忧心如焚却苦无良策,他倒没有采取什么强制性的措施让学生重新回到课堂"②。眼看好光阴从身边一寸寸溜走,同学们似乎毫无察觉。不过,华东师大中文系这一"最好的传统"又把他拉了回来。

那时候,华东师大的文学讲座场场爆满。这里就像是外地先锋小说家来上海时的一家客栈。格非开始专心于文学创作,融入文学圈子。那时候,马原一来就找李劼,还要在他的宿舍住上数日。余华来上海改稿,也常到师大借宿。程永新、吴亮、孙甘露也来聚谈。陈村来多半是为了找姚霏。格非记得一年冬天的午后,王安忆在他的寝室略坐了坐,发现寒气难耐,便执意要将她家的暖炉赠送。南来北往的人群中,时常还有苏童、北村等人的影子。《关东文学》主编宗仁发在师大总是在喝酒中约稿。格非的小说创作颇为不顺。他的长篇小说《迷舟》经友人吴洪森推荐给《上海文学》,被主编周介人客气地退回。之后《迷舟》转至《收获》发表并产生了一定反响,周先生始感后悔,于是约格非去他的办公室恳谈。

由此可以理解,这也许是上海文艺出版社出版的长篇小说《春尽江南》(2011年8月)何以要用"过来人"的视角,重叙这二十多年的时光的缘由之一。小说回到1980年代末,上海某大学研究生、青年诗

---

① 格非:《师大忆旧》,《博尔赫斯的面孔》,译林出版社,2014年,第83—84页。
② 格非:《师大忆旧》,《博尔赫斯的面孔》,译林出版社,2014年,第77—78页。

人谭端午通过鹤浦当地诗人徐吉士的介绍,结识了鹤浦工学院女大学生秀蓉,在占有她后仓促逃回上海。作品虽然采用了普鲁斯特《追忆逝水年华》的叙述手法,以及博尔赫斯小说的那种虚幻加隐喻的眼光,但这里格非决意要摆脱先锋技巧的困扰,带着他的男女主人公重回写实主义文学传统。性格执着的格非,未像余华、苏童那样在1990年代初就宣布从先锋小说阵营退出,而是慢慢吞吞拖到十多年之后才渐渐悟得。长篇《春尽江南》和中篇《隐身衣》让文学界对他刮目相看。1980年代的女大学生秀蓉,在1990年代改名庞家玉,放弃工科,改学法律,做起了律师,并嫁给曾经抛弃过她的谭端午,从这些情节,已经可以看出时代剧变在他们生活中刻下的种种痕迹。时势大变,而端午仍死抱着诗人的虚幻不放,他敏感浪漫,又沉迷古典音乐,宁愿在毫无希望的地方志办公室供职而不愿到社会上为名利打拼,这与家玉的精明强悍、功利实用形成了鲜明反差。家玉贿赂教育局局长把儿子送进鹤浦实验小学,找来警、匪将强占自己房子的李春霞赶走,软弱的端午对此却毫无办法。家玉憎恨婆婆,教育儿子采取的虎妈方式也同丈夫南辕北辙。家玉在北京怀柔培训时同小男生越轨,而端午虽和吉士、守仁一帮当地的狐朋狗友吃吃喝喝,与绿珠和小史等女孩眉来眼去,但最终还循君子之规。一次被气急的端午暴打妻子,家玉在签完离婚协议后出走。家玉离开端午是因为失望,想隐瞒身患癌症的事实来了断自己。端午根据前妻神秘的QQ信息冒着大雨追到成都普济医院,才知她在前一天上吊自尽,更知道了远隔山川的两人之间,原来都还怀着不舍的挚爱。诗歌、大雨、历历往事和难以掌握的命运被《春尽江南》渲染成人世间的至哀至痛,连心硬的人士也为之动容。

二

格非一个出身乡下的孩子,没有像沈从文、贾平凹、莫言那样成为乡土作家,反而变成都市作家,大概是拜华东师大中文系的西方文学教育所赐。再说,上海浓厚的都市氛围,也难容乡下作家发展。他早就以《迷舟》《敌人》《人面桃花》和《山河入梦》名世,但不知为何我一直对这位作家关心得不够。

格非很长一段时期内深受福楼拜、卡夫卡、乔伊斯、马尔克斯和博尔赫斯等西方现代主义作家与中国古典文学的交叉影响,然而我认为影响他创作最深的还是博尔赫斯和他自己的性格取向。他敏感多疑、沉迷虚幻,推崇小说技巧,有唯美的纯文学倾向,这在《迷舟》《敌人》《边缘》《人面桃花》和《山河入梦》中逐渐显露,他这些特点毫无疑问都灌注到了《春尽江南》这部作者最好的长篇小说中。《博尔赫斯的面孔》一文是格非在借评价博尔赫斯来解释自己的小说观念,要了解他与这位西方文学前辈的关系,了解他与他小说的关系,这段文字是最不应该绕过的:"我这里要强调的是博尔赫斯的别具一格的写作方法。"首先,"他试图表达的内容,在常人看来本来就是虚幻的。其次,他用的手法是隐喻性的,他是一个无可争议的比喻收藏家"。出于对自己长期的细研观察和敏锐的自我体验,他终于觉悟到:"一个人要是过多地沉湎于冥想,沉湎于那些由宇宙的浩瀚和时空的无穷奥妙所组成的虚幻之境中,他本人也很容易成为虚幻的一个部分。"由此他深以为然地说:"博尔赫斯的冥想或梦本身就是最完整的作品,它是秘密的,不可言说的。"由自己在清华的书斋,联想到博尔赫斯的书斋,他大概也想成为一个从书斋中走出来的小说家吧:"博尔赫斯一生依赖于书本,前人的文字不仅哺育了他的想象,给予他形式技巧和哲学方法,也给了他取之不竭的素材。"他觉得就自己这三十年的创作感受而言,博尔赫斯是文学界的爱因斯坦,他改变了文学的基本格局发展趋势。①

由此我们便能发现,谭端午是从这种知识观念和历史情境里走出来的人物。他是一个在传统年代相当常见,在现代社会却稀有的闲人,虚幻感是他最主要的性格特征。1980年代末,他在招隐寺与秀蓉

---

① 格非:《博尔赫斯的面孔》,《十月》2003年1期。

(后来的家玉)相识,一年多以后,他硕士毕业与导师吵翻,负气回家乡鹤浦矿山机械厂就职,在华联百货巧遇正在办嫁妆的家玉,并最终娶她,一切都像是在梦中。主人公的"虚幻感"在我看来受益于博尔赫斯小说的启发,并在很大程度上表征着端午与1990年代社会的真实关系,这是他认知世界的基本方式。"他看了一会儿欧阳修的《新五代史》。他赖在床上迟迟不肯起身,并非因为无事可干,而是有太多的事等待他去处理。既然不知道先做哪一件,那就索性什么都不做。"对他这种落伍又超然于时代的对什么都无所谓的散淡态度,家玉的恶评是,他"正在一点点烂掉"。他调入鹤浦地方志办公室做了一名每月拿两千多块工资、有一搭没一搭地撰写年鉴的小职员。即便是这样,端午还讨厌工作,有机会就溜号。不过他却有时间写诗,不过羞于拿出去发表。格非是位古典音乐超级发烧友,他把它移栽到端午身上,更加重了这位时代隐士精神生活的虚无感:

> 他要去一趟邮局。福建的"发烧友"蔡连炮给他寄来了一对电子管。那是美国西电公司(West Electric)1996年生产的复刻板的300B。端午是古典音乐的爱好者,对声音的敏感已经到了病态的程度。他意识到了自己的病态,却无力自拔。他打算用西电的这对管子,来取代原先湖南产的"曙光"。据说西电生产的300B,能够极大地增加扬声器低中频的密度,并提升高频的延展性。[①]

依靠家玉做律师千辛万苦挣来的钱,夫妻俩在西郊北固山下如愿以偿地买到了一个叫唐宁湾的底层带花园的单元房。家玉去北京上培训班前装修了新房,并且为了省钱,打算先租给别人一段。端午在颐居房屋租售公司办完租房手续,因急着想回家听贝多芬升C小调的131,把房产证丢在了公司。待三个星期后想起这事时,颐居公司早已人去楼空。租房人乘机想长期霸占此房。作家拿端午沉迷古典音乐

---

① 格非:《春尽江南》,上海文艺出版社,2011年,第8页。

来讲故事,是因为知道这能展现主人公生活能力的致命软肋,这是他与家玉最深刻的分歧所在。"古典音乐"正是阅读《春尽江南》的一个窗口,也是观察格非中篇小说《隐身衣》以及这位作家这些年创作生活的窗口,虽然作者有时对音乐的叙述过于铺陈显得啰唆。在这扇窗户里,端午精神生活的来龙去脉,在作者的细致叙述中被逐层地展开。

从这里,读者能够觉察出端午经常与吉士、守仁聚会的那个"呼啸山庄"是个什么地方。呼啸山庄本来是商人陈守仁贿赂官商的一处会所,但作者却无心展现达官贵人车马往来的热闹场面,以借此讽喻社会罪恶。描绘这个会所的设置,显然不是为这个现实主义小说的叙事目的服务的。这个设置里没有从某个角度看三十年社会变迁的任何想法,相反,它却非常奇怪地被转喻为端午、吉士、守仁和绿珠这四个男女的"私人会所"。描绘这个远离市区人群的会所,目的是展现端午与世界关系的虚幻感。作为古典音乐在端午性格逻辑中的一种延伸,我们听到了他与患有抑郁症的女孩绿珠的一段对话:

"以后打算怎么办?毕竟,你不能一辈子待在酒店里吧?"端午心事重重地看着她,语调中的冷漠和敷衍连他自己都听得出来。

"这个我不知道。"绿珠说,"每天早上我从床上爬来,直到依靠安眠药的作用昏沉沉地睡过去。脑子里一直摆脱不掉一个念头。"

"什么样的念头?""你知道的。"

绿珠的声音轻得让人几乎听不到,就如一声叹息。她的目光既哀矜,又充满挑逗。端午误以为她说的是性,其实他想岔了。

"当我把最好的和最不好的死法,全部都想过一遍之后,才会安静下来。不过,我是不会自杀的。最好的死法,就是走到大街上,走在阳光下,走着,走着,腿一软,随随便便倒在路边的什么地方,倒在垃圾桶边上,眼睛一闭,就算完事。"

"那么,最不好的死是什么?"

"死在医院里。"①

抑郁症的结果之一是自残。抑郁症是一种自我无法控制、依靠药物和心理干预才能得以缓解的现代病。抑郁症患者数量的逐年增多,与1990年代以来的社会转型不无关联。与绿珠飘忽不定的对话,或许说明端午也是一个轻度的抑郁症患者。近乎病态地迷恋古典音乐带来的虚幻感,恰恰证明了端午在现实世界和家庭生活中的真实状态。他的"生活世界"被孤悬在现实之外。"音乐"和"呼啸山庄"就在这个点上构筑起了端午的精神通道,再借助博尔赫斯神秘的小说观念,我们才得以进入格非的文学世界。由此我们发现端午身边的这些人,都不是"现实生活"中的人,而是"虚幻世界"中的人。他们某种程度上来自端午的"冥想",在小说中扮演着"隐喻"的作用。

格非像从先锋营垒里转世的余华、苏童等作家一样,一直都处理不好与现实社会的关系,但是他们弱于整体架构和写实本事的虚构性叙述能力,反倒可以弥补这方面的缺陷。因为写实世界在虚构性叙述的强大照耀下,有时候反而会比纯粹拘泥于写实手段的小说更具有对现实生活的抽象提炼能力。它们让我们意识到了在写实作品中意识不到的深刻的东西。说老实话,我对《第七天》和《黄雀记》都不太满意。奇怪的是,两部小说这种丰盈细密的叙述感觉和奇异技巧,一旦被带到对端午虚幻感的描述当中,反倒以一当十,有一种四两拨千斤的神奇的艺术效果。这使我想到,我们与1990年代以来这段历史时期的关系,与其说是真实存在的,不如说是有些虚幻的;或者说,从那个时期开始,我们可能再也建立不起来过去那种所谓的"真实"的历史关联;更准确地说,"虚幻感"倒真是我们与这个年代之间的一条脆弱的纽带。最近二十年,我以为这种历史感觉就是我们,也包括端午、家玉、吉士、守仁和绿珠们最真实的感觉。这是旧的历史逝去之后,人们对新的历史无法做出有效解释的一种手足无措的感觉。如果这个

---

① 格非:《春尽江南》,上海文艺出版社,2011年,第67—68页。

理由能成立,我们就能理解端午为什么会莫名其妙地整日沉迷于古典音乐,与绿珠这个"问题女孩"揪扯不清,以及他对现实生活不感兴趣的真实原因。在吉士筹办的诗歌研讨会上,当来自北京社会科学院的研究员问端午对现在社会的看法时,端午懒懒地笑道,"电视、聚会、报告厅、互联网、收音机以及所有的人,都在一刻不停地说话",但是"结论是早就预备好了的"。当我们无法表述这种感觉的时候,是端午代替我们把它说了出来。

三

在小说中,端午给人的另一个印象是厌倦。在这个三五十年才重修一次地方志的办公室,端午感觉自己是一个多余人。新来的郭主任贪婪小史的美色,常来资料科与她畅谈人生,半夜还会叫她去茶室打牌。退休中学教师冯延鹤嫉妒端午的中文系出身,故意拿《庄子》刁难他。在污泥浊水般的单位,端午常常走神,陷入灵肉分离的感觉之中:

> 他慢慢地就习惯了从堆积如山的书卷和纸张中散发出来的霉味。一到下雨天,当他透过资料科办公室的南窗,眺望着院墙外那片荒草丛生的滩涂,眺望那条乌黑发亮、臭气逼人的古运河,以及河中劈波斩浪的船只,他都能感觉到一种死水微澜的浮靡之美——它也在一定程度上哺育并滋养着他的诗歌意境。①

端午无意当官,对身边女色也毫无兴趣。他只关心自我的感觉,而这感觉整日被泡在古典音乐、"呼啸山庄"带来的虚无缥缈的状态中,端午真的是无聊极了,也感觉自己越来越无力自拔。

这二十年,除了勉强为家庭尽责任,写点诗,听点音乐,他对什么都没有兴致。他明知母亲与家玉交恶,却故意躲开。家玉因若若学习

---

① 格非:《春尽江南》,上海文艺出版社,2011年,第44页。

成绩下降,拼命逼他骂他,在激烈的呵斥声中,他还能心静如水地读《新五代史》。家玉让他组织人赶走占他房子的李春霞,他也一拖再拖。即使知道家玉曾与唐燕升有过一段谈婚论嫁的经历,为他打过一次胎,见她竣使他以警察身份吓唬走李春霞,也默默乐得其成。"被动",是端午旁观世事人生的基本态度。在人与人竞争加剧,咄咄逼人的功利主义取代温和谦让的传统道德的现实面前,他的软弱文雅便成了牺牲品,虽然他也曾是一个有理想抱负的热血青年。① 家玉有钱,懂得社会规则,三下五除二就能把贪婪的校长、班主任搞定,而端午却始终遵循着君子之礼。无序的恶意竞争之风,从社会蔓延到小学生的生存环境中。若若为讨好班主任鲍老师,巩固自己在班里的地位,使劲动员端午去班上演讲。鲍老师定的题目是郑渊洁和张晓风,心高气傲的端午感觉很不爽。夜晚他被迫在灯下苦读张晓风的作品,发现儿子已经在床边睡着。第二天上午他乘坐16路去学校,刚开始讲演时,儿子突然跳上讲台帮他擦黑板。"端午转过身,看见黑板上密密麻麻地写满了英文单词。若若的个子还太小,就算他把脚踮起来,他的手也只能够到黑板一半的高度。端午朝他走过去,在他耳边轻轻地说了句'爸爸来吧',可若若不让。他坚持要替父亲擦完黑板。够不到的地方,他就跳起来。端午的心头忽然一热,差一点坠下老泪。"他感觉讲课的效果不错,"在讲课的过程中,他望见儿子一直在笑"。然而兴奋之余的端午,却没听明白离开学校时鲍老师一番阴阳怪气的话里暗藏的玄机。

格非与诗人柏桦是同龄人,他应该记得诗人1990年12月写的非常有名的《现实》这首诗:

> 这是温和,不是温和的修辞学
> 这是厌烦,厌烦本身
> 啊,前途、阅读、转身

---

① 格非:《春尽江南》,上海文艺出版社,2012年,第23页。

一切都是慢的

在华东师大,格非也写诗,到写长篇《春尽江南》时,他还不时添入诗句以增强作品的诗意,从中可看到他写诗的功底。他显然懂得,"厌烦"代表的不仅仅是柏桦一个人的思想情绪。但谁都不知道这里包含着什么历史深意,它对所有的人又将意味着什么。在乡下漫长的成长岁月,在高考的挫折中,忧郁曾经伴随着格非,影响着他对人生、对时事的认识,这种认识经年历久,便会一点一滴地潜入作家的创作和艺术想象,成为他创作的基本气质。这种气质在华东师大这所人文抒情气氛非常浓厚的大学里,得到了进一步滋养和哺育。这是认识"慢"而不是认识"快"的最尖锐的气质。或者说,厌倦必然会在这种气质中产生出来,它必将转化为格非认知世界的最重要的方式。多年后,他在《废名的意义》中写道:"废名被认为是李商隐之后,现代能找到的第一个朦胧派(朱光潜语)。废名的作品与传统的'现实主义'表现方法有很大的不同,既没有典型化的人物处理,也没有对写作材料加以抽象,从而提炼出足以反映'时代精神'的重大主题。"他强调说,"废名的作品固然很少直接表现社会现实,但仍然与现实本身构成了重要的隐喻和象征关系","我渐渐意识到要研究中国现代的抒情小说,废名是不可或缺的"。[①] 论及格非,除了谈他受博尔赫斯等西方现代派作家的影响,其实最不应该忘记他与中国传统文化尤其是现代抒情小说这一脉络的紧密联系。格非是一个把博尔赫斯小说手法与晚唐气质糅合在一起的作家,也可以说这属于一个相当自我的作家类型。他不擅长写别人,而擅长忠实地写自己的感受的特点,可能正源于这里。他常常情不自禁地把真实的自我带入小说,寄寓在人物身上,也即他所说的让自己与社会现实构成"重要的隐喻和象征关系"。端午的厌倦中明显带上了格非的这些东西。格非也通过他,一步步地传达自己对社会现

[①] 格非:《废名的意义》,《博尔赫斯的面孔》,译林出版社,2014年,第143—145页。

实隐喻和象征的看法。他和端午互相欣赏,相互做证,是一种作者与人物的互文性的关系。因为格非与端午都感觉到,在当下,描写现实的最理想的小说不是现实主义小说,而是抒情写意小说,是那种借小说来渲染、暗示、隐喻社会现实真实状态的文学作品。

于是可以知道,端午对时代潮流一概采取听之任之的消极态度。地方志办公室那栋三层灰色小洋楼,位于市政府大院的西北角。房子年久失修,古旧残破。端午刚来的时候,临时住在办公室过夜。那年冬天,他用电炉煮面条,不小心烧穿了木地板。刚出生的五只小老鼠一个个从焦黑的洞里钻出来,颤巍巍地爬到端午的棉鞋上。端午怜它们娇小可爱,便挑出一只最小的养在笔筒里,每天喂吃喂喝,希望它像传说中的隐鼠一样,为他添墨。小老鼠被养得很肥,它顶翻盖在笔筒上的那本《都柏林人》,逃得无影无踪。端午与吉士、守仁等朋友的交往,也是散淡随意得要命。吉士并非圆滑的文化官员,守仁也不是利欲熏心的奸诈商人,端午与他们倒像一帮来自明朝的清高文人。在小说中,他们像是帮助端午寄情抒怀的人物道具。他们的不修边幅,散淡处世,倒愈加助长了端午对社会风气得过且过的消极。从吉士日常生活的所作所为中一看便知,这是另一个端午。某日中午,在"呼啸山庄"喝了太多的酒,吉士和端午在江边的池塘里钓鱼,端午舒服地躺在木椅上,懒懒听着吉士的那些大同小异的风流韵事。吉士与刚刚结识的一位税务局的女孩去宾馆开房。他们急得甚至来不及上电梯。在四楼的楼梯口,吉士见一对男女从电梯里出来,男的少说有六十多岁,脑门秃得发亮,扶着他的女人三十多岁,胳膊上挂着一只坤包。老头一出电梯就把那女的抱住了,粗鲁地吻她。吉士说,"我怎么觉得,那个女的,怎么看,都像是,嫂子?"又一日,端午百无聊赖地去报社看吉士,吉士刚升任社长兼副总编辑。但他好像没有坚守思想阵地,为落实上级精神日理万机的意思,倒插科打诨地说起绿珠受端午影响,曾经到他这里借过福楼拜的《包法利夫人》和其他小说。中午,两人到楼下一家清真饭馆吃羊蝎子。吉士说起,春节前唐晓渡从北京打来电话,问能不能在鹤浦张罗一个诗歌研讨会。他说,诗人、评论家、记者要二三十人;开两天会,外加旅游、吃喝,少说也得三十四万。要不请去世的守仁的太太小顾帮忙筹措一些?端午心软,马上制止。

端午在厌倦中不仅与这些文化官员、商人瞎混,还像李商隐等晚唐诗人那样移情山水。鹤浦面向长江,是苏北一座闻名遐迩的古镇,自古以来许多文人墨客往来此地,留下诗作,这种清高洒脱的文学情怀,也滋养了当地人民,包括端午容易伤怀悲秋的心绪。从这里看,《春尽江南》是一部长篇小说,也可以说它是一部长篇抒情散文。在叙述故事、塑造人物形象的间隙,格非始终不忘告诉读者他同时还是一个优秀的诗人、散文家。在小说中,随着端午的行踪、思绪,我们常常跟着他走到宁静的郊区,荒废的古园,辽远起风的原野,体悟他在《新五代史》、李商隐诗词和废名抒情小说中感知到的那些清越格调。格非还特别喜欢写雨,也许这样更能衬托出主人公敏感细腻、多愁善感的特质。

第63页写到"荼蘼花事"这家私人会所:

"荼蘼花事"几个字,刻在一块象牙白的木板上。字体是红色的,极细。门前的檐廊下,有一缸睡莲,柔嫩的叶片刚刚浮出水面。花缸边上,搁着一个黑色的伞桶。墙角还有一丛正在开花的紫薇。院中的青石板,让雨水浇得锃亮。

庭院的左侧是一座小巧的石拱桥,通往西院。过了季的迎春花垂下长长的枝蔓,几乎将矮矮的桥栏完全遮住了。店中没有什么客人,一个身穿旗袍的姑娘替他打着伞,领他穿过石桥,走过一个别致的小天井。

第141页穿插进秀蓉被端午抛弃在招隐寺,突然发烧,一个人躺着的情景:

秀蓉重新回到了小屋里躺下,并在那一直待到傍晚。窗外明朗的天空渐渐转阴,最后,小雨落下来。雨丝随着南风飘落到她的脸上。她就那样躺在床上,一动不动。

端午心知，这些年因失望而产生的厌倦，并非一日一时的累积，也不是陡然因某个具体的人或某件具体的事引起，而是长期淤积的结果，是命运中无法逃避的东西。终有一天它会降临。格非抒情性的风景描写，让读者感觉这种厌倦早已弥漫到端午的整个身体，乃至他的心灵深处。"这是温和，不是温和的修辞学/这是厌烦，厌烦本身/啊，前途、阅读、转身/一切都是慢的"，柏桦寓言式的诗句，提醒我们关注每个人正在经历的旷日持久的时代的巨变。有的人随之而转变，有的人明明知道不转变会吃亏，会落伍，会被抛弃，但执意不变。端午就是后者。《春尽江南》在这个意义上是写给那些不变者的长篇小说，或者说它意味着一种悼念。格非以悼念式的叙述风格，在做一种告别。

四

从端午虚无和厌倦的角度来看他与家玉的关系，这部小说的总体线索便一一抖落出来。端午与家玉离婚，表面是由于家庭矛盾，但其实两人生活态度发生的变化才是真正的导火索。

二十年前，躺在招隐寺小屋床上的家玉（秀蓉）曾是一个纯情女孩，献出贞操的她，竟不知从上海来的青年诗人端午是在逢场作戏：

"现在，我已经是你的人了。"

秀蓉躺在地上的一张草席上，头枕着一本《聂鲁达诗选》，满脸稚气地仰望着他。目光既羞怯又天真。[1]

刚刚十九岁的她，以为这句话可以感动天上的星辰。《聂鲁达诗选》作为小说内部暗藏的道具，也提示这是一个爱情至上、信用至上的年代。端午并非坏男孩，只是他并不爱家玉（秀蓉）。他后来写信到鹤浦工学院，在华联百货与家玉相遇时决定娶她，是出于一点点内疚的心理。

---

[1] 格非：《春尽江南》，上海文艺出版社，2011年，第3页。

日久天长,他对家玉、对家庭慢慢产生了感情。

在家玉眼里,在平庸无奇的家庭生活中,端午渐渐失去了青年诗人包括大哥哥的光环。他慵懒、不求上进,整日沉湎于音乐和幻想,与吉士、守仁等人毫无理由地来往,在单位混日子,早就显示出了未老先衰的迹象。这边家玉紧追时代变化的步伐,事业成功,当起律师事务所的合伙人,应付社会驾轻就熟,黑白两道通吃——虽然内心还对弱者残留着一丝正义感。

从北京上培训班回来,家玉在律师事务所楼下买了包方便面、一根玉米、一只茶鸡蛋,外加两包速溶咖啡,马上投入了工作:

> 在一大摞厚厚的打印材料上面,用订书机压着一张便签,那是徐景阳给她留下的。他嘱咐家玉,法律援助中心交办的两个案件,必须尽快处理。市里有关部门已经催问过多次了。在等候电脑启动的这段时间中,电水壶的水已经开了。她用泡方便面后多余的水,给自己冲了一杯咖啡。随后,她用餐巾纸小心翼翼地吸干头发上的雨水,一边啃着玉米,一边阅读桌上的材料。①

她未必不爱丈夫,爱这个家,但在大多数同龄人都在为未来奋力打拼这个现实的对照下,她对丈夫生出了一种既爱又恨的感情。一日,端午写完一首题为《牺牲》的长诗,并为此陶醉着迷。端午认为,每个时代都有难以统计的牺牲者,正是"牺牲"这个词的出现,使得人们习以为常的死亡的含义,发生了很大的升华。家玉完全不同意这个看法,她不仅认为端午成天躲在阴暗的角落里思考这些问题对健康没有益处,还觉得他认为中国随时都会崩溃的观点也荒谬无比。"崩溃了吗?"她严厉地质问端午。"没有。"她自己做出了回答。她觉得丈夫之所以这样,是因为他拒绝与这个时代一道前进,他是在为自己的掉队落伍辩护。她把《牺牲》这首诗扔在一边。"无聊",她说。端午恼

---

① 格非:《春尽江南》,上海文艺出版社,2011年,第102页。

羞成怒地喊道：

> "你至少应该读一读,再发表意见……"
>
> "哎哎哎,叫什么叫？别总说这些没用的事好不好？你难道就没有发现,马桶的下水有些不畅？打个电话叫人来修一修,我要去做头发。"①

一次洗碗时,家玉把自己二十年来的生活从头到尾捋了一遍,悔恨地在心里说:"如果说二十年前,与一个诗人结婚还能多少满足一下自己的虚荣心,那么到了今天,诗歌和玩弄它们的人,一起变成了多余的东西。"在作品第29页,作者不失时机指出了横在他们两人之间的这道"分水岭":"当时,端午已经清楚地意识到,秀蓉在改掉她名字的同时,也改变了整整一个时代。"

如果没有家玉粗暴地扔掉儿子若若的PSP、放走鹦鹉、为发泄怒气而打孩子,端午和她也许会像天底下很多夫妻那样,勉强地把这不理想的生活凑合下去。格非知道叙述鸡毛蒜皮的小事,不足以维持小说对读者的吸引力,在作品第121—151页,为把端午家玉的故事讲下去,他组织了第一个高潮。家玉一年来炒菜坏掉四把锅铲木柄,她感觉没有一件事是顺心的。她从厨房出来,看见儿子仍在偷偷玩他的PSP游戏机,终于失去了控制。儿子最近学习成绩下滑,很快还要为小升初进行分班考试。"她疯子一样冲进儿子的房间,将他正要藏入抽屉的游戏机一把夺了过来",打开纱窗直接将它扔了出去。家玉怒声骂道:

> "你他妈的怎么回事呀？啊？你到底要不要脸,啊？谭良若,我在跟你说话呢！你他妈在蒙谁呀？你成天假模假式地装神弄鬼,你他妈的是在学习吗？啊？你知不知道,七月十五号要分班考？啊？你已经要上初中了,马上就是中学生了呀！《新概念》背

---

① 格非:《春尽江南》,上海文艺出版社,2011年,第106—107页。

了吗？黄冈中学的奥数卷子你他妈做了吗？林老师给你专门布置的习题你做了吗？杜甫的《秋兴八首》你背了几首？我专门从如皋中学替你弄来的五张模拟试卷你做了吗？卷子呢？卷子他妈的也不见啦？"家玉抓过一本《新华字典》砸向他，儿子头一歪，没有砸中。"你他妈给我找出来！我问你卷子呢？卷子弄哪儿去了？"她开始拧他的耳朵，可若若仍然在无声地抽泣。①

端午在书房坐不住了，他站起来出去散步。按照他们夫妻的约定，一方管孩子，另一方不能插手，但他简直对妻子的粗暴无理忍无可忍。家玉是事事都争强好胜的女人，在对孩子的教育方面，她唯恐若若学习不好，将来会遭社会抛弃，这是她心中致命的隐痛。而端午想的却是如何细读欧阳修的《新五代史》，是牺牲的问题，是个人如何在荒谬的年代保持大隐隐于市的精神操守。而对儿子，他也是温文尔雅的。

若若未出生时，端午和家玉过的是两人生活。虽不能说红袖添香，也不至于为鸡毛蒜皮的家事吵架。端午感到，这二十年，一是他们的人生志向出现裂缝，二是儿子的学习为他们的爱情和生活埋下了最后的炸药。在华东师大，在招隐寺，格非和他的两位主人公做梦都没有想到，做学生和成为社会角色之间竟有天壤之别。不是端午和家玉的感情真的出了问题，而是这些年社会彻底改造和玷污了他们对未来的设想。这是一代代受过教育的人都要经历的"桃李劫"。在第242—244页，小说的第二次高潮终于来临，这是家庭危机的总爆发。端午在雪地里散步两个小时后回家，在玄关换鞋的时候，他听到妻子仍然叫骂不断。这是深夜一点，他觉得孩子应该睡觉："你忘了他明天还要考试吗？""我不管！"家玉看也不看他。"你这么折磨他，他难道不是你亲生的儿子吗？"端午厉声朝失去理智的家玉怒吼，然后带儿子去卧室睡觉。但他很快听见了厨房里传来的噼里啪啦的摔碗声。受不了的儿子跑出来哀求妈妈，"而家玉的手里，则举着一把菜刀，对着

---

① 格非：《春尽江南》，上海文艺出版社，2011年，第122—123页。

餐桌一顿猛砍"。愤怒已极的端午冲过去朝她踢了一脚,然后骑到她肚子上。家玉挥动双手,在他身上乱打乱抓。

  端午不假思索地骂了一句难听的话,然后咳出一口痰来,直接啐在了她的脸上。

  家玉终于不再挣扎。两行热泪慢慢地溢出了眼眶。

  "你刚才骂我什么?"①

不几日两人协议离婚。早查出已患癌症的家玉,把做律师事务所合伙人的80万元转到端午银行卡上,嘱他带好儿子,只留下一点钱离家出走。

格非知道,《春尽江南》如果就此结束,它仍将是一部平庸的长篇小说。经过博尔赫斯的严格训练,李商隐、废名的熏陶,经过了这么多年的坎坷折磨,他已经意识到写小说就是要面对作者自己。写小说不为别的,作家最终要战胜的是他自己。他是在创造自己的历史。经过第一、二、三章的耐心铺垫,作家把精彩的第四章"夜与雾"留在了最后。在我看来,"雨""夜与雾"才是格非心灵世界中最主要的色调。这才是《春尽江南》的色调。我们要知道写实不是格非的强项,他的长处在于写梦境、冥想和虚幻,诗歌的训练和偏于抒情的艺术才能决定了这些。当然,小说中的诗化因素最能呈现作品动人的内容和深刻的思想,对此作家也心知肚明。格非决意要在这部长篇中,把自己内心深处的这些东西都慷慨地献给自己心爱的人物。

家玉的出走几乎使这个家庭崩溃。端午四处疯狂地寻找家玉,唐宁湾、律师事务所、小区中控室,他反复拨打家玉关机的手机,到网上捕捉她的信息。他还有一个更现实的压力,这就是怎么安抚劝说儿子。在诗歌研讨会上,端午魂不守舍。从洗手间回来,他听到笔记本电脑里传来一连串铁屑般震动的声音,这是他与家玉联系常用的QQ的信号。他扑过去,界面上看见"秀蓉"的名字。"他的眼睛很快就湿

---

  ① 格非:《春尽江南》,上海文艺出版社,2011年,第242—244页。

润了",他迅速敲出"在","潮水般的激流,一波一波冲击着他的胸脯,堆积在他的喉头"。但是,家玉只告诉他自己在旅行,端午猜她在西藏——她一直想去西藏。家玉的回答却像梦一般不可捉摸。人在尘世,一切皆空,幻想乃至妄想才是人最想得到的东西。端午提出让自己在西藏电视台工作的藏族朋友嘉仓平措照顾她,被家玉婉言谢绝。家玉问他相信命吗,端午嗔怪她"总爱胡思乱想"。但端午此刻有了一个不祥的预感,家玉不在花家舍,不在猜想中的鹤浦,她究竟在哪里?天涯海角,又何处寻觅?这二十年,虽然争吵不断,然而每天厮守早成习惯,三个人的世界,整个就这么垮塌了。会场外断断续续传来诗人的朗诵:"我这活腻了的身体/还在冒泡泡,一只比/一只大,一次比一次圆……"端午又一次想起"厌倦"这个词,但此刻他整个心却被思念家玉的温暖情绪占满。会上的研究员和教授还在争论左派右派对中国现实问题的看法。逃会回到房间的端午与家玉继续在QQ聊天。家玉突然问起二十年前,他为什么从招隐寺不辞而别,端午告诉她,自己曾经排过两个小时的长队,打长途电话给吉士,打听她的行踪,又去华东政法学院她表姐那里找她。家玉要下线,端午赶紧问她:"我们还能见面吗?"家玉不置可否。端午继续问,她答:"你懂得。"在另一次的QQ聊天中,家玉谈到假如她死了,请端午把她的骨灰埋在他们家楼下的石榴树下,她要"每天,每天,我都可以看见若若。看见他背着书包去上学。看见他平平安安地放学回来。看着他一天天长大"。端午终于明白,此生此世,他再也见不到家玉了。

  死,使人生的一切都变得虚幻。弥漫在小说表面的这道博尔赫斯的文学命题,也因为家玉之死而超越了现实层面,获得最大的抽象性。抽象是这部小说内部最值得关心的东西。从华东师大到博尔赫斯,再从先锋转型到作者的彻悟,读者逐渐感到这个漫长的过程终于酿造出格非真正的自我。这是哲学的自我。对这个自我长期的精心耕耘,使这位优秀小说家的价值最大限度地呈现在读者面前。长篇《春尽江南》和中篇《隐身衣》,对其价值做了淋漓尽致的证明。

第六感觉告诉端午家玉要出事,他不顾大雨影响飞行安全,立即赶往成都。第355页写道:"在通往机场的高速公路上,端午从漆黑一片的雨幕中再次看到了二十年前的自己。"但他在成都医院看到的是已经死亡的家玉。他和家玉从相识到相爱结婚,再到离婚、家玉离家出走并最终死在异地,是整整的二十年。这二十年,是他们的青春、中年,是家庭的一切,这也是中国社会变化最为剧烈的时候。在这二十年里,有端午、家玉这对夫妻的过去与今天,今天包含在过去里,过去映现着今天的道路。到这部长篇小说和中篇《隐身衣》,格非拥有了一种更大气、更包容、更悲悯和更豁达的眼光,这是哲学那种穿透自我的力量。在我看来,这部长篇小说讲述的是一种"历史知识"。德国历史学家德罗伊森在《历史知识理论》中说:"现实生活中的任何一点、任何一个人、任何一件事,都是历史演变的结果;其背景中有无限的牵连。"然而,"过去的事,如果它不融化于现在某事之中,它就是真正过去了"。因此,只有把"过去的事情现实化",才会有"自己对自己的理解",以及"知道自己是如何受它们的塑造和限制"。没有今天和过去的这种深刻联系,"他会什么都不是"①。端午和家玉哪里会想到,他们就是历史的产物,徒然无功地在命运中挣扎。他们是无法叙述自己的历史的。这个历史的讲述者只有作家格非。他就是这个"历史知识"的解释者。但是1981年秋,从老家江苏丹徒考入华东师大的他绝没有想到,自己最终会成为一个具有这种能力的作家。

---

① [德]德罗伊森:《历史知识理论》,胡昌智译,北京大学出版社,2006年,"序言"第3页。

为什么要写《繁花》?
——从金宇澄的两篇访谈和两本书说起

一

让金宇澄说出他写《繁花》这部小说的理由,总是困难的。然而,我们可以根据作者的两篇访谈和两本书①整理出一条思路来,这种整理就是学术研究。

金宇澄在《小说评论》2017年第3期发表的《〈繁花〉创作谈》中说:"2011年5月10日中午,我用'独上阁楼'之名,写了小说的开场白,从这天开始,我开始发帖,每天三四百字,五百字,六百字,欲罢不能阶段,一天写过六千字,非常奇怪的经历。"又说,"《繁花》初稿是在'弄堂网'完成的,一个安静的上海话背景的网站;记者问我,为什么写上海话,那是无意识的,这网上的网友都讲上海话,等于我对邻居用上海话交流,这种语言背景产生了《繁花》"②。这些话说得很老实。因为此前他作为作家不太出名,尽管从1980年代开始写过一些作品,但人们只记得他是《上海文学》的资深编辑。2011年,他已经五十九岁,估计已没有太大的文学雄心。但他没想到,这隔三岔五在"弄堂网"发帖连载的《繁花》,竟然火了。

与眼下不少名作家负重的写作状态相比,金宇澄无心栽花的心态

---

① 金宇澄的两本书和两篇访谈,详细记述了他的家世和过去的生活。两本书分别是《回望》(广西师范大学出版社,2017年)、《洗牌年代》(文汇出版社,2015年);两篇访谈是《〈繁花〉创作谈》(《小说评论》2017年第3期)、《"向伟大的城市致敬"——金宇澄访谈录》(《当代文坛》2017年第3、4期)。

② 金宇澄:《〈繁花〉创作谈》,《小说评论》2017年第3期。

可能过于闲适。在网上连载的小说中，绍兴阿婆一天早上去买小菜，忽然就死了。"当时网友的跟贴说，这老太太蛮有意思的，这么早就让她死掉了？这个话引起我的警觉，所以在给《收获》的长篇修改时，绍兴阿婆一直延续到了1966年'文化大革命'初期，才消失了——乡下回来她是生了病，又活过来，想吃一根热油条，就活过来了……"①小说连载也有好处，刚发帖写一段，读者就会跟进参与。有的也许话杂添乱，有的却可以提醒作者，以免犯错。中国现当代文学有这个传统，张恨水、金庸的小说艺术之所以成熟，除自己有才华，与作品连载时读者的提醒也有关。编辑也会参与作家的创作活动，比如孙伏园的来信，让鲁迅在报上连载的《阿Q正传》减少了不少叙述的枝蔓。经冯雪峰指点，杜鹏程的《保卫延安》越修改越好。莫言《透明的红萝卜》最初起名《金色的红萝卜》，他的老师徐怀中建议改成《透明的红萝卜》，两个字一改，便令人拍案叫奇。②尽管从作者的角度看，金宇澄面对读者的规劝，身段放得比较低，但是毕竟做过多年编辑，他的文本感觉非常敏锐，且有相当的自信。有读者建议他分行，认为写得太密，看得眼疼。他表示"我不予理会，不是说什么我都听的"。不过他颇为自得的是："在网上我不是自己，一个陌生人，我觉得很自由，可以写错别字，可以随便改人物姓名，网友立刻会注意，也随便我的选择……整整大半年的时间，5月份到11月份，《繁花》的初稿就结束了，尾声部分没有贴上去。"③

另外是小说的语言风格。1949年后的小说，用地域方言来写几乎没有成功的例子④，《繁花》却成功了。读惯当下许多名作家用普通话写的地域题材小说，再读《繁花》，忽然在语感上有一种很奇特的冲击感，而且越读越耐读，越读越有味。为什么？金宇澄的解释是，《繁

---

① 金宇澄：《〈繁花〉创作谈》，《小说评论》2017年第3期。
② 程光炜：《创作——莫言家世考证》，《新文学史料》2015年第3期。
③ 金宇澄：《〈繁花〉创作谈》，《小说评论》2017年第3期。
④ 2017年8月2日，我与李陀在北京万寿寺路与中关村大街相接处的立菲咖啡馆聊天，谈到《繁花》现象，李陀持这种观点。他特别提到了周立波的例子。

花》前半部上海话很浓:"写到四分之一,意识到它是小说,我开始做提纲、结构、做人物表,心里想的是,不能仅让上海人读,20多年做《上海文学》编辑的警觉,一本面向全国的文学杂志,平时处理来稿的方言部分,一样是仔细对待,修改,转化,凡属方言文字,不能有阅读障碍……因此,《繁花》的文字改良,它最后变成一种'双语状态',懂上海话的人,可保证读到第五句会用上海话读这部小说;不懂上海话的读者,只要有耐心,完全可以明白,因为我一句上海话一句普通话这么修订的。"有人问金宇澄是否继承了张爱玲的文学传统,回答是:"应该真是没有。"不过,他意识到中华人民共和国成立后普及普通话,上海话确实面临着与人沟通的困难。而在没有普通话的年代,无论韩邦庆还是周瘦鹃等,都是用上海话写小说的,没有人会担心。"《海上花列传》用苏白,上海四马路人物都说苏州话,来去客人都懂苏白。"当时没有统一普通话的教育环境,所以"就可以照样写下去,照样发表"①。

照以上情形看,起初金宇澄在上海"弄堂网"陆续贴出《繁花》初稿,并没有把它当成"当代小说"②,他与网友开心、轻松的互动可为证明。这种自由状态持续了大半年,直到上海读者好评如潮后,他才意识到,得把它当成小说来修改了。他按长篇小说的写作惯例弄提纲、结构和人物表,知道作品的语言与全国读者沟通有障碍后,便对上海话加以修改和改造。以金宇澄写小说的经验,以他做编辑二十余年的敏锐嗅觉,他已经闻到这部长篇小说身上的"名作"气味。

---

① 金宇澄:《〈繁花〉创作谈》,《小说评论》2017年第3期。

② 金宇澄在接受访谈时,也认同这种说法:"《繁花》是无意中的产物,如果我不是偶然到网上闲聊,绝对不会写这么大的一个长篇。只觉得是在网上发帖子玩,取一个跟我本身没什么关系的名字,忽然就觉得自由、很开心,谁也不知道我,可以手舞足蹈。没想写着写着,两个礼拜后写到了《繁花》的开头,进去以后就出不来了,这时我才清楚是写作,是长篇,不是发帖子。"他还承认,在1984年前后:"我没有当作家的念头,一直在很低的位置上,是想把我知道的事情告诉大家而已。"(钱文亮:《"向伟大的城市致敬"——金宇澄访谈录(下)》,《当代文坛》2017年第4期。)

二

紧接着我们会关注,金宇澄这种文学创作上"无所谓"的态度是从哪里来的?

小说《繁花》里始终有一种灰暗的格调,仿佛来自作者心灵世界的深处。他在接受钱文亮采访时谈到了自己的身世:

> 我没参加已经恢复的高考,原因是农场期间交往的朋友,出身成分都不好,输送"工农兵大学生"期间,我们都知道根本轮不上,等真的可以高考了,想法仍然是觉得,我们肯定没机会,这些朋友一直就是这种氛围,一种反正永远没希望的氛围,情绪一直低落,没有前途。如果换一个朋友圈,说不定我会受到朋友的积极鼓励,就去考了。都自暴自弃,所以《繁花》里那些人都不大说话,仿佛不会有什么好事发生。①

其实,金宇澄心灵的压抑由来已久。在广西师范大学出版社出版的家庭回忆录《回望》中,他详细叙述了1955年父亲因潘汉年、杨帆案被捕,入狱两年,家庭坠入社会边缘的历史。从1955年的突变,到父亲1978年平反离休,灰暗是笼罩着每个家庭成员精神生活的主要色调。金宇澄的父亲1919年出生于苏州吴江黎里镇的一户殷实人家,1937年在上海秘密加入中共情报系统,受潘汉年直接领导。他出生入死,为党搜集抗战情报,1942年7月被日本宪兵抓获,受尽折磨。两年后被组织营救出狱,继续从事情报工作。1955年受潘案牵连入狱。金宇澄的母亲出身于经营银楼的资本家家庭,是复旦大学中文系学生,热血的进步青年。中华人民共和国成立前,母亲与父亲交往、恋爱,曾想到北方参加革命,但被家人在车站拦下。父亲故世后,金宇澄才从

---

① 钱文亮:《"向伟大的城市致敬"——金宇澄访谈录(上)》,《当代文坛》2017年第3期。

已经发黄的父母书信和笔记中得知1955年的情形。1955年6月7日下班时分,母亲在单位大楼下,见父亲穿着藏青色中山装,正匆忙去上海总工会主席办公室。晚上回到家,母亲见父亲留下纸条说去北京出差,十天半月才能回来。奶奶告诉母亲,父亲回过家拿替换衣物,身边跟着人。后来,父亲被拉上汽车,蒙住眼睛,感觉汽车在市内转来转去,路途上花费了很多时间;下车时,面前却是一栋小楼,明白这是要被单独关押。家里偶尔有陌生人来送信。母亲没起疑心,以为父亲真是在出差。8月8日,父亲在信中写道:"现在天降暴雨,刚才突发惊雷,有人吓得牌都抖到地上,我要去洗澡了,不知你现在已经回家否?愿你阅后觉得愉快。"①来往信件显然都已被暗中审查过,这封信貌似轻松,但很谨慎。疑心已久的母亲突然意识到:

> 我反复看了好几遍,舒畅很多,信尾的一段话却让我疑窦顿起,记起八月八日那天晚上,上海下了暴雨,晚上九点左右,天空突然响了一个暴雷,巨大的雷声惊天动地,让我战栗,奇怪的是他在信里说,那天也遇到了惊雷。难道世上竟有这么巧的事情?我判定他不在外地,一定在上海,如果他在上海,为什么不能回家?②

在《繁花》中,金宇澄借沪生之口对玲子和菱红狠狠地说:"自从我父母出了问题,我就明白了,一切毫无意义。"③

父亲出事的阴影不可能不牵连到幼年的金宇澄。在那个年代,凡家庭阶级成分不好,或父母有所谓现实、历史问题的,都被认为是出身不好,仿佛矮人一等。这是社会对孩子成长的压抑机制。他家从父亲

---

① 金宇澄:《回望》,广西师范大学出版社,2017年,第290页。
② 金宇澄:《回望》,广西师范大学出版社,2017年,第290页。
③ 沪生还代替金宇澄在小说里发牢骚说:"这些干部,心里其实是懂的,以前对别人,也用这种方法,不奇怪,规矩就是这样,处理之前,互相握一握手,讲几句勉励与希望,认真过每一天,要冷静反思,实事求是,不抱怨,不自暴自弃,积极面对、保重身体。"(金宇澄:《繁花》,上海文艺出版社,2013年,第260、261页。文中所引《繁花》的文字均出自这一版本。)

单位宿舍搬出后,住到外婆在陕西南路一栋公馆的二楼。这里是上海"上只角"有钱人的社区,可金宇澄念的却是弄堂的民办小学:"民办小学的老师不少是志愿者,家庭妇女,没教学经验,响应政府号召去教书,打小孩是常事,拎孩子耳朵。因此小时候经常逃学。"既然住在高等社区,为什么不去就读优等小学呢?父亲的案件显然是根本原因。金宇澄原名金舒舒,用上海话说很难听,发出的声音是"金斯斯",所以老师一点名,同学们就哄笑。出身带来的自卑感,以及名字的奇怪拗口,形成金宇澄幼年的创伤性记忆。他对钱文亮说:"习惯影响人一辈子,小时候很重要,如果我当时有另一种的教育,不知会怎样。"又说:"小学条件一塌糊涂,教室就是弄堂居民家,甚至只要家庭妇女主动提供,'我家有房子,到我家上学'就可以办。老弄堂的厢房上课,隔壁邻居做菜,老师可以抓了一块油煎带鱼,进来边吃边教……张乐平曾经画《三毛流浪记》的弄堂小学,楼上人家洗衣服,楼下或楼梯台阶上坐着上学的小孩,打着伞。"①多年后写《繁花》,他终于等到"报复"的机会。作者对民办小学的内部风景,尽兴地使用嘲笑、挖苦的笔调:通常上到第三节课,灶间飘来饭菜的油香气,"张老师放了粉笔,扭出课堂,跟隔壁的娘姨聊天,经常拈一块油煎带鱼,或是重油五香素鸡,转进来,边吃边教"。有一次被徐老师罚写字,只见她"香气四溢,春绉桃玉睏衣,拓了唇膏,皮肤粉嫩"。写完跟老师告别,老师摸了摸沪生的头说:"穿马路当心。"话音刚落,沪生"见男人伸手过来,朝徐老师的屁股捏了一记。徐老师一嗲,一扭说,做啥啦,当我学生子的面"。

由于出身不好,金宇澄没资格去黑龙江建设兵团,1969年被分配到嫩江平原某劳改农场,与劳改犯一起待了八年。从上海乘船到大连,再转长途汽车去齐齐哈尔,需要两天两夜。金宇澄在《洗牌年代》中回忆他第一次回沪探亲时的情景:"1970年,在'长锦'轮由上海至

---

① 钱文亮:《"向伟大的城市致敬"——金宇澄访谈录(上)》,《当代文坛》2017年第3期。

大连的中途,凭借统一的绿色棉袄,我断定了她是知青,我们都是首次回沪探亲,然后返回东北。"漫长路途见证着两位上海年轻知青的寂寞:"以后,我和她可以站在甲板上,相隔二十米,在左舷或右舷,面对寒冷的海风和涛声。有时她掏出口琴试音阶,声音不连贯地上升,然后停止。她倚住栏杆,鼻尖冻红,眼睛盯着海浪,几乎从不看我,但或许明白,有这样一个不满二十岁,瘦高的,戴着棕色羊剪绒皮帽的青年在远处,是她一个陪伴,是固定了的景物。"他感觉在这位上海女知青身上,"它是一个家乡,归宿,烙印。但因为出现了她,使这种思归夹杂渺茫"①。受家庭牵连,金宇澄走向社会的每一步都不顺利。他告诉钱文亮:"'文革'和下乡给了我很深的刺激……下过乡的人的内心等于和出狱的人是一样的。"与知青们一起劳作的,是被士兵看押着的劳改犯人。他在农场养过马,各种各样的农活都做过。"'基建'连队,就是搞基本建设,房子也盖,农活也干,手工业比如做豆腐、做粉条,反正没有闲的时候。除了没开拖拉机,烧砖窑的整一套流程,我都知道,北方人烧炕,炕怎么做、锅台怎么砌、烟囱怎么砌我都会。北方烤火用的火墙,烟道怎么走,都有犯人师傅教我怎么做。"那时姑妈想把他从东北转到老家吴江黎里插队,前提是得在当地找一个对象,但此事遭到父亲的坚决反对。金宇澄在苦寒的东北待不下去,想去离上海近一点的吴江也跟着泡汤了。② 在《繁花》里,矜持孤傲的姝华到吉林延吉插队,与当地朝鲜族小伙结婚生了三个孩子,后因不适应当地环境而发疯。下乡后,很久才给追过她的沪生回信。这封信等于是替当年困守东北的金宇澄说出了心声:"沪生,我写信来,是想表明,我们的见解并不相同,所谓陈言腐语,'花鸟之寓目,自信心中粗',人已经相隔千里,燕衔不去,雁飞不到,愁满天涯,像叶芝诗里所讲,我已经'支离破碎,六神无主',也是身口自足。我们不必再联系了,年纪越长,越觉得

---

① 金宇澄:《洗牌年代》,文汇出版社,2015年,第22—26页。
② 钱文亮:《"向伟大的城市致敬"——金宇澄访谈录(上)》,《当代文坛》2017年第3期。

孤独,是正常的,独立出生,独立去死。人和人,无法相通,人间的佳恶情态,已经不值一笑,人生是一次荒凉的旅行……"

1955年金宇澄的家庭蒙难,"文革"时期又从市中心的陕西南路,被驱赶到郊区曹杨工人新村,这种经历是作家成长过程中的心理阴影,自然构成小说的格调。他用尖刻的口吻对采访者说:"之后我去东北下乡八年,又是一种对比,和上海生活对比,从市区到半农村,再去边疆的农场,落到底层,再返回上海的工人新村,'文革'结束,一步一步活到这个年纪,走这一圈,这就和没什么变动的条件不一样,等于巴尔扎克小说里一个海员回来,巴黎贵妇人要他讲故事。"①

三

这种生活经历致使金宇澄走向了文学的"民间社会"。《海上花列传》最擅长的男女之事被搬到了《繁花》里,前者过分露骨的情色描写,在宏庆、汪小姐夫妇和康总、梅瑞的江南之游那里被转化为止乎礼的暧昧调情。小说里的江南景色阵阵扑面而来:"这一日江南晓寒,迷蒙细雨,湿云四集。等大家上了火车,天色逐渐好转。康总说,春游,等于一块起司蛋糕,味道浓,可以慢慢吃,尤其坐慢车,最佳选择。宏庆说,人少,时间慢,窗外风景慢,心情适宜。"白领汪小姐原想独自约康总出外散心,但碍于习俗,不得不带上夫婿宏庆以及女同事梅瑞。未想,偷鸡不成蚀把米,这反促使康总、梅瑞这对乱世男女迅速接近。怎么乘火车到余杭,怎么转坐汽车经崇福、石门到达双林古镇,又怎么乘船到林墅,暂且不表。先说当晚吃饱喝足,四人乘着月色外出散步的情景。这里,金宇澄充分调动他从韩邦庆、李伯元那里习得的旧小说写实功夫,将其发挥得淋漓尽致,一会儿白描,一会儿摹写心理活动,把江南夜景和人物的音容笑貌尽展读者眼前。四人走着走着,汪

---

① 钱文亮:《"向伟大的城市致敬"——金宇澄访谈录(上)》,《当代文坛》2017年第3期。

小姐夫妇突然不见,原野上只剩下康总、梅瑞,"月亮露出云头,四野变亮,稻草垛更黑,眼前是密密桑田。康总觉得好笑,也感到月景尤为清绝",便不由得联想到身边乖乖走着的梅瑞。"康总眼里的梅瑞,待人接物,表面是矜重,其实弄烟惹雨,媚体藏风,不免感慨说,夜色真好。"梅瑞婚前与沪生、阿宝都谈过恋爱,婚后也总在寻觅良机。康总的一举一动,早已入她的凤眼,只是时机不到。康总当然知道预热。他说,此地的桑农,大概依据古法,"浴蚕,二眠,三眠,大起,包括分箔,灸箔,上簇,下簇"。梅瑞说,桑树原来这样低呀。康总说,古代采桑是一张张采,之后特意矮化,整条斩下来喂蚕。梅瑞说,她想起北京西路张家宅采桑叶的事情来了,男同学年年爬上去,一张一张采。两人无语。只见"两人并肩而立,月光下,四周寂静。康总觉得,梅瑞靠得近,闻到发香。月光移进一朵云头,然后钻出来,是所谓白月挂天,苹风隐树"。在《海上花列传》里,这类描写不会这么隐晦,因为那时有狎妓的风气,而当代男女则暧昧地说话以解春怨。

四人从田野归来,楼上只两个房间,面临夜里睡觉的问题。宏庆从牌中选出红中、白板各一对,建议抓阄。四人各怀鬼胎,又不免心里激动期待。结果宏庆、康总摸到红中,汪小姐、梅瑞摸到白板,他们表面庆幸,心里遗憾。但住在这栋当年地主的旧楼房里,意淫最容易使人一夜无眠。"康总靠定床头说,老天爷有眼,否则这一夜,就闯了穷祸。"宏庆说,啥意思。"康总说,我跟梅小姐住一间,无所谓,如果是跟宏庆老婆汪小姐住一间,明早见了面,我可以讲啥呢……也就讲不清爽了,我就是再三声明,一夜打地铺,汪小姐也证明,两个人,一夜太平无事,宏庆会相信吧,从此以后,宏庆一直横想竖想,要不断思考。"虽是笑语,但映衬出1990年代社会道德沦丧的种种现实。隔壁房间也没闲着。梅瑞、汪小姐分别宽衣解带,钻进那张旧式大床的帐幔深处。汪小姐说,这顶床,古董店行话叫"暮登",意思是夜里攀登,每夜登高望远。梅瑞笑道,搞七捻三。"汪小姐说,三面镶花板,简直雕刻成一只房间了,难怪旧社会,要三妻四妾。""梅瑞说,不要讲了,我觉得恶阴了。"汪小姐继续说:"此地,有过多少男女声音。"梅瑞说,寒毛竖起来了,不要讲了。

　　江南水乡的故事,又移到了上海。之后数回,康总、梅瑞便经常在绿云茶坊、唐韵茶楼见面。讨论婚姻有时是谈话者走向情人关系的前奏。就像小说,既然开场锣鼓响起,下面的情节怎么展开呢?至少要渲染点儿气氛吧。咖啡屋、茶坊、酒店和社交场合,都为都市男女搭建起合法约见的舞台。康总、梅瑞沉浮于商海多年,见多识广,他们是无数上场的男女之一。梅瑞很会讲"家庭故事"。她一次谈到姆妈五十开外忽然遇到当年上海的老情人,现为香港的小开,就与父亲闹离婚;一次又谈到自己婚姻匆忙,夫妻生活不和谐,准备离婚。康总很懂上海女人这种"作",但也乐意听梅瑞这种剧情并不新鲜的铺垫。梅瑞时高时低的声音,使他常忆起一片桑田,一对男女,顾影翩翩,清气四缭,最后是灯尽月沉,化为快速后退的风景。康总与夫人康太是大学同学,接触梅瑞后两相比较,感到康太性格是有名的糯米团子,糯、软、甜、相夫教子;梅瑞诡秘、聪明、话里有话,却"自有千层味道"。并不是1990年代的商海男人容易产生这样的心理,其实这是古代社会男性的现代遗传。一日,梅瑞约康总来她刚装修好的新家。老练的康总,恍然间感觉自己回到了1980年代浪漫的大学生涯:"两人看过照片,梅瑞放进信封,康总逐渐靠近,拉过梅瑞的手,梅瑞身体微抖,慢慢抽开了。房间里静,天井里是阳光。康总有了热情,梅瑞逐渐平淡。"经过上海女人这种逢场作戏的"作","康总与梅瑞的联系,决定从此结束"。

　　读惯北方作家表现崇高精神生活的文学叙事,我不免对金宇澄这种"民间叙事"的企图心生窦疑。但我不赞成把《繁花》归入通俗文学的谱系,或是觉得它就与《北方的河》以及《我与地坛》南辕北辙。金宇澄其实与张承志、史铁生同属"知青家族",并非截然不同的作家。然而,为什么"民间"构成了金宇澄文学世界的中心,而张、史作品主要承载的内容则是精神生活?金宇澄的解释是:"我的初衷,是做一个位置极低的说书人,'宁繁毋略,宁下毋高',取悦我的读者——旧时代每一位苏州说书先生,都极为注意听众反应,先生在台上说,发现有人打呵欠、心不在焉,回到船舱,或小客栈菜油灯下,连夜要改。我老父亲说,这叫'改书'。是否能这样说,小说作者的心里,也应有自己的读者群,真诚为他们服务,我心存敬畏。"是故,"我希望《繁花》带给读者的,是小说里的人生,也是语言的活力"。① 这是对创作方法的交代,然而我们又不能只从创作方法来分析一个作家,他还有精神世界,还有过去生活留在作品中的复杂烙印,可能还有现在不便呈现给世人的某些隐衷,这些都不能靠一两篇文章说完道尽。

四

金宇澄自农场南返上海,受父亲牵连竟无处落脚,被迫到里弄工厂做工②。这种境遇,使他彻底地跌入底层社会。他很早就在那里听到、见过不少下三烂的八卦段子。这种"屈居"生涯,既让他对前途感到失望,又丰富了他的生活矿藏。仔细读《繁花》,感觉作品里就有里弄工厂的工人玩世不恭或破罐破摔的成分。

自那次春天余杭之游后,作者又把读者带到常熟。起意的还是汪小姐,她想出上海散心,牵线人则是"至真园"餐馆年轻的女老板李李。11月第一个礼拜天,常熟徐总派来一部依维柯停在人民广场,早上八点半,李李、汪小姐、章小姐、北方秦小姐和阿宝依序上车。到常熟发现,徐府原来是一幢三进江南老宅,青瓦粉墙,前有水塘,后靠青山。徐总六十岁朝上,体态适中,一口上海话。身旁是浙江朋友丁老板,做古董生意,以及四十左右的女秘书苏安。徐总正在追李李,李李

---

① 金宇澄:《繁花》,上海文艺出版社,2013年,"跋"第444页。
② 从插队农村病残回城的知识青年,在里弄集体企业当临时工的,多为普通市民和所谓"黑五类"的子女,如作家史铁生、残雪等。有办法的家庭,则让子女顶替自己的工作,或依靠关系报考文艺单位进入体制系统,例如王安忆。

移花接木地送上汪小姐。佯装不知的汪小姐于是抓住这个机会,与徐总在常熟和上海上演了一出出抓人眼球的好戏。

寒暄过后,徐总带众人参观宅院,接着引众人进入饭厅。徐总坐上首,请李李坐身边,李李与汪小姐闷头推来推去。丁老板说,坐左右手嘛。阿姨端上八冷八热。见李李有意规避,徐总便把兴趣转向汪小姐。汪小姐心知肚明,说:"徐总,为啥一直盯了我讲呢,台面上,人人是美女,会不开心的。"李李提议不喝酒,汪小姐反倒要喝酒。众人于是起哄,让汪小姐与徐总喝交杯酒。汪小姐主动攀附,徐总装着半推半就,最后两人喝醉。徐总学古代文人轻移莲步,扶汪小姐上楼休息,两人仿佛醉意朦胧,也不知是真是假。等大家各自在房间休息好,一齐再到一楼大厅,却久久不见这对男女下来。小说不忘捕捉作品人物的一举一动:

> 李李看看周围说,徐总呢。苏安不响。丁老板说,汪小姐应该恢复了吧。苏安停了一停说,徐总陪汪小姐上楼,休息到现在,不见动静。

而楼上已是一幅诗情画意的浪漫情景:

> 天井东墙,飞檐小戏台里,端坐男女两位评弹响档,先生一身海青长衫,女角是圆襟朱地梅香夹旗袍,腰身绝细。两人出尘清幽,目光静远,醒一醒喉咙,琵琶弦子,拨响两三声。先生一口苏白,开腔道,……苏州绣花娘子,个个晓得,鱼戏莲叶,意盼情郎。于是,弦子再响,天井小庭院,无需扩音设备,开篇《貂蝉拜月》。女角娇咽一声,吴音婉转……

没想到,常熟一行,汪小姐与徐总竟弄出了"大事体"。李李有一天追问汪小姐,是否和徐总发生了男女关系,后者坚决否认,但讲得漏洞百出。其实她已打电话、发传真给徐总,讲明自己怀孕了。徐总和她通电话时回避正题。李李对汪小姐说:"蛋要是敲破了,宏庆就疑心。如果保蛋,苏安每夜睁眼到天亮,真要是徐总的骨血,接下来官司,遗产,名分,潮潮翻翻。"阿宝说,照蓓蒂阿婆的绍兴话讲起来,这就叫"贱胎"。"汪小姐趴在台面上,当场就哭。"真实情况是汪小姐去常熟之前已有身孕,她本打算生二胎,怕违反政府政策,就与宏庆假离婚,把户口转到假结婚的小毛户口本上,附加补贴。待生产完毕,再与宏庆"破镜重圆"。常熟之行,让贪财、心邪的汪小姐想趁热打铁,既生小孩,又弄到徐总大笔遗产。没料到,汪小姐再精也精明不过商人徐总和苏安,两人联手,在"至真园"演出了令她彻底灰头土脸的精彩戏剧。康总请生意伙伴的夫人古太、陆太、林太吃饭,徐总、阿宝和汪小姐作陪,李李暗中告知苏安时间、地点。酒过三巡,大家谈兴正浓时,忽然,"包房门开了,一阵小风,进来一个人",是苏安。徐总、汪小姐忽然变了脸色。苏安说:"今朝我来此地,是因为多次寻汪小姐谈,全部不理不睬,不见面,不响,我现在,只想问汪小姐一句,从常熟回来,已经两个月了,汪小姐,胸部有点胀了,肚皮里的小囡,也是日长夜大,请问汪小姐,预备几时几日,到红房子医院去打胎,这个小囡,必须打胎。"这场面令古太、陆太、林太和阿宝目瞪口呆。汪小姐的算盘遂被敲碎。

即使到1990年代"欲望写作"大张旗鼓的时候,也没有作家敢写得如此露骨,真是"俗"到了极点。就算作家有下层社会经验,正统文学观念也不允许。这次金宇澄彻底放开,激发网友踊跃跟进,批评家也眼界大开。其实,即使这样,《繁花》也不能算《二十年目睹之怪现状》《官场现形记》这类通俗小说,因为还有阿宝身世这一条线。阿宝有点像卢新华的小说《伤痕》中的主人公王晓华,都是"血统论"的受害者。只是王晓华公开控诉"四人帮"的罪恶,而阿宝则闷声不响,只在小说里夹带点儿个人轶事。阿宝身世这条叙述线索,说明他1990年代的故事实际上与他1960年代的故事一直牵连着。1960年代是1990年代思想的原点,后者原来是前者留下的一片废墟。这种因果关系,其实是深藏在《繁花》里的东西。这是迟来的批判,可能比《伤痕》中的王晓华更严厉、更彻底。某年秋冬,阿宝、沪生约姝华、小珍和小强去长风公园闲逛。公园内秋风萧瑟,人烟稀少,景色发灰、发黄。五人登上湖边的"铁臂山",望见市中心的国际饭店,苏州河旁工厂的大小烟囱。再走到公园对面华东师范大学后门,"大字报仍有不少。五个人晃进校门,荡来荡去,东张西望,越朝里走,人越少,无意之间,逛到一个冷僻地方,一小片葡萄园,枯叶败枝后面,有一排铁丝网,内有狗吠,但看不见狗影。不远就是大学天文台,满眼荒凉……小珍说,怪不得大学闹革命,原来,比殡仪馆还吓人"。

五

读到此,我发现《繁花》中有两层叙事,表面是1990年代的男女关系乱象,内里埋藏着以阿宝身世为中心的1960年代的严峻世事。金宇澄身上有主人公阿宝的某些影子。他承认:"《繁花》讲了我自己的生活。文学作者最重要影响都来自少年时代,当然不是说《繁花》的阿宝完全就是我。"①

阿宝出身于一个资本家家庭,父亲背叛家庭参加革命,又因卷入某案件而蒙难②。阿宝与蓓蒂、沪生、小毛结伴,构成了看1960年代的儿童视角。小说用相当多的篇幅写"文革"袭来前上海短暂的宁静生活。某天,沪生路遇阿宝与蓓蒂,在排队买电影票时认识了工人子弟小毛,四个人结下了终生友谊。第五章写阿宝、蓓蒂集邮票;阿宝陪祖父逛"现今的'百盛'马路两面"的花市;小毛乘24路公共汽车,过淮海路,与沪生会合,到南昌公寓姝华家欣赏旧诗词和穆旦诗歌作品。

---

① 钱文亮访谈:《"向伟大的城市致敬"——金宇澄访谈录(上)》,《当代文坛》2017年第3期。

② 小说写道:"有一次,祖父摸摸阿宝的肩膀说,爸爸最近好吧。阿宝说,好的。祖父说,一脑子革命,每年只看我一次。阿宝不响。祖父说,当年跟我划清界限,跑出去,断了联系,等于做了洋装瘪三,天天去开会。"旁边大伯帮腔说弟弟解放后受人牵连,还牵连到子女、家庭:"是呀是呀,革命革到头了,分配到革命成果吧,有具体名分,地位吧,两手空空。"

这些细碎片段，令人忆起"文革"前曾经温馨的童年生活，难免发出绵长的历史喟叹。十岁上下的阿宝，走进淮海路"伟民"集邮店看邮票①。老板很有职业眼光，见是中小学生，便拿出普通邮票给予观赏，但并不怠慢。阿宝喜爱植物邮票②，这次让他大饱眼福："'伟民'橱窗里摆出的植物邮票，有一套三十八枚，十字花科匈牙利票，百姝娇媚，鲜艳逼真。植物类邮票，发行品种满坑满谷，苏联邮票常有小白桦。德国，椴树小全张。美国有橡树，洋松，花旗松专题。花卉专题，更是夺目缤纷。南洋，菲律宾，泰国常推兰花，颜色印刷一般。朝鲜有几种金达莱，单张，两张一套，样子少，纸质粗，有色差。日本长年'每月一花'，集不胜集。"邮票、花市、电影在那个时代滋润着孩子们爱美向善的心灵。这个细节，当然是在暗讽"文革"。在姝华家，沪生、小毛为交换书籍而来。"小毛说，姐姐写的诗，让我看看。"姝华不允。小毛接着讨好地呈上几本旧版破书，内有闻一多编的《现代诗抄》，姝华面孔一红。姝华翻到书中穆旦的《诗八首》，上写："静静地，我们拥抱在／用言语所能照明的世界里／而那未成形的黑暗是可怕的／那可能和不可能的使我们沉迷。"

"文革"摧毁了阿宝童年平静的生活，让他太早看到人性的丑恶。正如金宇澄对钱文亮表示："'文革'和下乡给了我很深的刺激。"③阿宝漫步走到思南路，忽听到锣鼓声此起彼伏，敲敲停停，抄家队伍络绎不绝。祖父家三楼窗口，有一只笨重的红木五斗橱，正被工厂起重机师傅用缆绳送下来。阿宝上二楼，见朝南一大间房打了地铺，大伯小叔两家九口人，坐在席子上，低头不响。"只是祖父，头颈挂了一块牌子，跪到墙角里，阿宝立刻冲进房间，拖祖父起来。门口工人说，做啥。祖父不动说，不要紧，不要紧……嬢嬢披头散发，也是独跪地板，面前

---

① 金宇澄出生于1952年，与阿宝年龄相仿，此时应该也是十岁上下的样子。
② 金宇澄跟钱文亮说，他从小喜欢植物，曾幻想当一个植物学家。
③ 钱文亮：《"向伟大的城市致敬"——金宇澄访谈录（上）》，《当代文坛》2017年第3期。

摊开一只小皮箱,里面是一套国民党军装。"这是姑父朋友的箱子,被移罪到孃孃头上。阿宝震惊不已。其实"文革"不光给阿宝"很深的刺激",在这个被抄家庭外面,大上海已陷入全面疯狂,许许多多的家庭都在受难。路过长乐中学大门,沪生听见淮海路方向的喧哗骚动。沪生和两个中学生奔过去,经瑞金路、"高桥"食品店,在市电影局广告牌附近看到:

> 一个女人抱头坐地,上面有人剪头发,下面有人剪裤管,普通铁剪刀,嚓,长波浪卷发,随便剪下来。女人不响,捂紧头发,头发还是露出来,嚓。下面剪开裤管,准备扯。下面一剪,两手捂下面,上面就嚓嚓嚓剪头发,连忙抱头,下面一刀剪开,撕啦一响扯开。女人哭道,姆妈,救命呀。一个学生说,叫啥,大包头,包屁股裤子,尖头皮鞋,统统剪,裤脚管,男人规定六寸半,女人六寸,超过就剪。只听外围有人说,小瘪三,真是瞎卵搞,下作。高中生站起来说,啥人放臭屁,啊,骨头发痒了。几个学生立起来,警惕寻视。大家不响。

沪生与同学,一直跟到陕西南路路口看够热闹。沪生说,太刺激了。一个同学说,自己得到了秘密情报,有一个香港小姐,一直穿黑包裤,平常是小旗袍,屁股包紧,浑身发亮。另一同学兴奋地说,可以采取行动呀。沪生不响。同学说,就凭沪生这条新军裤,现在大家就开过去。沪生说,参加行动,至少得戴红袖章,并迟疑说,再讲好吧。"两个同学,拖了沪生就走。"没几年,沪生的军人父母,也被关押审讯侮辱。

全家被造反派赶到沪西曹杨工人新村,阿宝才朦胧地知道什么叫"家道中落"。鲁迅曾在《〈呐喊〉自序》中说:"有谁从小康人家而坠入困顿的么,我以为在这途路中,大概可以看见世人的真面目。"①鲁迅的家庭危机,是由偶然的"人祸"引起,阿宝家被抄家赶走,则是社

---

① 鲁迅:《〈呐喊〉自序》,《鲁迅全集》第1卷,人民文学出版社,2005年,第437页。

会普遍的"人祸"所致。在当时的中国,千百万个家庭都经历过一落千丈的命运。金宇澄不像鲁迅那样激烈愤恨,而只用平静的语气说:"此种房型,上海人称'两万户',大名鼎鼎,五十年代苏联专家设计,沪东沪西建造约两万间,两层砖木结构,洋瓦,木窗木门,楼上杉木地板,楼下水门汀地坪,内墙泥草打底,罩薄薄一层纸筋灰。每个门牌十户人家,五上五下,五户合用一个灶间,两个马桶座位。"这与祖父皋兰路的豪宅比,简直是天上地下,与父母的单位宿舍比也望尘莫及:

"两万户"到处是人,走廊,灶披间,厕所,房前窗后,每天大人小人,从早到夜,楼上楼下,人声不断。木拖板声音,吵相骂,打小囡,骂老公,无线电声音,拉胡琴,吹笛子,唱江淮戏,京戏,本摊,咳嗽吐老痰,量米烧饭炒小菜,整副新鲜猪肺,套进自来水龙头,嘭嘭嘭拍打……男人赤膊短裤,立到灶间外面,一块肥皂一只龙头,露天解决,再进马桶间换衣裳。

一次小阿姨与阿宝娘闲谈,说到曹杨新村臭气熏天的马桶间。小阿姨说,1室山东人,一家门天天吃大蒜洋葱头,熏得眼睛睁不开。阿宝娘说,不要讲了。小阿姨说,楼上几只赤佬,专门到楼下马桶间大便,真自私,"讲起来工人阶级"。阿宝娘说,嘘。小阿姨又说,底下的水泥槽子里,月经草纸,"米田共",堆成山,竹丝扫帚都推不动,真是腻心。

落魄的大伯从提篮桥赶到曹杨新村蹭午饭。阿宝爸让他滚。阿宝娘却说,阿哥,衬衫先脱下来,房间里热。小阿姨赶忙出门买来两包熟食,马上做饭。小菜是叉烧、红肠、葱烤鲫鱼、糖醋小排、炒刀豆、开洋紫菜蛋汤。大伯脱下的衬衫千疮百孔,渔网一样。看到这些小菜,他忽然瘫滑到凳下。阿宝爸说,"我"以前坐监牢,也没这副急腔。小阿姨解围道,作孽,讲起来是富家子弟,穷相到这种地步。在大伯狼吞虎咽的狼狈形象中,人们仿佛再次听到纠缠在鲁迅《〈呐喊〉自序》里的声音:"有谁从小康人家而坠入困顿的么,我以为在这途路中,大概可以看见世人的真面目。"但"大伯抢饭吃",恐怕是《繁花》写人物神态最精彩的一幕:"阿宝爸爸说,小菜弄得多,要吃伤的。大家不响,想不到此刻,大伯据案大嚼,已闷头吃进大半碗饭,叉烧红肠也吃了大半碗,仍旧不断拖到饭碗里……嘴巴拼命动,恣吞恣嚼,不断下咽。小阿姨说,先吃口汤,慢慢咽,笃定吃,我早晓得,就买一只蹄髈,焖肉也可以,罪过罪过。大家不响,五个人这顿饭,吃得心惊肉跳。"

六

在这篇文章中,我多次引用金宇澄的《〈繁花〉创作谈》和钱文亮的《"向伟大的城市致敬"——金宇澄访谈录》这两篇文章。如果将小说《繁花》与作者回忆录《回望》两本书对照着读,将会更有意思。

读《繁花》不读《回望》,就会以为前者是一部都市市井小说。而以《回望》为参照再读《繁花》,却发觉它原来是假托都市市井故事的"自叙传"小说。这部"自叙传"小说中有很多"新文学"的成分,与纯粹的都市通俗题材小说有不少差异。借用《回望》的材料还会发现,小说有一条从市中心思南路、陕西南路和淮海路,向沪西曹杨工人新村移动的贯穿性线索。然而这条主线,又是通过 1960 年代和 1990 年代这两条副线相互交叉、相互融合来呈现的。批评界把《繁花》看作通俗小说,可能是由于作品对 1990 年代红男绿女生活有很多精彩描写[①],作者自己却认为,1960 年代那条副线的分量或许更重些[②]。也就是说,在阅读过程中,很多读者往往为表面的文本所迷惑,却把 1960 年代那条线遮蔽了,忽视了作者重要的创作意图。有意思的问题是,金宇澄为什么要给读者打这个马虎眼?我认为完全可以以《回望》为路径,用鲁迅的《〈呐喊〉自序》做利器,去窥破《繁花》文本里的隐秘心

[①] 从我目前读到的大多数评论文章看,批评家更倾向于把《繁花》定位在"都市市井小说"上。这种看法虽然不无道理,但分析得并不全面,尤其没有注意到作者身世这个潜文本对他创作小说的实际影响。

[②] 钱文亮:《"向伟大的城市致敬"——金宇澄访谈录(下)》,《当代文坛》2017 年第 4 期。

结。这心结就是金宇澄"家道中落"的惨痛故事。《回望》等于将"为什么要写《繁花》"的谜底交给了读者。它其实才是《繁花》这部作品最丰富、复杂的"创作谈"。

不读《回望》，只读《繁花》就失去了阅读金宇澄小说的平衡感。《回望》是他提前写出的一个关于《繁花》的"创作谈"。而没有《繁花》，《回望》就没有超出1980年代初那些伤痕文学的认识水平。《繁花》把伤痕文学引向了1990年代以来的民间社会，还原了它生命的原生态，由此，伤痕文学就变成了根植于民间、普通人，并带着烟火气味的真实生活的文学形态，而不再是一个抽象的历史符号。我认为金宇澄正是在小说和回忆录这两个文本中，洞悉了它们之间的历史张力。这使他有别于张承志、史铁生、王安忆等纯文学作家，也有别于那些纯属通俗文学的网络小说。他非常醒目地刷新了文学界的阅读经验，因为他走的是一条不同于其他人的既通俗又精英的文学之路。这也将如何确认他在中国当代文学史中的位置的问题，摆在了我们面前。

大多数"50后"作家在1960年代到1990年代经历了人生的曲折沉浮，但不少人都通过大学、鲁迅文学院而改变了命运。金宇澄则是一个"迟到者"，他走的人生的弓形路，恐怕比同代人多。他1988年才离开里弄工厂调到《上海文学》。于是，"伤痕""反思""知青""寻根""先锋"和"新写实"等文学潮流，纷纷与他擦肩而过。他没想到有生之年能与那些著名作家比肩而立。他对钱文亮说，小说里写的都是一些失败者[①]。正因为他作品中的通篇的灰暗基调，人们目前还不习惯将他与主流精英文学挂钩。本文是想借作家的"写作史"来探寻他真实的创作意图，但无疑，《繁花》还有其他的批评路径和空间。

---

① 钱文亮：《"向伟大的城市致敬"——金宇澄访谈录(上)》，《当代文坛》2017年第3期。

读《动物凶猛》

"文化大革命"是20世纪中国社会颇为灰暗的时期,也是1950年代这代人叛逆和茫然的人生阶段。在1980年代、1990年代交集的恍惚间,王朔将中篇小说《动物凶猛》交由上海《收获》杂志刊登(1991年第5期)。王朔创作过四部长篇,二十多个中篇,五六个短篇小说,他认为最好的作品还是《动物凶猛》。①"我自己喜欢的,确实是在一种自由自在的状态中同时又无技术上的表达障碍写的关乎我个人的真实情感的小说",它们是"《动物凶猛》《过把瘾就死》《许爷》"。而"我最后悔的是写了《动物凶猛》。我刚刚找到一种新的叙事语调可以讲述我的全部故事,一不留神使在一个中篇里了"。"这也是我现在搁笔的原因之一。"②"我的作品中令我最激动的是《动物凶猛》。""这是我的一个大小说的素材。"③1988年至1995年的王朔,先有"1988"小说和电影改编双丰收的"王朔年",接着有与知识分子批评家激光四射的鏖战。但他因何在人生的高潮时去写最令人沮丧的题材《动物凶猛》?其中缘由还没人做过探讨,我实在充满好奇又疑惑不解。

一、闲逛

1940年代就追随中国革命,在位于北京六部口的中国广播事业局

---

① 笔者私下以为在当代文学"后三十年",中国作家最拿手的仍然是中篇小说而非长篇,而短篇的成就紧追其后。为什么这种规模幅度的小说形式最适于这一代作家的表达方式,是值得人们细致琢磨和研究的地方。

② 王朔:《王朔文集》,华艺出版社,1995年,"自序"第3页。

③ 《创作谈》(王朔答问),王朔等:《我是王朔》,国际文化出版公司,1992年,第30、56页。

和"毛选英译组"任高级翻译的美国人李敦白,在回忆 1960、1970 年代之交这座城市的景象时说:

> 北京充满了围城的气氛。《人民日报》落入文革小组手中。陈伯达带军队进驻报社接管……从广播事业局沿着长安街走去时,我看到无数红卫兵举着红绸子旗,扛着巨幅的毛泽东肖像,边走边唱朝着广场挺进……到了王府井,看到一片狼藉。在林彪的指示下,红卫兵彻底破除"四旧"。穿着仿制军服的红卫兵将每家店面色彩鲜艳的木招牌或霓虹灯招牌拆下来,砸成碎片。还将商店的大门拆掉,将墙壁上的油漆刮掉。任何代表资产阶级情调的古老精致东西都在劫难逃。卖奢侈品的商店、北京烤鸭店以及带有宣传迷信,或是缅怀旧时代的商店字号都被迫关门,或被砸得粉碎……

他视线里没有游行示威的北京,却是萧瑟、寂寞闲散和空荡荡的:

> 街上不算太挤。工厂工人和办公室职员都还在上班,所以只有几辆车零星地来往于马路上。唯一看到的骑车者是刚下课的高中生。①

这位高鼻子的美国左翼人士不曾料到,他的书无意中为我们勾勒出一幅理解王朔小说的时代图景。彼时全国大量干部被整并下放干校,工人武斗,学生先是造反接着被赶到农村,这是少年王朔这代人暂时脱离家庭和社会监护的一个"历史空档"。却为王朔和他小说人物

---

① [美]李敦白、[美]阿曼达·贝内特:《红幕后的洋人——李敦白回忆录》,丁薇译,上海人民出版社,2006 年版,第 209、211、213、197 页。李敦白 1940 年在美国念大学时加入了美国共产党,卷入左翼运动。1945 年 9 月,因到陆军服兵役脱离共产党,并来到中国昆明驻扎。由偶尔机会接触中共昆明地下党领导,赴延安参加中国革命,并与毛泽东、周恩来、李先念、王震等结识。中华人民共和国成立前因被怀疑是敌特被捕入狱。长期担任中国广播事业局和"毛选英译组"的外国专家。"文革"时在广播局造反,一度任广播局革委会成员,又被"文革"小组抓捕。1980 年代后,与妻子王玉琳及家人回美国定居。

的"十年闲逛"提供了另一座舞台。

作品主人公坦然承认:"我感激我所处的那个年代,在那个年代学生获得了空前的解放,不必学习那些后来注定要忘掉的无用的知识。"他其时正念初三,对每天从东城乘公共汽车到西城穿过整个市区去上学,感到非常无聊。少年人的时间太过漫长,老师在课堂上的装腔作势令他们气愤不已,他于是逃学,用钢丝钳把收集的各式钥匙改装成"万能钥匙"。他把很多人家的大人上班后,撬门偷偷潜入他们家里去窥探当成"闲逛"的主要乐趣。这种行动当然危险,所以他必须蹑手蹑脚,瞻前顾后。他经常光顾的学校前面那栋宿舍楼,住的可能是一般机关干部,家里是公家发的木器家具,"连沙发都难得一见"。有一家大概是司长,稍微阔气,但也只是"有一台老式的苏联产的黑白电视机",家具仍嫌简单。主人公发誓,他开锁不为偷窃,纯粹出于喜爱好玩,进门后只是在"无人的住宅内游荡,在主人的床上躺躺,吃两口厨房里剩下的食物"。一次,他竟然在主人床上睡着,直到中午下班,楼道响起脚步和说话声时才匆忙逃走。有一天下午,"老师在课堂上讲巴黎公社的伟大意义以及梯也尔的为人"。全班同学昏昏欲睡,但努力睁大眼睛勉强听课。"我"又撬开这栋楼顶层一家的门房。笔者怀疑,这是小说进展到一半时出场的那位女主角米兰的家。因要为后面的故事铺垫,《动物凶猛》作者把米兰家描写得相当仔细和用心:

> 这是一套两居室的单元,我先进去的那间摆着一张大床,摆着几只樟木箱,床头还有一幅梳着五十年代发式的年轻男女的合影,显然这是男女主人的卧室。
>
> 另一间房子虚掩着门,我推门进去,发现是少女的闺房。单人床上铺着一条金鱼戏水图案的粉色床单,床下有一双红色的塑料拖鞋,墙上斜挂着一把戴布套的琵琶,靠窗有一张桌子和一个竹书架,书架上插着一些陈旧发黄的书,这时我看到了她。

"少女的闺房"立即震惊了这位业余撬门人兼无所事事的闲逛者。

在性压抑的1970年代社会,这种窥视经验令他兴奋得几乎窒息。那时候,即使一个院子的男女孩子,在院里偶尔一起玩玩和说话,但到学校就装着不认识,形若路人。性的蒙昧,令这个孩子对闺房的感觉突然放大,这条"金鱼戏水图案的粉色床单"不免俗气,但对大多数男孩来说,少女的闺房永远是清新神秘的,有如古老的禁地。而我要说,在那无情无爱的年代,美和爱是对被禁锢的青少年心灵的抚慰。主人公此时有点迷糊,被震晕了。他半晌才从那屋里走出,一下午都在同学们面前若有所思。作者这时也对主人公心生怜悯,就像红娘怜惜失恋中的莺莺。他浪费整整一页篇幅对本民族女孩子发育的身材、面色、头发长短,幼儿园时期的耳鬓厮磨,成人淫秽书刊,以及手抄本《曼娜回忆录》里的两性关系大发议论。他还采用了早被成熟小说家遗弃的矫揉造作的语言:"那个黄昏,我已然丧失了对外部世界的正常反应,视野有多大,她的形象便有多大;想象力有多丰富,她的神情就有多少种暗示。"虽然它们早已偏离作品主题。我们暂且按下不表。

小说的视点忽然一转,这时主人公从业余小偷摇身一变为暗恋者。他每天痴情地守在楼前,目睹这女孩的父母上下班,见他们傍晚下班时自行车后架上夹着一捆青菜,车把上是几个西红柿。她父亲很瘦小,穿一身旧中山装,跟谁都客客气气,戴着眼镜看人的目光却有些茫然。他对她母亲的观察里已带着曲意迎合的意味:身材高大,是个迟暮美人;态度冷漠,却拥有一般普通妇女所缺乏的白皙皮肤和一头乌黑的头发——自然也含有对身体的暧昧想象。他一连几天蹲坑直到夜晚,"家家户户都亮起了灯",却始终未见少女身影。这像两个人的决战,尽管对方毫无察觉。他为了延长守候时间,天没亮就穿过全城赶到这里,万籁俱寂才乘末班车离开。失败的他决定冒险,"我壮着胆子在白天又几次摸进过她家,屋里总是出现一些细微的变化:譬如桌上出现了一本看了一半的书,换了一种牌子的雪花膏;枕畔遗落了几只发卡和几根长发,镜子上的薄灰被仔细地擦拭过"。这是他个人的长征,虽长途漫漫,崎岖坎坷,但他仍然心怀秦皇汉武般的"宏图大志"。

这是李敦白历史观察里的一个死角。或许连以观察"文革"期间灰暗中国而著称的法国理论家罗兰·巴尔特的《中国行日记》一书也未曾注意。这些大牌西方人士谁会注意1970年代一个中国少年成长的"寂寞"？谁会在意他的卑微和失恋？他们的视野里只有惊心动魄的东方政治黑幕和凝固在西方意识形态镜框里晚清抽鸦片的昏睡愚蠢的中国民众。① 因此，我们必须注意少年"闲逛"这个独特的历史街区。我想把观察点从简易楼房移到热闹街头。"蹲坑"未果荷尔蒙却过盛的"我"又回到革命的大街："我随着全校由鼓号队作先导的游行队伍在城里游行了一天，手挥纸旗跟着老师喊了一路口号。"那时游行示威像是全城居民的日常起居，不游行倒很觉得奇怪。大小机关和厂矿职工尽数出动，到处红旗招展，队伍雄壮，人们振臂高呼口号，"共同制造了一些声势"。不过，"我"也感到游行示威"很累"，通常要走很远的路才到市中心广场，绕广场一周后返回，回到学校再解散。"回去的路上大家都疲惫不堪，太阳又很晒，领头呼口号的全校最结实的体育老师也声嘶力竭"，"大家一边懒洋洋地走，一边前后左右地聊天，看见路边卖冰棍的老太太"，"下午的街头都是垂头丧气、偃旗息鼓往回走的工人和学生的队伍，烈日下密集的人群默不做声一望无尽"。威廉·富特·怀特提醒研究者："政治家如果没有街头青年的支持，就无法取得成功。"②然而，怀特像李敦白和巴特尔一样注意的其实是青年而非少年。"文革"初期政治家主要依靠的是大学生、高中学生和青年工人，而非主人公这种懵懂的少年。革命的力量在青年，而非少年，这是天定的真理。这些青年是《晚霞消失的时候》《波动》《公开的情书》和《伤痕》里的主人公。中国的"文革史"研究虽然在海外汉学和国内现代史领域取得了赫然成就，但被青年红卫兵和工人巨大身影罩

---

① 最早用罗兰·巴尔特的《中国行日记》的独特视角来分析中国1970年代著名长篇小说《沸腾的群山》的，是我们课堂上的博士生胡红英同学。(参见胡红英《七十年代的话语"围城"——〈沸腾的群山〉和〈中国行日记〉》，《文艺争鸣》2013年第2期)。

② [美]威廉·富特·怀特：《街角社会——一个意大利人贫民区的社会结构》，黄育馥译，商务印书馆，1994年，第284页。

住的"少年"群体,这个被怀特称作"街角社会"的社区仍"默不作声",这也不能说不是一个遗憾。从这个角度看,《动物凶猛》这篇小说可以说是眼光独具。《动物凶猛》继续写道:

> 高洋先看到了我,笑着喊我的名字,其他人也纷纷掉过头来看我,笑嘻嘻地指着我喊:
> "没劲没劲。"
> …………
> 许逊递给我一支"恒大"烟,我便也站在街头吸了起来,神气活现地乜眼瞅着仍络绎不绝从我们身边经过的游行队伍……
> 他们在谈女人,这是个新话题……

政治家搭建的轰轰烈烈的革命舞台,真的让这些孩子们倍感无聊。没有意义,没有目的,吸烟、打架、蹲坑等待女人等,就是孩子们对大革命明确教诲的消极反应。"没劲没劲",《麦田里的守望者》里的"我"也这样说过。吸烟、打架和蹲坑等女人,是从未被历史承认过的一种偏激的生存方式。1977年问世的刘心武的伤痕小说《班主任》把这种人塑造成"坏少年"典型也情有可原。

二、打架

脱离家庭和社会监护的这帮少年又卷入了街头械斗。1990年代初,有人采访王朔时问得相当直接尖锐:"当年,你在故事描述的那个圈儿里么?"他答:"当然在。我不在红卫兵那圈儿里,但《动物凶猛》的圈儿里就是我们这帮人。"采访者又问:"当时你是那种冲在前面的人么?"王朔断然否认:"事我都见过。你不能用小说套我的个人表现。"他接着撇清,"我不是举着板儿砖冲在第一个的那人,肯定不是。"①按照文学规律，作者是或又不是他们小说中的"原型"。但他们毕竟生活在同一个时代。

《1968年：反叛的年代》的作者阿里和沃特金斯告诉读者：美国加利福尼亚伯克利"特拉哥拉夫大街上挤满了欢乐的人群，在与试图阻止他们游行的加利福尼亚州警察进行了六天的暴力冲突之后，他们终于可以宣布自己是这条大街的主人了"。"阳光炽热，整个法国已经停止了运转。""布里特尼的郊外，普里苏尼克大型减价商场被女售货员占领了，女孩们晚上就睡在经理室的安乐椅上。"②当时出于崇高目的兴起的"打架"之风，在各国青少年中竞相传染，左翼思潮几乎席卷1970年代的世界各大城市。《动物凶猛》怎能阻挡这一气势汹汹的历史潮流？

起因是汪若海被东四六条的几个孩子打了。这令被成人冷落在大革命边缘的无聊少年群情激昂，他们终于抓到"指点江山，激扬文字"的一个盲目愚蠢的机会。"高晋、高洋陪着汪若海从里屋走出来，汪若海一脸伤痕和红肿。""他们个个表情严肃，阴郁地低声议论着什么，有人在摆弄钢丝锁，抡得呼呼生风。""我二话没说，气势汹汹地转身在屋里找家伙。所有的改锥、锤子或菜刀包括水果刀都被握在手里装进书包。""院里的一些上小学的半大孩子都被动员来了，他们为大孩子的信任有幸参加这次光荣的出击激动得微微战栗。""'走吧。'高晋下令。我看到他把一柄日本三八枪刺刀揣进斜挎在胸前的军用挎包内。这是当时最专业的战斗装束，像带领一帮手拿锄头和镰刀的泥腿子去打土豪的农会领袖手中挥舞的系红绸子的驳壳枪令人羡慕。"他们骑上自行车，前后吆喝一路呼啸地向心目中的战场出发。"院门口一些乘凉的家属和战士瞪大眼睛看我们。""女的别去了。"打架是1970年代男孩子的专利。这种当时极具中国特色的行为方式在努力

---

① 王朔等：《我是王朔》，国际文化出版公司，1992年，第56页。
② ［英］塔里克·阿里、［英］苏珊·沃特金斯：《1968：叛乱的年代》，范昌龙等译，山东画报出版社，2003年，第124—147页。

控制和塑造他们的人格世界。

  24路公共汽车站旁边的一处居民院落正在修缮房屋,院门口堆了一堆砂子和一堆白石灰,几个赤膊少年正在砂堆上练摔跤。
  "就是这几个。"汪若海喊。
  我们立即在路灯柱下停车下来,那几个少年眼尖发现我们,撒腿就跑,沿着大街狂奔见胡同就往里钻。
  …………
  那孩子贴着墙根瘫倒在地。我不声不响用手中的砖头在他身上一通乱砸,知道大家都散开跑走,仍没歇手,最后把那块粘上血腥的砖头垂直拍在他的后脑勺上,才跑开……
  "别人都撒了你还在那儿打,手够黑的。"
  我骄傲地挺着胸脯微笑着,一边吹嘘一边偷眼去瞧笑眯眯望着我的于北蓓。

像文章第一部分描述红卫兵打砸王府井一样,在那年代,"打砸"就是一种正确的意识形态,是"参与社会革命"的正当方式。这些少年暴徒于是断然认为这就是"革命行为"——当然我们还可以用红卫兵打砸是有"信仰"支撑的而少年们纯粹是打架报复来做一次差别化的历史分析。

事隔四十年,我对自己是否有能力在《动物凶猛》械斗—中国20世纪六七十年代革命—欧美左翼青年运动之间建立历史联系,并做有效的分析毫无把握。尤其是当历史的结论还在移动、删改和自我修补的时候。处在这个节点上的所有研究者,只能把某种良知作为基本出发点。一滴记忆中的眼泪能否反抗失去理性的时代洪流?在我看来,历史的真实性其实就是细节,小说的价值也在细节。"把那块粘上血腥的砖头垂直拍在他的后脑勺上,才跑开",是我忘不掉的历史一幕。对我这个缺乏严谨的历史哲学训练、于"左右"站边毫无兴趣、对细节尚有一点敏锐感性体悟的文学史研究者来说,北京的一幕确实令人难忘。

　　作者王朔想为处在革命风暴中的无知少年的暴力行为找一个历史逻辑,但他发现徒劳无功:"我们搂抱着坐在黑暗中说话、抽烟。大家聊起近日在全城各处发生的斗殴,谁又被叉了,谁被剁了,谁不仗义,而谁又在斗殴中威风八面,奋勇无敌。这些话题是我们永远感兴趣的,那些称霸一方的豪强好汉则是我们私下敬慕和畏服的,如同人们现在崇拜那行流行歌星。我们全体最大的梦想就是有朝一日剁了声名最显赫的强人取而代之。"尽管喜欢在小说里写昏话鬼话,胡言乱语,我感觉王朔不是没有判断能力的小说家,否则他不会强调这"是在一种自由自在的状态中同时又无技术上的表达障碍写的关乎我个人的真实情感的小说"。① 学者王一川也努力让人相信"红卫兵直接充当了打倒走资派、武斗、打砸抢、上山下乡等运动的主力军,是革命的亲历者;而红小兵由于年龄的限制,在当时更多地只能充当旁观者、想象式造反者等角色",而"红小兵与现成权威的想象式反叛和缅怀",则"构成'王朔主义'的一个重要内涵"。这是他在当代文学中创意性地发明了"顽主"人物形象并创作了《动物凶猛》这篇小说的主要灵感。② 二王希望从后叙述的角度重建小说的认知轨道。但我总怀疑这篇小说,包括王朔的大部分"顽主"小说的主要构思和灵感,可能多半受到流行于1980年代的美国小说家塞林格《麦田里的守望者》的极大启发和影响。我甚至觉得这部西方叛逆小说给了徐星、刘索拉、余华(《十八岁出门远行》)和王朔等新锐小说家某种"小说的写法"。著名美国文学研究专家施咸荣翻译的1983年版的《麦田里的守望者》(漓江出版社出版,第一版即印了46000册,在当时引起了巨大反响),也写到"美国顽主"霍尔顿与人"打架"和"闲逛"的场面:

　　　　这一拳本来想打在那把叼在他嘴里的牙刷上,好让那牙刷一

---

① 王朔:《王朔文集》,华艺出版社,1995年,"自序"第3页。
② 王一川:《想象的革命——王朔与王朔主义》,《文艺争鸣》2005年第5期。

家伙戳穿他的混账喉咙,可惜我打偏了。

我这样独个儿坐着,的的确确开始感觉到自己很像是一匹得了奖的马的屁股。我除了抽烟喝酒之外,别无其他事情可做。

历史经常有异曲同工之妙:20世纪六七十年代西方国家和中国的青年都在为各自的主义而战,作为他们小弟弟的"中外红小兵"却满世界地打架和闲逛。历史舞台的主角是青年,少年被抛到历史潮流之外,但他们试图用这种独特的方式重返其中。塞林格真实记录了这些低龄者看似荒唐的历史行为,而"文革"则把中国的"夹缝层一代"永留在史书中。施先生在1982年12月写就的《译本前言》里告诫读者,"作者用现实主义的笔触,生动而细致地描绘了一个中产阶级子弟苦闷、彷徨的精神世界,真实地揭露了资本主义社会精神文明的实质","我国的青少年生长在社会主义祖国,受到党、团和少年队组织的亲切关怀",当然不至于——但"对此我们也应该有所警惕"。施先生说,这部小说1951年问世后,在美国社会引起巨大反响,也产生了巨大分歧。家长要求学校禁止学生阅读这类图书,加利福尼亚州桑胡斯城的中学图书馆还把它当作禁书。很多年后,许多大学和中学又把它推荐为课外读物,它还荣登哈佛大学社会学课程的必读书之列。① 然而王朔及其小说至今还是被我国一些大学课堂的老师、学生所疑心的作家作品。由此可见,我国的文学史家们还没有采用哈佛大学的社会学学科视角来看待和研究王朔所代表的文学现象。②

"闲逛"和"打架"是20世纪中叶大时代间歇里各国少年共有的时代病,从中泄露出他们心灵里普遍的苦闷。我不想指出它就是这篇

---

① 施咸荣:《译本前言》,[美]J.D.塞林格:《麦田里的守望者》,施咸荣译,漓江出版社,1983年,第1—6页。

② 上海大学的葛红兵教授和学生编选的《王朔研究资料》,给予了王朔很高的评价,认为他没有获得应有的文学史地位。当然这种观点不一定能被大多数人接受,但它的出现,却可以看作一种新的研究性的参照。参见葛红兵、王朔:《放下读者,看见文(对话)》,葛红兵、朱立冬编:《王朔研究资料》,天津人民出版社,2005年,第1—8页。

小说所参照的世界性图景。两天两夜后,被公安局捉走的高晋、汪若海放回来了。小说若无其事地写到高晋:"高晋在看守所里剃了个秃子,这时也就长出一层青茬儿,虎头虎脑的引人发噱,表情、架势则完全是个大英雄。""他坐在三屉桌上,两腿晃荡着,把烟灰掸得到处都是。"他还像成年人那样吹嘘。"'你进去挨打了么?'卫宁问。""'敢!'高晋一瞪眼,'警察对我都特客气。我一进去就跟他们说:'你们要打我,我就头撞墙死给你们看。'把他们全吓住了。""高晋一支烟抽完,大家纷纷把自己的烟掏出来给他抽。"那年代男孩们不比谁学习好,只比打架勇敢。

三、追女孩

在读《动物凶猛》的几天里,我脑海里始终浮现出王朔说过的那句话:它是"关乎我个人的真实情感的小说""我的作品中令我最激动的是《动物凶猛》"。这令我企图介入这句话的思想情感的深层世界中去。

读者接着读到,故意逃课的"我"晃荡在北京木樨地的大街上。这时地铁口出现了一个线条优美飘动的女孩的身影,他便跟了上去。"她走路的姿态很勾人,各个关节的扭摆十分富有韵律,走动生风起伏飘飞的裙裾似在有意撩拨,给人以多情的暗示。她的确天生具有一种娇娆的气质,那时还没有'性感'这个词。"小说写女孩性感的走路姿态可真有点大胆吓人。王朔此前曾在《空中小姐》中写过纯情女孩王眉,在《顽主》里用游戏性口吻写过三T公司的少妇顾客和刘美萍,可他从未写得这么露骨,也许他真是被这位走在大街上的丰满美丽的米兰吸引和激动了。他冷傲、讥讽的"顽主口吻"突然变得柔情似水,而且毫无自尊。十五岁的青涩男孩去追逐高大成型的十九岁的姑娘,当然显得无耻。他闭眼克服着稚嫩胆怯:"喂,喂……""你等等,我有话对你说。"说完便抢到她前面拦住她。"她绕开我继续往前走,同时好奇地打量我。""你等等,别走哇,听我说!""我"手忙脚乱,书包在一下一下地拍打着屁股。"交个朋友吧。""一看你就是一个坏孩子。"女孩们通常对这种擅长搭讪的街头少年百倍警惕。但面对如此纠缠,个别心软的女孩也会糊涂应允。最后"我"答应女孩做自己的"姐姐",还许诺以后不"再到街上追女孩子了",她才同意暂时交往。她老练地"用两手搭在我的双肩上,把我转了个身,向校门口方向轻轻一推"——是那种姐姐般的善意,她绝没想到这个"少年维特"居然爱上了自己。

米兰就是主人公潜入单位宿舍楼的楼顶房间,看过墙上那张照片,几次蹲守而未见的那家女孩。她在郊区农场工作,此时装病请假在家,同时在四处晃荡着。作者写一个未成年男孩对一个女孩成熟身体的"性幻想",在小说中竟占八页之多,五六千字,但没有丝毫色情意味,而且那样饱满、美好和动人,这对于王朔来说真可谓是破天荒的。读者跟着小说镜头,走进了米兰挂着暗绿色窗帘的闺房。世界上陷入初恋的人都像窃贼,但也犹如每天坐在火山口上。歌德的《绿蒂与维特》写道:"哪个少年不善钟情,哪个少女不善怀春?"这孩子也承认,"我的感情并不像标有刻度的咳嗽糖浆瓶子那样易于掌握流量",它"类同于猛兽,只有关在笼子里是安全的可供观赏,一旦放出,顷刻便对一切生命产生威胁"。米兰正在厨房里洗头,她神情放松地让"我"随便坐。"你怎么没去上课?"她边洗边问我。"我"立马编出假话:"老师病了,上午改自习了。"这可能也是明知故问。女孩子们曾在父亲那里受宠,她们潜意识里都在男性人群中寻找替代物,虽然遍地是白马王子或者成熟的成功男士,但完全靠谱的却少。不过我想说,有心者与无心者,此刻距离很近却又远隔天涯。如此近地闻着香脂味、房间香气和潮湿的头发味,是主人公在母亲之外从未有的经验。他为女孩洗头的细微动作灵魂出窍,心怦怦直跳却装着若无其事,但难免恍惚走神。用目光热烈抚摸,是这位可怜少年的唯一权利:

她像拧床单似地双手握着使劲拧那股又粗又重的头发，然后把头发转出螺纹，朝天辫似地竖起，在额前迅速地盘绕几圈结成一个颇似古代少女头的发髻，整个动作一气呵成，腰肢手臂扭划出灵巧动人的曲线和弧形，令我入迷。

　　………

　　午后的阳光已经有些燠热，她有几分胖，很怕热，便拉上了暗绿色的窗帘。屋内立刻有了隐蔽而诡秘的气氛，像戴着墨镜走在街上……

　　我为自己把这一单纯的举动引申为含有暗示的诱惑感到羞愧。

　　她脱鞋上床，靠着床头伸直双腿坐着，使劲扇着手里的纸折扇，尽管这样，仍热得身上出汗，不时用手拽拽贴在身上的领口、袖边。

　　我小心掸拂历史一角，仿佛窥见这间闺房里正轻轻洋溢着一抹人性的光辉。"腰肢手臂扭划出灵巧动人的曲线和弧形，令我着迷"，此细节在这种意义上变成了一个静场，变成远处教堂悠悠传来的温馨的钟声。它不禁令人泪泫动容。然而，它又超越了肉欲的陷阱。"哪个少年不善钟情，哪个少女不善怀春？"这本来就是人性中的一部分，天赋人间，古已有之，任何邪恶势力都无法将它拒之门外。因而黑格尔说，"真正的哲学是自西方开始。惟有在西方这种自我意识的自由才首先得到发展"，"在东方的黎明里，个体性消失了，光明在西方才首先达到灿烂的思想，思想在自身内发光，从思想出发开创它自己的世界。西方的福祉有了这样的特性：即主体（在对象中仍）维持其为主体、并坚持其自身于实体中。个体的精神认识到它自己的存在是有普遍性的，这种普遍性就是自己与自己相关联。自我的自在性、人格性和无限性构成精神的存在"。他强调："精神的本质就是这样，它不能是别的样子。"①中国当代思想界都没这种深刻的见识。所以也不能要求这位女孩私密生活的偷窥者比我们站得更高。但这种见识可以加深我们对"文革"历史情境中的人的认识。同时也能加深对《动物凶猛》这篇小说的认识。这个莽撞少年是甘愿拜倒在女孩石榴裙下的痴人,他唯唯诺诺,极尽巴结奉迎。然而他感觉此刻应该发起进攻,"借书""看照片"是男女孩子交往中常用的伎俩,他小小年纪无师自通,仿佛深谙此道。写到此处我觉得需要暂时绕开这位失去理智的钟情少年,绕开小说本身,重新回到文学史的框架当中。因为不注意王朔与文学史框架的关系问题,就很难找到重新解读王朔小说的办法,给它们以适当的解释。我们知道1990年代对王朔小说早有定论,众多读书人对他可谓深恶痛绝,发誓要把他钉在"痞子作家"的耻辱柱上,要重写这文学史一页之难,如穿越千山万水。因为王朔的口无遮拦(不谨慎),他与书写他的文学史的学者之间出现了很别扭的关系。在我看来重整这种关系,首先需要厘清以下这些关系:第一,王朔的"文化痞子形象"是否应该成为一种文学评价标准,拿它去解读作家所有的小说;第二,王朔与知识分子的口角是1990年代的特定产物,它是否意味着王朔因此就没有知识分子都视为本分的黑格尔所说的主体性、人格性、自在性,他因为不客观地批评知识分子是否就意味着他因此也丧失了作为一个作家应该具有的"知识分子性";第三,"调侃"和"玩世"往往被看作王朔小说的思想特点和审美意识,这种固化观点是否放大了他小说的某一部分,而压瘪了另一部分,从而失去了观察他小说全部内涵的机会?当然我更清醒地意识到,文学史意味着一种历史的纵深度和长度,对一个被误解的作家的认识,也需要一个漫长的时间才能够解决。我们想想,文学史上的"胡适现象""周作人现象""张爱玲现象"等不都经历过这种漫长而曲折的过程,经受过历史的耐心吗?也正因为这个理由,我想先从王朔与批评家和文学史家

---

① [德]黑格尔:《哲学史讲演录》第1卷,贺麟、王太庆译,商务印书馆,1996年,第98页。

的交恶中脱出身来,贴着这位主人公的细密心思观察他在想什么。或者说我想贴着写作《动物凶猛》时的作者王朔的微妙感觉,来做点什么。

这位可怜多情的少年果然不只为了欣赏米兰的美貌。他抢看米兰照片,已使他的司马昭之心昭然若揭。不过,他还是慷慨地把米兰介绍给了那些大院同伙,借以炫耀自己"拍女孩"的成果。米兰刚开始还忠诚他俩的私谊,但很快兴趣便转移到比"我"年纪更大更成熟的高晋身上。高晋此时也有意勾搭米兰,并以介绍她到父亲的部队文工团弹琵琶为幌子。"我"反倒成为多余人,旁观者。"我"非常不服,于是加大与米兰的亲昵力度,比如让她夜里在家里留宿,结果被父亲偶然撞见客气地驱除出去。王朔这一段小说写得痛快流畅,大抒这位被父亲严管少年心底之块垒,也愉快地向读者稍微展现他擅长以简洁方式讲故事、快速干净地推进情节的叙述才华。在小说结构上,这是在为最后高潮的到来做铺垫。不过王朔也深知小说应该剪裁缩减,给读者预留想象的空间。他为此工笔细腻,扎实推进,令人果真相信他所说的创作它时的状态的自由自在。小说写高晋、米兰、方方、卫宁一帮人在假山的亭子里一首又一首地唱《三套车》等苏联歌曲的场面显得非常浪漫温煦,"他们嗓音很粗糙,唱得参差不齐,但那份忘情自有一种动人的感染气氛"。这令人想到,"文化大革命"虽是20世纪中国社会灰暗的一段时期,可身处人时代边缘的寂寞少年的心灵并没有死掉。像黑格尔说的,"精神的本质就是这样,它不能是别的样子"。穿越四十年的浩瀚烟雨,超越左右翼人士的激烈争吵,我仿佛又回到自己那些寂寞中"阳光灿烂"的日子。我就是主人公,我就是米兰。我所在的外地小城,与首都北京原来是同一座历史舞台,上演着相同的人生戏剧。共同的历史境遇能让我轻易地贴近他们的玩乐嬉戏和说话方式,理解"坏孩子"的闲逛、打架等叛逆行为,对"我"最后对米兰、高晋暧昧恋情突然爆发的强烈嫉妒以及反目为仇,我均抱着同情的理解之心境。

在小说的高潮部分出场时,"我"已变成怒气冲冲的爱情斗牛士,把暗恋转化成了愤怒和挑衅。他不顾众人,当场嘲笑穿泳衣的米兰"丫够肥的",又"走到她身后,一脚把她踹进水里,站在那儿哈哈大笑"。"我除了背后对她进行诋毁和中伤,当面也越来越频繁地对她进行人身攻击":"你怎么吃这么多?跟头猪似的!""我"还以玩硬币恶毒羞辱她少女的贞洁,一次次把她气哭。"我"险些与米兰的新男友兼护花使者高晋大打出手,他们都仿佛是愤怒中气喘吁吁的公牛。然而,米兰在"我"的内心世界却早已刻骨铭心:"我比以往更加强烈地想念她。每天一睁眼的第一个念头就是立刻见到她。"激烈冲突对立的两种情绪使"我"的面孔变得可怕,使人性高度扭曲,然而也使小说的抒情达到了最高峰。我要说这是王朔小说中少见的惊动人心的一幕。我很少像这次从外到里被他的作品如此地撼动。

但不知怎么回事王朔忽然使上马原《虚构》那种先锋小说的手段:

> 现在我的头脑像皎洁的月亮一样清醒,我发现我又在虚构了。开篇时我曾发誓要老实地述说这个故事,还其以真相。

1990年的先锋小说已成残花败柳,但大多数人竟没意识到"转型"问题,虽然这段与小说的整体写实风格明显脱节但也可以谅解。不知王朔是否知道他的叙述忽然变线,不过这却给《动物凶猛》带来意想不到的半真半假的效果。它是一种时代的"大幻觉"。1970年代在今天看来亦真亦幻,令人大感不解。"我"尾随米兰经过东单、王府井、天安门、西单、电报大楼、庆丰包子铺和长安戏院,又经过木樨地、三里河路、中国科学院大楼、财政部和中国人民银行总行,拐进她家的宿舍楼里,在幻觉中热血沸腾地对她实施了暴力,但也遭到她的蔑视。在这里,他小小年纪就经历了自己的"生与死"。那个夏天"我"站在工人体育场的"五米跳台上,看着一碧如洗的晴空,真想与它融为一体,在它的无垠中消逝,让任何人都无处去觅我的形踪,就像我从来没来过这个世界。会有人为我伤心么?我伤心地想。"

王安忆早就提醒人们说："我觉得王朔其实是一个温情主义者。""他为了掩饰自己的伤痛呢，就会做出特别凶悍的样子，他会做出特别抵抗的样子，或者胡来胡闹，把事情搞成一团酱。""我觉得这是真的王朔。""有点可惜。"①她是个小说意识和技艺老到，看人眼光很毒却很客观理性的作家，她不相信"调侃""骂人""玩世""堕落"就是王朔小说的全部内容。这么一路叙述分析下来，我也觉得王朔不是一个简单的作家，至少是一个不能再用简单标准去看待的作家。这篇小说非常不简单地写出了大风暴边缘的"街区一角"，写出粗暴年代人们身上残存的一点点温情。在反映"文革"的小说中，这还是我头遭看到作家用这种叙述方式去塑造复杂独特的少年的形象。

2014 年 1 月 15 日于北京亚运村
2014 年 2 月 7 日修改

---

① 王安忆、张新颖：《谈话录》，广西师大出版社，2008 年，第 234—235 页。

八九十年代"出走记"

——林白《一个人的战争》和《北去来辞》双论

"不要问我从哪里来,我的故乡在远方。"这是台湾作家三毛《橄榄树》里的一句歌词。它表达着中国20世纪八九十年代很多人的心理情绪,也揭示出林白两部最重要的长篇小说《一个人的战争》(《花城》1994年第2期)和《北去来辞》(《十月》2012年第5、6期,原名《北往》)的价值诉求。甘阳说:"通常所说的'现代化',从知识社会学的角度上讲,无非就是指社会变迁、文化变迁的一种特殊形式,因而也就是心理结构变迁的一种特殊过程。"这种变迁"比之通常的变迁来说是最彻底、最根本、最全面、最深刻的一种变迁"。[①] 李陀说:"八十年代一个特征,就是人人都有激情。什么激情呢,不是一般的激情,是继往开来的激情,人人都有这么一个抱负。这在今天青年人看起来可能不可思议。"[②] 陈超说:"所谓'80年代'的形成不光有社会、文化以及历史因素,另外还有一个重要的因素就是年龄。那会儿我们都很年轻,二三十岁,从精神到身体都处于一种亢奋状态,所以我的体会是那时激情饱满。人在年轻的时候相对来说是元气淋漓的。"[③] 毋庸置疑的是,特定的时代元素影响着林白文学作品的形成。在这两部长篇小说中,我们可以看到主人公多米和海红离开南宁到大西南和北京游历,"不要问我到哪里去,我的故乡在远方"代表着她们最茫然的青春激情,更代表了就她们过去生活而言的一种深刻的变迁。在决定嫁给

[①] 甘阳编:《八十年代文化意识》,上海人民出版社,2006年,第32页。
[②] 查建英主编:《八十年代——访谈录》,生活·读书·新知三联书店,2006年,第252页。
[③] 李建周:《回望80年代:诗歌精神的来处和去向——陈超访谈录》,《新诗评论》2009年第1辑,北京大学出版社,2009年,第157页。

年长自己二十多岁的史道良的一瞬间,三十岁的海红心中闪现的念头是:"能跟某一个人私奔就好了,远走天涯!这念头使她精神一振。火车站,是啊火车站。"

一、离开南宁

林白的小说有强烈的"自叙传"意味。多米和海红一个毕业于武汉大学图书情报系,一个毕业于中山大学中文系,她们都是孤身一人在文化领域工作,狂热于写诗和幻想,有一个诗人圈子,性格都敏感自尊,有过一次短暂婚史。这样的生活与作家的亲身经历颇多相似。在椰子树不停摇晃、狭窄破旧的南宁街头,人们看到当时身穿一身红衣的她们骑车在一路狂奔。这座地处边陲的省城在文学青年海红眼里,"生活枯燥沉闷——书店里的书是旧的,摇滚、话剧、像样的画展,一概没有——像一团无从发酵的死面!"这是她们毫不犹豫决定离开此地的理由。

《一个人的战争》和《北去来辞》的人物构思和结构安排有不少交错重复的地方。但《一个人的战争》更像是"鲁滨逊漂流记"那种青年人的冒险故事。小说发表于 1994 年春,料想它是作者六年前个人游历及内心想象的复制。① 林白那时写诗,或许还热衷于读反映美国当

---

① 本文所依据的林白长篇小说《一个人的战争》的版本是江苏文艺出版社出版的 1997 年版。作者在"后记"中说:"《一个人的战争》是我发表的第一部长篇小说,它写于一九九三年四月至九月。"发表、出版时的错漏让她颇为不满:"此作首刊于《花城》一九九四年二期,发表出来的时候出了一个错误,把第四章的标题'傻瓜爱情'排在了第三章三分之二的地方,我当时曾希望登一个更正,未能如愿,一直耿耿于怀。这是第一个版本。第二个版本是甘肃人民出版社一九九四年七月版,这是一个十分糟糕但又流传甚广的版本,某些人身攻击和恶意诋毁以及误解大概就来自这个版本。这个版本的封面用了一幅看起来使人产生色情联想的类似春宫图的摄影作封面。""第三个版本是内蒙古人民出版社一九九六年十月版,这个版本的出版过程亦十分曲折。""第四个版本就是这次江苏文艺出版社出版的文集中所收的版本,这是我为文集所修订的一个完整的版本,在这个版本中我将首刊时的题记全部恢复,并把这段话放到了全书的最后,作为结尾。""这是我感到满意的一个版本,在此我郑重地向所有想要读一读《一个人的战争》的人推荐这个版本。"

代叛逆流浪文化的代表作品《伊甸园之门》《流放者的归来》《在路上》,也读普拉斯自白派诗歌、波伏娃的《第二性》和杜拉斯自传小说《情人》等。① 这种文化观念当时也正在国内诗人圈子中流行。"非非""莽汉"诗人打架斗殴、非婚同居和流浪出走成风,而这些行为被赋予了一种勇敢浪漫的气质。"万夏在与郭力家'通了半年信'之后,'跑到东北去,然后把两边李亚伟、马松和郭力家全部都联系起来了。'他还多次外出去了'贵阳,广州,深圳那边',将诗歌传播到更广范围,而且将外界信息带回。杨黎就此对万夏说到:'你那时候走了很多地方,你带回来很多信息,基本上我和外面的接触都源自于你带来的信息。比如说《他们》,还有《大陆》,孟浪和默默,韩东、于坚他们。'李亚伟从1984年到1990年,'总是在无休无止的行走中度过','三下海南,七上武汉'。杨黎也在1987年与李亚伟一同外出:'我们从成都出发,去了宜宾、重庆,又去了十堰。然后是柳州、镇江,再坐船到海南。最后又从海南坐船到广州,从广州坐火车去武汉、长沙,再回到重庆。'周伦佑、杨黎等因编印《非非》,多次前往宜昌、武汉、西安、兰州等地。正如李亚伟夫子自道:'1985年到1986年是"莽汉"诗歌活动和传播的高峰期,诗人们常常乘车赶船、长途跋涉互相串门,如同赶集或走亲戚一般,走遍了大江南北,结识了无数朋友'……"②在这个历史窗口里,人们看到国家的改革开放进入深度实验,打破铁饭碗、价格双轨制、留职停薪政策全面实行,车站、码头上拥挤着推销员、乡镇企业老板、青年野心家、文化出版骗子和知识分子。走南闯北是那个年代很普遍的风气。人口迁徙正是历史文化变迁的一种明显的表现形式。而诗人们的云走四方则是挑战传统社会、寻找与重建自我的行为,他们不像商人那样追求资本利润和扩张市场,因而历史洪流中的这道独

---

① 说到林白小说的创作气质受她流浪经验的深刻影响,仅她游逛大江南北一事即可证明。在当代小说家中,极少或者可能还没有人如此拿出主要作品的较多篇幅叙述与个人游历有关的事迹,也不会在故事中安排那么多曲折传奇的流浪细节。

② 罗文军:《成都内外——对四川第三代诗歌传播的社会学考察》,《当代作家评论》2011年第3期。

特的风景,表明着社会人群之精神生活的复苏。过去一段时期的封闭社会被冲破,新时期的开放社会如滚动屏幕般激动地展开。"天下熙熙,皆为利来;天下攘攘,皆为利往"本是中国人根深蒂固的人生哲学,两千年来往往浩劫乱世刚刚停歇,一切就又会故我照常。受诗人们波希米亚风气感染的多米,决定来一次鲁滨逊式的游历壮举并不意外。她没采用诗人成群结伴的方式,而是个人独行,但这里面的冒险冲动和性爱成分丝毫未见减少。

多米具有林白诸多小说女主人公自闭迟钝又莽撞大胆的双重气质。二十四岁带着一百四十元全部财产的她,此时正在武汉驶往重庆的客轮上。她生性厌恶平淡,这使她无意识地"带有单身出游的印记"在船舷甲板上随意走动。年已三十七岁却谎称二十七岁未婚的武汉船员注意到了这个鲜活的猎物,小说中他被称作"矢村"。矢村上来搭话,缺少经验的多米极度紧张,但见他身着服务员的白色外套,心想"假如他是一个坏人,找他的单位领导也是很容易的",因此便放松了警惕。矢村居然告诉她自己的真实姓名和家庭背景。关键是长相酷似日本电影《追捕》中矢村警长的这位男船员英俊挺拔,"我"则渴望着冒险的个人英雄主义,男女越轨于是有了合理逻辑。擅长风月在客轮上可能多次得手的矢村"每一次质的突破都势如破竹"。多米明知矢村不是为爱情而来,但她仍然决定试试。"在一次次集体活动的卡拉OK中,我总是不敢唱歌,我紧张万分"。要突破性格自闭的困境,就得朝相反方向冒进,"危险"因此变成了"自我救赎"。在风起浪高的船舷边,我们看到矢村试探性地揽了揽多米的腰,"她糊里糊涂地就让他揽着了"。但接着"热乎乎的气息直抵她的嘴唇",动作娴熟有力且恰到好处。船到岸后,男船员乘机把她邀到一家旅馆,多米见他用一张盖着单位公章的假证明登记住宿也居然默认,"很轻的风从窗口潜入,掠过多米的身上,她感到了一阵凉意,这使她悚然一惊,她发现身上衣服的扣子已经被男人完全解开了"(杜拉斯小说《情人》也有相类似的细节)。

一阵剧痛滞留在多米的体内,只要男人一动,这痛就会增加,就像有火,在身体的某个地方烧烤着,火辣辣地痛。1980年代的女孩或许视贞操若生命,但我们若判断出轻易失身其实符合多米为挑战自闭自卑连火坑也跳的性格逻辑,心碎般的痛感便略觉释然。奇怪的是她还为此找出一个浪漫理由:"一九三八年,萧红与萧军分手,与端木到了武汉,她怀着萧军的孩子,常常到读书生活出版社的书库找舒群,她一来到舒群的住处,就把脚上的鞋子一踢,栽倒在床上。"前辈女作家的生活,往往会被一代代文艺女青年模仿。在重庆到成都的途中,浪漫无邪的多米专程去江津寻访萧红旧踪,但无果而返。在那个年代,很多文学青年都有浓厚的五四情结,心怀理想并傲视社会是这群人最容易辨认的人生姿态。因此多米不觉得自己吃亏,她反被一种"新女性"的自我想象激动着,我们再看到她的时候,她已被在江津相识的川大中文系毕业的《四川日报》刘姓记者好心护送到了成都图书馆。

多米漫游大西南的目的地是峨眉山,而后再经贵州六盘水、云南文山和广西百色回到南宁。她崇尚西方的女性主义,却总被好色低级的男人纠缠。洪子诚认为这是一部展示女性意识的"个人化写作"的作品①,不过它读起来与晚清《二十年目睹之怪现状》的乱世叙述倒有几分相像。它的故事之离奇,情节之跌宕,简直叫人眼花缭乱。在文化厅招待所,狼眼男人欲对多米下手,忽有一个叫林森木的男性将其搭救;狼眼男人再把多米引到一僻静无人的树丛,结果被她谎称练过武术吓住。随着峨眉山读诗男孩的出现,读者的担心才得以化解,他不仅很绅士地与多米讨论艺术理想,还慷慨地把她送到山脚,并送她自己姐姐的衣服御寒。而经过"矢村事件",我们的主人公在之后的情节中也已显得成熟。她独身在六盘水车站搭过路大货车穿越云贵高原,再转道百色,一路安然无恙。波澜迭起而又一路顺风,预示着那个年代大多数走南闯北的青年探索戏剧的必然结局,这让紧张不安的读

---

① 洪子诚:《中国当代文学史》(修订版),北京大学出版社,2007年,第313页。

者最终松了口气。

二、去北京

"到北京去到北京去……那是一个远走他乡的年头。"这是《北去来辞》第11页中的一段话。①

《北去来辞》是《一个人的战争》的姊妹篇,海红和多米的塑造中包含着前仆后继的决绝意味。多米1988年"到北京一游",而海红借史道良之追求决定落户这里,这是她在历史变迁大背景中的一次最重要的出走。1980年代的人文理想不能总四处飘零而变成幻影,它得有个驿站。小说《北去来辞》就借此拉开序幕。

像多米一样,1990年代初的海红是个女大学生,而且是典型的青年诗人。在文学气氛热气腾腾的年代,男人吸引她们的不是财富地位,而是英俊外貌和文学气质。她们因怀有文学理想,往往会不嫌对方的年龄和条件,奋不顾身地扑上前去,哪怕前面是万丈悬崖。在《一个人的战争》中,后来的史道良曾化名为"宋"出现在B镇女孩多米面前。"此人高瘦,白,穿着一件细细的浅绿线格子短袖衬衣","我想:啊,这是从北京来的"。多米注意到他宽大的裤子上有一小块补丁,于是便想,"知识阶层的男人"很少有这样穿带补丁裤子的。宋的身高体态包括带补丁的裤子,令人想到十年后北京城那个身量相同、穿着后摆翘着的旧西装的旁若无人的道良。多米与宋、海红与道良的前世孽缘,后来都一一浮现在小说中,让人为之唏嘘感叹。道良看上海红是为婚姻,而道良对海红来说则像广袤无边的北京城一样朦胧虚幻。所以,陈晓明教授发现:"林白的小说习惯采用'回忆'的视点,它并不仅仅引发怀旧情调,同时也使她的叙事带有明显的自传特征和神奇的异域色彩。"②

---

① 本文所引林白《北去来辞》作品内容,均出自北京出版社2013年版。
② 陈晓明:《中国当代文学主潮》,北京大学出版社,2009年,第415页。

道良在海红心目中就代表着北京。因他介绍海红到报社做临时编辑的缘故,这座八百多年的古都,当代中国的政治文化中心,得以进入海红的视野。"不要问我到哪里去,我的故乡在远方。"这是我读到海红初入"北京圈子"时体会到的她的那种迷离又好奇的感觉。"海红原先认识一个艺术学院画画的,陆姓,这时从外省到中央美院进修版画。那时中央美院仍在王府井,海红去看他,那天正好下雪,陆见她第一句话就说:北京好冷啊!他哈气搓手,身上穿着一件呢外套,脖子裹着条特大的毛线围巾。海红穿了长羽绒服,没围脖子,也觉得冷,不停地跺脚。陆刚刚下课,领海红到学生饭堂打饭吃,吃完饭身上暖了些,一出门又是冷。海红坚持要跟陆到干面胡同他租的房子看看,说不定会有住处。"这暗示海红还在嫁不嫁道良的问题上犹豫。她托在国务院侨办工作的老乡俞明雪帮忙租房,俞领她到红星胡同看一个退休部长的四合院,部长夫人却想给她介绍一个"地位很高"的人做男朋友。北京老百姓都知道,这种隐于喧嚣大街深处的神秘院落,经常出入一些特殊人物。"夏天的时候,部长夫人打来电话,请海红陪她去参加一个小型聚会。朱仲丽,你知道吗?王稼祥的夫人。当年延安的十大美人之一。"部长夫人的声音非常悦耳柔和,犹如细滑的绸缎。"一个上层社会,海红好奇,她决定去。穿了一条白色带细格子的连衣裙,头发扎在脑后,只涂了口红,没有别的装饰。太素了,部长夫人说。一笑又说,像个在校大学生,也不错。高墙深院,门口有士兵站岗,夫人的车直接开进院子里,院落阔大,让海红吃惊。院中有一棵高大气派的树木,至今海红已不记得那是银杏还是杨树,或是古槐,但记得它威风凛凛。"

　　小说接着把叙述焦点转向北京的各种社交活动,作者像在操作一个摄像机镜头,让海红看到了许多过去从没见过的场面,这显然是一座与她经验里的边城小镇完全不同的伟大城市。最出色的社会精英,一流的信息,滚动着全球化图景的电子屏幕,这让海红感到头晕目眩,也兴奋异常。"海红有时会收到请柬。一个颁奖活动,在钓鱼台国宾馆；一个产品发布会，在人民大会堂某某厅"。钓鱼台这神秘地方，有大片草坪、假山、水域、楼台，令海红心中狂跳，"天啊天啊"，她竟坐在岸边一阵发呆。1990年代的文化活动数量骤减，但各种评奖颁奖活动、影视剧、舞台剧、研讨会依然好戏连台。小说中，各路记者没有红包，但有一只磁化杯、一个电吹风、一床亚麻床单、一个傻瓜相机作为礼物相送，海红把它们全拿回来，堆在房间角落。她的身体和思维像每天运转不停的永动机。当然偶尔也疲惫不堪。一天，海红还得到一张票，去人民大会堂听美国费城交响乐团来华演出：

> 天安门广场四面来风，鼓荡着她的衣襟和头发，华灯灿灿，宛若全中国的光都涌到了这里。她穿着一条黑色细格的呢裙子，一件半长的米白色短风衣。本报摄影记者给她拍了一幅照片，仰拍，她身后是巨大的大理石圆柱，擎着天空，她笑着，露出一排牙齿。她耐心接受安检，存包，在辽阔而森然的会堂里找到自己的位置。啊大幕拉开，有高层领导致辞，大幕再次拉开，看到黑色西服的演奏家们，来自美国，庄严、肃穆、高贵。

在中国，海红是在"我爱北京天安门"的歌声中成长的一代。对北京的向往崇拜，曾是她们这代人人格世界的稳固基石。曾几何时，在风中椰子树不断摇晃的南宁，海红和报社、杂志社、图书馆、电影制片厂一伙青年诗人，怎么热烈地相互传播北京朦胧诗人创作、交友和遭遇麻烦的小道消息？又怎样热烈联想并为之"以讹传讹"？对她来说，从南宁到北京是从较低的历史台阶向较高的历史台阶攀登，这意味着她将有可能进入北京这座最高的文学殿堂。北京，对中国人、对海红来说，是最渴望登临的峨眉山顶峰。1819年，大学生拉斯提涅从外省来到巴黎拉丁区的伏盖公寓，结交贵族、贵妇和资本家，一心要挤进上流社会。20世纪八九十年代的多米和海红也在走一条相似的道路。中国20世纪八九十年代非常像法国的18世纪，或者说它是以一种独特方式把小说主人公多米、海红引进了读者视野。"诗歌""小说"也许是一个比喻,只有通过它们多米和海红才会接触、认识宋和道良。在20世纪八九十年代,诗歌小说是多米、海红——当然也是无数文学青年,包括后来成为著名作家的许多拉斯提涅们——的一个极其重要的上升的阶梯,这是那代人上升的阶梯,也是他们所走过的道路。但诗人和小说家与充满金钱铜臭的拉斯提涅毕竟不同,文学是他们留给中国20世纪后二十年的一份最珍贵的遗产。

然而,海红不可能总在北京城里漂浮闲逛和犹豫。一天,道良的脸终于沉黑下来,说,"你住在这里有大半年了,如果不结婚,就不能再留你了"。这无疑是最后通牒。海红几番挣扎后还是答应下来。婚姻是与出走相交换的一份最露骨的协议。那时候,多少女人为去美国、欧洲或来北京寻找梦想,都签过这种协议。作品为多米失身矢村找到的理由是萧军萧红,而海红知道,"两个人的关系已经不同了,有了肉体"。海红让道良关灯,月光于是穿过窗户透进卧室。躺在这个男人身下的海红心里想:"月光却使它虚无,遗世独立,更具纯粹的美感。"

三、出北京记

海红的生活简直是一团糟。她本是性格古怪且能力差的女孩,道良偏偏脾气僵硬死板。林白过去的小说喜欢写扑朔迷离的意象和感觉,给人虚飘的印象,这回她有意加强写实成分,小说的实感忽然间大为丰富。设想中的美好生活,因女儿春泱的出生而变成了垃圾箱。婴儿、职业、家务"互相冲撞纠缠,搅成一团。六点半!闹钟设置在这个节点上"。家里到处是"毛巾,饼干,牙刷,护肤霜,奶粉,梳子,书包,钥匙,孩子的哭声,这一切,像苍蝇在狭窄的屋子里乱飞"。

道良退休后,热衷胡思乱想的海红与他过上了"老年"停滞的生活。好在有道良湖北老家的侄女银禾帮忙,脆弱的她才不致崩溃。《北去来辞》结构上故意将《一个人的战争》与另一部长篇《妇女闲聊录》搭配混装，主人公的内部视镜与外部视镜交相辉映，海红一家和银禾一家的生活史在 1990 年代的社会舞台上分别展开，其宏阔的空间和叙述力度远远超过作家之前的任何作品。1990 年代转型期社会的多元性，通过道良的日常生活、海红道良夫妻的矛盾，以及银禾的叙述和她那个神通广大的打工女儿雨喜，在深圳、东莞、广州、新疆、北京等多重视点上延伸转移，被作品一一呈现。道良应该是林白小说塑造得最成功的一个人物。十几年前他在一所著名大学教书，再改行当报纸主编，后遭逢时代剧变。这个 1950 年代的大学生在 1990 年代重大社会变迁中的遭遇及其心理，大概是林白对当代小说人物画廊的重要贡献。在我看来，道良和海红像是小说最精彩的"对照记"。

　　道良日渐狭窄的生活，在春泱上学和书房两个点上重复再现。读者通过海红看到，老来得女的道良对马虎粗心的银禾接送春泱"一万个不放心"。银禾出门总忘关门，带春泱上大街像走在乡下自家田埂上，一路横冲直撞完全无视红绿灯和急速的汽车，"道良早上要跟在两人身后走出很远，傍晚则要远迎到半道上。所以，春泱上学，小学、初中、高中，每天几乎总是有两个人在接送"。面对如此场景，海红心里狠狠骂道："这样的奇观，世界上怕是不会再有第二个了。"而且对外面新事物耿耿于怀的道良，每天竟像一只龟缩不动的乌龟。他坚信，这是一个最混乱的时代，好人变坏，坏人变得更坏。他要退回古代，要坚守书斋。"道良就这样沉入在书桌的字帖和古钱币中，你站在门口，简直看不见他。拳头大的斗室，只能望见三堆纸山，两大一小，书桌一堆，沙发一堆，椅子上也横七竖八地堆着好些。"人像被埋在书堆里，好多天都不说一句话。几天不洗脸，不刮胡子。他能写一手风流偶傥的好字，看宋代书画家米芾一个"风"字，要端详半天，还老泪纵横。他的衬衣总是脏兮兮的，衣领还有袖口都是脏的。他的西服不光陈旧，而且日益古怪。海红最不能容忍的是，"他每到换季就送到路边的小洗衣店干洗，取回家再一穿，后面翘了起来，简直像一只秃尾巴公鸡"。在海红心灵深处，道良此时已"人衣俱老"。

对两人来说，1990年代像是一个封闭窒息的高压锅。外面的世界越展越开，他们的圈子却越来越小。同道良生活在一起，她感觉自己像曹禺《雷雨》里的繁漪，快要被这个沉闷停滞的家庭逼疯了。春泱才四个月，海红就跑到云南出差。她开始与落魄文人陈青铜暧昧交往，到他的家中一整天地谈书、看录像、聊天，肩并肩骑车去参加新书发布会，在东四北大街一家小店吃卤煮火烧。下岗的海红为写书挣钱，应出版社之约参加"走过黄河"的活动。她甚至还有一次出轨行为，当然也只到床上匆忙的动作为止。她有几个文艺饭局，但总担心回家晚的话道良会黑脸。对年轻妻子的文艺活动，道良刻薄讥讽是"男盗女娼"。因过度紧张压抑，海红担心自己得了抑郁症，她看过专家门诊，又去中医院挂号拿药，没完没了地熬药吃药。像《一个人的战争》一样，林白总喜欢把主人公压抑封闭的悲剧归因于儿童少年时代缺乏母爱，对母亲的怨恨屡屡出现在作品中，被当作推进深化小说叙述的手段，当然经常这样也让人感觉重复和乏味。

"海红动不动就想逃离家庭。"这是小说"下部"的第一句话。它像一面镜子，映照出十多年前海红从南宁来北京的林林总总，也让我们看到道良1963年以来的生活往事，大学年代他也曾是有为的青年，中年时期风华正茂事业有成；此外还有海红去丈夫湖北老家的见闻，包括她去武汉一家杂志重新就职的点点滴滴。她在日记中对道良说："生活太沉闷了。"他们决定到民政局办离婚手续。"离婚申请书上有一栏是离婚原因，工作人员填上了'感情破裂'。海红说，不是感情破裂，我们感情没有破裂，而是生活理念不同。道良对此颇感动。"回望十多年前，海红就是带着简单的行囊，孤自一人千里迢迢到北京投奔道良。多年之后，又是她一人离开道良去武汉谋生求职，重新开始浪迹天涯的生活。在轰隆隆开往南方的火车上，想起这些昔日往事，目睹完全破灭的理想世界，海红真想扑在卧铺床上大哭一场，把五脏六腑都哭出来。

但对林白来说，《北去来辞》毕竟是《一个人的战争》之后一个更高的艺术台阶。对海红来说,她已从三十岁的女人变成将近五十岁的女人,经历了这么多事,走过那么多沟沟坎坎,心理毕竟渐趋成熟。对爱情婚姻,对道良,她都有了上了一个台阶的全新见解。而相对1980年代来说,在1990年代生活过的人们,就像经历了人生的六番轮回。这是人生的大幻梦。林白正是在这里让我们重新认识了她。她不愧是眼光独具,富有自我突破创新能力,且像海红一样不停追求并境界逐渐阔大的一流作家。小说就这样把我们带到了全篇的动人一幕。一日,离婚不离家的海红从武汉乘车回北京,忽然在夜里窗外灯光一闪一灭的情景中,发现一个体型姿态颇像道良的老人,一人正摸黑晃晃荡荡地上卧铺厕所。海红这是与离家出走三个月后的前夫再次相遇了。

也许他早就想离家出走了。多年来,出于责任他才熬到今天。
……
在海红返回自己铺位的途中,借着脚灯的亮光看见了史道良。道良,她的生活伴侣,她在这里见到了他。

惊悚之中的海红胡乱地想到,道良七十多岁时出走,还患有严重的糖尿病,人海茫茫,不知道有谁来管他、照顾他。一刹那间她却相信,他们虽不再是夫妻,但道良仍是她在人世间至亲的亲人。然而不知何故,她和道良在擦身而过的一瞬间竟没有相认,在委屈、温馨与痛苦中她又感到这是一种解脱:

> 见到道良,海红心里闪过一句话:走了也好,这个世界已经不是他的世界。随即被自己的硬心肠惊了一下。走了也好啊,她还是这样想。

四、追忆与复现

"追忆"是这两部长篇小说一台最重要的引擎,而"出走"是主人公的叙述手段。"追忆"推动故事发展,而"出走"则配合"追忆"主题贯穿两部作品——这就是读者所熟知的一种林白式的充满感伤和自怨自艾的旋律。或说这也是法国作家杜拉斯小说《情人》那种因时间距离而恍若隔世的格调。宇文所安的《追忆》一书告诉我们，杜甫的短诗《江南逢李龟年》记述了安史之乱后，他和好友兼著名宫廷乐师李龟年双双失去安乐繁华，半生陷入流离颠沛的故事。一日，杜甫看到已入暮年的这位乐师，正在江南某宴会上为人演唱。"杜甫'认出了'李龟年，从李龟年的眼中看出了自己目前的境况"，禁不住"掩泣罢酒"。宇文所安于是评论说："过去成了一种看不见摸不着的东西，成了必须竭诚追求的渴慕对象；它经过改头换面才保存下来，失去了过去，使人感到悲哀。"他进一步令人吃惊地发现："中国古典文学就给人以这样的承诺：优秀的作家借助于它，能够身垂不朽。""它不但能使作家名垂千古，也能让作家内在的东西流传不衰，因此，后世的人读了他的作品，有可能真正了解他这个人。""中国古典文学渗透了对不朽的期望，它们成了它的核心主题之一。"然而更耐人寻味的是，通过作家追忆自己生活的叙述手法，"古典文学常常从自身复制出自身"，"拿前人的行为和作品来印证今日的复现"。① 林白也不止一次说到"追忆"对她创作的重要性："在我的写作中，回望是一个基本的姿势。""个人记忆不是一种还原性的记忆的真实，而是一种姿势，是一种以个人记忆为材料所获得的想象力。"所以，"如果我要写现在，我常常喜欢把自己放在未来的时间中，眼前的一切变成过去"。②

《一个人的战争》叙述了多米1988年前后的故事，《北去来辞》写海红1982年大学毕业到南宁，1990年代初嫁往北京的经历。两部小

---

① ［美］宇文所安：《追忆——中国古典文学中的往事再现》，郑学勤译，生活·读书·新知三联书店，2004年，第4—6、16、1页。
② 林白：《自述》，《小说评论》2002年第5期。在这篇文章中，作者说孤独和怀疑一切人是从她童年至今精神生活的主要特征。她说自己三岁丧父，母亲常年不在家。七岁开始独自生活，经历过很多次的饥饿和失学。"面对现实，我是一个脆弱的人，不击自破，不战亦败。对这样的一个人来说，写作不是一种选择，而是一种宿命。"在两部长篇，也包括她的其他一些中短篇小说中，这种讲述自己童年和成长危机的描写，都给人留下极深的印象。

说发表与各自故事的发生之间,分别有六年和十多年的时间距离。林白以追述的方式,回望她三十年来人生道路的林林总总,这些追忆通过多米和海红生活的细节在读者面前——展现。"它不但能使作家名垂千古,也能让作家内在的东西流传不衰。""后世的人读了他的作品,有可能真正了解他这个人"。于是我们可以说,林白讲述多米、海红的人生遭遇,与杜甫再遇老友李龟年而抒发感慨之间,虽然相差一千多年,但其实是同一种东西。安史之乱与20世纪八九十年代的社会转型,都是历史大架构中的"世事之变",多米、海红、李龟年等人物在其中只能随波逐流,勉强应对。实际上,他们个人无意义的挣扎,更易引发有识读者心灵上的同情。作为追忆自己往事的叙述者,林白和杜甫也许并没有想如何使这些自己"内在的东西"变得不朽。古今中外优秀的作家,总是沉浸在自己笔下人物的悲痛之中而无力救出他们,他们对历史情不自禁的追忆由此达到了惊人的深度。"在所有伟大诗歌的背后,在每一位曾经为伟大诗歌所感动的读者的背后,站着伊翁之神,是他使我们浑身颤动,淌下眼泪。"①

多米和海红竟未想到,她们莽莽撞撞的闯荡就在20世纪八九十年代这个伟大混乱的历史当中。她们天真地把"出走"看作那代人摆脱旧历史和重塑自己的理所当然的行为,认为这是对现代化启动的"社会文化变迁"的最勇敢的响应。她们无意识地在模仿古典文学作品的"从自身复制出自身",同时帮助读者复现已消失在历史尘埃之中犹如安阳殷墟断简残篇的"八九十年代"。这才是促人突然"淌下眼泪"的真正原因。海红对自己说,"要追求的东西有一大把——自我、自由、爱情",因此"离婚的念头此起彼伏"。及至她离开道良独自去武汉,才发现固执难缠的道良平日里的种种好处:爱她,纵容她的种种怪脾气,为女儿的教育殚精竭虑。他愤愤然孤立在历史潮流之外,却坚持着士大夫的自傲和清高,不与这浊世同流合污。那是一个年迈

---

① [美]宇文所安:《追忆——中国古典文学中的往事再现》,郑学勤译,生活·读书·新知三联书店,2007年,第115页。

的读书人最后的气节。离婚前夕,担心海红晚上失眠,道良早出晚归地跑爱家、宜家,六里桥、十里河和四惠的家具卖场,特别替她买了一张单人木床。从《北去来辞》下部的第240页开始,海红便经常自然而然地想到道良,从他1963年上大学到随他回湖北老家的朝朝夕夕、点点滴滴,成为第240—416页的主要内容。她常常从武汉回北京,火车夕发朝至,在车上睡上一夜,第二天七八点钟就到了。海红拎起简单的行李,乘上出租车,朝日初升,又赶上上班高峰堵车,但她一点不着急。"虽然已经离婚,但这里还是家。"一进门,银禾给她热牛奶,早饭依旧是四分之一个馒头,半碗牛奶,一个鸡蛋。吃完洗漱后,看道良为她留存的报纸杂志。"中午吃粥,菜呢,一个时令青菜,另一个,瘦肉炒土豆,或雪里蕻肉末,或莴笋炒肉片。有时候会煮一只咸鸭蛋三个人分食,或者来一块酱豆腐。菜总是吃不完,银禾把剩菜拨到一个碟子里,留到晚上自己吃。"生活一如既往是热气蒸腾的,家里像是没发生任何变故,海红感到内心对道良的怨恨在一点点地淡化、模糊。离婚不离家的二人生活,还使她对他产生了一种难以抑制的依赖。

  海红曾经设想,有一天,当道良离开这个世界,家里只剩下她一个人,那她是何等地解放,何等地自由!她将彻夜不归,将与某一个人,两情相悦,将把新的朋友请到家里。她要买一套漂亮的茶具,买一方大大的原木板作为茶台,白瓷的杯子、浅绿的茶汤,室内清气缭绕,朋友们坐在木墩上……

  但现在,她已不需要这些了……

  道良走后一个多月,有一天她从外面回家,没有了道良的一阵孤独感忽然袭来。在《一个人的战争》快结束时,多米也忆起十年前漫游大西南的经历,想到梅琚家里那面镜子,这里有她的懊悔和隐痛。多米想,我跟她一样,原来也是被社会所不容的人。但读者不愿跟着海红、多米略显矫情地继续走,他们心硬地想,与孤身飘零的李龟年相比,她们毕竟还有宋和道良。

  在两部小说中,追忆意味着多米、海红对自己十多年人生经历的追忆，同时也意味着通过宋和道良这面镜子检点自己的不是。追忆不单针对别人，它也可以理解成借助别人来清理自己的来路。追忆因为放进了别人的因素才变得丰富了起来，也正是在这个意义上，才能说它是"从自身复制出自身"。人们正是从中看出了"复现"对于"今天"的意义。三十多年后，当耳畔再次响起三毛《橄榄树》熟悉的"不要问我从哪里来，我的故乡在远方"的旋律时，我们察觉不能再像以前那样粗糙地理解它的含义了。从生活到小说，虽然每个人记忆中的"八九十年代"再不可能是原先的样子，但小说艺术对现实生活出色的复现，却大大提高了小说对生活的概括能力。《一个人的战争》只是林白小说粗糙的实验，但被人拔高成1990年代文化的标杆；《北去来辞》才使她深谙了复现的艺术，她知道仅仅暴露自我并不是小说最终的目的。前者叙述放肆大胆但并不在意多米内心的刻画，它照顾起作品来也经常力不从心；后者步步经营，稳扎稳打，耐心挖掘多重线索并力掌全局，尤其是对海红开始有了反省，也让道良的性格得以全面从容地展开。《北去来辞》最大的特色，就是作者对人性拥有了充分的认识。它对道良的谅解，平添出作品动人的光晕。这使人们看到，从三十岁的多米到五十岁的海红，她们盲目而勇敢地走过的正是伟大而混乱的"八九十年代"，她们年轻大胆的自我探索虽然换来的是一塌糊涂的生活境况，然而是值得的，因为她们遭逢的恰恰是中国社会长期停滞后的一段非常难得的"个人上升"时期，人们身上难抑的理想激情堪与文艺复兴时期相提并论。这种东西，短时间内可能再不会有，人们再等到它们来临时，也许已是几十年、上百年以后的事情。

林白小说的自我重复率很高，《一个人的战争》同《北去来辞》从主题、题材、结构、人物故事到语言叙述都是如此。宇文所安的复现理论对此有新的解释："作家们复现他们自己。他们在心里反复进行同样的运动，一遍又一遍地讲述同样的故事。他们用于掩饰他们的复现，使其有所变化的智巧，使我们了解到他们是多么强烈地渴望能够摆脱重复，能够找到某种完整地结束这个故事、得到某些新东西的途径。然而,一旦我们在新故事的表面之下发现老故事又出现了的时候,我们就认识到,这里有某种他们无法舍弃的东西,某个他们既不能解决也不能忘却的问题。"这种创作陷阱,所有作家都在所难免。不过,宇文另辟蹊径地指出:"我们由此可以得出结论说,看一个作家是否伟大,在某种程度上要以这样的对抗力来衡量,这种对抗就是上面所说的那种想要逃脱以得到某种新东西的抗争,同那种死死缠住作家不放、想要复现的冲动之间的对抗。"① 小说作者的很多"自述""访谈"都给我颇为深刻的印象。② 我想说,林白为自己,为多米和海红几乎花费了半生的岁月。这里面一定有某种她无法舍弃的东西,某个她不能忘却的问题,但这里头有幸运,有命运,有其他。

2014 年 6 月 28 日于亚运村
2014 年 7 月 11 日酷热中再改

---

① [美]宇文所安:《追忆——中国古典文学中的往事再现》,郑学勤译,生活·读书·新知三联书店,2004 年,第 114 页。
② 参见林白《自述》(《小说评论》2002 年第 5 期》),叶立文、林白《虚构的记忆》(《小说评论》2002 年第 5 期)等文章。

《尘埃落定》与寻根文学思潮

阿来首部长篇小说《尘埃落定》出版于 1998 年，这是新历史小说风起云涌的时候，所以许多人把它当新历史小说来看，比如郜元宝称，这是"80 年代末直到时下一直盛演不衰的'新历史小说'，属于这个潮流中'重述现代史'的分支"，"《尘埃落定》绕开以汉人为主体的现代中国史，关注边缘地域——汉族世俗政治中心与西藏高原神权中心皆鞭长莫及的川藏交界，讲述生活在这里的'黑头藏民'及其末代统治者'土司'们的传奇故事。要说它有什么特点，也就在这里"。① 另有论者认为，翁波意西喇嘛"最后成为土司历史破败的见证者，这位跟随在'傻子'身边的'书记官'，常以预言般的智慧，点明历史，启悟世人。他有一句话几乎成了阿来创作这部作品的最基本动机：'历史就是从昨天知道今天和明天的学问。'"②"说到历史大势，《三国演义》早就诠释了'分久必合，合久必分'的古代历史兴亡感慨"，当然，它"是在更加蕴藉深沉的寓言故事意义上"，"这个傻瓜对于包括土司制度在内的一切旧制度及自我的毁灭命运，都有清醒的觉察或洞见，从而传达了一种历史智者清醒的现代革命历史的反思意识"。③

笔者在考察中发现，《尘埃落定》虽写于 1994 年，但收集素材和构思创作用了十年时间，而作者最早起意是在 1985 年，那时候还没有新历史小说，我们怎么能不摸材料，就断定它是新历史小说了呢？

---

① 郜元宝：《不够破碎——读阿来短篇近作想到的》，《文艺争鸣》2008 年第 2 期。
② 陈美兰：《〈尘埃落定〉：在"陌生化"场景中诠释历史》，《语文教学与研究》2008 年第 10 期。
③ 王一川：《旋风中的升降——〈尘埃落定〉发表 15 周年及其经典化》，《当代文坛》2013 年第 5 期。

一、创作《尘埃落定》的缘起

阿来曾说:"写作《尘埃落定》时,我在民间文学中得到了许多启示。民间文学中有许多质朴、直接、大气的东西。"①这番话酷似韩少功1985年催生"寻根文学"时的豪迈声音:"我以前常常想一个问题:绚丽的楚文化到哪里去了?"②两人都强调民间文学能纠正当代文学的畸形发展,韩少功倡导在前,阿来则紧步后尘踏上了寻根之路。

有两份材料能进一步坐实阿来与寻根思潮的渊源关系。其一,阿来2009年在渤海大学"小说家讲坛"上称:"就我自己来说,从20世纪80年代开始的写作,那时正是汉语小说的写作掀起了文化寻根热潮的时期。作为一个初试啼声的文学青年,行步未稳之时,很容易就被裹挟到这样一个潮流中去了。"③其二,一直追踪阿来创作道路的藏族文学研究者丹珍草认为,无论刚起步的创作还是后来的创作,都与文化寻根有撕扯不清的关系,"青年阿来以写诗的方式,进入并参与了族群文化寻根的行列","文化寻根意识渗透在他几乎所有的作品中,具体表现为对嘉绒大地不间断地漫游和深情描绘,以及在文学创作中与族群血脉的历史文化根脉的贴近或'对接'"。④ 丹珍草得出结论说,阿来三十多年的文学创作,都可以划入广义寻根文学的范围。丹珍草的说法很有道理。表面上看,"寻根思潮"在1985年之后一两年基本落幕,但它的涓涓细流,一直在一些作家的创作中时隐时现地流淌,直到今天都很难说它已经干涸,比如莫言、贾平凹、张承志和王安忆等人身上仍有它的印记。深切镌刻着他们的生活痕迹的"地域小

---

① 阿来:《〈尘埃落定〉创作谈》,《芳草》2015年第11期。
② 韩少功:《文学的"根"》,《作家》1985年第4期。
③ 阿来:《我只感到世界扑面而来——在渤海大学"小说家讲坛"上的讲演》,《当代作家评论》2009年第1期。
④ 丹珍草:《"群山,或者关于我自己的颂辞"——评〈阿来的诗〉》,陈思广主编:《阿来研究》(第六辑),四川大学出版社,2017年,第16页。

说",不就是当年的"寻根小说"？只是这些地域小说的传统文化内涵远比当年的寻根小说深厚博大罢了。在阿来身上,可能正发展着一部"广义的文学寻根思潮史"。①

但是,阿来这部小说的创作战线为何拉得这么长呢(1985年起意,1994年完成,1998年出版,有十三年之久)？作者的解释是,文学创作的目的不是阐释一种文化,而是帮助建设和丰富一种文化。这话听起来很费解。理解它,不能拿莫言、贾平凹、张承志和王安忆来比较,而应拿与阿来有某种相似性的扎西达娃来比较。徐新建认为,将阿来与扎西达娃的异同性进行比较,能解释阿来为什么会写一部迟来的"寻根小说":"不能不提及扎西达娃。后者虽然也具有类似的'肉体与精神的双重混血性',但在汉、藏两种维度中,却显得似乎要倾向于'藏'而不是'汉'多些。或许这与两人的地域背景有关。扎西达娃由渝进藏,在藏域中心拉萨如鱼得水,融入了本土的'主体民族'之中;而尽管同为藏族,身处四川阿坝的阿来,却甚至不能被纳入以行政区划为界的'西藏文学'范围,只能被列在'四川少数民族文学'之内(这也许便是其最近调入蓉城的原因之一)。"②阿来比较认可徐新建这种说法:"我的困境就是用汉语来写汉语尚未获得经验来表达的青藏高原的藏人的生活。汉语写过异域生活,比如唐诗里的边塞诗,'西出阳关无故人'……这样零星的经验并不足以让我这样的非汉语作家在汉语写作中建立起足以支持漫长写作生涯的充分自信。……从八十年代中到九十年代初,应该说,我就这样左右彷徨徘徊了差不多十年时间。最后,是大量的阅读帮助我解决了问题。"③阿来没像扎西达

---

① 狭义的寻根文学思潮,1986年差不多就已结束。但对阿来,也包括贾平凹、莫言、王安忆、张承志等地域小说家来说,实际上远没结束,他们后来的创作,实际在丰富和扩展着寻根文学的内涵。如此看,寻根运动虽然已经结束,但作家的寻根文学创作一直还在发展。

② 徐新建:《权力、族别、时间:小说虚构中的历史与文化——阿来和他的〈尘埃落定〉》,《西南民族学院学报(哲学社会科学版)》1999年第4期。

③ 阿来:《我只感到世界扑面而来——在渤海大学"小说家讲坛"上的讲演》,《当代作家评论》2009年第1期。

娃通过进藏获得藏族作家身份,而是夹在藏族和四川少数民族之间很长一段时间。问题不在于用汉语来写青藏高原的藏人生活,而是他究竟应该怎样调整看青藏高原藏人生活的思维和视角。这能进一步解释,为什么阿来没像大多数寻根作家那样,"寻根思潮起义"一起,马上就投入寻根小说的创作,而是潜下心为这部长篇做阅读和素材的准备。丹珍草说,阿来的创作习惯不是要为哪个突如其来的文学思潮献礼,而是要"对嘉绒大地不间断地漫游和深情描绘"。① 他是一个要真正明白后,才会动手去创作的作家。这就使他失去了成为文学思潮弄潮儿的机会。错失思潮,还会影响作品的出版。在回答《南方周末》记者提出的为什么作品在完成三四年后才出版的问题时,阿来说:

> 当时难出就三个理由。第一,文学界说创新创新,其实我们的创新力是弱的。当出现一个稍微有点与别的写法不一样的作品时,他们没把握。第二个……源于……少数民族本身。……《尘埃落定》就是这样。……20世纪90年代市场化刚刚开始,出版机构说你写这个是纯文学,现在老百姓不读纯文学的书了。②

那么究竟是什么原因,致使阿来还是交上了这份寻根文学的答卷?

阿来藏语名字叫科奇阿里(音译),1959年7月29日出生于四川省马尔康县马唐村一个贫苦农户家庭,母亲是当地藏族,父亲是回族。父亲原是解放军战士,后复员定居当地。母亲是虔诚的佛教徒,亲戚中有喇嘛。阿来是老大,下有五个妹妹和两个弟弟。这个村庄藏语叫卡尔库,意为"峡谷深处",十几户人家,两百多人口。阿来跟母亲说藏语,跟父亲说汉语。藏语是母语,汉语是"第二母语"。1966年阿来

---

① 丹珍草:《群山,或者关于我自己的颂辞——评〈阿来的诗〉》,陈思广主编:《阿来研究》(第六辑),四川大学出版社,2017年,第16页。
② 朱又可、阿来:《疯狂的虫草,疯狂的松茸和疯狂的岷江柏——专访作家阿来》,《南方周末》2016年12月23日。

上小学,此后直到师范学校毕业,都在接受汉语教育,所以他在村子里讲藏语,在学校讲汉语。1973年阿来读初中,学校在七八十公里之外的城里,几个月才能返家一次,往返都是山路,小孩子得走两天,一路还要采集药草,赚取学费。1980年他从马尔康师范毕业,先在一所偏僻小学教书,次年调入一所中学,边教书边阅读和写诗。1985年辞职,到阿坝州文化局编《新草地》杂志;1997年,调成都《科幻世界》杂志任总编辑。① 由此可见,阿来三十八岁前都是本地藏民,在藏区马尔康和阿坝州生活。

阿来接受的是汉语教育,他会讲藏语,但写作还得依赖汉语,可他又不知道怎么用汉语去写藏人的生活。

他曾对陈晓明说,为解决这一难题,在写《尘埃落定》之前,自己一直做藏族民族志的田野调查,为写藏区生活准备资料。

> 我们那些地方,政教合一是通过满清册封土司来实现的,其实不止是藏族的这部分地区,明清时代整个西南少数民族地区都实行我们这种羁縻豪强的制度。我遇到了一个与文学有关的问题:我掌握的材料和汉区不一样,汉区文化很发达,每一个地方都有县治、家谱等文字材料;而当我做地方史研究时,我没有详实的史料,我都是考证出来的,一个家族、一个村庄就是一大堆似是而非的口传材料,而这些口传材料的文学性非常强,每一个故事都经过了不断的加工,我有一个强烈感觉,我遇到的所有东西都在一个平面上。民间故事有这么一种魔力:一百年前的事情被他们讲述出来就像刚发生的……②

由一个家族到一个村庄,阿来的田野调查最后探触到了土司制度

---

① [日]山口守:《作为离散的母语——阿来的汉语文学》,陈思广主编:《阿来研究》(第一辑),四川大学出版社,2014年,第148—149页。
② 华中科技大学中国当代写作研究中心编:《秘闻与想象——2015年春讲·阿来陈晓明卷》,长江文艺出版社,2016年,第191页。

这个文化之根。他对《南方周末》记者说：

> 我有七八年时间没写作,就到处走走。阿坝那个地方几万平方公里,乡一级的建制,三四年时间我跑遍了。口传的故事也好,地方性史料也好,都指向当地的土司制度。土司到底是什么,要把所有材料弄懂。突然发现这不是个简单的事情,而是学问,是进入了一个学术领域,当时中国学术界对这些领域虽有一些研究,但不够全面深入,那么,自己就先来做类似于学者的基础性工作。①

有些寻根作家一拍脑袋就能出作品,"寻根"对他们来说就是虚幻的观念;而对于阿来而言,这涉及要刨根问底的民族史,他就像一个地质队员,要在荒山野岭里折腾许多年才找到矿石。

二、因何要写《尘埃落定》

如此看,《尘埃落定》是小说,更是阿来要寻找的民族的根。但是,他又不能像扎西达娃那样跑到拉萨就把问题解决了,他是慢热的、深思熟虑的作家。他不想把自己这一生轻率地交给"寻根""先锋"这样一些一阵风似的文学思潮。在汉藏杂居的嘉绒地区长到这么大,"我是谁"的问题其实一直在折磨着他。

刚上小学,阿来听不懂老师在讲什么,惶惑到三年级,他突然明白了老师说的汉话。而且十五岁之前,他从未离开过这个远古化石般的藏族村落:

> 直到有一天,一支神奇的地质勘探队进入了村庄,一幅航拍

---

① 朱又可、阿来:《疯狂的虫草,疯狂的松茸和疯狂的岷江柏——专访作家阿来》,《南方周末》2016年12月23日。

的黑白照片从此改变了阿来的"世界观"……①

地质队员对孩子说,来,找找你的村子。我没有找到。不止是没有我的村子,这张航拍图上没有任何一个村子。……他们指给我一道山的皱褶,说,你的村子在这里。……村子里的人以为只有神可以从天上往下界看。但现在,我看到了一张人从天上看的图像。这个图景里没有人,也没有村子。只有山,连绵不绝的山。现在想来,这张照片甚至改变了我的世界观。或者说,从此改变了我思想的走向。从此知道,不止是神才能从高处俯瞰人间。②

阿来的苦恼,不光是"一个藏族人就注定要在两种语言之间流浪"③,他感觉很多评论家并不理解他。他们分配给他这样那样的身份标签,把他不愿意戴的帽冠都戴到他头上。在北京召开的一次会议上,有人说,这是一部具有独创性的藏族文学作品,"藏族人写的藏族人的故事","真正体现了藏族美学和心理学特色"。④阿来的内心或许感到委屈,可他的面容却是笑着的。他对孙小宁说,异族人过的也不是另类人生,大家尽管生活的地域不同,可还不都是中国人?他选择把异族或异域当作题材,并不是要戴上藏族作家的帽子,"我只是想了解,像我这样夹杂在汉藏地区之间的藏人是从哪里来的嘛"。⑤

最了解阿来内心想法的,是西藏民族大学的教师徐新建。徐新建不同凡响地指出,大部分寻根作家是汉族,用汉语写汉族生活,虽标榜是"寻根",仍然是"我手写我心";阿来的"藏族生活经历"却要与"汉语"打架。那些最先寻根的作家玩一阵就罢了,可阿来发誓献身于此,

---

① 王妍:《追寻大地的阶梯——阿来论》,陈思广主编:《阿来研究》(第一辑),四川大学出版社,2014年,第75页。
② 阿来:《有关〈空山〉的三个问题》,《扬子江评论》2009年第2期。
③ 阿来:《穿行于异质文化之间》,《中国文化报》2001年5月10日。
④ 参见《小说选刊》1998年第7期。
⑤ 阿来、孙小宁:《历史深处的人生表达》,《中国文化报》1998年3月31日。

他就要克服"出生混血性""汉藏身份""双族别写作""误解与辩解"等障碍,要和北京那种研讨会争辩和斗争,这样他才能把自己的独特性,完整地放到中国当代文学的视野中去。而这就是写《尘埃落定》的真实的动机。①

阿来的家乡嘉绒,在地理上与藏区的中心西藏是有天壤之别的。

王妍说,俗称"四土"的马尔康县,实际是"大渡河上游的嘉绒藏族地区"。②

廖全京说:"嘉绒藏族所在的四川阿坝藏族自治州的六个县区,在解放初期,因山岭阻隔,交通不便,'专员两年没见过县长,大小金茂县开会要走十几天。大金雪梨运不出去只好喂猪'。"③

日本学者山口守说,嘉绒按行政区划隶属四川西北部与青海及甘肃接壤的阿坝。"坐落在海拔2100—5300米的高山地带","约5万人口中藏族(严格地说是叫做嘉绒的藏族分支)占了75%,其余的为羌族、回族、汉族等各个民族"。位于青藏高原边缘的这片土地,全年的气温最低为1月份的零下0.6度,最高为7月份的16.1度,是高原特有的寒冷气候,农林业为主要产业。它传统上属于东部藏区的边缘,从拉萨那样的藏区中心来看,不妨称之为边缘藏区。他强调,阿来的出生地阿坝的地理位置非常奇怪,"从西藏中心来看乃是边境,从汉族社会中心来看亦是边境。不管站在哪一边,从中心望去那里都位于边缘"。④

丁增武认为,这个在地理位置上有些特点的地方,是阿来身份尴尬的根源:

---

① 徐新建:《权力、族别、时间:小说虚构中的历史与文化——阿来和他的〈尘埃落定〉》,《西南民族学院学报(哲学社会科学版)》1999年第4期。
② 王妍:《追寻大地的阶梯——阿来论》,陈思广主编:《阿来研究》(第一辑),四川大学出版社,2014年,第73页。
③ 廖全京:《绿色的家园感——四川青年作家创作现象研究》,四川文艺出版社,1993年,第112—140页。
④ [日]山口守:《作为离散的母语——阿来的汉语文学》,陈思广主编:《阿来研究》(第一辑),四川大学出版社,2014年,第154—155页。

嘉绒文化属于正统藏文化的分支,是正统藏文化面向四川盆地时与汉文化碰撞的产物。……但必须说明的是,嘉绒文化形成于青藏高原与四川盆地的夹缝区,以藏传佛教为源但汉化程度颇重。阿来本人的文化身份很好地说明了这一点,他没有像扎西达娃那样成年后再入藏文化的中心拉萨从而形成自己的藏文化中心观。阿来长期工作生活在这文化夹缝区,他的文化身份是比较尴尬的。①

阿来对自己的尴尬处境也挺敏感。在一次四川大学的报告会上,"有人带着犹豫的口吻问道:'阿来是你的真实姓名吗？或者只是你起的一个笔名？'阿来回答说:'阿来就是我的名字。'接着解释说与'你们汉族'不一样,'我们藏族'没有张王赵李这类的姓氏,如果要加,就会有很大一串……"临时凑到一块的听众不会替阿来着想,作家这番解释,听起来则饶舌、晦涩,可他愿意让前者相信:"汉藏文化有许多各自不同的特点。'我'用汉文写作,可汉文却不是'我'的母语,而是'我'的外语。不过当'我'使用汉文时,却能比一些汉族作家更能感受到汉文中的美……"②徐新建抓住阿来这种"夹缝区身份",分析他的尴尬状态不仅没影响其创作,反倒是成就他艺术独特性的深层原因。"误解和辩解"在《尘埃落定》生成过程中产生的冲撞和舆论张力,使阿来不致被另一个藏族作家扎西达娃所淹没,并在纯属汉族的寻根认知视野中脱颖而出:

> 随着争论的展开,阿来和他的作品被夹在了两种对立的看法之间。一边将其视为具有特色的"藏族文学";另一边刚好相反。有意思的是,这另一边还有一种更尖锐的意见来自阿来的同族。

---

① 丁增武:《"消解"与"建构"之间的二律背反——重评全球化语境中阿来与扎西达娃的"西藏想象"》,《民族文学研究》2009年第4期。
② 徐新建:《权力、族别、时间:小说虚构中的历史与文化——阿来和他的〈尘埃落定〉》,《西南民族学院学报(哲学社会科学版)》1999年第4期。

德吉草认为阿来身栖汉藏两种文化的交界处，以汉文写作小说，属于"文化边缘的边缘人"，因此或多或少都带着那种"被他人在乎，自己已忘却的失语的尴尬"。这种所谓被忘却的失语，指的便是藏族自身的母语和文字。在这一点上，汉族评论者的看法可以说是"汉族本位"观。他们为阿来的汉语才能感到赞叹，说"一个藏族青年作家用汉语写作，把语言运用得这样清晰、明净、有光彩，实在难得"，或夸奖其"用汉语写作，表达出的却是浓浓的藏族人的意绪情味，亦给人以独特享受"；来自藏族评论的话语却对此有所保留，甚至感到一种遗憾……"属于一个作家'民族记忆的文字语言，始终是不需要中介的力量'"。……

…………

这样，夹在汉藏两种视角之间又同时混有不同血统的"我"就具有了真正的与众不同。一方面他可以在两种对立的历史—文化空间自由出入、居高临下，随意取舍或点评双方的优劣长短……

徐新建相信这就是阿来文化寻根的双重性。《尘埃落定》内含着的"双族别"身份和"双语言"能力，恰恰是寻根思潮消失十年后，仍得以将这个迟到的寻根作家收进这一文学史谱系的最大秘诀。①

三、《尘埃落定》的"双视角""双语言"

阿来身份的特殊性解决了小说主人公"我"的父亲是土司，母亲是被贩卖的汉族女子的"双视角"和"双语言"障碍。

小说开头，"我"躺在床上，就开始了对身世的"文化寻根"：他发现母亲浸泡在铜盆里的手是"白净修长"的，这是汉人之手。而外面是

---

① 徐新建：《权力、族别、时间：小说虚构中的历史与文化——阿来和他的〈尘埃落定〉》，《西南民族学院学报（哲学社会科学版）》1999年第4期。

厚厚的积雪。藏族侍女的嘴巴在小声嘀咕。这时母亲用汉语问"我":"这小蹄子她说什么?"①

这样,藏族作家阿来就摆脱了他在四川大学讲演时的尴尬,他创作的不单是"藏族文学",还是内地读者能够读懂,同时具有异域色彩和风情的藏族生活。在这里,母亲是汉族读者期待的视角;她带进小说的,是耳熟能详的四川汉语。

但在第 13 页后,阿来就把"汉族寻根"调整到了"藏族寻根"的叙述视角中。作者这次要启动藏族"内部寻根",他极力要展现异常耀眼绮丽的藏地风景,以及由历史地理独特性所孕育的土司社会森严阴沉的秩序:

> 我独自迎风站在高处,知道自己失去了成为麦其土司的微弱希望。头上的蓝天很高,很空洞,里面什么也没有。地上,也是一望无际开阔的绿色。南边是幽深的群山,北边是空旷的草原。到处都有人,都是拉雪巴土司和茸贡土司属下的饥民在原野上游荡……(217 页)

> 在我家东西三百六十里,南北四百一十里的地盘,三百多个寨子,两千多户的辖地上担任信差。科巴们的谚语说:火烧屁股是土司信上的鸡毛。官寨上召唤送信的锣声一响,哪怕你亲娘正在咽气你也得立马上路。

> 顺着河谷远望,就可以看到那些河谷和山间一个又一个寨子。他们依靠耕种和畜牧为生。每个寨子都有一个级别不同的头人。头人们统辖寨子,我们土司家再节制头人。……这是一个人数众多的阶层。……土司喜欢更多自由的百姓变成没有自由的家奴。家奴是牲口,可以任意买卖任意驱使。而且,要使自由人不断地变成奴隶那也十分简单,只要针对人类容易犯下的错误

---

① 阿来:《尘埃落定》,人民文学出版社,1998 年,第 1—2 页。本文中所有《尘埃落定》作品内容,均出自这个版本。

订立一些规矩就可以了。这比那些有经验的猎人设下的陷阱还要十拿九稳。(第13页)

中国地图左下方广袤无比的西藏,就像挂在中华文明巨大转轮上的一块神秘的飞地。那是天高地广的绮丽风光掩映下的古化石,是与灿烂早熟的儒家文明相对异趣的文明。阿来矢口否认《尘埃落定》是一部"藏族文学",是因为他知道小说有这两种文明的比较性视角;就像韩少功知道怎样把期待"文化寻根"的读者吸引到遥远神秘的湘西楚地一样,作者也急急地把我们带到了傻子与美丽侍女卓玛新鲜刺激的性激情当中,这年"我"十三岁,卓玛十八岁:

> 我对趴在床头上的侍女说:"卓玛我要你,卓玛。"……她又掐我一把,便光光地滑到我被子里来了。有一首歌是这样唱的:"罪过的姑娘呀,/水一样流到我怀里了。/什么样水中的鱼呀,/游到人梦中去了。/可不要惊动他们,/罪过的和尚和美丽的姑娘呀!"

女农奴把贞节献给奴隶主,在这封闭世界里,人们早已对这一古老风俗习以为常。

> 十八岁的桑吉卓玛把我抱在她的身子上面。
> 十三岁的我的身子里面什么东西火一样燃烧。
> 她说:"你进去吧,进去吧。"……她说:"你这个傻瓜,傻瓜。"然后,她的手握住我那里,叫我进去了。……到了早上卓玛红着脸对着母亲的耳朵说了句什么,土司太太看她儿子一眼,忍不住笑了。(第16—17页)

麦其寨子奴隶主和女奴隶的性生活,是《尘埃落定》里的一个神秘视角。在文学史平台上,这个视角毋庸置疑是直通1985年那场寻根文学运动的。韩少功明确告诉人们要寻找的文化之"根"是这些:"俚语、野史、传说、笑料、民歌、神怪故事、习惯风俗、性爱方式等等。"①郑万隆以自己的寻根作品现身说法:"在我的小说中,我竭力保持着这些有生命的感觉。"②在贾平凹的中篇小说《天狗》中,天狗师傅因打井身残,师娘招徒弟以夫养夫。作者们把这个"文化之根"珍惜地保护着。对从"寻根考古"现场挖掘出来的"文化之根",文学史家也都是欣赏认同的:贾平凹"对陕南山区自然和人文景观的描写,有意识地为人物的活动和心理特征,提供地域文化(民居、器具、仪式、谣谚)的背景",目的是"抵拒了宏大单一的主题的诱惑"③;"《爸爸爸》以一种富于想象力的魔幻现实主义手法,通过描写在湘山鄂水之间一个原始部落的历史变迁,把祭祀打冤、迷信掌故、乡规土语糅合在一起,刻画出了一幅具有象征色彩的民俗画"④;"文学寻根的提出,对传统的现实主义文学带有某种矫枉过正的动机"⑤。阿来的《尘埃落定》也可以定位在文学史电台的这个波段上。

王一川敏锐地把这视角确认为"跨族别写作","跨族别写作是一种跨越民族之间界限而寻求某种普遍性的写作方式",它是要跨越"无族别写作和族别写作"。⑥

某种意义上,阿来不仅把《尘埃落定》中的"汉族视角"介绍给了内地读者,他还愿意深耕"藏族视角",以这个迥异于内地汉族文学寻根的"半藏族身份",在内地读者的视野里牢固地建立神奇的藏族景观。我认为这是作品最吃重的部分,它事关嘉绒地区土司制度的兴起、发展和衰亡。作品从第24页开始的370多页篇幅,讲述的都是这方面的内容。

---

① 韩少功:《文学的"根"》,《作家》1985年第4期。
② 郑万隆:《我的根》,《上海文学》1985年第5期。
③ 洪子诚:《中国当代文学史》,北京大学出版社,1999年,第329页。
④ 陈思和:《中国当代文学史教程》,复旦大学出版社,1999年,第284页。
⑤ 孟繁华、程光炜:《中国当代文学发展史》,北京大学出版社,2011年,第297页。
⑥ 王一川:《旋风中的升降——〈尘埃落定〉发表15周年及其经典化》,《当代文坛》2013年第5期。

黄特派员来解决麦其土司与汪波土司的冲突,是描写土司制度兴衰的一个楔子。他带来的快枪和鸦片,成为麦其土司战胜汪波土司的主要秘诀。

> 第二天,战火就烧到了汪波土司的地盘上。
>
> 我们的人一下就冲过了山谷中作为两个土司辖地边界的溪流,钻到丛丛灌木林里去了。我们是在观看一场看不见人的战斗。只有清脆的枪声在分外晴朗的天空中回荡。汪波土司的人和昨天相比顽强了许多,今天他们是在为自己的家园战斗了。但我们的人还是凭借强大的火力步步向前。不多会儿,就攻到了一个寨子跟前。一座寨房燃起来了,大火冲天而起。有人像鸟一样从火中飞了出来,在空中又挨了一枪,脸朝下重重地落在地上。

(第30页)

汪波土司被抢走土地,落败而逃。这是现代武器对古老鸟铳的胜利。这是"现代"对"传统"的制服。恩格斯曾非常犀利地洞察过这一历史秘密:"1785年发明了走锭精纺机。大约在同一时期,阿克莱又发明了梳棉机和粗纺机","这些机器经过一些不大的改变,逐渐开始用来纺羊毛,以后(19世纪最初10年)又用来纺麻,于是在这里也排挤了手工劳动",而且,"所有这些机器由于有了蒸汽机发动,就加倍重要了,蒸汽机是詹姆斯·瓦特1764年发明的,从1785年起用来发动纺纱机","由于这些发明(这些发明后来年年都有改进),机器劳动在英国工业的各主要部门战胜了手工劳动,从那时起,英国工业的全部历史所讲述的,只是手工业者如何被机器驱逐出一个个阵地"。①

黄特派员来自发达的汉族经济社会,他带来的现代武器帮麦其驱逐了汪波土司,侵占了后者大片土地。但经济社会是贪婪无度的社会,黄特派员同时也带来鸦片种子,这是轰毁数百年的土司制度的最

---

① [德]恩格斯:《英国工人阶级状况》,《马克思恩格斯选集》第1卷,人民出版社,2012年,第92页。

重要的导火索。鸦片可以让土司迅速致富,换来大量银子;土司们将种粮食的土地都变成鸦片田,但粮食市场一旦出现大幅波动,这片古老土地、土司制度的全部历史,也将随之分崩离析。

> 我们决定扩展银库。……家丁们也从碉房里给叫了出来,土司下令把地牢里的犯人再集中一下,腾出地方来放即将到手的大量银子。(第99页)

结果,就在大粮荒面前,几乎把土地全部用于种植鸦片的拉雪巴土司和茸贡女土司的统治基础发生了猛烈的动摇。

> 每天,我都登上望楼,等探子回来。……到处都有人,都是拉雪巴土司和茸贡土司属下的饥民在原野上游荡。……在这堡垒似的粮仓周围游荡,实在支持不住了,便走到河边,喝一肚子水,再回来鬼魂一样继续游荡。(第217页)

与其说是诅咒者翁波意西在宣布土司制度的破产,或是两位刺客要结束这数百年的历史,还不如说从发达经济社会输入的鸦片毒药才是这一制度最无情的葬送者。我们应该感谢阿来,正是阿来笔下傻子的讲述,让内地读者跟着黄特派员走进了"藏族的历史",进入内部,目睹了它最后衰亡的全过程。这是作家阿来所着意深耕的"藏族视角"。

正如徐新建所言,"双重视角"和"双重语言"的矛盾产生的阅读张力,带来了阿来《尘埃落定》创作的成功。"由于地域和族别的特殊性,自八十年代投笔进入汉语写作圈以来,阿来可以说一直处在某种内外交加的矛盾之中。"由此,夹在汉藏两种视角之间、混有不同血统的"我"就具有了独特性。"他可以在两种对立的历史—文化空间自由出入、居高临下,随意取舍或评点双方的优劣长短。"比如,"阿来借傻子'我'的双重视角,在对'嘉尔波'这种王者自称加以特别注解的同时又对麦其土司'以领地为国家'进行嘲讽就不是无足轻重的随意之举"。他说:"在我看来,与其他类似的许多中国当代少数民族作家一样,阿来及其所创作的文学作品,与其叫作'跨族别写作'不如称为'双族别文学'(或双族性文学)倒还更为合适。"①

四、傻子与寻根文学的"聋哑智障谱系"

自寻根文学以来,聋哑残疾人、智障者形象充斥读者视野,如韩少功《爸爸爸》的丙崽、莫言《透明的红萝卜》的黑孩、王安忆《小鲍庄》的捞渣、贾平凹《人极》的光子等,以悲剧英雄为中心的传统文学人物长廊,似乎要一夜间易帜。黄子平夸赞《小鲍庄》这种"拟神话"的写作,"捞渣的死成了两套符码的相切点:'仁义'和'礼貌月'叠合在一起。符码的转换在作品里以捞渣的迁坟,构建了空间性的象征物的转换。"②刘再复称:丙崽是"一个浑浑噩噩、总是长大不的小老头","见人不分男女老幼,亲切地喊一声'爸爸爸'",他身上显现的,是"一种畸形的、病态的思维方式"。③季红真将莫言笔下的"黑孩"这类表现"自我的双重压抑,对个体心性的扭曲"的人物,视为"民族民间神话"类型,认为这是受到弗洛伊德精神分析学和拉美魔幻现实主义文学的影响。④

阿来沿着寻根前辈的足迹,也在分享拉美魔幻现实主义的创作资源。他在《我只感到世界扑面而来》中说:"在我来说,在拉美大地上重温拉美文学,就是重温自己的80年代。"像阿斯图里亚斯、马尔克斯、卡彭铁尔、聂鲁达等人,他们"在本大陆印第安人编年史家这个位置上找

---

① 徐新建:《权力、族别、时间:小说虚构中的历史与文化——阿来和他的〈尘埃落定〉》,《西南民族学院学报(哲学社会科学版)》1999年第4期。
② 黄子平:《语言洪水中的坝与碑——重读中篇小说〈小鲍庄〉》,《北京文学》1989年第7期。
③ 刘再复:《论丙崽》,《光明日报》1988年11月4日。
④ 季红真:《现代人的民族民间神话——莫言散论之二》,《当代作家评论》1988年第1期。

到自己存在的理由:为本大陆的现在和过去而工作,同时展示与全世界的关系"。"他们大多不是印第安人,但认同拉丁美洲的历史有欧洲文化之外的另一个源头"。对此,"我本人也是非常认同的,那就是认为作家表达一种文化",目的是要"探究这个文化'与全世界的关系'"。①

在作品首页,床上刚醒来的傻子,是半傻半醒的一个人。他看到下雪的早晨,听见野画眉在鸣叫。侍女卓玛端铜盆进来。母亲这时走到床前,用湿湿的手摸他额头:"烧已经退了。"傻子不理解为什么要将他与小奴才玩伴分开,不过当父亲派遣他和哥哥去疆界南巡和北巡的时候,他立即猜出了父亲的深沉机心:哥哥以为是去打仗,他却按照父亲的思路大造粮仓。结果,当全部种上鸦片的土司们陷入饥荒,他自己营造的粮仓,竟替父亲大发横财。

傻子对女土司女儿塔娜的爱情,是一个神志清醒的人的作为,书中写道:"天哪,我马上就要和世上最美丽的姑娘见面了!""这个名字叫我浑身一下热起来了。在这里,我遇到了一个比以前的卓玛更美妙的卓玛。"他激动得不顾礼仪,"连让下人掀起帐篷帘子也等不及,就一头撞了进去。"(第 211 页)虽然,他早已看透女土司用女儿向他父亲换粮食的老练阴谋。结婚后,傻子在妻子塔娜眼里又变成了一个傻子。一日,塔娜问他:"现在你知道自己在哪里了吗?""在家里。""知道你是谁了吗?""我是傻子,麦其家的傻子。"有时候,他能恢复神志,发现自己被妻子所误解、所歧视,"我的泪水就下来了"。有时他又转向半傻半醒的状态,并在这种情境中,还能发现一个正常人无法窥见的"自我":"泪水在脸上很快坠落,我听见唰唰的滴落声,听见自己辩解的声音。"(第 280 页)

家中戏剧不断。哥哥与塔娜通奸,接着戏剧性地被刺身亡。背叛的塔娜,乘着"我"和父亲一起喝茶,又回来为"我"争取继承土司的地位。在她与父亲的谈判中,"我"似睡似醒,就像一个冷漠的旁观者:

---

① 阿来:《我只感到世界扑面而来——在渤海大学"小说家讲坛"上的讲演》,《当代作家评论》2009 年第 11 期。

>   土司脸上突然布满了愁云,说:"天哪,你叫我为自己死后的日子操心了。"他说,"麦其家这样强大,却没有一个好的继承人。"
>
>   塔娜说:"你怎么知道我的丈夫不是好继承人?"
>
>   土司变脸了,他说:"还是让他先继了茸贡土司的位,再看他是不是配当麦其土司。"
>
>   塔娜说:"那要看你和我母亲哪个死在前头。"
>
>   父亲对我说:"傻子,看看吧,不要说治理众多的百姓,就是一个老婆,你也管不了她。"
>
>   我想了想,说:"请土司允许我离开你。我要到边界上去了。"
>
> (第318页)

《尘埃落定》里的傻子具有与韩少功、莫言、贾平凹笔下的聋哑智障人物不同的叙述功能。他是阿来作品的内视角,这种半睡半醒的状态,形成作家观察和分析嘉绒藏族地区的独特角度。他渴望在"双族别"文学的创作中,成为本地区历史的代言者。而韩少功的丙崽、莫言的黑孩和贾平凹的光子,只是一个道具。他们用迂回隐晦的方式,揉搓曾经不堪入目的生活,并决然地走向未来,而阿来通过傻子的眼睛看到了土司制度不可挽回的没落。他是用历史来理解、把握嘉绒的今天。然而,他对嘉绒大地的一切都是挚爱的。

把傻子纳入寻根文学的"聋哑智障谱系",意在说明寻根文学运动虽然止于1980年代中期,但作家个人意义上的寻根并未停止。阿来的《瞻对》《空山》及诸多短篇小说,都还是《尘埃落定》视角的延续。"寻根"对汉族作家而言可能是文学史的一个小小段落,而对于藏族作家来说,则是一个真正的自我寻找和重建的文学之旅。在西藏各地众多匍匐前行的朝圣者身上,我们能意识到这是一个漫长的精神之旅。它与藏族存在的历史一样漫长和宏伟,它让"寻根"成为内含于阿来文学作品的基本构造。

丙 辑

繁华落尽见真醇
——读汪曾祺小说《岁寒三友》

一场浩劫仓皇落幕，文坛亟须讥笑、谴责和痛斥它的作品以救稿荒。所有宣布与它分道扬镳的作品都被舆情叫好，只要肯把问题提得尖锐偏执，人们并不在意作家的手艺是否做到老练精细。大量的这样思想轰动、艺术粗糙的伤痕小说喷涌而出。1980 年，老作家汪曾祺的短篇小说《受戒》《异秉》《大淖记事》《陈小手》《岁寒三友》相继刊出，开始被人们关注。① 但直到 1990 年代，文学史家才醒悟早该提拔他为 1980 年代文学的"示范作家"。② 这位成名于 1940 年代的资深小说写手带来纯正的文学讯息③，在夸张虚伪的年代过后，真醇的日常生活和

---

① 格非、李建立：《文学史研究视野中的先锋小说》，《南方文坛》2007 年第 1 期。作家格非在访谈中说道："先锋小说的产生，我觉得与'寻根'没有直接的联系。这里面有两个被文学史忽略的重要文学现象。一个是汪曾祺，另一个是朦胧诗。我觉得这是先锋小说的两个比较近的重要源头。伤痕、反思小说在中国流行的时候，汪曾祺就在 1979 年发表了《受戒》，1980 年发表了《大淖纪事》。我和汪先生很熟，他说他当年发表这些小说时遇到一个问题——大家都看不懂。在南京的《雨花》发表时，叶兆言的父亲叶至诚把它当成一个很新的作品，也有林斤澜的推荐。在进步的现代性之下，怎么会出现汪曾祺这样的作家？说老实话，其他人我不敢说，我个人是受汪先生很大的影响。这个影响可能大家看不出来，可是我在华东师大学习的时候，就觉得这个世界上居然有像汪曾祺这样了不起作家，当时有一大群人在如饥似渴地读他的作品。"

② 有意思的是，1990 年代之后出版的几部当代文学史不约而同地把汪曾祺列为"现象"，认为他的小说艺术明显要高于 1980 年代的许多小说。参见孟繁华、程光炜：《中国当代文学发展史》（修订版），北京大学出版社，2011 年；洪子诚：《中国当代文学史》，北京大学出版社，1999 年；陈思和主编：《中国当代文学史教程》，复旦大学出版社，1999 年。

③ 钱振文在《"另类"姿态和"另类"效应》一文中谈到，汪曾祺虽然在 1930 年代就开始写作实验小说，新中国成立后却比较沉寂。1956 年和 1962 年只写过几篇小东西。"文革"因参加样板戏《沙家浜》剧本的创作，新时期受到冷遇。1980 年 7 月的一天，北京市文化局系统开会，汪曾祺所在的北京京剧团的同事杨毓珉发言时偶尔谈到他的短篇小说《受戒》，在场的《北京文艺》主编李清泉后来要去，将它发表在 1980 年第 10 期。见《当代作家评论》2006 年第 2 期。

朴素的小说手法是他的小说为人喜爱的根本原因。伤痕小说过于惨烈，而与之对照的苏北水乡平凡寂静的岁月，唤起了广大读者对传统社会的温馨想象。被历史激情折腾的读者，这时只想过上太平无事的生活。于是在"岁寒"结束的年代初叶，"三友"的友情犹如一坛质地醇厚的老酒。

一、王瘦吾、陶虎臣和靳彝甫

这三位是江苏高邮某镇的小老板，忠厚本分的普通人。他们是好朋友，"王瘦吾原先开绒线店，陶虎臣开炮仗店，靳彝甫是个画画的。他们是从小一块长大的。这是三个说上不上，说下不下的人。既不是缙绅先生，也不是引车卖浆者流。他们的日子时好时坏。好的时候桌上有两个菜，一荤一素，还能烫二两酒；坏的时候，喝粥，甚至断饮。三个人的名声倒都是好的。他们都没有做过伤天害理的事，对人从不尖酸刻薄，对地方的公益，从不袖手旁观"。汪曾祺用贴着生活感觉的细腻笔法，交代了小镇人物毫无光彩和朴素庸常的生活。对熟读"十七年"、"文革"和新时期文学表现刀光剑影、阶级仇恨或感伤情绪的作品的人们来说，这三个人仿佛是一群来自明朝的陌生人，因为写普通小人物生活的小说在当代文学前三十年中早已绝迹。

王瘦吾老想着发财。小店维持上有老母、下有三个孩子的生活实在勉强。这家人的穿着令人想到他小本生意的灰色惨淡。"儿子最恨下雨。小学的同学几乎全部在下雨天都穿了胶鞋来上学，只有他穿了父亲的钉鞋。钉鞋很笨，很重，走起来还嘎啦嘎啦地响。他一进学校的大门，同学们就都朝他看，看他那双鞋。"女儿要参加全县小学秋季运动会，"表演团体操，要穿规定的服装：白上衣、黑短裙"。母亲觉得这倒好对付，可犯愁的是买不起白球鞋。她想让女儿称病不出席，却无法阻止她"一声不响""往下滴"的眼泪。后面发生的就像安徒生童话中的情景，女儿早晨起来，惊喜发现妈妈连夜用白帆布赶做的白球鞋竟摆在床前。后来,一心想摆脱家庭财政境况的王瘦吾终于发现了一线商机。做绳子本来是湖西农民冬闲时的副业,他们只是零散地生产叫卖,不如自己开一片小厂形成规模效益。这家连王瘦吾在内的四个人的小厂生意日益兴隆,但很快被强势的王伯韬挤垮。

听着每天上午十来点从阴城方向传来的"砰—磅"的零落的爆竹声,我们在那里认识了开炮仗店的陶虎臣。陶虎臣的名字很是雄壮威武,人却愚拙笨重。陶老板办炮仗店的目标好像不是赚钱,而是为镇上的孩子们逗乐。他"每次试炮仗,特意把其中几个的捻子加长,就是专为这些孩子预备的。捻子着了,嗤嗤地冒火,半天,才听见响呢"。这份小本买卖在小说里竟变成人生艺术,作者使出他拿捏生活细节的精湛功夫,把苏北小镇悠远古朴的习俗气韵点化得栩栩如生:"最热闹的是'炮打泗州城'。起先是梅、兰、竹、菊四种花,接着是万花齐放。万花齐放之后,有一个间歇","有人以为这一套已经放完了。不料一声炮响,花盆子又落下一层,照眼的灯球之中有一座四方的城,眼睛好的还能看见城门上'泗州'两个字"。有上万双眼睛跟着陶老板的烟火一会儿睁大,一会儿眯细,叫喊和欢笑不断。陶老板的生意曾受时局拖累,后因这年小镇躲过水灾家家都买鞭炮庆祝发了笔小财。可是好景不长,一家人后来陷入天天喝粥的穷困日子,陶虎臣还以二十块的价格把女儿卖给了一个驻军连长。连长日日虐待,还把脏病传给了她。

三人中间,靳彝甫是有最文人气的一位老板。"虽然是半饥半饱,他可是活得有滋有味。"他是一个业余画家,开店为虚,与人品画赏画为实。在小说描写中,他不像生意人,倒像那种心静如水的高雅隐士。"他的画室里挂着一块小匾,上书'四时佳兴'",意思是天天在艺术中自得其乐。我们再观周围环境,"画室前有一个很小的天井。靠墙种了几竿玉屏萧竹。石条上摆着茶花、月季。一个很大的钧窑平盘里养着一块玲珑剔透的上水石,蒙了半寸厚的绿苔,长着虎耳草和铁线草"。他还很有骨气,与其切磋画艺的大财主兼收藏家季匋民看上他的三块田黄石章,愿意出二百大洋,可他就是不允。作者为渲染烘托靳老板的清雅气质,最后玩了一点神秘,叫他在上海办完轰动画展后突然失踪。说是要去"行万里路",连最亲密的挚友王、陶都不知他的去向。

汪曾祺这时在小说结尾徐徐展开一轴画卷:"岁暮天寒,彤云酿雪",穷愁潦倒的王瘦吾、陶虎臣被突然返乡的靳彝甫邀到如意楼上喝酒。彝甫从内衣里掏出两封洋钱,用红纸包着,一封是一百大洋。"他在两位老友面前,各放了一封。'先用着'。""靳彝甫笑了笑。那两个都明白了:彝甫把三块田黄给季匋民送去了。"在岁寒逼人和朋友落难的境况中,这一描写显然是在释放珍贵友情的温暖——

> 靳彝甫端起酒杯说:"咱们今天醉一次。"
> 那两个同意。
> "好,醉一次!"
> 这天是腊月三十。这样的时候,是不会有人上酒馆喝酒的。如意楼空荡荡的,就只有这三个人。
> 外面,正下着大雪。

作者还特意署上这篇小说创作的时间:"1980年8月20日初稿,11月20日二稿"。

二、那水、那城、那风景

新时期初期,批评家都不想掩饰对汪曾祺这类"乡土小说""风俗小说"的意外惊喜。① "汪曾祺的小说创作,极大部分是以他的故乡江苏高邮地区三、四十年代乡镇生活为素材的。时代的久远,地域的局限,本来会使人有点隔膜感,然而读过他作品的人,无论南北,无论老

---

① 丁帆:《新时期乡土小说与市井小说:民族文化心理结构的解构期》,《小说评论》1988年第2期。

幼,却都有一种既陌生新奇又熟悉亲切的现实感。他写的是旧社会普通人物的普通生活,写的是故乡那时代司空见惯的风俗人情,只由于作家匠心独运,笔力自逞,成就了一幅幅色采斑斓的三、四十年代中国风俗画,以及一卷卷清新淡远的南方水乡风景图。"①刚摆脱"文革"噩梦的人能体会到这种强烈的历史反差感。厌烦城市嘈杂和人与人钩心斗角的许多知识者如杨绛大概也深怀平静淳朴的乡愁,她评价英国女作家奥斯汀的小说《傲慢与偏见》说,"这个故事平淡无奇,没有令人回肠荡气、惊心摄魄的场面。情节无非家常琐碎,如邻居间的来往、茶叙、宴会、舞会,或驾车游览名胜,或到伦敦小住,或探亲访友等等,都是乡镇上有闲阶级的日常生活。人物没有令人崇拜的英雄或模范,都是日常所见的人","有的高明些、文雅些,有的愚蠢些、鄙俗些"而已。②

《岁寒三友》有几处写到小镇旁边的江河水网。王瘦吾想在商铺密布的街道上租一个铺面,他产生了这类联想:"这城里的街,好像是傍晚时的码头,各种船只,都靠满了。"高邮地处长江中下游,距扬州60里,京杭大运河横穿南北,城内还有浩波荡漾的高邮湖。读者能想象这种水乡环境容易培养当地人民亦文亦商的性情气质。王瘦吾还运销过本地的药材,他用木船装运到上海,"自己就坐在一船高高的药草上,卖给药材行"。"三叉河出一种水仙鱼,他曾想过做罐头"。就连靳彝甫的画室和画作也是水汽蒸腾的,充满苏北水乡灵秀湿润的韵致,那里到处是"青绿山水和工笔人物"。小说家作品中多半是水波荡漾的,《受戒》写明海和小英子的隔河对话,《故乡人·打鱼的》里是默默无语的打鱼人,到《大淖记事》那里简直是山水人物浑然一体了,

---

① 李振鹏:《汪曾祺短篇小说创作风格探》,《当代作家评论》1984年第6期。作者可能不算是"知名批评家",不过他对汪的小说艺术深有体会,这篇文章分析、举例都很细致到位,实在是一篇不错的文章。

② 杨绛:《关于小说》,生活·读书·新知三联书店,1986年,第53页。作者毕竟集作家、翻译家、学者几种身份于一身,能看透小说里外的东西,其评价虽算不上是严格的小说理论,读起来却颇有意味。在这里,倒可与汪曾祺的小说相映成趣。

"二十个姑娘媳妇,挑着一担担紫红的荸荠、碧绿的菱角、雪白的连枝藕,走成一长串,风摆柳似的嚓嚓地走过,好看得很!"

阴城肯定不如奥斯汀笔下的英国乡村小镇宁静,但它的古朴神秘也颇吸引眼球。实验炮仗新产品的陶虎臣带着我们到了那里:"阴城是一片古战场。相传韩信在这里打过仗。现在还能挖到一种有耳的尖底陶瓶,当地叫做'韩瓶',据说是韩信的部队所用的行军水壶。说是这种陶瓶冬天插了梅花,能结出梅子来。"孩子们大老远地跟着陶老板来这里毫无顾忌地放鞭炮。

"到处是坟头、野树、荒草、芦荻。草里有蛤蟆、野兔子、大极了的蚂蚱、油葫芦、蟋蟀。早晨和黄昏,有许多白颈老鸦。人走过,就哑哑地叫着飞起来。不一会儿,又都纷纷地落下了。"然而读者注意到,小说里的人物对眼前这些小镇风物都毫无感觉,唯有小说外面的汪曾祺在冷静观察。当然,若是从未到过苏北水乡的游客对此一定会大惊小怪。小说里外这层叠不同的感受,在我今天才能细细地品到。

正像杨绛评奥斯汀的小说作品一样,《岁寒三友》照样是"文笔简练,用字恰当"①。钦佩汪氏小说高超艺术的王安忆赞许地说道:"汪曾祺老的小说,可说是顶顶容易读的了。总是最最平凡的字眼,组成最最平凡的句子,说一件最最平凡的事情。"不过她也看出,这是他早"洞察秋毫便装了糊涂,风云激荡过后回复了平静"②。这是汪曾祺写风景的办法,平凡、平淡而且用字恰当,没有任何渲染。这篇小说的风景,是与三个小人物的平淡生活连在一起的。而这风景的平凡和平淡,则是他们真实生活的写照。靳彝甫画室里的布置,让读者领略到靳老板重义疏财的气质。王瘦吾周围的风景是那么瘦削,只有驶往上海的木船,拎着一条鱼走过的街道,儿子上学时的雨,等等。与陶虎臣有关的风景可能有点儿夸张,比如在阴城施放炮仗的描写,那是对他

---

① 杨绛:《关于小说》,生活·读书·新知三联书店,1986 年,第 77 页。
② 王安忆:《汪老讲故事》,《我读我看》,上海人民出版社,2001 年,第 115—124 页。

的生命形式的衬托。汪曾祺之所以不肯为这些风景多费笔墨,并不只因他"洞察秋毫便装了糊涂",而是相信读者都是知道的。他一路老老实实地写来,他古朴老实的故乡小镇风景都在那里摆着。

王瘦吾、陶虎臣和靳彝甫就这样日复一日地生活在这水、城和风景之中。中国人千百年来就是这样生活着的。对1980年代初的中老年读者来说,读《岁寒三友》仿佛经历了一次命运轮回。而在年轻读者,则好像"犹在镜中",是那种在梦中走了一回桃花源的感觉。难怪作者要说这些小说是托梦于"四十年代"了。

三、那人与那文

评价作家某篇小说最难的就是讨论"其人"与"其文"。孙郁称汪曾祺是"革命时代的士大夫",说他生于古城高邮一个知书达理的中等人家,父亲的画室里堆满了字画笔墨之类的东西,还联系到西南联大那帮散淡清高的教授为人为文对他的熏陶。这确实是"知人论世"的一个有意思的途径。①

汪曾祺也令我想起与他年龄相差无几的孙犁,他们都是来自旧年代,在新的时代受过磨炼后又情不自禁地返回去写精彩的旧人旧事的小说家。就像孙犁影响过贾平凹、铁凝等人一样②,汪曾祺也对年轻的王安忆和格非有过明显的启发③。这篇《岁寒三友》给我的印象就是"简单",它不像王蒙新时期初期的革命小说那样"工于心计"而且老练复杂,语言真假虚实难以弄清;也不像张贤亮的小说遍布哲学政治

---

① 孙郁:《革命时代的士大夫:汪曾祺闲录》,生活·读书·新知三联书店,2014年。
② 参见拙作《孙犁"复活"所牵涉的文学史问题——在吉林大学文学院的讲演》,《文艺争鸣》2008年第7期。
③ 参见格非、李建立:《文学史研究视野中的先锋小说》,《南方文坛》2007年第1期;王安忆:《汪老讲故事》,《我读我看》,上海人民出版社,2001年,第115—124页。

经济学的抄书痕迹。他虽然一度陷入样板戏制作的漩涡不能自拔①，但仍在革命之外。我们不能说作者1980年代写这批旧小说是为洗刷自己，但这至少证明他已醒悟还是喜爱这种简单的生活，证明他与王蒙、丛维熙和张贤亮等一干从1950年代"毕业"的革命小说家究竟不同。

《岁寒三友》中有一个值得注意的细节，就是陶虎臣和靳彝甫为人做事的糊涂。如果说王瘦吾在生意上稍微有点精明，陶虎臣则整个是糊涂之人。他稀里糊涂跑到城外的阴城施放新产品，仅为取悦那些孩子；心里没有客户概念，还被"弄坏了一只眼睛"。因为躲过水灾，镇上乡亲大买他的炮仗，这本来是一次借机提价大发横财的机会，他却与万人攒动的人群一起陶醉在"泗州"烟火中，竟像一个傻子，完全想不到应该赶快把生意做大做强，向远近城镇迅猛扩张。"忽然，上万双眼睛一齐朝着一个方向看。人们的眼睛一会儿睁大，一会儿眯细；人们的嘴一会儿张开，一会儿合上；一阵阵叫喊，一阵阵欢笑，一阵阵掌声。——陶虎臣点着焰火了！"小说里藏着一个隐蔽的问题，就是王、陶、靳本来就是那种"自娱自乐"的人物类型。他们的性情来自故乡那水、那城和那风景的恩赐，除了王瘦吾曾到上海卖药材，靳彝甫有一次莫名其妙的外游，其余时间他们基本不离开故乡。他们不会有王蒙、张贤亮们那种惊心动魄的人生阅历和观史眼光。这是对社会和人生都没有任何设计也不会想到如何发展的凡俗乡民。蒋介石"新生活运动"一来，陶虎臣风雨飘摇中的小店就只好关门更张。"陶家的锅，也揭不开了。起先是喝粥——喝稀粥，后来连稀粥也喝不成了。陶虎臣全家，已经饿了一天半。"

如果按照今天的逻辑，靳彝甫的所作所为就更不靠谱。他一个画

---

① 钱振文文章提到，"70年代末，在'文革'中参加了江青领导的'样板戏'《沙家浜》等剧本创作的北京京剧团编剧汪曾祺被停止工作，他的心情因此非常郁闷"。参见钱振文的《"另类"姿态和"另类"效应——以汪曾祺小说〈受戒〉为中心》，《当代作家评论》2006年第2期。

店老板,弄得竟像一个心高气傲的职业画家,放着季匋民二百大洋买他田黄石章的大买卖不做(假如能像20世纪二三十年代上海那些善于捕捉商机、从小伙计一夜间变成沪上大老板的商界奇才那样行事,他最后也不用那么狼狈。当然,这篇小说的文学性也会荡然无存)。更令人奇怪的是,靳彝甫捉到一只蟹壳青蟋蟀后,竟糊涂地把热气腾腾的生意抛开,独自游走四乡与人斗蟋蟀去了。小说写到他斗蟋蟀的滑稽场面:"每天有人提了几罐蟋蟀来斗。都不是对手,而且都只是一个回合就分胜负。这只蟹壳青的打法很特别。它轻易不开牙,只是不动声色,稳稳地站着。突然扑上去,一口就咬破对方的肚子(据说蟋蟀的打法各有自己的风格,这种咬肚子的打法是最厉害的)。它嚁嚁地叫起来,上下摆动它的触须,就像戏台上的武生耍翎子。负伤的败将,怎么下'探子',也再不敢回头。于是有人怂恿他到兴化去。兴化养蟋蟀之风很盛,每年秋天有一个斗蟋蟀的集会。靳彝甫被人们说得心动了。王瘦吾、陶虎臣给他凑了一笔路费和赌本,他就带了几罐蟋蟀,搭船去了。"不出我们所料,这位糊涂商人刚开始赚了四十块钱,立即嚷嚷着要约瘦吾、虎臣去如意楼喝酒。但这位蟋蟀猛将很快战死疆场,靳老板这时才罢手还乡。汪曾祺出神入化地描写了苏北小镇三位糊涂本分的小老板,他们的糊涂既是一种生活方式,也是一种人生态度。糊涂原是旧社会很多人的毛病,可能连汪曾祺也不例外,就像前面孙郁在书中绘声绘色描绘的一样。旧社会的读书人、生意人、农民和城市职员,除少数精明人之外,大多是糊涂的。因为旧社会没有那么多用以分析社会人生的东西,很多人都把生死病痛看得很平常,甘心情愿地听命和顺从自然的安排。

当代文学的很多坏风气,并非都来自当代社会,有些也来自新文学的陈腐积习。当然,新文学得分两路人,一路是鲁迅、茅盾、巴金、创造社和太阳社诸人。他们把社会作为分析解剖的对象,用辩证法这只显微镜观察人群和社会。他们还提出、运用很多文学主题、题材和创作手法来表达自己的文学思想和社会分析。另一路是鸳鸯蝴蝶派、海派、周作人和京派等。他们主张性情文学,生活艺术化是他们做人为文的主要路径。沈从文小说把这一路文学发展到极致,然后汪曾祺又把它带入当代文学。当然,旧时代的文人也有他们的具体处境,比如鲁迅、胡适、茅盾就拿创造社、太阳社和左联的偏执毫无办法,他们除了用辩证法分析社会人生,在生活层面也算是老老实实的读书人。其实,什么京派文人的"纯文学"呀、"超阶级"呀、"希腊小庙理论"呀,说到底就是自古以来中国传统文化和读书传统的一脉相承,是传统士大夫们最基本的文格、人格。只是鲁迅和茅盾因受苏俄理论影响想做一点改造,周作人们坚决抵制并效法古人而已。汪曾祺就从周作人这一文脉直接下来,从中国传统文化和读书人传统的文脉一路下来,他把这份文化遗产带给了当代社会。我所说的"那人""那文"指的就是这些。《岁寒三友》等旧小说的"托梦",表面托的是作者的故乡高邮之梦,骨子里托的还是他自己的传统文化之梦。《岁寒三友》透露出的是正宗的京派气质、形式和风格,是中国传统文人的生命底蕴,王瘦吾、陶虎臣和靳彝甫只是帮忙跑跑龙套罢了。

四、读者与作者

在1920—1940年代的短篇小说中,汪曾祺的这批旧小说应该不算最优秀最出色的作品。如果与鲁迅、沈从文、张天翼、张爱玲和赵树理等雄杰大家相比,他也占不了多少便宜。但与王蒙、张贤亮一代作家相比,他就高出很多。新时期的读者之所以大惊小怪,是因为新时期初期的当代小说水平实在太低,文风粗糙而且政治化得厉害。格非、王安忆、贾平凹和铁凝对汪曾祺的钦佩不出这个背景之外。

这些青年作家和当时读汪曾祺的读者一样,都是被"革命不是请客吃饭"理论培训的一代人。激烈、粗糙是这代人的通病。当然,这也是王蒙、张贤亮这一代人的通病。所以,大家一拿到汪曾祺这么精致的小说,看到他手法这么高明,一下子就惊呆了。历史把"当代"与

"现代"长期隔断,才会有这种刘姥姥闯进大观园般的滑稽场面。我们都是这历史性滑稽场面中的人。对此大家都不要强烈抗议和不满。我们没必要对自己的历史刻意隐晦。在这个意义上,正是"低端"的读者,创造了"高端"的作者,"汪曾祺意义""汪曾祺现象"就这样被缔造出来了,而且它已经成为当代文学史的一个重要概念。不过,与此同时我却感到一种深沉的忧伤。像汪先生这样的传统文人,在"革命不是请客吃饭"的环境里,生活一定压抑、艰难,转型也颇费周折。他在旧社会养成的习气、嗜好和为人为文之风,一时恐怕都改不过来。我观汪曾祺,感到他其实就是他小说里的王瘦吾、陶虎臣和靳彝甫,不把生意当生意做,带着一帮孩子去阴城放炮仗而忘掉如何吸引客户,觉得玩蟋蟀比赚钱重要许多,汪曾祺写文章、会友和喝酒的情形,估计也大致如此。他离乡数十年,其实内心一天都不曾离开过高邮小镇。我们这代傻乎乎的读者,都把这些看作"风骨""气质""清高""人文性"等等,那是因为我们生命中从来都没有过这些东西。我们只有指教、领导和控制别人的心态与手法,而且精明过人,这种精明超出了几代的中国人。阅世之深,警惕之深,犹如惊天动地的地震爆发前一瞬间惊悚不安的蚂蚁和飞鸟走兽。我们对人之警惕,对自己之保护,可能在旧社会读书人看来是无比惊讶,也不知所措的。1980年代初,当代作家都写不出汪氏这种精致的小说,他们与王瘦吾、陶虎臣们好像是20世纪和明朝的关系。好做鸿篇大论是我们这代人也包括王蒙这代作家普遍的文章特征和思想特征。我就是在这种历史感受中重读《岁寒三友》的,这种复杂情感恐怕不仅仅是我一个人独有。

《岁寒三友》对话很少,有也是三言两语。这一方面是为了显示人物个性醇厚,做人老实,另一方面也与汪氏"小说的减法"观念有关。他有的小说短得我都替他担心,像《陈小手》《露水》等等,甚至感到不知作者究竟要干什么。而小说越是像杨绛评奥斯汀那样"文笔简练,用字恰当",我越觉得许多当代小说的篇幅太长,对话啰唆,废话太多。当代小说家这样写可能不是要多赚稿费,而是在文字功夫上问题多多。很多人小时候就没写好作文,后来匆忙当起了小说家,这也难怪。《岁寒三友》中也没有什么人生大道理,不像鲁迅、茅盾等一干新文学家的小说以及王蒙一干人的小说。"他们走在街上,一街的熟人都跟他们很客气地点头打招呼。""早!""早!""吃过了?""偏过了,偏过了!"王瘦吾的草帽厂被王伯韬挤掉,陶虎臣的炮仗店因为蒋介石的"新生活运动"倒闭,靳彝甫斗蟋蟀失败,汪曾祺设计不出什么人生哲理帮他们脱困,这如在鲁迅、茅盾那里,精辟之论或大篇哲理将会连续推出。《岁寒三友》显然不在"为人生的文学"的那条道路上。因为想不出解困办法,汪曾祺就借靳老板请两位老友到如意酒楼喝酒,以一醉方休来麻醉人生的苦痛。对于从新文学到"十七年"文学一路读下来的我们这代读者来说,小说里竟然没有"人生哲理"和"人生方向",真是感到不可理解。《岁寒三友》没有社会道理,却有这么一个情节:

> 岁暮天寒,彤云酿雪,陶虎臣无路可走,他到阴城去上吊。
> 他没有死成。他刚把腰带拴在一棵树上,把头伸进去,一个人拦腰把他抱住,一刀砍断了腰带。这人是住在财神庙里的那个侉子。
> 靳彝甫回来了。他一到家,听说陶虎臣的事,连脸都没洗,拔脚就往陶家去。陶虎臣躺在一领破芦席上,拥着一条破棉絮。靳彝甫掏出五块钱来,说:"虎臣,我才回来,带的钱不多,你等我一天!"

友人落难,朋友慨然相救,却说不出什么人生哲理,不能给病人指出人生方向。小说的一切都照生活的原汁原味去写,也不做什么艺术加工。我作为被新文学、"十七年"文学和新时期文学培训并已臣服的那代广大读者之一,读到这里只有想落泪的感觉。因为人生漫漫长途,总有几道过不去的坎,总有"无路可走"的时候,茫茫人海之中,恐怕只有朋友在这里相帮、呵护、安慰,给些动人的温暖。所以,还是作家王安忆把汪曾祺小说看得明白,就像我前面引用过的她评价汪曾祺的小说所说的:"汪曾祺老的小说,可说是顶顶容易读的了。总是最最平凡的字眼,组成最最平凡的句子,说一件最最平凡的事情。"但我想王安忆1980年代也看不清楚这些,她那时与我们一样,还陷在"伤痕文学""寻根文学"的文坛漩涡中无力自拔。她1990年代看清楚这些,也帮助我们厘清了1980年代我们这些读者与作者汪曾祺的复杂关系。这种反思因此极具历史的力量。

现在看来,我们在1980年代、1990年代也不是不需要新文学、左翼文学、"十七年"文学和新时期文学那种"励志小说",那种讲人生哲理和人生方向的小说;也不是不需要鲁迅、茅盾、郭沫若、周扬、胡风、王蒙和张贤亮等人的指点迷津。那些文学作品能令我们这代读者在人生沉沦中奋起,擦干眼泪,再图未来大计。这种文学其实什么时候都很需要。但20世纪八九十年代后人们对未来的展望已多元辽阔起来,人生选择不像前者设计的那么狭窄局促,即使没有实现人生价值人们也照样活得明白开心。时代风气大变就使文学阅读和文学接受的闸门被冲开,汪曾祺小说就在这种历史关口成为文学新宠,成为新的主角。他的出现,事实上彻底转变了"读者"与"作者"、文学与社会人生揪扯在一起的那种历史轨道;他的小说,在"文革"风暴之后,令人能尽情感受日常生活和琐事的温暖温馨;他的存在,使我们感到暂时离开社会人生道理,也照样能够活得滋润并活得很好。新时期初期,沈从文、朱光潜一班京派大将都已老去,无法再影响和左右文坛,而汪曾祺义不容辞地站了出来。他借口"托梦",实际完成了京派小说在1980年代历史场域中的移植。他借小人物的日常悲欢,打破了新文学、左翼文学和"十七年"文学的特定脉络,为京派小说的历史性"归来"而鸣锣开道。它们被再次融入20世纪中国文学的这幕大戏之中,重进文学史,成为文学大系统的一个正常组件。在这个意义上,可以说汪曾祺小说矫正了我们这代读者的"历史偏误",矫正了文学史的长期谬说(当然也依赖于1980年代以来很多人所参与的"历史重评")。也许周作人并不亚于鲁迅,沈从文并不亚于茅盾,张爱玲并不亚于赵树理,汪曾祺并不亚于路翎,朱光潜也并不亚于胡风和周扬。文学史从来就没有最后的排名。更理智和耐心的展望,可能还需数十年的时间。当然,我还得指出,没有"文革"就不会有汪曾祺小说的重新归来,没有经历过"文革"的广大读者,文学批评家和文学史家也不会请回周作人、沈从文、钱钟书、张爱玲和汪曾祺这一路作家。历史之伟大变动,有时候其实也就是"镜花缘"一般,这中间没有究竟谁对谁错的问题,人们对此不必深究。最后,我想说《岁寒三友》不是谴责小说、讥笑小说、伤痕小说和寻根小说,它只是一篇传达温暖的小说、一篇重视友情的小说,它让我们懂得老老实实地做人也很值得。

文学的"超克"

——再论蒋子龙小说《机电局长的一天》

一、"抓革命,促生产"

1975年10月下旬,复刊后的《人民文学》派小说组负责人许以专程赴天津向蒋子龙约稿。"那几天,蒋正在天津参加一机部系统的工业学大庆会议,会中了解到了工业领域中的许多情况,特别是各地工厂领导'抓生产'的事迹。许以的约稿恰逢其时。蒋就在会议期间(此会开至11月初),赶写出了小说《机电局长》。"蒋子龙参加的这个会"在于贯彻、落实中央'钢铁工业座谈会'(1975年5月8—10日)的精神和措施,主旨是强调工业生产和经济建设(即'抓革命、促生产'),与邓小平提出的'以三项指示为纲'等等思想有关。这也就构成了蒋写作《一天》的直接背景——他在会议期间即写出了小说全稿,其中主人公霍大道的原型,就是蒋所在的天津重型机器厂厂长冯文斌(蒋曾任其厂办秘书)和会议期间了解到的南京汽车厂的一位副厂长"。经过修改的小说被带回北京,在编辑部圈子中得到赞赏,很快刊于《人民文学》1976年第1期。①

这篇小说的重要性不在它的写作质量好,而在作者敏锐捕捉到了当时"抓革命,促生产"这个重大社会问题。把"抓革命,促生产"哪一个摆在首位的斗争,贯穿于"文革"十年始末,极左派一直在极力阻止社会正常秩序的恢复。而结束动乱和把国民经济搞上去,是民间被压

---

① 吴俊:《环绕文学的政治博弈——〈机电局长的一天〉风波始末》,《当代作家评论》2004年第6期。

制很久了的强烈愿望。邓小平抑制"文革"破坏性和大力整顿的措施深得人心,社会的波涛汹涌使这篇小说成为1970年代文坛的亮点。蒋子龙善于抓"重大题材"的本领,来自"十七年"文学和"文革"文学的深厚训练,新时期初期的伤痕小说也还在延续着这种创作手法。

作者明显是在改写"抓革命,促生产"这一时代象征符号,把它颠倒成了"抓生产,促革命"。这一策略从人物关系的微妙变化中也能够看出,市机电局长霍大道走到前台,一把手局党委书记云涛在作品里只是一个帮他敲敲边鼓的角色。它与"十七年"小说和"文革"样板戏党委书记在作品中一把抓的流行模式,有点背道而驰。如此处理主要是考虑到要使小说故事情节的叙述更为明快流畅,而"抓生产"毕竟是业务部门的主要职责。但是,这种改写无意中把《机电局长的一天》摆放在了1970年代文学向新时期文学过渡的一个暧昧的地带。它变成了一篇"过渡性小说"。"抓生产"反映了"文革"后期人们对没完没了的政治运动的厌烦情绪,"抓生产"又与1970年代末重建的"以经济建设为中心"的另一历史轨道实现了对接。

作为一个被"十七年"文学和"文革"文学所孵化的典型人物,霍大道在小说里真的很神,可以不费吹灰之力把所有的事摆平,这令人联想到中国古典小说和西方小说中许多克里斯玛式的超级人物,例如刘备、曹操、基督山伯爵和冉阿让等等。霍大道在《机电局长的一天》中主要做了两件事:一是排除生产四千台二百五十毫米潜孔钻机任务的障碍;二是越过局、厂两级班子,直接到矿山机械厂一线生产班组,指挥工人大干快上。小说为突出霍大道雷厉风行"抓生产"的作风,写了他不耐烦于讨价还价的"会议政治",越过局党委严厉督促矿山机械厂厂长于德禄,甚至越过这位厂长直接插手第一线生产班组的工作。他病没好就想提前出院,还对司机小万说:"你说对了,是得跑啊,今天是什么日子?王凯要进京汇报,钻机任务不落实,调度会要开,这是吹冲锋号的时候,不能躺在病床上!"副局长徐进亭劝他在医院再养几天,他不耐烦地打断道:"不能等,一分一秒不能等,要抢!"在驱车

去矿山机械厂的路上,有一个细节的衬托使霍大道这种风风火火的实干家性格给人的印象更深刻了:

> 小万忍住没笑出声,正想稍稍加快点车速,老霍突然命令说:"快,掉头!"
>
> 小万不知出了什么事,兜个弯子把车头转过来。
>
> 老霍又命令说:"追上前面那辆新卡车。"
>
> 小万一踩油门追了上去。老霍眼睛贴在玻璃上,盯住前面奔驰的卡车。看了一阵,又叫小万超车,他扭回头看卡车的前部。后来干脆叫小万和卡车并行,他把头伸出窗外,对卡车司机喊:"司机同志,靠边停一停车,有事情和你商量。"
>
> 司机不知发生了什么事,把车开到道边停住了。老霍走过去说:"你忙不忙?我们正搞六十吨矿用汽车,想看看你这辆刚进口的'包利'。"
>
> "老师傅,您好眼力啊!这辆车我刚接来。"司机一看碰上了识货的同行,马上热情地向老霍介绍起来。小万在一旁抿嘴笑了。
>
> 老霍确实像个行家,他叫小万当记录,自己打开车头箱盖,里里外外看了个遍,一会儿坐到驾驶楼子里试试,一会儿钻到车身底下瞧瞧,一边观察,一边议论⋯⋯
>
> ⋯⋯⋯⋯
>
> 自以为熟悉霍局长的万宝真,也在他丰富的专业知识面前叹服了。她那明亮的一双大眼睛,由于惊奇,睁得更大了。她哪里知道,老霍从部里接来任务后,仔细研究了各种汽车的图纸,比较、分析了各类汽车的优缺点,又让机电局设计处长挂帅,从汽车厂和矿山机械厂抽出几名技术工人,组织了"六十吨矿用汽车设计小组",他也参加了几次小组活动。这位老机电局长,对组织机电工业生产有着丰富的经验和广博的专业知识,有时使工程师们竟也感到自愧不如。

在1970年代公开发表的小说中,用"抓革命"压"促生产"的文学作品是非常普遍的,例如长篇小说《金光大道》《征途》《沸腾的群山》等,像这种痴迷于"抓生产"的小说还真少见。据杨鼎川考察,上海县领导下的长篇小说《虹南作战史》写作组,首先要求全体创作者坐下来学习无产阶级专政下继续革命的理论,以及毛泽东关于社会主义时期农村阶级斗争和路线斗争的理论。作品很少写农村劳动的具体细节,对农民劳动致富的热情漠不关心,相反,"作者为小说设置了一个表现这一主题的背景,即50年代上海郊区虹南乡的合作化运动,并设置了两组尖锐对立的人物:代表'正确路线'的洪雷生、安克明、丁四海等;代表'错误路线'的浦春华、副区长,以及在他们庇护下的富裕中农、逃亡地主等。小说开头,花费了大量笔墨分析全国和虹南乡的路线斗争形势,揭露一部分富裕中农以及富农、地主在解放以后的必然表现,指出了'党'、'领袖'和贫下中农的伟大力量,得出这样的结论:革命道路是曲折的而不可能是笔直笔直的,革命斗争是尖锐、复杂和激烈的,但'不管多么尖锐,如何复杂,怎样激烈,有多少曲折,斗争必然会取得胜利'。贯穿小说的,就是这么一条逻辑线索"①。经这么一比较,《机电局长的一天》在1970年代小说中的"崭新意义"就显露出来了。请看,改革家霍大道是多么忙碌啊——从早上到深夜,他的"一天"都是在"抓生产"的紧张状态中度过的,尽管他没有放弃"抓革命",可后者是为前者服务的,我们从局党委书记云涛和副局长徐进亭对他的陪衬中就可以见到。"抓生产"被生动具体地落实到"追车"和"超车"等等细节里。他在赶往矿山机械厂的路上,先是发现了前面行驶的"包利"进口车,追上后,又"自己打开车头箱盖,里里外外看了个遍",还"坐在驾驶楼子里试试",并让小万做记录,向司机详细询问了这辆车的性能和存在的问题。老霍事先还仔细研究过各种汽车图纸,分析过各类汽车的优缺点。正因为霍大道这种实干、专业和敬业的精神,他那套

---

① 杨鼎川:《1967:狂乱的文学年代》,山东教育出版社,1998年,第87—88页。

并非务实可靠的生产四千台二百五十毫米潜孔钻机的宏伟目标才在矿山机械厂一线班组工人中获得了热烈认同。小说用那个年代赞美英雄人物时的略带夸张的笔调写道：

> "呀！老霍在车间转了两个多钟头,水没沾唇,脚没停闲哪！"靳师傅连跑带颠地赶来了,看见这个严肃的场面,他没有呼喊,悄悄又转身回去了。等了一会儿,他捧来一顶大草帽,轻轻扣在老霍的头上。
>
> …………
>
> 职工们围住老霍,有人鼓掌,有人喊着要他讲话。老霍把于德禄往前一推:"你是主角,你不唱谁唱！"

这篇小说的约稿时间是 1975 年 10 月下旬,到 11 月初就赶写出来,足见邓小平第二次上台抓"整顿"措施对作者的鼓舞和激励,不过这真够赶的。蒋子龙可能也把写小说当作了一项生产任务,对他那一代作家来说,观念意识里写作和生产的含义不都是差不多吗？像赵树理、李准、王汶石、马烽、胡万春、柳青和浩然等等。

……

二、大道理,解矛盾

在《机电局长的一天》中,霍大道写"革命故事"是一个非常重要的细节。小说第二节,霍大道的司机小万接他出院时发现了这个秘密。

> 小万左手提着徐进亭的抗癌"老虎豆",右手又接过了老霍拿着的一卷稿纸,她看了一眼,惊讶地说:"霍局长,您写了这么多稿子……'机电局的问题在哪里'？哎呀,住了医院还不好好休息！"
>
> "这就是休息嘛！"

把写稿子当作神定气闲的"休息",这可不是寻常老百姓的思想境界,而是老干部们的思想境界。蒋子龙把它设计成小说的"诗眼",由此可见当代流行文化对他精神生活的深刻影响。解放初期,集中出版青少年的"思想教科书"是各大出版社的重点任务,而"革命故事"则扮演了中心角色。钱振文的研究告诉我们:"1955年底,为了加强传记文学和革命故事的出版,中青社文学编辑室专门成立了传记文学组,由张羽和黄伊负责。1957年5月,文学编辑室开辟了一个传记文学的新领地,就是著名的丛刊《红旗飘飘》。在革命传统教育'教材'的出版方面,《红旗飘飘》是中青社出版史上的一个亮点,与稍后由解放军总政治部编辑出版的《星火燎原》堪称'双璧'。"①作家和主人公看重"革命故事"的嗜好,反映了他们与1950—1970年代历史场域的必然联系。"革命故事"在作品中至少有几层功能:第一,这种故事反映了作者对战争岁月的缅怀和对革命理想的坚守,通过向受教育者的反复灌输,它的价值趋向和真理本质被逐渐树立为社会核心价值体系;第二,它打通了"革命战争"与"和平建设"两个年代的天然壁垒,前者成为后者得以顺利发展的历史依据;第三,"革命故事"还能显示写作者的理想高度,尤其是当他面临困难时,它就成为一方精神意义上的尚方宝剑。可见"革命故事"的叙述是《机电局长的一天》这篇小说的灵魂所在。为增强"革命故事"与"个人成长史"之间这种亲密互动关系,小说第一节主人公还没出场,作者就把霍大道写"革命故事"的原因暗示我们了:

> 后来,王凯把老霍名字的来历告诉了小万——
> 老霍十二岁那年秋天,听说红军从草地上过来了。他在野洼里把地主的三头牛绑在树上,用镰刀割断了牛脖底下的气管,跑到大道边上,拦住了红军队伍,把赶牛鞭咔嘣一撅两半,往地下一

---

① 钱振文:《〈红岩〉是怎样炼成的——国家文学的生产和消费》,北京大学出版社,2011年,第79页。

扔,对一位红军营长说:"我要跟你们走!地主的牛全叫我宰了,反正你们不收下我,我也活不成了。""噢!"红军营长很惊奇这个小家伙的心路,就问:"你爸爸、妈妈呢?"他摇摇头……

…………

"好,我们收下你!"红军营长把他搂进怀里,"咱们一起,把旧世界打它个落花流水!"营长摸着他的头,"从现在起,你就有家了,有亲人了,也要有个真正的名字!"营长看着红军队伍似铁流滚滚,顺着大道向北挺进,眼里射出光彩,"你就叫'大道'吧。大道上参军,永远跟着毛主席,在胜利大道上前进!"

不过,虽然用革命道理克服徐进亭的保守思想,是贯穿小说的一条红线,但徐进亭毕竟也是老干部,社会地位并不比霍大道差,他成为完成四千台二百五十毫米潜孔钻机任务的最大障碍应该在意料之中。怎么办呢?霍大道就必须在精神上超越他、侵犯他、激怒他,并在革命话语权上克服他。而霍大道怎么超越他呢?"革命故事"所携带的高昂的革命意志就变成了一件特殊武器。"革命故事"与对应者的关系就像是高高的三峡大坝面对着万里长江,那是一种一览众山小的骄傲的感觉。徐进亭的形象于是在"革命故事"的压制下被矮化了,在后者强光的照射下甚至变得非常的不堪。小说用霍大道"在起重机厂劳动,心绞痛复发,住进医院"仍有饱满干劲,对照徐进亭的"小病大养";用霍大道的干练果敢,对照徐进亭在工作中的知难而退和因循守旧;作者还用近乎嘲弄的手法描写了他的外貌:"徐副局长得又高又胖,五十多岁的人了,大脸盘子红润润的闪着亮光,一点褶子也没有。"1970年代的社会非常流行唯意志论和人定胜天的思想,很多小说都用它作为一条红线来组织中心情节和作品结构。《机电局长的一天》明显带有这种历史的痕迹。由于拥有了"革命故事"这一秘密武器,霍大道对同级领导徐进亭说话的语气也变了,有点居高临下的意思:

"你这个刀子嘴,真能挖苦人。你我都不是毛头小伙子了,又都挨过烧……"

"这是什么话!"霍大道两眼盯着徐进亭,半晌才平静下口气,"老徐,你我都是'老工业'。头发白了又怎么样?只能说明我们身上的担子更重了,只能激励我们更好地工作,时间不多了。打了一辈子仗,难道还怕火吗?"

"我可再也经不住大火了,每走一步都要反复掂量掂量。与其走错步,不如不迈步,何苦呢!"

"所以就躲到医院的病床上去?不朝着建成社会主义的现代化强国这个宏伟目标往前奔了?不革命了?你这个领导干部躺倒了,对群众还怎么领?怎么导?"

徐进亭担心只有五天时间,要完成四千台二百五十毫米潜孔钻机任务是一种冒险,霍大道却深信人定胜天这个大道理,非要在雨季来临前啃下这个硬骨头不可。徐进亭相信的是现实可能性,霍大道却引进战争年代的思维方式,要"武力"解决工厂生产的问题。"霍大道总爱提战争年代,总是用这些东西鼓舞人冲锋不止,总是把调度会开得跟战争年代下达战斗任务一样。"不过,韦伯在《新教伦理与资本主义精神》一书中为霍大道这种用战争思维管理现代工厂的粗暴简单方式泼了冷水,他说:"在这种社会秩序的诸构成要素中,法律和行政管理的理性结构无疑是最重要的。因为现代理性的工业资本主义不仅需要便于组织劳动的可计算的技术手段,而且需要一种可以信赖的法律和依据形式规则办事的行政机构。"[①]徐进亭代表的不是他一个人,而是一级"依据形式规则办事的行政机构";他固然对现代工业管理也是一个外行,但还有理性——尽管不是韦伯所说的那种"现代理性",他知道完成四千台潜孔钻机任务需要工厂流水线所有环节的环环相扣,这不是"冲锋不止"就能解决得了的。与韦伯强调"可计算的技术手

---

① [德]马克斯·韦伯:《新教伦理与资本主义精神》(罗克斯伯里第三版),苏国勋等译,社会科学文献出版社,2010年,第10—11页。

段"相比,霍大道简直就是极其浪漫的小农经济型的企业管理家,或叫农民企业家了。

一个单位的正副手这样对话,在正常状态下是非常令人惊讶的,然而细致观察1970年代公开杂志上发表的许多小说,发现它仿佛是顺理成章的,是在小说发展逻辑的控制之中的。因为五四之后兴起的新文学,就是这样一种真理在握的姿态。这种霸气十足的创作传统被改装到中华人民共和国成立后的当代文学中,得以进一步发酵和扩充,当代文学比现代文学更愿意把自己当作探索、体现和维护真理的文学。1970年代的小说和样板戏,就是这方面登峰造极的文学艺术作品。在浩然的《金光大道》中,主人公高大泉总能识破小算盘的隐秘私心,在跟张金发、王友清、谷新民的斗争中总能取得胜利,这不是因为他具有超人的能力,而是这种文学形态中有一种真理机制,它只要把掌握真理和历史发展方向的按钮交给主人公,小说的其他人物就不再是他的对手,一切矛盾都会迎刃而解。洪子诚把这种现象称之为一种"批判性"的"超越":"中国的'社会主义文学'的设计者总是要竭力超越'旧现实主义',超越'批判现实主义',其实,批判性,对现状的质疑,是左翼文学的生命力的根本点。"[①]由此小说就容易理解了,徐进亭虽是霍大道的副手,思想水平和工作能力不比霍大道差,但在小说中他变成了一个步步退让的弱者,一个丧失了反抗能力的对手,很顺从地被霍大道牵着鼻子走。在通常的小说中,这种描写是不可理喻的。不过,在我们对"十七年"文学和1970年代小说的认识视野中,它又是非常真实的,由于在文学体制中设置了"真理掌握者"和"批判性超越"的认识性按钮,故事情节的真实性、人物关系和小说逻辑等便都变得无足轻重了,是用不着认真质疑的。在这个意义上,不是霍大道比徐进亭的本事更大,而是这个认识性按钮被交到了他手里,他是"文革"文学"三突出"原则中的主要英雄人物,徐进亭必须配合他做一切

---

① 洪子诚:《问题与方法》,生活·读书·新知三联书店,2002年,第165页。

的事,包括忍辱退让,而潜孔钻机生产的障碍和矛盾,统统会被一扫而光。

到小说第五节,霍大道就像纵马驰骋整个欧洲而无敌手的罗马执政官凯撒,徐进亭除恭候于国门之下已别无办法。小说临近结尾,已经变成了霍大道的个人表演。他安排"党委开门整风,发动群众提意见,揭矛盾",抽空了徐进亭的"群众基础",还不忘用挖苦的口气说:"老徐,工人不是好糊弄的。"他采取立军令状的方法,逼着矿山机械厂厂长于德禄消除畏难情绪,等于打掉了徐进亭潜在的同盟军,因为后者很爽快地接受了生产四千多台潜孔钻机的繁重任务。借助"革命故事"凝聚的非凡能量,霍大道不顾心绞痛疾病,在作品高潮阶段冒着倾盆大雨徒步去考察北湾的十几个工厂,同样是老干部的妻子庄大姐试图阻止他。他用温柔加严厉的语气说:

> 同志,那年我们在苏北,你得了伤寒,刘司令员叫我留下照看你,你不肯,对刘司令员说,一个团长不去带兵打仗,守着老婆算什么!刘司令员当时怎么说的,你还记着吗?他说,怪不得卫生队的护士们都叫你庄大姐,你还真是个好大姐哩!霍大道的爱人就应该有这股刚性。今天,你是怎么啦……

三、天气的政治

前面先说了《机电局长的一天》的内部构造,现在再分析它的外景。在古今中外小说中,外景描写都是非常重要的部分,它表面是揭示人物生存的历史传统、人文地理、环境气候和自然条件,但其实对人物的性格形成和主题的发展,往往也具有至关重要的作用。由于熟悉地理情况,《三国演义》里的诸葛亮敢于在大军重重包围之中气定神闲地唱起空城计。暴风雨来临前的不安气氛,是《雷雨》中人物的性格基调,也是矛盾冲突的导火索。由小说改编成电影剧本的《青春之歌》第一幕,也写到林道静在电闪雷鸣中从悬崖上跳海自杀被余永泽搭救的情景。1970年代小说外景描写的独特性是政治因素明显加强,例如当阶级敌人破坏生产队公共财产时,不管大雨倾盆的突然出现是否合适,作者都喜欢使用这一刺激性的创作手法。

《机电局长的一天》的外景描写,是在帮助解释作品的主题内涵。小说开篇不久的一段话,已经为读者点题了:"今天,气象台预报夜晚有场暴雨,而机电局必须在山洪到来之前交付矿山四千台二百五十毫米潜孔钻机。"而作品前面的"摘自一位机电局长的手记",即"这是一场和平年代的战争。是一场新的长征"的题记,更像是小说的开场锣鼓,它把我们带进一个难忘的年代。

1970年代小说的"气候描写",往往暗指时代敏感的政治症候。"文革"对国民经济造成了严重破坏,导致社会秩序长期混乱。1973年邓小平主持工作后,大刀阔斧地推动整顿想扭转这一局面,但该举措遭到当时党内激进派的抵制。邓小平女儿毛毛所著《我的父亲邓小平——"文革"岁月》一书,还原了当时紧张敏感的政治气候:

> 4月份的时候,在听到钢铁生产存在的严重问题时,邓小平气愤地说:"这种情况继续下去就是破坏,现在到了下决心解决钢铁问题的时候了。"他提出,要召开全国钢铁会议。5月8日到29日,由邓小平主持,中央召开全国钢铁工业座谈会。中央把十七个省、市、自治区主管工业的书记,十一个大型钢铁企业负责人,及国务院有关部委负责人召集到北京,决心下大力气进行整顿,解决钢铁工业存在的严重问题。在这次会议上,首先由铁道部长万里介绍铁路整顿的经验。叶剑英、李先念、谷牧等在会上作了重要讲话。邓小平于21日在国务院会议上就钢铁工业整顿发表了重要意见,29日到座谈会发表了重要讲话。在讲话中,邓小平用他那一贯简要明确的作风,两句开场白后,便单刀直入地讲道:"当前,钢铁工业重要要解决四个问题。"他所讲的四个问题:第一,必须建立一个坚强的领导班子。他说:"钢铁生产搞不好,关键是领导班子问题,是领导班子软、懒、散。冶金部的领导班子就

是软的。""有的单位领导班子散,与闹派性有关。现在,在干部中一个主要问题,就是怕,不敢摸老虎屁股。""领导班子就是作战指挥部。搞生产也好,搞科研也好,反派性也好,都是作战。指挥部不强,作战就没有力量。"①

小说一开始就写到"暴雨""山洪",这是与当时特殊的政治气候密切联系着的。小说外面的敏感政治气候,仿佛进入了小说内部,两者达到浑然不分的地步。就像曹禺说繁漪是最具"雷雨般"性格的女人一样②,霍大道的性格和思想理念也是与"暴风雨"紧密联系在一起的。正如《雷雨》中即将来临的大暴雨将会把每个人逼向命运冲突的风口浪尖,一场生命的大博弈与雷雨的必然性都无法避免一样,霍大道也站在了1970年代大力整顿的激流波峰上。

"今夜有场暴雨"犹如霍大道政治命运中的一道紧箍咒,催促他提前离开医院、赶赴生产调度现场、匆匆去矿山机械厂调研,还与副局长徐进亭发生了正面冲突。来自北京"大力整顿"的风暴一时间席卷全国上下,《机电局长的一天》的"暴雨""山洪"正是在这风暴的紧密配合下出现的,而正是由于设置了"暴雨"这种文学主题,霍大道人物的形象就焕发出异常光彩来了。③

1975年是一个相当敏感的年头。而小说中突如其来的暴风雨,也包含着这种深切的含义。有感于大力整顿的大好形势,再加上山洪到来前要完成四千台潜孔钻机的繁重生产任务,以及自身说一不二的军人性格和天气炎热对人的生理刺激,霍大道暴雨般的脾气一下子被引爆了。这时,大自然的气候好像非常了解当时中国人的想法,它前来配合着小说大力整顿的主题:

---

① 毛毛:《我的父亲邓小平——"文革"岁月》,中央文献出版社,2000年,第368—369页。
② 曹禺:《〈雷雨〉序》,《雷雨》,文化生活出版社,1936年。
③ 吴俊:《环绕文学的政治博弈——〈机电局长的一天〉风波始末》,《当代作家评论》2004年第6期。

  一场暴雨眼看就要来到了。老霍陡然站起身来,看了看黑沉沉的天色说:"我要到矿机厂去一下。"

在潜孔钻机生产的节骨眼上,天气又赶过来考验人们的意志:

  这不是雨,这是大自然搞的一场突然袭击!半夜时分,东去五十里的海上发生了海啸。虽然轻微,却也把一排排小山般的浪头推上海岸,漫了田野,汹涌奔泻过来。

暴风雨似乎是专来挑战老霍和烘托他的勇猛性格的:

  霍大道听着这股哗哗的雨声,躺也躺不住,站也站不停。到了下半夜,他再也捺不住心里的急火了。披上雨衣冲到马路上,站在没膝深的水里……

读者看到,即使汹涌奔泻的暴雨,最后竟然也被主人公的顽强意志所制服:

  无情的雨鞭,发颤了,变软了!
  肆虐的洪水,惊呆了,逃跑了!
  铁铮铮的老霍,在水里挺着,在雨里走着!
  也许有些医学专家们,不相信一个患有心绞痛的病人,能在大雨泡天的洪水里战斗一个多小时,他们不理解这种"病人"。但是机电局三十八万职工理解他们的老霍,就像理解焦裕禄和王进喜一样。

于是,在1970年代人定胜天的思想逻辑中,天气又戏剧化地雨过天晴了,它似乎受到了人们欢快情绪的感染:

  两个小时后,雨停了,水排净了。城市格外干净,空气格外清新。生产处长王凯进京开计划会议,来到北湾区。这里已经看不出丝毫雨淋水泡的痕迹,而像洪水一样波浪齐天、猛劲上涨的是工人更大的热情和干劲。矿山机械厂更像开了锅。装配工靳师傅正往车间东墙上贴标语。鲜红的大标语似雨后彩虹：

"把丢掉的时间抢回来！"

"把落下的任务补回来！"

小说对非常气候的描写是够夸张的，也相当矫情。不过，想想1970年代很多小说被政治所捆绑的情形，我们又觉得释然了。一个时代有一个时代的文学。然而针对这种现象必须指出的是，1970年代是复调性的、多层次的，它不光是发生了"文革"的黑云压顶和荒谬无比的年代，在其他层面也是当代中国人奋斗向上和乐观明朗的年代，同时也是一些改革的先觉者开始醒来的年代。将天气政治化可能是损害小说的文学性的，然而这又提示了当时人们向往精神生活纯粹性的诉求，我们不能因为《机电局长的一天》是十分政治化的小说，就不去正视作品中这些值得重新认识的东西。当然，小说中那些1970年代小说的通病，也是不能视而不见的。对当时的小说做分层式的分析，掌握历史与文学之间的平衡，同时又能适当和富有启发性地揭示那个年代小说的复杂状态，是我希望在文章中有所实现也深感困难的地方。例如，有一个问题我就不知道应该怎样把握和理解才更为适当。当我们要把小说中的非常天气与社会上特殊的政治天气加以比较，同时把它们与1970年代的气氛加以比较的时候，不应该忘记1970年代的当红作家浩然2008年前后曾经写过这段话："在所有的作品中，我最偏爱这部《金光大道》，不是从艺术技巧上，而是从个人感情上。因为从人物故事所蕴含的思想都符合我的口味。和《艳阳天》一样，当时读者就认为我写二林、彩凤这样的中间人写得好，但我不喜欢他们。今天，经历了这么多人世纠纷，对这种有点自私，但无害人之心的人是否比较理解了？但不，我还是不喜欢自私的人。我永远偏爱萧长春、高大泉这样一心为公，心里装着他人的人，他们符合我的理想。"①在今天的学术语境中,这种看法会招致激烈的争议,但这种争议本身就是值得研究的问题。

　　小说对非常天气的外景描写,让我们更感觉到了1970年代特殊的气氛。它给了我两种印象:一是在饱受近十年的"文革"动乱后,很多人的心情像这暴风雨一样是不平静的,他们渴望用乌托邦的方式超越不理想的现实,作品中的霍大道、云涛、王凯、小万和靳师傅就是他们希望看到的人;二是即使在荒谬的年代,人们仍然在精神状态上保持着比较纯粹的品质,对一心为公的人充满了敬意,浩然的观点是有些僵化,但这种僵化又是复杂的,是在可以理解的范围内的。1970年代确实是一个比较纯洁干净的年代,这是活到今天的我们这代人难以忘记的。作为这代人中的一员,由我来参与对它的重新观察和讨论是情理之中的,也是思想活动发展到一定时期必然会出现的结果。

四、霍大道的"一天"

　　竹内好对近代的超克有一段解释:"所谓'近代的超克'是一个操控了战争时期日本知识人的流行语,或者说它相当于一个咒语。'近代的超克'与'大东亚战争'结为一体,发挥了一种象征符号的功能。"②

　　事实上,无论在现实社会还是在文学作品中,像竹内好所说的"发挥了一种象征符号的功能",却能操控一个时代或文学作品中很多人命运的例子是举不胜举的,像法国大革命、歌德笔下的浮士德、塞万提斯笔下的堂·吉诃德、美国作家海勒笔下的"二十二条军规"等等都是典型的案例。它们只要遇上适合的时代气氛,与特殊语境"结为一体",便会发挥超级历史能量,使无数人臣服于它神秘和无边的魔力。

---

① 浩然口述,郑实采写:《浩然口述自传》,天津人民出版社,2008年,第238页。
② [日]竹内好著,孙歌编:《近代的超克》,李冬木、赵京华、孙歌译,生活·读书·新知三联书店,2005年,第292页。

把霍大道放在这样的知识平台上,我们就能充分地理解他,找到把他作为研究和解释的对象的理由。

小说写到,霍大道从上午出院、参加生产调度会、赶往矿山机械厂调研和半夜里去北湾十几个工厂查看洪水造成的损失,这一天都在忙一件事:如何在洪水来到前督促工厂完成生产四千台潜孔钻机的繁重任务。但是,按照烦琐细致的生产流程和规律,要在五天之内完成任务是不可思议的。厂长于德禄不惜顶撞上司霍大道说:"四千有困难,我们做了消减,请示徐副局长,他批准了。"霍大道不信,跑到第一线搞调研,小说这样写道:

> 老霍问:"任务这么紧,你们装配工段为什么这么清闲?"
> "零件加工不出来,供不上手。"
> "要是零件供上手,一天能装多少台?"
> "铆铆劲一百八九十台。"
> "到月底还有四天多,任务还差八百台,应该没问题啊!"
> "有问题,机工工段一天只能生产一百多台单件。"
> ……
> "只能研究怎样干好,不是研究干不干。"老霍的口气斩钉截铁,"过去仗越打越大,说明全国快解放了。现在,任务越来越难,说明我们工业建设面貌日新月异……"

有人提醒说:"今天,现代西方资本主义的合理性实质上依赖于对技术上的那些决定性因素的可计算性;确实,这些因素是所有更为精确的计算的基础。而这又意味着这种可计算性实际上依赖于西方科学,尤其是基于数学和实验精确性的自然科学之独特性。"①参考这段对资本主义合理性内部结构和知识的精彩分析中可知,"一天"其实就是霍大道1975年的神秘的"超克"。正因如此,他才这么蔑视烦琐细致

---

① [德]马克斯·韦伯:《新教伦理与资本主义精神》(罗克斯伯里第三版),苏国勋等译,社会科学文献出版社,2010年,第10页。

的现代工厂的生产流程和规律,如此急切地催促于厂长和工人们莽撞大干。某种意义上,"超克"也是当代中国几次现代化进程中的一个神秘的咒语。霍大道的"超克"只有放在当代中国整体"超克"的视野中,才能认清它作为"一种象征符号的功能"。放在1975年邓小平大力整顿的语境中,我们是能够理解霍大道这一天大刀阔斧的果敢举措的。放在中国式"大跃进"这个"超克"的语境中,我们就更能够理解霍大道不尊重生产规律又有些武断无理的行政命令式的管理方式了。因为在中国这种后发展国家急起直追西方发达国家的情境下,在亟待实现自己国家现代化目标的总体心境中,这种为把"文革"耽误的时间抢回来而屡屡发生非理性行为的情况,尽管令人讨厌但仍然是可以获得历史的理解和同情的。正是在这种纵横交叉的历史语境中,出现在1975年特殊年头的霍大道的形象才是丰富的立体的。小说主人公为我们提供了太多翔实细致的关于1975年的历史信息,与此同时也提供了关于中国"现代超克"的从中华人民共和国成立到今天的各种历史信息。事实上,将韦伯所"论及的所有情形中的主题显然涉及西方文化特有的那种'理性主义'的某种独特方面"①,作为一种更深远的历史观察,它在1980年代开始的改革开放进程中也具有普遍意义。例如,肇始于《机电局长的一天》,后来兴起于新时期文学初期的"改革文学",就为读者提供了很多有趣的用后发展国家的农业型行为方式改革现代工业包括社会结构的文学案例,如《乔厂长上任记》《新星》《夜与昼》等著名小说。

有意思的是,虽然蒋子龙希望把霍大道作为"抓生产"的文学典型来塑造,但是主人公却是以"抓革命"这种战争和行政命令的简单方式来统领现代工厂的生产的。从"追车""超车"的举动中,可以看出他精细、内行的专业素质,也可以看出他"吹冲锋号""不能等,要抢"那种把战争手段带入生产建设的习惯。霍大道的所作所为并非孤立

---

① [德]马克斯·韦伯:《新教伦理与资本主义精神》(罗克斯伯里第三版),苏国勋等译,社会科学文献出版社,2010年,第11页。

的、偶然性的,这种行为中是有着非常丰富深刻的历史思想资源的沉淀的。所以,竹内好继续提醒我们说:"从思想中剥离出意识形态来,或者从意识形态中提取出思想来,实在是非常困难的,也许近乎于不可能。但是,如果不承认思想层面具有与体制有别的相对独立性,不甘愿直面困难将作为事实的思想分离出来,那么就无法从被尘封的思想中提取能量。就是说思想无以形成传统。这里所谓作为事实的思想,是指我们要进行下面的观察:某种思想以什么作为自己的课题,在具体的状况中是怎样解决该课题的,或者没有能够解决。如果'近代的超克'仅仅是过去的遗留之物,那么,不需要特意履行如此麻烦的程序,只要把它作为过去埋葬掉就可以了。然而,作为思想的'近代的超克',今天依然是现实的课题。"①

《机电局长的一天》在当代文学六十年中不是一篇孤单的小说,在"十七年"小说中,活跃着很多霍大道这样的"文学超克",例如《林海雪原》里的杨子荣、《红岩》里的许云峰和江姐、《铁道游击队》里的刘洪、《青春之歌》里的卢嘉川、《创业史》里的梁三宝、《红旗谱》里的朱老忠等。1970年代的文学艺术中,像《红灯记》里的李玉和、《沙家浜》里的郭建光和阿庆嫂、《金光大道》里的高大泉、《欧阳海之歌》里的欧阳海、《李自成》里的李自成、《红色娘子军》里的吴清华、《智取威虎山》里的小常宝、《闪闪的红星》里的潘冬子和《万山红遍》里的郝大成等,也都是这种"文学超克"式的人物典型。他们虽然不像传统武侠小说中那些飞檐走壁、刀枪不入且武艺高强的英雄好汉,但是他们在小说中能战胜敌手、克服困难都是毫无悬念的,他们身上好像被赋予了一种超自然的力量,一种克里斯玛式的胸怀和非凡能力。他们就像希腊神话里的宙斯,在作品中可以操纵所有人的命运而自己却毫发无损。在当代中国小说中,他们的精神能量足以战胜和超越生命的极限,当然在西方小说,包括在好莱坞电影中,这种超人英雄也屡见不

---

① [日]竹内好著,孙歌编:《近代的超克》,李冬木、赵京华、孙歌译,生活·读书·新知三联书店,2005年,第302页。

鲜。《红岩》的许云峰被国民党保密局特务抓获,随时都有掉脑袋的危险,而就像霍大道在《机电局长的一天》里没有任何有分量的对手一样,在特务头子徐鹏飞审讯的时候,神色紧张胆怯心惊的倒不是他而换成了徐:

"八十四套,也折损不了共产党员一根毫毛。"

"这里是美国盟邦和我们国民党的天下,不是任你们嬉笑的剧场。神仙,我也叫他脱三层皮!骷髅,也得张嘴老实招供!"徐鹏飞咆哮着,猛然转向许云峰:"放聪明点,你已经不是指挥共产党员的时候,你是我根据危害民国紧急治罪条例拘捕的罪犯,你现在已经落到我的手中!"

"我们在你手中?"许云峰忽然放声大笑,他对着瞠然木立的敌人,舒开两臂,沉着而有力地聚合拢来,像一个包围圈,把对方箍在中间:"你们早已落在人民的包围中,找不出逃脱毁灭命运的任何办法了。"

徐鹏飞勃然变色,一时不知如何对付……

竹内好所谓"某种思想以什么作为自己的课题,在具体的状况中是怎样解决该课题的"提醒,也许为我们提供了观察这种"超克现象"的一条有效途径。只有找出"文学超克"背后的"社会超克",才能了解"某种思想"是以"什么"作为自己的课题,在具体的状况中又是"怎样解决该课题的"。社会价值体系的"超克功能"是理解当代中国文化和中国文学的历史复杂性,理解文学接受、文学传播、文学阅读的一把最秘密的钥匙。"社会超克"是一种具有先验性、抽象性的,不容证明的、本质化的精神特征,正像宗教和神话的本质特征是不能被证明的一样。超克的象征符号功能是不容许讨论的。于是,"超克"就变成了超然于普通老百姓生活之上的抽象精神一般的存在。这种情况下,当代文学的"文学超克"显然就可以理解为是被"社会超克"生产出来的,知道了后者的价值就明白了前者的价值,懂得了后者的凛然性就懂得了前者的凛然性。由此可以认为,"十七年"文学和 1970 年代文学事实上是一种"半神半人"的文学,许云峰面对徐鹏飞是一种"半神半人"的状态,霍大道面对徐进亭和矿山机械厂工人时也是如此。正像我前面已经提到的,只有"十七年"的文学制度才会塑造出霍大道这样的文学人物,也只有"十七年"和 1970 年代的"社会超克"才能生产出霍大道这样的"文学超克"。

　　读过《机电局长的一天》的读者,大概不会忘记霍大道对徐进亭说过的这段话:"老徐同志,你带着这样的情绪,住进什么医院也无济于事。局党委的会必须开,你就是请假,也要帮你把思想问题搞清楚。"就连下属司机小万也学会用这种精神超越物质的理论含蓄地批评领导徐副局长了:"徐副局长,霍局长告诉过我一个偏方:大干治大病。"徐说:"这在医学上讲不通。"得到的回答是:"霍局长说,这在哲学上完全讲得通!"

　　中华人民共和国成立以后的一段时间,用哲学理论解释和解决生产问题、思想问题和社会矛盾的做法,是非常普遍的。既然"社会超克"早已经为人们所了解,那么对霍大道这种"文学超克"所作所为的理解性阅读也就不会存在任何障碍了。

香雪们的"1980年代"
——从小说《哦,香雪》和文学批评中折射出的当时农村之一角

一、列车停留的"一分钟"

铁凝的短篇小说《哦,香雪》刊于《青年文学》1982年第5期。小说没有交代确切的年代背景,但估计故事发生在1979年前后。小说在1979年的农村改革中开场,在一段时期内停滞的中国农村社会的矛盾和问题在作品中初露端倪。小说描写的跨度大约是几天,从台儿沟一群十六七岁的农村少女每晚七点到小车站用农副产品与车上的旅客交换东西开始,到香雪冒失地登上火车以四十个鸡蛋向女大学生换回铅笔盒结束,铁凝将我们置身在特定的历史架构当中。在1979年的农村改革之前,当代中国农业的发展深受"城乡二元结构"的影响。这篇小说的女主角香雪就是"城乡二元结构"下妇女处境的典型代表。香雪的人物价值首先在于她是一个农村妇女,其次是这位向往新生活的女孩正身处农村的改革进程中。文学批评文章对她的价值做了初步解释,她的历史处境成为文学批评的中心,而她与中国农村社会和城市社会的复杂关系,则很少在批评分析中看到。在我看来,过于"文学审美化"的1980年代文学批评现在难以满足我们对认识当时中国农村生活的期待。

小说作者对1979年的农村改革有敏锐的观察,她把握住列车在大山深处的台儿沟停留"一分钟"的隐喻并及时反映了这一历史关键时刻:

如果不是有人发明了火车,如果不是有人把铁轨铺进深山,你怎么也不会发现台儿沟这个小村。它和它的十几户乡亲,一心一意掩藏在大山那深深的皱褶里,从春到夏,从秋到冬,默默地接受着大山任意给予的温存和粗暴。

然而,两根纤细、闪亮的铁轨延伸过来了。……记不清从什么时候起,列车时刻表上,还是多了"台儿沟"这一站。……这短暂的一分钟,搅乱了台儿沟以往的宁静。……如今,台儿沟的姑娘们刚把晚饭端上桌就慌了神,她们心不在焉地胡乱吃几口,扔下碗就开始梳妆打扮。她们洗净蒙受了一天的黄土、风尘,露出粗糙、红润的面色,把头发梳得乌亮,然后就比赛着穿出最好的衣裳。有人换上过年时才穿的新鞋,有人还悄悄往脸上涂点胭脂。尽管火车到站时已经天黑,她们还是按照自己的心思,刻意斟酌着服饰和容貌。然后,她们就朝村口,朝火车经过的地方跑去。香雪总是第一个出门,隔壁的凤娇第二个就跟了出来。

代表着"现代化"的火车与大山深处的台儿沟在小说里突显出"城乡二元"的历史架构。1979年农村改革这列高速前进的火车只在台儿沟停留"一分钟",就被这一群十六七岁的女孩子抓住了机会。小说人物的命运于是在这一架构中有了明显的历史纵深感,作家铁凝有意在小说的现实层面解释这一即将到来的历史变动。文学批评立刻敏锐注意到了铁凝对这意味深长的"一分钟"的书写,顾传菁充满激情地写道:

《哦,香雪》所反映的生活不是个别的,在偏僻的山村,有多少香雪们在静止、不发展的生活中转辗不已!然而作者却发现了那"一分钟",将它丰富的内涵,作了尽情的发挥……[①]

[①] 顾传菁:《是生活给她的馈赠——略论铁凝的小说创作》,《长城》1984年第2期。

聪明的王蒙也在改革开放的"新时期意识"里看到了"一分钟"对于香雪等农村少女的特殊意义:"作者并没有粉饰生活,作者用曲笔写出了台儿沟的贫困和不发展,这种贫困和不发展是令人泪下的。"但他相信,"希望就在前头"。① 和小说《哦,香雪》相似,顾传菁和王蒙也是在"贫困停滞—农村改革""静止的台儿沟—现代化的火车"的二元对立的知识框架里想问题。这种"新时期意识"即"1980 年代意识"有可能束缚当时很多人对问题的进一步展开。他们就把小说摆在这种知识平台上。

然而,火车停留"一分钟"的历史隐喻并不仅仅出现在现实层面上,它因为"静止的台儿沟—现代化的火车"这一思考架构而有了更值得探讨的历史纵深感。如果《哦,香雪》在书写农村改革历史进程中的"一分钟",那么也只有将其放置在楚成亚对历史和现实的"城乡二元结构"的观察中来认识。他认为:"自秦代'郡县制'以来,国家政权通常只设置到县一级,县以下则实行由社区精英主持下的乡里制度,从而达成'官民共治'的乡村政治格局。"实际也形成"城乡二元"的社会结构。"城乡二元结构是一种对农民不利的制度。"他援引其他学者的话说,"中国的城乡二元结构是以户籍制度为中心,附着了住宅制度、粮食供给制度、副食品和燃料供给制度、生产资料供给制度、就业制度、医疗制度"等等"十几项制度的制度壁垒"。没有 1979 年的农村改革,就不会有小说《哦,香雪》的创作。而楚成亚对当代"城乡二元"政策的逐层分析使我们对小说的内在含义有更深刻的认识:

> 中共中央在 1952 年底发出《关于编制一九五三年计划及长期计划纲要若干问题的指示》,提出工业化的速度首先决定于重工业的发展……重工业是资本密集型产业,它的发展需要以雄厚的资本积累为基础。……为了解决这一矛盾,国家采取了利用政治权力高强度调配、提取资源的办法,即从农民手中低价收购粮

---

① 王蒙:《漫话几个青年作者和他们的作品》,《作品与争鸣》1983 年第 8 期。

食,保证对城市居民和企业的低价供应,以降低城市工业企业的成本,实现超强度积累。很显然,要做到这一点,就需要国家不仅对农村而且对城市的社会经济生活进行全面管制,统购统销制度、户籍制度……人民公社制度等应运而生。

为保证这些政策的实施,限制人口流动的规定在不断修订:

> 1950年8月,公安系统在内部颁发了《特种人口管理暂行办法(草案)》,正式开始了对'重点人口'的管理工作,这是新中国户籍制度开始的标志。……1954年12月,内务部、公安部、国家统计局联合发出通知,要求普遍建立农村的户口登记制度。1955年6月,国务院颁布《关于建立经常户口登记制度的指示》,开始在全国城乡全面建立统一的户口登记制度。

起初对人口流动还没有严格限制,但因社会饥荒造成人口进城,对此的限制开始趋严。

> 1957年下半年,为了避免秋后农民大量进城,国家加强了制止农民盲目流动的力度。……1958年1月,《中华人民共和国户口登记条例》颁布。《条例》明确规定了迁移审批制度和凭证落户制度,农民向城市、小城市向大城市的人口迁移都受到严格限制。……
>
> "大跃进"对农业生产的破坏,加剧了粮食的匮乏,农村流向城市的人口有增无减,《中华人民共和国户口登记条例》并没有得到很好的贯彻和执行。在三年困难时期结束以后的国民经济调整时期,严厉制止农民盲目流动的政策丝毫没有松动。①

这种历史分析超出了文学界对1980年代认识的狭小格局,它把1980年代文学放在国家历史生活的多重结构之中。文学史的结构显

---

① 楚成亚:《当代中国城乡居民权利平等问题研究》,山东大学出版社,2009年,第32、45、43、37、39、41—42页。

然只能在历史结构中才能使我们获得更深入的认识,这是我读了这部著作后收获的最新启发。

社会学家的观察比《哦,香雪》的观察和文学批评的观察更加清晰和更具依据。读者应当开始明白,十七岁的香雪在学校和火车上都感到了另一社会阶层对自己的社会地位所构成的压抑,其深层根源其实是这种社会结构本身积累的阶层歧视。"公社中学可就没有那么多姐妹了,虽然女同学不少,但她们的言谈举止,一个眼神,一声轻轻的笑,好像都是为了叫香雪意识到,她是小地方来的,穷地方来的。她们故意一遍又一遍地问她:'你们那儿一天吃几顿饭?'"当香雪回答"两顿"后,女同学"每次都理直气壮地回答"——"三顿!"正是在这屈辱的人生体验中,透过火车车窗,凤娇和香雪像发现新大陆一样看到了城市里女人使用的"东西":

"香雪,过来呀!看那个妇女头上别的金圈圈,那叫什么?"凤娇拉过香雪,趴着她的肩膀问。

"怎么我看不见?"香雪微眯着眼睛说。

"就是靠里边的那个,那个大圆脸。唉!你看她那块手表比指甲盖还小哩!"凤娇又有了新发现。

香雪不言不语地点着头,她终于看见了妇女头上的金圈圈和她腕上比指甲盖还要小的手表。但她也很快就发现了别的。"皮书包!"她指着行李架上一只普通的棕色人造革学生书包,这是那种在小城市都随处可见的学生书包。

从这扇火车窗口转向新时期的窗口再转向我们今天知识的窗口,香雪和同村女孩子们的社会地位在列车停留的一分钟里终于昭然若揭。香雪的社会地位在小说中可以从三个方面来说。第一,公社中学的女同学们把她看作来自"小地方""穷地方"的学生。在一种"被看"的历史情境中,她意识到了公社中学学生的"富裕"与她的"贫困",以及她作为"农村姑娘"地位的卑微。第二,来自城市的"金圈圈""比指甲盖还要小的手表""皮书包"构成的环境与她生存的乡村环境形成很大的反差,这些代表着"现代文明"的东西,暗示着香雪和她的乡村很多年来似乎都被时代抛弃了。隔着朦胧的车窗,这些近在咫尺的普通东西对她而言竟然遥不可及。第三,香雪受到火车的吸引并与车上旅客交换东西,清楚地表明了她的卑微和另一阶层的"奢华"。值得注意的是,香雪对"北京话"男服务员和旅客的好奇询问实际在突出社会学研究者楚成业的"城乡二元结构"理论对阅读这篇小说的特殊作用,由于文学缺乏多元的跨学科合作,过去文学作品中隐藏的"社会学"问题一直没被文学批评揭开。"'你们城市里一天吃几顿饭?'香雪也紧跟着姑娘们后边小声问了一句。""有时她也抓空儿向他们打听外面的事,打听北京的大学要不要台儿沟人,打听什么叫'配乐诗朗诵'(那是她偶然在同桌的一本书上看到的)。""谁知没等人家回话,车已经开动了。她追着它跑了好远,当秋风和车轮的呼啸一同在她耳边鸣响时,她才停下脚步意识到,自己的行为有多么可笑啊。"小说这样的描写让人意识到,列车停留"一分钟"在香雪和她伙伴们心中产生的"城乡距离感"不单是"十七年"的户籍制度造成的,那里面还有两千多年来中国社会"城乡二元结构"的深厚积淀。正是这些东西决定了香雪的命运,香雪的社会地位正是在这双重历史结构的最低处。"十七年"尽管有土改、合作社和人民公社化等农村改革,它仍然潜在地继承了两千多年"城乡二元"的历史结构。"十七年"有很多动人的口号,也有很多人的艰苦努力,但它的各种政策人为地把香雪们隔离在城市、现代文明之外,这是应该深入探讨的。"十七年"作为历史的一个瞬间,人们从香雪们每天匆忙跑去车站兜售乡村鸡蛋、红枣的"一分钟"里已经可以看到了。

但《哦,香雪》和文学批评文章毕竟为我们留下了新时期初期"一分钟"的历史记录。它以"十七年"为批判对象赞颂新时期的进步,也让我们在小说阅读中受到鼓舞,获得了历史感。应该意识到,几年后文化热对"两千年历史"的继续探讨,正是在这一对"十七年"的文化反思的起点上开始的。

二、香雪的"明天"

刚才我已谈到,作家王蒙在肯定《哦,香雪》揭示令人沉痛的社会"贫困"和"不发展"时,也把香雪未来的命运定位在"前头"。① 这个"前头"(指"明天")在我看来,就是香雪和台儿沟的农村少女们每天朝小车站的执着的奔跑。

很多批评家在评价这篇小说时都对中国农村的"明天"做了热情期待。陈丹晨说:"《哦,香雪》则倾其全力尽情地诉说了一个农村少女的情感和愿望。这种倾诉又不只是香雪的,而是台儿沟许多少女的,也是中国农村少女共同的。因为两根钢轨延伸到了贫瘠的台儿沟,因为'绿色怪物'的匆匆路过,为台儿沟的人们打开了一个神奇广大的世界,激起了人们心理上的巨大波澜。"他确信,"它使人们开始和外界连接起来,并且动摇了延续千百年的生活秩序和习惯"。② 雷达指出:"更美的是她的朴素而热烈的追求。她的追求绝不是什么'铅笔盒',否则就太藐视我们的香雪了;她追求的是'明天',每一个不同于昨天的新的'明天'那也就是对不断变化的新生活的全部憧憬、信心和神往。"③这些批评文字透露出的是我们熟悉的"1980年代"的特有情绪,一种出现在"现代化"前夜、完全不知道市场经济残酷性,因而更多地把"明天"建筑在抽象、理想概念里的非常明朗健康的社会心态。然而,香雪的"明天"却是具体的和实实在在的,是精神里充满了物质性的:

> 天长日久,她们又在这一分钟里增添了新的内容。她们开始

---

① 王蒙:《漫话几个青年作者和他们的作品》,《作品与争鸣》1983年第8期。
② 陈丹晨:《天真的、单纯的、真诚的……——记铁凝的创作》,《萌芽》1984年第1期。
③ 雷达:《铁凝和她的女朋友们》,《花溪》1984年第2期。

挎上装满核桃、鸡蛋、大枣的长方形柳条篮子,站在车窗下,抓紧时间跟旅客和和气气地做买卖。她们踮着脚尖,双臂伸得直直的,把整筐的鸡蛋、红枣举上窗口,换回台儿沟少见的挂面、火柴以及姑娘们喜爱的发卡、纱巾,甚至花色繁多的尼龙袜。

香雪、凤娇等少女的"明天"就在车窗里面,是鸡蛋、红枣换回的这些"挂面""火柴""发卡""纱巾"和"花色繁多的尼龙袜",她们得马上行动。这种"行动"里的确充满了铁凝所描绘的"心灵美""善良""纯真"的意味,可我以为它应该不同于作家和批评家对这些东西的过分理想化的理解。

张乐天写道,由于1950—1970年代"公社时期实行严格的计划经济制度,国家控制着农村市场。产品的交换主要是农民与国家之间的交换,农民把农副产品卖给国家,然后从国家那里获得生产和生活数据"。在这种情况下,农民想获得"火柴""发卡""纱巾"和"花色繁多的尼龙袜"这些被国家计划经济严格控制的物质产品非常困难。而且张乐天注意到,1962年响应国家号召从城市回乡务农的干部顾君祥,几年下来,一家人的生活竟到了一贫如洗的地步:

> 顾回到了出生和长大的地方,迎接他的不是温馨的生活,而是艰难与失落。祖上传下来的几间房子破旧不堪,冬夜寒风嗖嗖,雨天屋漏连片;妻子劳力不强,五个子女有四个需要负担,自己身体瘦弱难以胜任重体力劳动,一年下来,全家劳动所得连粮食柴草钱都不够;国家干部的身份失去了,他在村里不仅不能发号施令,还常常因劳力差而被人看不起。①

看过作家高晓声短篇小说《李顺大造屋》的读者会联想到顾君祥

---

① 张乐天:《告别理想——人民公社制度研究》,东方出版中心,1998年,第331、163页。这部著作以田野调查的方式,披露了很多鲜为人知的农村内幕,是我们了解"十七年"农村一系列改造运动及其后果的重要参考资料。

的境遇不是个别案例,而是当时整个农业、农村和农民命运的缩影。国家控制了"火柴""发卡""纱巾"和"花色繁多的尼龙袜"的流通,香雪和千百万农村妇女很难得到这些"城市"的东西。她们越是得不到这些东西,渴望得到的心情就越强烈。这是作家铁凝和评价这篇小说的批评家们经验里的一个死角——虽然他们的写作让我们有幸瞥见1980年代初中国农村生活的一角。

小说没有直接写香雪的家庭,但能想到她家的经济状况可能与顾君祥没有多少差别。香雪每天到车站的行动被一种非常具体的"明天"所激励,她不愿意再像她父母那样生活在"昨天"的困境里。如果说作家和批评家心目中的"十七年"主要是一个精神上不自由的"十七年"的话,那么香雪的"十七年"则是物质上极其匮乏的"十七年"。这种历史观决定了她更多是在"物质"的层面上想问题,这也影响到她的行为方式。她是一个从没有走出过大山的农村少女,只能按照自己的意识和经济处境考虑问题,我们不能要求她像作家批评家那样站在"新时期"的高度去考虑问题。

> 香雪的心再也不能平静了,她忽然明白了同学们对于她的再三盘问,明白了台儿沟是多么贫穷。她第一次意识到这是不光彩的,因为贫穷,同学们才敢一遍又一遍地盘问她。她盯着同桌那只铅笔盒,猜测它来自遥远的大城市,猜测它的价钱肯定非同寻常。

小说里没有明写,却已在暗示香雪希望通过考大学跳出自己现实困境的举动。但她脑海中的"大学"与"知识""理想"的紧密关系也不同于城里人,它是"乡下人"意识上的,它某种程度上还是一座物质性的"桥梁",因为只有通过这座结结实实的物质性的桥梁,她,也包括像她这样的千千万万个农村少女才能走出贫困,像"城里人"那样生活。《哦,香雪》无处不点到香雪与凤娇等人的不同,她是被架高在另一层次上才成为小说的"主人公"的。香雪是"台儿沟唯一考上初中的人",在众女孩的眼里,城里人的"白"是"捂"出来的,而香雪则天生丽质,她命中注定要做一个"城里人"。与女孩们的"大胆泼辣"不同,香雪是"胆小的",她在车站和旅客做买卖也是与别人不同的,她"洁净"的眼睛让旅客不忍骗她;她还破天荒地向旅客"打听北京的大学要不要台儿沟人"……种种迹象表明,香雪要毅然"告别"台儿沟了,她开始向往另一个崭新的"1980年代"。马克思说:"在社会的衰落状态中,工人遭受的痛苦最深重。他遭受特别沉重的压迫是由于自己所处的工人地位,但他遭受压迫则由于社会状况。"他进一步尖锐地质问道:"我的劳动是什么,它在我的物品中就只能表现什么。它不能表现为它本来不是的那种东西。因此,它只是我的自我丧失和我的无权的表现。"①香雪本能地意识到了,她不能再像她的父母那样每天匍匐在绝望的土地上谋取最可怜的生存条件。她要通过与"城里人"的"交换"来接近城市,她要通过羡慕城里人的物质来鼓动自己成为父母一代的叛逆者。结果,她不仅这么想,而且也大胆做了。

  香雪终于站在火车上。她挽紧篮子,小心地朝车厢迈出了第一步。这时,车身忽然悸动了一下,接着,车门被人关上了。当她意识到应该赶快下车时,列车已经缓缓地向台儿沟告别了。

香雪既然已经登上"现代化"的列车,就不可能再下来,至少她心里也不愿意再走下来(1990年代后,像她这样千千万万个农村少女们都登上列车奔赴东南沿海城市和大小城市。在这个"进城"的意义上,香雪是她们中的"第一人")。她终于迈出了关键性的一步。列车仅仅在台儿沟停留"一分钟",就为这个勇敢的小姑娘猛地掀开了"明天"的序幕……

然而,小说写到这一步,我们开始意识到它表现的"明天"是以"昨天"为参照的。香雪与塑造她形象的作家、批评家心目中都有一个

---

① 马克思:《1844年经济学哲学手稿》,人民出版社,1985年,第15、173页。引用这段话,是想用一种知识角度重新处理小说里的问题。对我来说,作为当年知青,我对农村经济境况的体验和观察,才是我今天研究问题的重要参考,我的思考正是基于对我过去经验的再认识而产生的。

代表着"昨天"的"十七年",他们意识到只有走出"十七年",才能拥有更为美好的"1980年代"。不过,即使在人生经历中拥有同一个"十七年"和"1980年代",香雪的"十七年"和"1980年代"与那些作家、批评家们也是有根本差别的,因为在这些特殊年头里贯穿着的马克思所说的"工人意识""劳动人民意识"并没有被后者觉察到。但铁凝没想到她用一篇"知识分子"小说,竟然非常忠实地反映了香雪等千千万万个农村少女们的"劳动人民意识"。

三、"铅笔盒"里的两个"1980年代"

很多人注意到,"铅笔盒"在小说《哦,香雪》里起的是画龙点睛的作用。罗岗、刘丽的《历史开裂处的个人叙述》非常出色地分析了这个贯穿小说始终的象征性道具。

> 毫无疑问,在1980年代"启蒙主义"主导下的语境下,"铅笔盒"是"现代文明"的象征。但在《哦,香雪》这部当时颇受好评的小说中,"铅笔盒"的"现代光环"却并非自动获得的,相反,它是通过一系列"遗忘"和"压抑"的机制"生产"出来的。首先"遗忘"的是"铅笔盒"所包含着的"女同学"与"香雪"之间的"不平等"关系;那是"三顿饭"与"二顿饭"、"富裕"与"贫穷"、"城市"与"乡村"的"不平等";其次"压抑"的是和"铅笔盒"同样是"物"的"发卡"、"纱巾"的合理性,后者完全被视为"物欲"的代表,而毫无"铅笔盒"的"光环"。反过来,因为"铅笔盒"具有"象征性",才保证了它的"物质性"可以被细致地描述……①

罗岗等注意到批评家因受1980年代新启蒙思潮影响,他们是在

---

① 罗岗、刘丽:《历史开裂处的个人叙述——城乡间的女性与当代文学中个人意识的悖论》,《文学评论》2008年第5期。该文并未仅仅着眼于1980年代文学,而是通过两篇小说看待1980年代、1990年代社会转型所造成的农村女性地位和意识的巨变。

"明天""善良""纯真""美好"的范畴里指定"铅笔盒"的精神意义的,而没想到香雪等农村少女更关心的却是"三顿饭"与"二顿饭"、"富裕"与"贫穷"、"城市"与"乡村"的"不平等",这种的观念意识更接近于马克思所说的"经济基础决定上层建筑"那样的唯物主义理论。而1980年代的"清除精神污染"浪潮正是将代表"物"的"发卡""纱巾"等解决人们日常生活问题的东西当作"资产阶级情调"来批判的。毫无疑问,罗岗在这里揭示了1980年代新启蒙思潮在高扬人道主义旗帜时,却压抑了农民和工人等劳动阶级物质欲望和权力要求的问题。

甘阳等知识精英的"1980年代"与香雪们是不同的,由于掌握着1980年代文化的解释权,他们一直在根据自己的阶层地位和历史感受为它量身定做一套理论。而在他们看来,这套理论对所有社会人群和阶层具有普适性,这将指导后者从一个个糟糕的"昨天"走向明媚的"明天"。于是,他们在意的是:

> 必须使"现在"去同化"过去"、以"新的"同化"旧的",而不是反过来用"过去"来同化"现在"、"旧的"同化"新的",这就是我们的传统观与前一种传统观的主要区别所在。①

> 1985年的新电影相对上一年的影片更加个性化,或者说风格化,这不仅表现为一种艺术上的个性化倾向,而且在意识形态上,更加突出了主人公与社会的隔膜,从而强化了主人公的孤独感。②

在甘阳崭新的"1980年代文化意识"中,香雪们对物质的渴望是"现在"必须要同化的"过去"的传统观,而在姚晓濛的"新电影观"中,

---

① 甘阳:《八十年代文化讨论的几个问题》,《八十年代文化意识》,上海人民出版社,2006年,第34页。对甘阳等试图占有1980年代文化解释权的做法,我在另外的场合曾经做过分析。我觉得由于抱着"优胜者"的心态,这种"重新反思"可能已产生自身阻碍。

② 姚晓濛:《中国新电影:从意识形态的观点看》,甘阳:《八十年代文化意识》,上海人民出版社,2006年,第205页。

香雪的"三顿饭"与"二顿饭"以及"铅笔盒"等苦恼又算得了什么呢？它们远不如"主人公与社会的隔膜"而产生的奢侈的"孤独感"更有崇高的精神价值。在这种精英意识的压制下，香雪这点可怜见的"1980年代"不可能被强烈关注"人道主义普适性"的文化英雄们注意到。这真有点像焦大与林妹妹的社会阶层差异性，但我们也没必要去埋怨甘阳们在关注民族文化大命运时对香雪等底层民众小小生活要求的忽视。

诚如罗岗们所说，香雪的"1980年代观"再直接和简朴不过了：解决"三顿饭"与"二顿饭"的困境，通过"发卡""纱巾"尤其是"铅笔盒"而在生活境遇上努力接近于"城里人"。这就是她的"1980年代"的"全部"。她确实没有甘阳等那么高的精神境界和那种哲学思考的抽象能力。为此，她羞辱于"女同学"对"二顿饭"和"铅笔盒"的嘲笑；为赶每天七点钟到站的那趟火车，"香雪总是第一个出门"；她和同伴们"仿照火车上那些城里姑娘的样子把自己武装起来，整齐地排列在铁路旁，像是等待欢迎远方的贵宾，又像是准备着接受检阅"。当她隔着车窗，在"一堆堆满食品的小桌上，发现了渴望已久的""装有吸铁石的自动铅笔盒"时，为拥有这个能克服在女同学中深刻"屈辱感"的东西，这个也许能够使她跨越"农民阶层"而进入"火车旅客阶层"并永远告别台儿沟的对象时，十七岁的香雪贸然采取了行动。她用四十个鸡蛋从女大学生手中换了铅笔盒并被火车载到三十里之外，然后又徒步在夜色下返回。小说在这里出现了一段令人心碎的描写：

> 她胳膊上少了那只篮子，她把它悄悄塞在女学生座位下面了。在车上，当她红着脸告诉女学生，想用鸡蛋和她换铅笔盒时，女学生不知怎么的也红了脸。她一定要把铅笔盒送给香雪，还说她住在学校吃食堂，鸡蛋带回去也没法吃。她怕香雪不信，又指了指胸前的校徽，上面果真有"矿冶学院"几个字。香雪却觉着她在哄她，难道除了学校她就没家吗？香雪收下了铅笔盒，到底还是把鸡蛋留在了车上……

现在,香雪一个人站在西山口,目送列车远去。列车终于在她的视野里彻底消失了,眼前一片空旷,一阵寒风扑来,吸吮着她单薄的身体。她把滑到肩上的围巾紧裹在头上,缩起身子在铁轨上坐了下来。

这时她才感到了害怕,小时候因怕毛毛虫,怕晚上,甚至因身上一根头发摘不下来,"她会急得哭起来"。而她因为一只铅笔盒,今夜必须一个人面对"这陌生的西山口","四周黑幽幽的大山",要赶三十里山路才能回家。今夜,香雪要成为姚晓濛所说的那种"孤独者"了,虽然她的孤独与前者解释的孤独可能不在一个层面。然而,"铅笔盒"带来的"物质欲望"又让她激动起来,暂时克服了害怕心理,这只铅笔盒带动周围的一切产生了一种神奇的"诗意":

她这才想到把它举起来仔细端详。她想,为什么坐了一路火车,竟没有拿出来好好看看?现在,在皎洁的月光下,她才看清了它是淡绿色的,盒盖上有两朵洁白的马蹄莲。她小心地把它打开,又学着同桌的样子轻轻一拍盒盖,"哒"的一声,它便合得严严实实。她又打开盒盖,觉得应该立刻装点东西进去。她从兜里摸出一只盛擦脸油的小盒放进去,又合上了盖子。只有这时,她才觉得这只铅笔盒真正属于她了,真的。她又想到了明天,明天上学时,她多么盼望她们会再三盘问她啊!

这一系列"上车""离家"、夜里"赶三十里"山路回家的大胆行动,居然是一个从未离开过台儿沟一步的农村少女香雪完成的。但在城市会有一个家庭允许自己孩子这么去做吗?当然,这种动机一开始就不会产生。因为城市里的孩子与生俱来就是拥有"铅笔盒"的,"铅笔盒"在他们的生活中早就被降低为一件"普通的东西"。那么,如果我们再回到"香雪的阶层"里想问题,就意识到"铅笔盒"对于香雪们的严重性了。在小说里,这个对城市孩子来说极其"普通的东西",竟然等同于香雪生活的全部!

所以，我正是在这个"很低的层次"上阅读《哦，香雪》的，我正是从她手里这只小小的"铅笔盒"出发，在这个层次上思考"香雪的问题"，思考香雪"铅笔盒"里她那个贫困的而非精英知识阶层的"1980年代"的。这个当时"中国农村之一角"，批评家们多从精神和知识上的"人道主义"和"新启蒙"的角度看待，有谁真正从农民经验的角度眷顾过它呢？这是我全篇文章关注的中心问题。

四、小说、文学批评中的"主体"

紧接着就将进入与之相关的另一个问题。这个问题关乎对《哦，香雪》的再认识，也关乎对1980年代文学与劳动人民关系的再评价。

我不用说大家也知道，凸显在1980年代小说和文学批评中的是"知识分子意识"，尤其指向那些遭受过历次政治运动和社会动荡迫害的知识分子。我们看看李泽厚的"三论"，刘再复的"主体论"，鲁枢元的"向内转"，吴亮和黄子平的评论，看看"人道主义讨论""朦胧诗论争""文学自主性"和"文化热"讨论，再看看王蒙、刘心武、张洁、张贤亮、从维熙、韩少功、阿城、王安忆、马原和余华等人的小说，就会一目了然了。"知识分子意识"成为这十年小说和文学批评的"主体"，那么这种文学思潮也会裹挟到小说《哦，香雪》的写作和文学批评中来。

从这篇小说和王蒙、陈丹晨、雷达、顾传菁等人的文学批评看，香雪的形象基本是按照"善良""纯真"和"美好"这一诗意化的文学规划来设计的，没有人真正关心她"三顿饭—二顿饭""铅笔盒—换铅笔盒"等纯粹来自下层劳动人民的感受和焦虑。小说和文学批评都在砍削和压制这些东西，把它们置换成知识精英们愿意看到的劳动人民的"真善美"的形象，也就是说，作者和批评家都在按照知识精英的理念，用他们的"精神主体"来重新建构香雪们的"精神主体"。小说和批评即使有意揭示香雪等农村少女心灵的"真善美"，也都是为了完成"改造国民性"这一任务服务的。我之所以提出这样的问题,是因为它关涉知识精英创作的小说和批评与劳动人民的真实关系。

在我看来,香雪并非没有她的"主体意识",这一意识实际流露、贯穿在作品的一个个细节里了。

> 香雪不言不语地点着头,她终于看见了妇女头上的金圈圈和她腕上比指甲盖还要小的手表。

> 有时她也抓空儿向他们打听外面的事,打听北京的大学要不要台儿沟人,打听什么叫"配乐诗朗诵"……

> 香雪的心再也不能平静了,她好像忽然明白了同学们对于她的再三盘问,明白了台儿沟是多么贫穷。

> 她胳膊上少了那只篮子,她把它悄悄塞在女学生座位下面了。在车上,当她红着脸告诉女学生,想用鸡蛋和她换铅笔盒时,女学生不知怎么的也红了脸。

> ……

而想到明天同学们就能看到她的"铅笔盒","盼望她们会再三盘问"时,香雪立刻又想到的是,"四十个鸡蛋也没有了,娘会怎么说呢?爹不是盼望每天都有人家娶媳妇、聘闺女吗?"四十个鸡蛋是家庭的一份重要财产,得意忘形之余,香雪突然想到用它交换铅笔盒对于全家的严重性了。"随着工人在精神上和肉体上被贬低为机器,随着人变成抽象的活动和胃,工人越来越依赖于市场价格的一切波动";另一方面,"资本是对劳动及其产品的支配权","拥有这种权力并不是由于他的个人的或人的特性,而只是由于他是资本的所有者。他的权力就是他的资本的那种不可抗拒的购买的权力"。[①]马克思的话,让我在 2010 年夏天更清楚地看到了 1980 年代被我国知

---

① [德]马克思:《1844 年经济学哲学手稿》,人民出版社,1985 年,第 12、21 页。

识精英抽象精神话语压制住的"政治经济学",看清楚了劳动、金钱、资本和购买力等等赤裸裸的交换本质。同时,也看清楚了农村少女香雪的"政治经济学"是怎么被1980年代的知识精英话语所压制、所覆盖的。虽然1980年代初,中国的改革开放刚刚开始,市场经济还未全面铺开,知识精英不可能在香雪的"经济交换"行为中看到劳动、金钱、资本和购买力的本质特征,铁凝和陈丹晨、雷达等人也没有机会和能力揭示在小说深处香雪这一"劳动人民"的"经济意识"。然而,这不等于小说和批评对劳动人民这一"主体意识"就应该采取漠视的态度。我注意到,即使"铅笔盒焦虑"是作者铺在小说里的一条红线,即使批评家陈丹晨和雷达也敏锐注意到了它在小说中的重要性,他们关注的也不是铅笔盒的经济学意义,而是它的精神思想意义。

  对于未来生活充满美好的幻想和热烈的追求却比谁都强烈执着,因为换取那梦寐以求的铅笔盒子,她冒失地登上列车,被载驰而去……①

  她的追求决不是什么"铅笔盒,"否则就太藐视我们的香雪了;她追求的是"明天",每一个不同于昨天的新的"明天"……②

陈丹晨和雷达都在强调"铅笔盒"在"精神"上对于香雪的重要性,他们是在压制香雪的"物质欲望"的重要性的基础上来强调属于他们自己的知识精英的精神追求的。就像我在前面已经说明的"铅笔盒"里有两个"1980年代"一样,香雪与知识精英的这一本质差别一直被小说和批评文章忽视和遗忘,香雪的"劳动人民意识"一直被1980年代"知识精英意识"的冰山压制和覆盖。正是在这个意义上,我在上面各节里提到的香雪等农村少女的"一分钟""明天""两个铅笔盒"和"主体",与小说作者和批评家们眼中的这些东西是不一样的。这是迄

---

① 陈丹晨:《天真的、单纯的、真诚的创作》,《萌芽》1984年第1期。
② 雷达:《铁凝和她的女朋友们》,《花溪》1984年第2期。

今为止对该小说的批评和研究一直都不太关心的事情。

我愿意以当年知青的身份和名义，尽可能低地再次走进或贴近香雪和凤娇这些农村少女的世界。

> 台儿沟的姑娘们刚把晚饭端上桌就慌了神，她们心不在焉地胡乱吃几口，扔下碗就开始梳妆打扮。她们洗净蒙受了一天的黄土、风尘，露出粗糙、红润的面色，把头发梳得乌亮，然后就比赛着穿出最好的衣裳。有人换上过年时才穿的新鞋，有人还悄悄往脸上涂点胭脂。尽管火车到站时已经天黑，她们还是按照自己的心思，刻意斟酌着服饰和容貌。然后，她们就朝村口，朝火车经过的地方跑去。

我感觉它好像不再是"小说"的世界，而是十七岁的我背着父母准备的简单行囊春天下乡插队时最初看到的那个样子，那个"农村"是本真的，未加文学的打扮和修饰的。我之所以说我理解香雪，是因为我那时的经济境况和人生处境与她都是相通的，是在同一个生存的地平线上的。虽然我在文章里引用了马克思的话，有限地使用了1990年代喧嚣一时的底层文学批评的视角，但这只是临时的"引用"和"借用"而已，我并不希望它们影响和转移我个人对小说的最真实的判断。在某种程度上，更多地影响着我对小说看法的还是我的知青经历，那两年多曾经像香雪一样生活在农村的亲身经历，告诉我应该怎样去看待和认识香雪的"1980年代"，而不是像小说、文学批评、权威理论和底层批评所告诉我们的那样。充分尊重农民本身的生活感受，而不是用别的优越的阶层意识简单地去代替，才应该是人们希望读到的真正的农村题材小说。这是我对《哦，香雪》的一次非常私人化和偏心的阅读。

关于劳动的寓言

——读《人生》

2010年1月至11月,报端连续追踪的深圳富士康公司年轻打工者十二人的"跳楼事件",一时间震惊海内外。① 劳动伦理、底层民众在现代化挤压下的命运和生存价值,成为公众热议话题。我以为,再读小说家路遥1982年发表的中篇小说《人生》也许正当其时。高加林逃离乡村、进城追求理想和重建人生的时代意义,难道已经在"富士康式"的历史框架中失效?诸多追随他历史道路的农村青年,最后一定要用这种残酷的方式展示青年野心家于连的幻灭?笔者不禁跟着高加林来到大马河桥头:"他手扶着栏杆,想起第一次卖馍返回的时候,巧珍就是站在这里等他的;想起在这同一个地方,他不久前又曾狠心地和她断绝了关系……眼下他又在这里了,可是他现在还有什么呢?他幻想的工作和未来在大城市生活的梦想破灭了,黄亚萍又退回到了他生活的远景上;亲爱的巧珍被他冷酷地抛弃,现在已和别人结了婚。他真想一纵身从这桥上跳下去!"这位1980年代青年的"跳桥冲动"固然令人惊骇不已,但在21世纪富士康青年们的更大故事中也属平常。三十年原来只是一个瞬间。路遥笔走至此,大概没想到高加林面临的人生矛盾,竟然在许多年后无数农村青年进城壮举中重现,它揭示的不仅仅是改革开放初期的困局,也暗示着千百年来中国农村转型的困局。改革开放三十年不过是中国漫长农村改造史中小小的一页。笔者细揣小说,为这位杰出小说家勇敢提出了重大现实问题欣然感佩。"劳动"与"进城"的矛盾就是这篇小说的起点,是它的立足点,

---

① 详见在此期间的《南方周末》《南方都市报》《深圳青年报》及搜狐、新浪等各大网站。

更是主人公内心深处隐痛的纠结点,这大概是我们三十年来反复阅读它并经常会感到局促不安的深层原因。

一、高加林

并不是所有的回乡青年都像高加林一样有如此强烈的自我意识。这种自我意识使他产生了对劳动的不适应感。虽然路遥对农民"平凡而伟大"的"诚实的劳动"从来不吝啬热情的赞美①,但正如他的"创作年表"显示的那样,他本人对每天"面朝黄土背朝天"的枯燥辛苦的劳动也不适应。② 批

---

① 见路遥《生活的大树万古长青》《作家的劳动》等创作谈文章,参见李文琴编选:《路遥研究资料》,山东文艺出版社,2006年,第4—8页。在这些文章中,作家按照中国农民朴素的劳动观要求自己的文学创作,认为只有诚实的劳动,才能产生诚实的小说,同时也才能真实表现作家所处的时代本质。

② 据杨晓帆:《路遥生平与创作年表》:1963年,他考入延川中学。1966年7月毕业等待分配期间,"文革"爆发。于1966年年末至1967年年初,初次徒步走到北京。返回后以王天笑的名字写大字报、批斗稿。后成为本班红卫兵组织"井冈山"造反派领袖。不久延川中学教师学生分裂为两大派别,路遥率领"井冈山"成为"红四野"骨干力量。后担任全县革命两大阵营主流派"红四野"军长。1967年9月15日按照"三结合"成立县革委会。路遥任副主任。但作为革命大众代表并无实权。后因武斗嫌疑被审查。11月以返乡知青农民身份,回到延川县农田基建队劳动。后因养父王玉德的威望受到大队干部庇护,成为附近队办小学的教师,并开始在县文化馆油印刊物《革命文化》上发表《塞上柳》《车过南京桥》等短诗。1968年11月入党。1969年3月回村,任马泉店小学民办教师。后经曹谷溪帮忙调入革命委员会通讯组,以农民工(另一说是"创作员""代理教师")身份调入县毛泽东思想文艺宣传队。该年在新胜古大队黑板报上发表诗歌《老汉走着就想跑》。1971年开始发表作品,计有《老汉走着就想跑》,《延安通讯》1971年8月13日;《塞上柳》,《延安通讯》,1971年9月28日;《车过南京桥》,《延川文化》,署名缨依红;等等。1972年,与曹谷溪、闻频、陶正等成立业余文艺小团体——延川县工农兵文艺创作组。5月,为纪念毛泽东《在延安文艺座谈会上的讲话》发表三十周年,以延川县革委会政工组名义,曹谷溪主编诗集《延安山花》,收入路遥的六首诗——《老汉走着就想跑》《塞上柳》《电焊工》《进了刘家峡》《山村女教师》《农村销货员》,以及与谷溪合写的《灯》《当年八路延安来》,由陕西人民出版社1972年出版。9月,创办《山花》,结识了后来的妻子北京知青林达。10月国庆节,与闻频创作大型歌剧《第九支队》。1973年9月被推选到延安大学中文系就读。……见杨晓帆:《"柳青的遗产":"交叉地带"的文学实践——路遥论》,中国人民大学,博士学位论文,2013年,第186—188页。

这些1963—1973年十年间路遥的生活记述显示,作家对参加"文革"等政治活动和从事文学创作的热情,远远大于做一个农民。这种往返于"城乡之间"的辛苦和个人经验,后来对他的文学创作贡献不小。

评家王愚认为:"《人生》发表,展现了转折时期城乡交叉的社会矛盾,揭示了重叠复杂的人生纠葛,把新一代农村知识青年(也不仅仅是农村青年)的思索、追求、理想、奋争以及他们'先天不足'的弱点和'后天失调'的缺陷——披露出来。"他认为路遥写劳动与理想的矛盾是想像19世纪俄国的伟大作家一样,"把这些用来探索当代中国人,准确点讲是生活在转折时期的当代中国人的精神世界"。① 但凡创作文学史诗的作家和主人公,他们对抱负的关心从来都优先于世俗生活世界,他们做事的最大满足就是展现出才干能力,充分实现自我。天下太平时候,有野心的人只能各就各位,做点平凡小事,还陷入日常琐事的苦恼;但在群雄蜂起的历史转折时期,这样的人具有无限发展空间,就看他们如何敏锐和大胆地抓住机会。

高加林高中毕业回乡做了几年民办教师,又被村支书高明楼儿子顶掉,被迫干起农活。一家人气急败坏,高加林还思量过疯狂报复,但也只能含泪接受这个结果。接下来的几天,高加林心灰意冷,自暴自弃,每天"睡得很早,起得很迟",醒来不知道已经接近中午。这时下地的父母还在勤苦劳作。这说明,一向心高气傲的回乡青年高加林从未想过一辈子做农民,过他父亲那种日出而作、日落而息的稼穑岁月。为表现这位青年精神气质迥异于本村土头土脑的乡党,路遥写到高加林路遇去高家村相亲的马栓时的"知识分子的'清高'",写他刷牙,穿绿黄色军衣,还展现他准备游泳时的"很健美的"裸体、修长的身材,并以无比欣赏的口气说那里"没有体力劳动留下的任何印记"。总之,路遥纵情发挥文学想象,要把世上所有文学化的美好辞藻,都慷慨给予这位少不更事且野心勃勃的年轻人。小说家大概忘记,按照普通伦理,"下岗教师"此刻最应该帮父母干农活,尽尽年轻人的点滴孝心,向村民稍微展露一下受过现代教育人士的道德水准。但小说"上编"从第一至第五章都不愿意为此浪费任何笔墨。我们看到,当第六章镜

---

① 王愚:《在交叉地带耕耘——论路遥》,《当代作家评论》1984年第2期。

头转向高加林出山劳动时,场面真令读者窘迫不安:

> 高加林在赶罢集第二天,就出山劳动了。像和什么人赌气似的,他穿了一身最破烂的衣服,还给腰里束了一根草绳,首先把自己的外表"化妆"成了个农民。其实,村里还没一个农民穿得像他这么破烂。他参加劳动在村里引起了纷纷议论。

在庄稼地里,高加林在全村父老面前以高人一等的身段出场。这当然有向"宿敌"村支书高明楼示威的味道,但同时也把他没有融入宗族乡里关系的事实告诉了读者。他刚出手时的"劳动手艺",确实让人不敢恭维:

> 他的劳动立刻震惊了庄稼人。第一天上地畔,他就把上身脱了个精光,也不和其他人说话,没命地挖起了地畔。没有一顿饭的功夫,两只手上便打满了泡。他也不管这些,仍然拼命挖。泡拧破了,手上很快出了血,把镢把都染红了;但他还是那般疯狂地干着。

作者在这里显露出他擅写陕北农村青年典型的精准到位的文学功夫。这些细节,也纤毫毕现地把王愚前面所说的1980年代初期农村知识青年的"'先天不足'的弱点和'后天失调'的缺陷"充分暴露出来。如果不受1980年代评论的左右,读者当然知道高加林所谓的"回乡"劳动,只是最终"进城"前暂时休养生息,是在暗观天下之变而已,有如三国时期躬耕南阳陇上怀才不遇的诸葛亮。他内心深处怀揣着天下,高家村并非他的久留之地,家庭也不过是他漫漫人生旅途的一个小小驿站,这份深幽的心机自然在村人包括他父母面前藏而不露。这种高家村的局外人姿态,就使他面对所有乡亲包括巧珍时具有了一种潜在的心理优越感:

> (巧珍)扑闪着一双水灵灵的大眼睛,局促地望了一眼高加林,然后从草篮里摸出一个熟得皮都有点发黄的甜瓜递到高加林

面前,说:"我们家自留地的。我种的。你吃吧,甜得要命!"……

高加林很勉强地接过甜瓜,但没有接她的手帕,轻淡地对她说:"我现在不想吃,我一会再……"

更有趣的是后面对高加林接受了巧珍的爱情的描写。志存高远的高加林本来无意娶乡下媳妇,因抵挡不住巧珍的热烈进攻,最后决定不妨一试:

在分路口,巧珍把提包里的那条烟掏出来,放在加林的篮子里,头低下,小声说:"加林哥,再亲一下我……"

高加林把她抱住,在她脸上亲了一下,对她说:"巧珍,不要给你家里人说。记着,谁也不要让知道!……以后,你要刷牙哩……"

显然,接受巧珍不是高加林发自内心的行为,即便在男女拥抱的激情沉醉之中,他仍不忘记提醒巧珍"刷牙"。众所周知,农民从来没有城里人刷牙的习惯,所以它对于高加林这个受过教育的农家子弟的特殊意义不亚于一场"刷牙革命"。已有论者注意到高加林不仅讨厌劳动,同时也讨厌农民不刷牙的历史陋习。①

高加林不同于高家村农民的地方,是他的读书人身份。他与土地、劳动如此疏离,并非因为他要哄抬自己的身价,他也不是在像农村二流子那样故意做出一些荒诞的举动,这种疏离是从他离开故乡去县城读高中就命中注定了的。在中国悠久的文化传统中,"读书人"从来都是在民间倍受尊敬的人物,他们在广大乡村被称作"先生",在城里则被目为即将跻身"官绅阶层"的后备队伍。所以,高加林的优越感实际来自中国社会这份丰富精神遗产的馈赠,而非他有意在村里装模作样。路遥的小说经常写到农村青年通过念书打开视野后所陷入的自

---

① 杨庆祥:《妥协的结局和解放的难度——重读〈人生〉》,《南方文坛》2011 年第 2 期。

身矛盾,例如《平凡的世界》里孙少平每天在"劳动"与"事业"、城乡女同学选择之间经受煎熬。《人生》也是如此,作者极力要表现高加林因读书而改变自己农家子弟身份的奋斗历程,以及对自我满足感的索取。"高加林虽然出身农民家庭,也没走过大城市,但平时读书涉猎的范围很广;又由于山区闭塞的环境反而刺激了他爱幻想的天性,因而显得比一般同学飘洒,眼界也宽阔。黄亚萍很快发现了他的这种气质。"于是这样,高加林就具有了1980年代那种风流倜傥的知识分子气质,产生出自我意识,他对落后的农村竟如此不能苟同。

为显示主人公身上的"非农民气质",小说第三、第四章刻意描写父母看高加林不习惯劳动,让他挽着篮子进县城卖蒸馍的情形。显然在父母看来,这同样是一种"劳动"。在他们的人生观念中,作为农家子弟,儿子总不能赋闲在家,虽然让他从事这类劳动带着点溺爱、娇惯的不纯动机。作为小说的第一个高潮,它对高加林兼有羞辱、穷酸、自负、孤傲和自卑的复杂多元性格,做了一次淋漓尽致的集中展示。

小说第三章开头描写到改革开放初期农村欣欣向荣的景象,包产到户后去城镇从事简单个体经营的农民,纷纷兴致勃勃地奔向乡镇和县城。"公路上,年轻人骑着用彩色塑料缠绕得花花绿绿的自行车,一群一伙地奔驰而过。"而挽着一篮蒸馍的高加林在人群洪流中却如同窃贼,蹑手蹑脚,四顾张望,生怕遇见熟人。"他感到自己突然变成一个真正的乡巴佬了",尽管家里连买油盐的钱都没有。他更怕在集市上大声吆喝,而不吆喝就无法招来顾客,推销蒸馍。他试图偷偷练习,又终因胆怯屈辱而失败。高加林这时在汽车站外面,竟迎面碰到正在悠闲逛街的高中同学黄亚萍和张克南。

> 高加林恨不得把这篮子馍一下扔到一个人所不知的地方。张克南和黄亚萍很快地走到他面前了,他只好伸出空着的那条胳膊和克南握了握手。
>
> 他俩问他提个篮子干啥去呀?他即兴撒了个谎,说去城南一个亲戚家里走一趟。

当他意识到张克南与黄亚萍是恋人关系,马上嫉妒地损害克南的优越感,还酸溜溜地说出许多不得体的话来报复他,这使得他很失风度。但黄亚萍恭维他说看到了他发表在地区报上的几篇散文时,高加林又立刻来了兴致,因为她不仅是县委常委和县武装部长的千金,在县广播站做播音员,而且发自内心欣赏高加林的文学才能。这时黄亚萍大胆邀请他方便的时候去广播站做客,这使他大感舒服。

离开张克南和黄亚萍后,高加林紧张地东张西望,"以防再碰上一个熟人!"

他是个讲卫生的人,"雪白的毛巾一直把馍篮子盖得严严的,生怕落进去灰尘"。这个细节证实了我对路遥的感觉,他违逆小说逻辑使得高加林高出农民一等,对这位敏感到病态的男青年抱着近于偏执的喜爱。后来,高加林终于发现了一个正在寻馍的顾客,但因她是张克南的妈,立刻决定放弃这单生意,匆匆逃离现场。由于作者的纵容,接下来小说还匪夷所思地写到高加林拎着馍篮走进县文化馆阅览室读《人民日报》《光明日报》《中国青年报》《参考消息》和本省的报纸。他如饥似渴地阅读起来,竟然忘记了来县城卖馍的家庭使命。

> 他首先看《人民日报》的国际版。他很关心国际问题,曾梦想过进国际关系学院读书。在高中时,他曾订过一个很大的笔记本,里面虚张声势地写上"中东问题"、"欧洲共同体国家相互政治经济关系研究"、"东盟五国和印支三国未来关系的演变"、"中美苏三角关系中美国的因素"等等胡思乱想的"研究"题目。
>
> …………
>
> 他把几种大报好多天的重要内容几乎通通看完以后,浑身感到一种十分熨贴舒服的疲倦。

在这里,作者不吝笔墨,近乎荒诞滑稽又合情合理地描绘了这位厌恶劳动,更愿意过与农耕无关的精神生活的青年野心家的逼真心理。感谢路遥为1980年代高考失利又不甘于过乡村生活的一代青年拍了张集体照。我想读者读到这里,感触最深的恐怕不是高加林被当时文学批评大肆渲染的"个人奋斗",倒是他这些脱离中国乡村社会实情、不切实际的种种古怪行为。但小说家也意识到应该转为谨慎,否则他的主人公无法在这里收场,故事再难进行下去。作者终于想出一个好办法为高加林解套——让他在大马河桥上巧遇心仪他甚久的同村姑娘巧珍。巧珍果断地拿过他的馍篮返身回到县城,三下五除二就痛快干净地卖掉了蒸馍,不然他一个大小伙子又拎着满筐馍回家,面对父母情何以堪!

　　作家在塑造高加林性格的过程中有两个节点值得注意。一是他夹在城里同学与村里乡亲之间的高傲自尊和自卑偏激的心理特征。被人霸占民办教师职位后,他不肯回村劳动。到县城卖馍,又怕遇见熟人丢失脸面,于是用鲁莽尖刻的顶撞方式,在张克南面前勉强维持脆弱的个人尊严。另外就是作者对他偏执性格的极力维护和没有标准的同情。我已经提到,路遥对高加林的有意偏袒,使得这个人物的性格更加扭曲变形,而因为1980年代制度环境的支持,读者对高加林非但不会厌恶还会心生同情,将他看作时代英雄,这就把"人的价值"与"劳动价值"的历史联系人为地扭断。有识之士会问,难道对路遥劳动体现尊严和价值的思想主张,高加林就可以不予遵守,反其道而行之?以我之见,小说家在创作小说《人生》时,可能感到有责任把高加林的性格矛盾纳入时代生活和重大变革之中,他是在用一种不能自圆其说的思维方式,去激烈质疑为什么1980年代没有为高加林这样有理想有抱负的农村青年准备个人发展的空间。作者这样的反常处理也许自有道理,他之所以不时在作品中加进主人公孤傲怪僻的行为,可能是因为对主人公的命运深怀同情;像常持逆向思维的鲁迅一样,他要对造成这一切的传统文化发起彻底无情的攻击,没有人因为鲁迅怪异的念头责难他。自然也有学者愿意挑明:"正如俄底浦斯一样,这些雄心勃勃的英雄们都是些怀疑超自然的征兆和对预言的愚弄嗤之以鼻的理性主义者。"①

二、巧珍

《人生》中另一个重要人物是巧珍。她是一个老实、本分和善良的乡村姑娘。但她没想到不识字的自己想与知识青年高加林结合本身就是一个错误。王愚发现:"这种矛盾开初就存在于高、刘之间。一个是那样有追求、有幻想,不安于现状,想出人头地;一个是那样陶醉于已获得的爱情,满足于一个安乐的家庭,绝无非分之想。在一种非常情态下,高加林落魄农村,刘巧珍爱有所寄,可以取得一定平衡,但生活在发展,高加林出头有日,大显身手,刘巧珍仍然停留在原来那种境地,差距的加大导致感情的破裂,这其实还是生活中新的因素的增长和停滞的节奏之间矛盾的映现。"不过,作者抱怨作家对高"寄予过多的同情","在道德上多少开脱了高加林"。② 另一位评论家李星也有同感,他用稍微尖锐的口气批评作者道:"高加林脱离实际、脱离人民、狂热地追求个人的幸福,丢掉的是像巧珍一样的金子。"③也许是感到社会舆论的压力,路遥在另外的场合为自己和高加林做了无力的辩解:"像我这样出身卑微的人,在人生之旅中,如果走错一步或错过一次机会,就可能一钱不值地被黄土埋盖;要么,就可能在瞬息万变的社会浪潮中成为无足轻重的牺牲品。"④

评论家和小说家的纠结反映出 1980 年代的矛盾。在那个热气腾腾的年代,很多生活在底层的年轻人利用"尊重知识""尊重人才"的社会舆情,通过高考、就业和经商等机会赢得了上升的空间;与此同时,也有些人在上升过程中开始抛弃同甘共苦的女友,新知识群体中,

---

① 夏志清:《中国古典小说》,江苏文艺出版社,2008 年,第 51 页。
② 王愚:《在交叉地带耕耘——论路遥》,《当代作家评论》1984 年第 2 期。
③ 李星:《深沉宏大的艺术世界——论路遥的审美追求》,《当代作家评论》1985 年第 3 期。
④ 路遥:《早晨从中午开始》,北京十月文艺出版社,2013 年,第 69 页。

这种"陈世美"的数量急剧增加。精神上升与道德下滑构成的历史转折期的尖锐矛盾,这投射在巧珍身上,将她抛向悲剧的深渊。巧珍最初出现在小说第二章高加林与马栓的一次对话中。读者得知,巧珍是高家村众多姑娘中的"头梢子",是"盖满川"。兴致勃勃前去相亲的马栓因自己"脸黑""没文化"心存顾虑,漂亮又心高的巧珍果真就不见他。她大概暗自喜欢乡村知识分子高加林,或许正在那里谋划自己和加林哥美好的明天。这使《人生》的剧情一开始就危机四伏、高潮隐现,因为巧珍所谋划的是正在被时代主潮所抛弃的那种传统、旧式的婚姻爱情。

像生养她的黄土高原一样,朴实的巧珍认定劳动和持家是农家姑娘的基本操守。劳动的历史就像高家村的土地、天空和原野一样古老,她坚信只要勤劳持家、生养孩子就能与心爱的加林哥结合在一起,就会终生幸福。然而1980年代的社会对"劳动"进行了历史分工,处于精神劳动与体力劳动的人们的命运已经截然不同。新出现的社会伦理下的劳动分工,对小说人物做了等级甄别,巧珍与高加林的爱情关系一开始就处在不平等的状态之中,它使读者对《人生》的悲剧氛围有了新的认识。作品第二章写暗恋高加林的巧珍故意挎着猪草篮子路过河道,把自家地里的甜瓜给他。"她扑闪着一双水灵灵的大眼睛,局促地望了一眼高加林","高加林很勉强地接过甜瓜,但没有接她的手帕,轻淡地对她说:'我现在不想吃,我一会再……'"第四章,又写巧珍像做贼似的等在大马河桥上,要为"卖馍失败"的高加林排忧解难。作品还写到高加林那晚初吻巧珍之后又不禁后悔起来,"他感到这样一来,自己大概就要当农民了"。他虽然被巧珍"高挑的身材""所有的曲线"所吸引,由此联想到"俄罗斯画家的油画"上"一个苗条美丽的姑娘",但为了日后进城当工人干部,仍然故意冷淡和疏远她,直至被她的深情打动。最后,竟像要改造出一个"新农村"那样,他发动巧珍在高家村肮脏的水井里撒漂白粉,弄了一场轰轰烈烈的"卫生革命"。所有这些描写,作者都让人感到高加林像是一个暂时处在困境的弱不禁风的少爷,而巧珍则像是一个攀附高门的卑贱的侍妾。这种描写类似中国古典小说中常见的少爷与丫鬟偷情的故事,这种爱情固然引人联想,但最终都不了了之。尽管加林和巧珍不仅同村,而且都是农民,但我们的小说家却把这对乡村青年的爱情婚姻演绎成了有阶层分立意识的故事。

随着小说情节的进展,巧珍这位美丽姑娘的"身价"渐渐"贬值"。她感觉到自己劳动的价值比不上加林哥知识青年的精神劳动的价值了:

> "加林哥!你如果不嫌我,咱们两个一搭里过!你在家里盛着,我给咱上山劳动!不会叫你受苦的……"巧珍说完,低下头,一只手扶着车把,另一只手局促地扯着衣服边。

她只盼望高加林重新当上体面的村里"代课教师",当上"高级人士",还昏头昏脑地设计安排他像城里人那样过上"六个工作日"的生活:

> 有时候,加林就在这样的催眠曲中睡着了,拉起了响亮的鼾声。他的亲爱的女朋友就赶忙摇醒他,心疼地说:"看把你累成个啥了。你明天歇上一天!"她把他的手拉过来蒙住她的脸,"等咱结婚了,你七天头上就歇一天!我让你像学校里一样,过星期天……"

笔者发现,在"尊重知识""尊重人才"的强大社会舆情压力下,人们已经开始"不尊重劳动"了。这种社会意识的巨变,使刚到县委当通讯干事的高加林看他心爱的巧珍的眼光也变了。小说第十六章,有一段巧珍进城探望加林,结果却受到他嫌弃的揪心的细节描写。一进加林的办公室,"巧珍就向他怀里扑来",加林赶紧把她推开:"这不是在庄稼地里!我的领导就住在隔壁……"还是原来的两个人,但历史情境变了,"庄稼地"里的是一种土里土气的爱情,而高加林现在已经变成"城里人",他隔壁还住着"领导"。由于这种历史情境,此时的巧珍在加林眼里也没有前段时间那么机灵美丽,她变得像陕北婆姨一样婆婆妈妈、啰啰唆唆起来了。"被子太薄了,罢了我给你絮一点新棉花;褥子下面光毡也不行,我把我们家那张狗皮褥子给你拿来","三星已经开了拖拉机,巧玲教上书了,她没考上大学","咱们庄的水井修好了!堰子也加高了","你们家的老母猪下了十二个猪娃,一个被老母猪压死了,还剩下……"对于非常关注《人民日报》《光明日报》《中国青年报》上的时代动态,在县城篮球场上大出风头,而且前途无量的"知识青年"高加林来说,巧珍所叙述的这些家长里短的乡村生活琐事,无疑在指向他的另一个糟糕的"未来"——与乡下姑娘结婚。这对野心勃勃、准备大干一番的加林来说,显然是一种打击,巧珍正潜在地成为他"事业"的障碍。黄亚萍含意露骨的追求,此时正放肆地加入进来,它使高加林对巧珍的刻骨柔情开始发生微妙变化。不过,作者无意让加林马上就变得那么无情无义,他知道怎样用小说打动我们。高加林意识到了自己对心爱的巧珍态度过于严厉,"他又很心疼她了,站起来对她说:'快吃下午饭了,你在办公室先等着,让我到食堂里给咱们打饭去,咱俩一块吃。"这种善举遭到巧珍拒绝,因为"锄还在地里撂着"。她从怀里掏出一卷钱给加林,还许诺之后把半年分红的九十二块钱拿来。听到这里,"高加林忍不住鼻根一酸,泪花子在眼里旋转开了"。

　　读到这里,读者已经预感到加林与巧珍的悲剧结局。但我不愿像批评家李星那样评价高加林①,我更相信批评家王愚在前面所说:"这种矛盾开初就存在于高、刘之间。"其实敏锐的小说家已经观察到中国"城市化"进程的不可逆转,他尖锐而且预言式地指出了发生在男女

---

① 李星:《深沉宏大的艺术世界——论路遥的审美追求》,《当代作家评论》1985年第3期。参见路遥:《面对着新的生活》,《中篇小说选刊》1982年第3期。在当时,很多作家和批评家笔下都出现了"新的生活"这种说法,今天看来,它的含义宽泛而丰富,对我们重新研究那个时代的小说有启发意义。

主人公身上的真正的时代症结所在。"城市化"对农村农民,包括以此为根基存在、延伸了两千多年的中国乡村文明、礼仪道德和伦理秩序产生了很大影响。表面上看是高加林狠心地抛弃了巧珍,事实上是城市化进程在绝情地抛弃巧珍。巧珍的命运就在其中。正因为观察到发生在1980年代初期的这一重大转折,路遥发誓要写出一个"城乡交叉地带"的故事。① 当然,他内心像巴尔扎克一样充满矛盾挣扎,作为农民的儿子,路遥虽然在感情上非常同情巧珍的命运,但理智上认识到青年野心家高加林所代表的历史趋势早已不可逆转。在这样一个历史时期,历史传统的倾覆将不可避免。他甚至感到,由于"现代化""城市化",出现在高加林和巧珍之间的这种"历史分工"可能将是冷酷而合理的。路遥正是在这里纠结起来了,他情不自禁地参与到高、刘的故事中来。第十九章,他安排加林在大马河桥头与巧珍见面。

> 加林把头迈向一边,说:"我想对你说一件事,但很难开口……"
>
> 巧珍亲爱地看着他,疼爱地说:"加林哥,你说吧!既然你心里有话,你就给我说,千万别憋在心里!"
>
> …………
>
> "我可能要调到几千里路以外的一个地方去工作了,咱们……"
>
> 巧珍一下子把手指头塞在嘴里,痛苦地咬着。过了一会才说:"那你……去吧。"
>
> …………
>
> "加林哥,你参加工作后,我就想过不知多少次了,我尽管爱你爱得要命,但知道我配不上你了。我一个字不识,给你帮不上忙,还要拖累你的工作……"
>
> 巧珍说不下去了,掏出手绢一下子塞在了自己的嘴里!

---

① 李劼:《高加林论》,《当代作家评论》1985年第1期。

高加林眼里也涌满了泪水。他不看巧珍,说:"你……哭了……"

巧珍摇摇头,泪水在脸上刷刷地淌着,一串接一串掉在了桥下的大马河里。清朗朗的大马河,流过桥洞,流进了夏日浑黄的县河里……

小说告诉我们,几个月前,他们在这座桥头相爱并山盟海誓,现在二人竟在这里分手,人生的伤痛莫过如此。巧珍回家后经历了好几天衣冠不整、足不出户的难堪生活。流过几天泪后,她决定嫁给后村想与她相亲的老实本分的马栓,而且要她爸爸"三五天"就把婚事办了。得知后来高加林因为开后门被县委辞退回乡的消息后,又是以德报怨的巧珍跑来跪求姐姐巧英别报复加林,求村长高明德让他重新当村里的代课教师。但是,当姐姐说出"这坏小子实际上心里也是爱你的!说不定他还要你哩",暗示他们两人可以重新修好的意思时,却遭到巧珍的断然拒绝,理由是"马栓是好人","我也应该和马栓过一辈子"。路遥真不愧是写农村题材小说的高手,他在写出巧珍全部的善良和宽容的同时,也让我们看到了人性的深度。正是因为这种深度,我不认为《人生》仅仅是一篇表现 1980 年代城市化进程和矛盾的简单的小说,这实际是一篇写人在时代巨变的旋涡中如何奋斗挣扎的小说,加林和巧珍的不简单就在这里。

三、黄亚萍

黄亚萍在高加林和刘巧珍的人生故事中登场的时候,读者已经知道她的城市姑娘身份。这个安排显然不是要渲染三角恋爱,而是为了从另一历史角度描写高加林,强调他进城的价值。农村姑娘巧珍和城市姑娘黄亚萍就这样无意识地参与到改革开放之初中国社会的劳动分工中来,虽然她们未必知道中国当时处在国际资本产业链的低端,只有扮演世界加工厂的角色才能启动自己的现代化进程。高加林的进城就是对劳动分工的价值认同,在这个意义上巧珍对黄亚萍明显处于下风。

刚得知高加林到县委通讯组工作,黄亚萍就匆匆地赶来。他们是高中同学,阔别已经一两年:

> 亚萍手扶住门框,含笑望着他。她已不像学校时那么纤弱,变得丰满了。脸似乎没什么变化,不过南方姑娘的特点更加显著:两道弯弯的眉毛像笔画出来似的。上身是一件式样新颖的薄薄的淡水红短袖,下身是乳白色筒裤,半高跟赭色皮凉鞋——这些都是高加林一瞥之中的印象。

这段描写隐含着两个视角,即加林和亚萍的"互看"。虽然亚萍已有男朋友克南,但她看加林的眼光超出了一般同学关系,而是看情人的那种暧昧的眼光。读者当知道这时加林与巧珍已确定关系,但他看亚萍的眼光恐怕已有越轨意味,否则他怎么会注意到她的身体"变得丰满"了呢?他的眼光里显然无意识地包含着对"丰满"身体的爱抚的意思了。我们刚才不愿意坦率承认这是男女三角关系,担心道德会遮挡住要研究的问题,事实上,这不只是一个三角关系,而是两个三角的关系。加林一进城,就开始践踏乡村传统的道德了。高加林做出的犹抱琵琶半遮面的样子,无形中鼓励了黄亚萍,她的进攻开始主动猛烈起来了。"现在她走在返回广播站的小路上,心情又激动又难受。她现在看见加林变得潇洒了:颀长健美的身材,瘦削坚毅的脸庞,眼睛清澈而明亮,有点像小说《钢铁是怎样炼成的》里面保尔·柯察金的插图肖像;或者更像电影《红与黑》中的于连·索黑尔。"路遥慷慨地把这些人物优越的身体特征嫁接到主人公身上,有时甚至有堆砌之嫌,这回是高加林,下回就是《平凡的世界》的孙少平。这种中西合璧式的完美身体,实际是小说家对1980年代时代英雄的想象。没几天,亚萍与加林在县广播站和文化馆相遇。"他们又一块谈起了文学。"(加林与巧珍在一起时,怎么能够"谈论文学"呢?)怕高加林不懂自己的暗示，黄亚萍送给他一首诗，以诗明志：

> 赠加林
> 我愿你是生着翅膀的大雁，
> 自由地去爱每一片蓝天；
> 哪一块土地更适合你生存，
> 你就应该把那里当作你的家园……

这是在公开煽动高加林背叛，但加林还与巧珍藕断丝连，他还不可能马上就与乡村的道德一刀两断。而且，《人生》是一篇优秀的小说，写这种小说的人也不容许情节发生急转弯，它需要铺垫、维护、加固、拖延。越是能够考验读者耐心的小说，越是好小说。但翻开第十七章，黄亚萍急了。她再次跑到县委通讯组找加林，领导景若虹说他不在，她追到了东岗。（路遥还经常安排他小说的主人公到县河边或县城外某高岗上踱步和沉思，可能这才像是一个"思想者"的所为）她对加林开出一起随父母调到南京工作和生活的高价，当然这种开价是与他们共同喜欢的精神生活紧密联系着的：

> "你去不会是一个人，有克南陪着你哩……"
> "我希望不是他，而是你！"
> …………
> "咱们在一块生活吧！跟我们家到南京去！你是一个有很大前途的人，在大城市里就会有大发展。我回去可能在省广播电台当播音员；我一定让父亲设法通过关系，让你到《新华日报》或者省电台去当记者……"
> 高加林低下头，一只手狠狠从地里拔出一棵羊角草……

黄亚萍所攻击的正是一个中国乡下青年的软肋。像一株暴风骤雨下的小草，高加林动摇了，他爱巧珍的那道阿奇诺防线崩溃了。因为高加林的第一步是县城，他还要一步一步地走到更大的城市里去。

对1980年代小说的主人公来说,"县城"就等于"城市",很多人都把它看作自己人生最理想的驿站,看作精神栖息地。走向"县城"就等于向"现代化"目标张开了翅膀。贾平凹的《浮躁》、路遥的《黄叶在秋风中飘落》、高晓声的《陈奂生进城》、柯云路的《新星》、何士光的《在乡场上》、李杭育的《最后一个渔佬儿》、张一弓的《黑娃照相》等等都是如此。

黄亚萍为什么敢这么明目张胆地欺负巧珍,占领高加林的爱情世界?这是因为她对他们有一种与生俱来的优越感。这是城里人对乡下人的那种优越感。这种优越感由于受到时代的影响,变得愈发地肆无忌惮了。这是历史的鼓励,换句话说,这是历史在鼓励黄亚萍。在翻滚而来的城市化浪涛中,高加林、刘巧珍这些传统的劳动者就变成历史的弱者,成为新的劳动分工中的低端产品。"物竞天择,适者生存",这是一个新出现的世界的残忍的历史逻辑。事实上,评论家们都在公然支持这个历史逻辑。李劼指出:"如果排除了作者的偏见,黄亚萍实际上和刘巧珍一样,对高加林怀有真挚的爱。区别在于,她站在同一地平线上向高加林提出爱情要求,从而摒弃了以牺牲和占有为特色的道德规范。她一发现自己的爱情所在,便毫不迟疑地走向前去,即使会破坏另一个姑娘的幸福也在所不顾。我们可以批评这种爱的自私和排他性,但没有根据把这定性为资产阶级意识。作为一种伦理范畴,道德意识的阶级性更多地体现于其历史性。"[1]黄亚萍和高加林都看到了李劼所指出的这种历史趋势。在那个年代,知识界通过"文学青年""知识青年""时代青年"等概念和词汇,帮助很多越轨者逃避了历史惩罚。实际上,李劼正是在借用"人性""人道主义""批判封建性"这些新词汇来鼓动黄亚萍和高加林反叛,他是在用新伦理来打破旧伦理的锁链。有意思的是,城市姑娘黄亚萍也巧妙地利用了这种时代氛围来唤醒高加林劳动的"原罪感",他的乡村爱情的"原罪感",她

---

[1] 李劼:《高加林论》,《当代作家评论》1985年第1期。

要把他改造成一个1980年代的新人,而这也正是加林进城的价值目标。

于是在这种历史情境中,三角恋爱因为两位招摇过市的小县城新式人物的登场而拥有了某种合法性,它反过来又使三角恋爱闪耀出新的美学意义。"她眼里似乎闪动着泪水,喃喃地念道:'江南好,风景旧曾谙:日出红花红胜火,春来江水绿如蓝。能不忆江南!……'加林忍不住接着她念道:'江南忆,最忆是杭州:山寺月中寻桂子,郡亭枕上看潮头。何日更重游?……'""他们的恋爱方式完全是'现代'的。他们穿着游泳衣,一到中午就去城外的水潭里去游泳。游完泳,戴着墨镜躺在河边的沙滩上晒太阳。傍晚,他们就到东岗消磨时间;一块天上地下地说东道西;或者一首连一首地唱歌。黄亚萍按自己的审美观点,很快把高加林重新打扮了一番:咖啡色大翻领外套,天蓝色料子筒裤,米黄色风雨衣。她自己也重新烫了头发,用一根红丝带子一扎,显得非常浪漫。浑身上下全都是上海出的时兴成衣。有时候,他们从野外玩回来,两个人骑一辆自行车,像故意让人注目似的,黄亚萍带着高加林,洋洋自得地通过了县城的街道……他们的确太引人注目了。全城都在议论他们,许多人骂他们是'业余华侨'。但是他们根本不理睬社会的舆论,疯狂地陶醉在他们罗曼蒂克的热恋中。"

路遥的小说尽管像李劼批评的那样,"作为一部现实主义""却缺少必要的冷静",包括"一些显而易见的感情冲动,诸如在紧要关头发一些可有可无、最好不要的议论,借人物之口表述作者本人的观点"等等创作的弱点[①],但他毕竟像柳青一样都是精辟的历史分析家。他非常清楚在揭示"城乡交叉带"的阶层矛盾,为中国改革开放之初的社会"撰史"的时候,应该写出1980年代中国社会激烈转型中的全景。这种全景效果就是不仅要刻画出历史的探索者,同时也要饱含深情地去刻画历史的受害者。被加林抛弃后,"高家村的人好几天没有见巧珍出山劳动"。"可是,没过几天,村里人就看见,她又在田野上出现

---

① 李劼:《高加林论》,《当代作家评论》1985年第1期。

了,像一匹带着病的、勤劳的小牝马一样,又开始了土地上的辛劳。她先在她家的自留地里营务庄稼;整修她家菜园边上破了的篱笆。"受害者的故事中还包含着深刻的人生哲理:"她曾想到过死。但当她一看见生活和劳动过二十多年的大地山川,看见土地上她用汗水浇绿的禾苗,这种念头就顿时消散得一干二净。她留恋这个世界;她爱太阳,爱土地,爱劳动,爱清清朗朗的大马河,爱大马河畔的青草和野花……她不能死!她应该活下去!她要劳动!她要在土地上寻找别的地方找不到的东西!"作家路遥就这样让新式人物和旧式人物共同出现在1980年代的长廊上,读者跟着两个主人公走进了动荡不安和波澜壮阔的历史生活。

四、高加林、巧珍和黄亚萍

在小说《人生》中,这是三个早晨时光中花朵般清新可爱的人物。如果高家村还是传统社会,高加林说不定像赵树理《小二黑结婚》的小二黑、柳青《创业史》中的梁生宝那样,成为乡村社会的能人。高家村村长兼强人高明德对刘立本说:"你的目光太短浅了,你根本不能小看加林。不是我说哩,这一条川道里,和他一样大的年轻人,顶上他的不多。他会写,会画,会唱,会拉,性子又硬,心计又灵,一身的大丈夫气概!别看你我人称'大能人'、'二能人',将来村里真正的能人是他!"在乡村、小县城两位顶尖的姑娘巧珍和黄亚萍眼里,加林哥是这样的:"她爱他的飘洒的风度,漂亮的体形和那处处都表现出来的大丈夫气质","再说,又爱讲卫生,衣服不管新旧,常穿得干干净净,浑身的香皂味!""她在录广播稿时,面对旋转的磁盘,的确落了泪,但并不完全是稿件的内容使她受了感动;而是她想起了她和加林过去在学校里的那些生活。她现在才清楚,她实际上一直是爱他的!""她后来之所以和克南好了,主要是因为加林回了农村"。高明德、巧珍和黄亚萍们的叙述,对高加林的不得志做了合理的夸张。由此想象在富士康的厂房里,在千百万背井离乡的乡村青年队伍中,也应该不乏高加林式的落难才子。不过有人又及时提醒我们:"高加林的性格是我国社会的一个特定的历史转折期的产物。作为一个典型,他身上集中了当今社会里许多青年的苦闷和追求,也具有许多在苦闷中追求的青年们脱离实际的弱点和错误。"①

我相信小说家的感情天平终究是要倾向巧珍的。他把沾着脸颊泪水的笔墨,毫不吝啬地给了这位心灵手巧、美丽忠贞的乡下女子。像深深理解高加林一样,路遥知道发生在他们身上的人生悲剧并不是他们主观上愿意发生的,而是"城乡二元制度"导致的,是国际资本分工强加给弱者群体的命运造成的,它也是改革开放之初,在充分解放农民的同时却没有建立起他们进城落户的配套措施造成的。这位大手笔的作家,知道怎么把自己心爱的人物放到史诗般宏伟的历史场景中来。"我们应该追求作品要有巨大的回声,这回声应响彻过去、现在和未来。"②"他们默默地偎在一起,像牵牛花绕着向日葵,星星如同亮闪闪的珍珠一般撒满了暗蓝色的天空。西边老牛山起伏不平的曲线,像谁用炭笔勾出来似的柔美;大马河在远处潺潺地流淌,像二胡拉出来的旋律一般好听。"纯厚老实的巧珍没有察觉,改革开放的剧烈地震正要从远方波及这幽静的山乡,一切都将发生改变。她坚信至深爱情和古老的乡村伦理,会抵抗任何的世事惊变,护佑她的爱,她的全部深情。在送加林去县城上班的河湾"分路口"上,她说:"'加林哥,你常想着我……'巧珍牙咬着嘴唇,泪水在脸上扑簌簌地淌了下来。""'你就和我一个人好……'"这是巧珍与高加林人生诀别的"分路口",也是历史的"分路口"。小说家让读者看到,历史巨变之手像轻轻拂去一抹浮尘,就把巧珍一生的幸福给拂去了。这果然应验了路遥在前面的人生慨叹:"像我这样出身卑微的人,在人生之旅中,如果走错一步或错

---

① 路遥:《东拉西扯谈创作》,《文学简讯》1983 年第 2 期。
② 路遥:《早晨从中午开始》,北京十月文艺出版社,2012 年,第 202 页。

过一次机会,就可能一钱不值地被黄土埋盖;要么,就可能在瞬息万变的社会浪潮中成为无足轻重的牺牲品。"①天性纯良的巧珍绝未想到,高加林竟会抛弃她而与黄亚萍相爱,他也会为"城乡二元制度所辱",最终仓皇地重返故里。这个"分路口"上站着他们俩的前世:小二黑、小芹、梁生宝等等同样优秀而文运不济的乡村人物。小二黑、小芹、梁生宝和《小二黑结婚》《创业史》等小说就被这历史洪流裹挟着,这里面显然也有《人生》和巧珍自己。人之奋斗的执着悲壮与在历史大选择中的卑微渺小,全部暴露在这些小说和小人物身上——"这回声应响彻过去、现在和未来"。看到花朵般的巧珍的孤独无助,看到加林徒劳挣扎在这不可抗拒的历史洪流中,再在更远的瞭望中看到富士康厂房里的年轻人对这故事的重复演绎。我相信,此刻落泪的不只是小说家自己,大概也包括了凡是读过这篇小说的心地柔软善良的读者吧。前面较多地说到黄亚萍在俘获高加林过程中的主动性,却把她一个年轻女人的脆弱性遮盖住了。她带来的小县城的物质文明固然对农家子弟高加林的劳动观念构成了一定的威胁,自身有时还有点直率任性,然而她对加林是无比温柔和体贴的。她的忠贞丝毫不让于巧珍,她也从未攻击过这位情敌。"她的工资几乎全花在了他身上;给他买了春夏秋冬各式各样的时兴服装,还托人在北京买了一件双三接头皮鞋(他还没敢穿)。平时,罐头、糕点、高级牛奶糖、咖啡、可可粉、麦乳精,不断地给他送来——这些东西连县委书记恐怕也不常吃。她还把自己进口带日历全自动手表给了他;她自己却带上他的上海牌表。"这些举动表明,黄亚萍非常乐意向自己的爱人展现现代化的远景,也实实在在地准备把他带到了这种令人兴奋的新生活的洪流中。当得知高加林因开后门被县委辞退的消息后,她焦急地四处奔跑,打探消息,找她父亲的朋友,为挽回局面还与做县领导的父亲发生了争吵。令她惊讶的是,加林无意怨恨造成这一切的克南和他母亲,他冷

---

① 可参阅[德]马克斯·韦伯:《新教伦理与资本主义精神》,苏国勋等译,社会科学文献出版社,2010年;黄仁宇:《中国大历史》,生活·读书·新知三联书店,1997年。

静地要断绝他与亚萍的恋爱关系。这种态度使她几乎发疯:"不,我要和你在一块!""我已经又成了农民。""'我不工作了,也不到南京去了!我退职!我跟你去当农民!我不能没有你……'亚萍一下子双手蒙住脸,痛哭流涕了。"年轻人丰富的眼泪,可能是这篇小说给人印象深刻的东西。年轻人的眼泪,因为1980年代的社会巨变而拥有了人性的深度。亚萍几乎在用乞求的口气对加林了:"你……再吻我一下……"少女的挚爱与脆弱,今天犹在耳旁。

没有1980年代的改革开放,这三个花朵般可爱的年轻人就不会这样站在我们的面前。他们身上原本散发着陕北高原早晨清新的气息,人性中都有醇厚质朴的气质。他们都是上进的青年,对未来生活都有美好的设想和展望。但改革开放所催生的现代化进程,就是要打破传统社会的秩序,是要摧毁这诗意的气息,要把固有秩序颠倒打乱,重新安排。它要通过社会结构重组、劳动分工来改变停滞状态,激活蕴藏在社会肌体里蓬勃的活力。它要摆脱中国农业社会改造的困局,把农业人口转移到城市,将中国建成一个真正的现代化国家。但"富士康现象"尖锐地指出了这一过程困难重重。高加林正是在这种意义上成为当代农民进城史的先驱者之一。他就这样成为重新认识当代进城史的一个模式。也许因为已经敏感地意识到了这一点,小说家为我们讲述了三个失败者的故事。这实际是一篇写失败者的小说。这篇小说今天又把富士康年轻人的命运纳入了它的范围。可能是意识到中国社会之改造的困难和漫长,小说家要求我们跟随加林重新回到高家村,他几乎是无望地和高加林一起扑伏并跪在陕北高原上,"两只手紧紧抓着两把黄土,沉痛地呻吟着,喊叫了一声:'我的亲人哪……'"

陕西人的地方志和白鹿原

——《白鹿原》读记

近五十万字的长篇小说《白鹿原》于1993年6月问世(人民文学出版社)。2009年8月,关于这部小说的十余万字的长篇创作谈《寻找属于自己的句子》出版(上海文艺版社;2011年1月由北京大学出版社再版)。至于为什么十六年后才在书中谈这部长篇的创作,陈忠实在书中有所交代。"如果自信作品基本展示了自己的体验,就没有必要作那种多为解释作品的后记","这种理解可能属于一种偏见,却几十年难以改变"。[①] 由于这个原因,《白鹿原》问世后许多出版社约写"自传"都被他谢绝。2004年冬天,陈忠实的老朋友、上海文艺出版社副总编辑魏心宏乘来西安主持研讨会之机再提此议,陈似乎心有所动,但最后仍然作罢。还是改刊后急欲抢占卖点的《江南》杂志表现生猛:"不料到2007年春天,《江南》杂志张晓红电话约稿,让我写一些有关《白》书写作前后的有趣的事。我稍微做斟酌之后便答应试一试。"[②]陈忠实5月写成的首篇文章被他的作协同事、《小说评论》主编李国平拿去连载,于是便一发不可收拾。

这个故事不让人惊奇,当代作家档案中的很多故事与此大同小异。不过"十六年"这个时间却有些微妙。十六年,足以令这个当红作家从批评家和媒体的吹捧包围中平静下来,冷眼打量自己走过的文学道路。小说《白鹿原》与创作谈《寻找属于自己的句子》(以下简称《寻找》)两本书之间,就这样出现了一种相互审视的距离,形成一个对读

---

① 陈忠实:《寻找属于自己的句子》,北京大学出版社。2011年,第262页。本文所引该书内容均出自这一版本。

② 陈忠实:《寻找属于自己的句子》,第263页。

的景观。

一、小说与地方志

《寻找》告诉我们,陈忠实1942年出生在陕西西安郊区灞桥,1962年毕业于西安第三十四中学。高考落榜后,回乡任毛西公社小学和农业中学教师,长期做公社基层干部。他一直遗憾没念大学,小说创作道路不太顺畅①。陈忠实1965年春在《西安晚报》副刊发表散文《夜过流沙河》,1973年在《陕西文艺》发表《接班以后》《公社书记》等小说,曾是当地栽培的"工农兵作者"。他的《信任》获1979年全国优秀短篇小说奖,他还写过一二十篇中短篇小说,但顶多算是全国二流作家和陕西本地知名作家。在小他七岁和十岁且名满天下的路遥、贾平凹面前,陈忠实只能紧跟后尘毫不松懈。他不聪慧但倔劲十足,丁玲1950年代的"一本书主义"对他刺激很大。况且灞桥与他终生崇拜的柳青蹲点的长安县毗邻,常年生活在这位小说巨匠身边,任谁都难让自己紧绷的文学神经松弛下来。他在《寻找》中发狠地说:"我想给我死的时候有一本垫棺作枕的书。"②这书指的就是《白鹿原》。但陈忠实对长篇小说这想象中的"史诗"一直心存畏惧。在他的文学观念中,这种小说出自19世纪的文学巨匠之手,出自柳青之手。1985年后的陈忠实渴望着新的出发。《寻找》说,西北大学教授蒙万夫告诉他,"长篇小说是一个结构艺术。其实在我不单是一个结构问题,我既想见识长篇小说的结构方式,也想看看各路作家的语言选择,甚至如何开头和结尾才恰到好处。我已十分切近地感到某种畏怯,第一次写长

---

① 在这本文学回忆录中,陈忠实透露出自学成才的苦恼,他起点较低,又不像贾平凹(毕业于西北大学中文系)和路遥(毕业于延安大学中文系)那样受过正规大学的文学教育,且毕业后在出版社、杂志社工作,容易接触名家。陈忠实虽出道较早,但名气一直不如前两者,这不能不是一个原因。这种回忆实际为作家之所以发奋创作长篇小说《白鹿原》做了铺垫。

② 陈忠实:《寻找属于自己的句子》,第36页。

篇,人物和内容又那么多,时间跨度也那么长,写砸了就远不是某个中篇或短篇不尽如意所可类比"①。他对如何驾驭史诗性的小说规模心中没底,可禁不住在文学前辈的光环下蠢蠢欲动:"我自然会想到柳青和王汶石,他们对渭河平原乡村生活的描写,不仅在创作上,甚至在纯粹欣赏阅读的诗意享受上,许多年来使我陷入沉醉。"他记得1974年在南泥湾"五七干校"锻炼时,除《毛泽东专集》外,还"悄悄私带了一本《创业史》",藏在窑洞里细细琢磨了半年——"这两位作家对我整个创作的影响,几乎是潜意识的"。而将长篇小说落实到人物塑造,他认为柳青贴着人物写历史的做法对他影响最大:"柳青的'人物角度'写作方法,是作家隐在人物背后,以自己对人物此一境况或彼一境遇下的心理脉象的准确把握,通过人物自己的感知做出自己的反应。"但他纠结的是,新时期文学已大异于柳青、王汶石的文学年代,"十七年"的"柳青传统"应该搁在自己文学世界的哪个位置上,变成不容回避的严峻问题:首先必须摆脱柳青和王汶石,"我仍然喜欢现实主义创作方法,但现实主义写作方法必须丰富和更新,寻找到包容量更大也更鲜活的现实主义"。②

　　柳青和王汶石都是陕西"本地人"。确切地说,"柳青传统"应该是一种本地人的"文学传统"。许多一生专注于个人家族及其"地方志"的作家,最后都成了伟大的作家,例如鲁迅、沈从文、柳青、福克纳和马尔克斯等等。路遥、贾平凹也都是从这里走向全国的。1980年代末,一股社会思潮开始从北京传到西安城,陈忠实正醉心于美国人赖肖尔的著作《日本人》。不过,《小说评论》编辑李国平认为另一本书也许能解开作家心中的困惑:"书名为'兴起与衰落'。这是青年评论家李国平推荐给我读的,他大约风闻我在查阅西安周围几个县历史资料的举动,让我读一读他已读过且以为很有见解很有深度的这本书。这是研究以古长安为中心的关中历史的书,尽管历史教科书向每

---

① 陈忠实:《寻找属于自己的句子》,第62页。
② 陈忠实:《寻找属于自己的句子》,第68—69页。

一个读过中学的人普及了长安曾经的几度辉煌,然而作者对这块土地的兴盛和衰落的透彻理论,也给我认识近代关中的演变注入了活力和心理上的自信。"①他承认,"刚刚兴起的一种研究创作的理论给我以决定性的影响,就是'人物文化心理结构'学说"。② 这种理论所阐释的"地方志"实际是对家族、革命、传统、情欲和习俗人性的忠实记录,它是当地老百姓千百年来的"日志录"。被"文化心理结构"理论所提醒、所关注的"地方志",因此悄悄绕开新时期文学创新探索的潮流,同时扫清了他与柳青、王汶石之间的历史障碍,被借用到《白鹿原》的构思过程之中。陈忠实正是从这里走出了被路遥、贾平凹笼罩的阴影。这才是他重新出发的地方。

1986年4月到1988年清明节,陈忠实辗转三县埋头查阅地方志。③ 1986年初春他盖完新屋,便迫不及待背起挎包,蹚过家门前的灞河(春水有刺骨的感觉),再穿过对岸的村庄,乘上去蓝田县城的班车。沟壑纵横的白鹿原在车窗外展开,各式风景一一闪过,"历经风雨剥蚀,这座古原的北坡被冲刷成大沟小沟。大沟和小沟之间的台地和沟梁,毫无遮蔽地展示在我的眼前,任我观瞻任我阅览"④。这是19世纪长篇小说里的自然和历史场景,它们令作家激动。这种史诗般宏伟的陕西的山川河流曾在柳青《创业史》和路遥《平凡的世界》等小说中多次出现。陈忠实是怀揣着这块19世纪伟大长河小说的模板踏上查阅地方志的征途的。反过来说,藏在资料馆的长安、蓝田和咸宁三县神秘莫测的地方志,也在这里指引他,激励他身怀抱负去重建心目中理想的长篇小说。他知道,他这是在重建个人意义上的"白鹿原"的"历史":

    春草夏风秋雨冬雪里的原坡和河川,在我早已司空见惯到毫

---

① 陈忠实:《寻找属于自己的句子》,第59页。
② 陈忠实:《寻找属于自己的句子》,第64页。
③ 参见《寻找属于自己的句子》第9—41页的叙述。
④ 陈忠实:《寻找属于自己的句子》,第9页。

不在意,现在在我眼里顿然鲜活起来生动起来,乃至陌生起来神秘起来。一个最直接的问题旋在我的心里,且不说太远,在我之前的两代或三代人,在这个原上以怎样的社会秩序生活着?他们和他们的子孙经历过怎样的生活变化中的喜悦和灾难……①

在《寻找》的叙述中,这位名气不大的地方作家,觉得自己就像两千多年前为写《史记》踏勘北国山川河流的陕西乡党司马迁,正经受着寂寞屈辱和含辛茹苦的走访生活:

> 我到长安县查阅县志和党史文史资料的时候,正是暑热的8月。……走过大街进入一个村子,再走进挂着写有"旅舍"二字的一个农家院子,在主人引领下上了一幢简易单面二层楼,楼梯是用粗钢棍焊接而成的,房间有木板床和一张桌子,还有脸盆和热水瓶……②

> 我在密密麻麻的姓氏的阅览过程里头晕眼花……③

> 有了在蓝田的经历,对于"一次只能借阅一本看完再换"的政策,不仅再无异议,而且很为这种负责的精神感动了。我便小心地翻揭那些太薄太软的纸页,摘抄其中有用的资料,然后小心翼翼地用报纸包裹起来,送回县资料馆,再换一本来,每天在县城里往返跑路,脚上的劲儿一直很足。④

查阅资料就像沙里淘金,翻阅者则如失去方向在大海上茫然颠簸的帆船,整日劳而无功、几日才偶有所得的事情会经常发生。人对历史进行研究,犹如与历史之间进行无缘无故的博弈角斗,那是经受万重困境才能凝望遥远情景的孤独心情——古往今来的许多历史学家和传

---

① 陈忠实:《寻找属于自己的句子》,第10页。
② 陈忠实:《寻找属于自己的句子》,第31页。
③ 陈忠实:《寻找属于自己的句子》,第23页。
④ 陈忠实:《寻找属于自己的句子》,第32页。

记作家大概都有过相类似的文字记载。

> 我住在蓝田县城里,平心静气地抄录着一切感兴趣的资料,绝大多数东西都没有直接的用处,我仍然兴趣十足地抄写着,竟然有厚厚的一大本,即一个硬皮活页笔记本的每一页纸抄了正面又抄背面,字迹比稿纸上的小说写得还工整。我说不清为什么要摊上工夫抄写这些明知无用的资料,而且显示出少见的耐心和静气,后来似乎意识到心理上的一种需要,需要某种沉浸,某种陈纸旧墨里的咀嚼和领悟,才能进入一种业已成为过去的乡村的氛围,才能感应到一种真实真切的社会秩序的质地。①

1986年到1988年之间,三县资料馆外面的文学世界正喧腾翻滚着"寻根文学""先锋文学"的滔天巨浪,新潮批评家两眼紧盯一帮敢于艺术探索的青年作家。陈忠实待着的这个"历史死角"不在这个架构之内。他似乎被人抛出了历史之外,但是又以这种方式回到历史当中。他可能深感委屈。文学史从来就是以一些作家的委屈,来成就另一些作家的事业。压抑是它最古老的机制。1952年柳青(陕西榆林人)从北京的《中国青年报》回到陕西长安县皇甫村蹲点,一待就是十四年,在那里写出传世之作《创业史》。司马迁(陕西韩城人)在汉武帝建元初年开始查阅史料并游历各地,到汉武帝征和二年基本完成了《史记》的著述。他们是处在不同时间点上的三个人,我不太想辨析他们各自不同的意义。令人感兴趣的倒是"某种沉浸"的"耐心和静气"这种陕西人身上所散发的历史气息。小说既然脱胎于历史纪传,它必然就会与历史签订有某种原始而神秘的协议。在魔幻"现实主义文学"和新历史"现实主义文学"的猜测之外,我有点相信它同时也是一种古老的地方志范畴里的"现实主义文学"。在这方面,《白鹿原》大概应该被称作一部贯通着司马迁和柳青的某种文化血脉、具有传承性

---

① 陈忠实:《寻找属于自己的句子》,第24—25页。

的长篇小说。

二、白鹿原地方志里的人物

由于有了"文化心理结构"理论所阐释的"地方志意识",陈忠实再看他司空见惯的家乡就不一样了:

> 我顿然意识到连自己生活的村庄近百年演变的历史都搞不清脉络,这个纯陈姓聚居只有两户郑姓却没有一户蒋姓的村庄为什么叫做蒋村。我的村子紧紧偎依着白鹿原,至少在近代以来发生过怎样的演变,且不管两千年前的刘邦屯兵灞上(即白鹿原)和唐代诸多诗人或行吟或隐居的太过久远的轶事。我生活的渭河流域的关中,经过周秦汉唐这些大的王朝统治中心的古长安,到封建制度崩溃民主革命兴起的上个世纪之初,他们遗落在这块土地上的,难道只有鉴古价值的那些陶人陶马陶瓶陶罐,而传承给这儿的男人女人精神和心理上的是什么……①

就像柳青在长安县皇甫村苦苦寻觅符合合作化运动历史尺寸的主人公梁生宝,以及梁三老汉、改霞等人物那样,陈忠实深信乡村轶事和县志里也必潜藏着自己小说里的那些灵魂人物。但与柳青明显不同,他把合作化运动的历史设计改造扩充到两千年王朝兴衰和村庄近百年演变的这个大架构之中。作家查阅走访的地方志,就这样开始为我们叙述符合《白鹿原》历史尺寸的那些人物了。

既然要发现一个"不一样"的家乡,《白鹿原》里的灵魂人物白嘉轩出现在小说架构中就变得顺当自然。《寻找》说,在找村里几个爷爷辈的老汉了解村史家世失望而归后,"我和近门的一位爷爷交谈时,把范围缩小到他和我的这个陈姓的门族里。他约略记得也是从老人嘴

---

① 陈忠实:《寻找属于自己的句子》,第20页。

里传下来的家族简史,这个门族的最早一位祖先,是一个很能干的人,在他手上,先盖起了这个陈姓聚居的村庄里的第一个四合院,积累囤攒了几年,又紧贴在西边建起了第二个四合院,他的两个儿子各据一个,后来就成为东门和西门。我是东门子孙无疑。到我略知火烫冰寒的年纪,我的东门里居住着两位叔叔和我的父亲。西门人丁更为兴旺,那个四合院已经成为名副其实的八家院,这位说话的爷爷就是西门的。东门西门后来再未出现过太会经营治家的人,因为后人都聚居在这个四合院里,没有再添一间新房,也就无人迁出老宅,直到1949年新中国成立。我在弄清家族的粗略脉络之后,这位爷爷随意说出的又一个人令我心头一颤。他说他见过我的曾祖父,个子很高,腰杆儿总是挺得又端又直,从村子里走过去,那些在街巷里在门楼下袒胸露怀给孩子喂奶的女人,全都吓得跑回自家或就近躲进村人的院门里头去了。我听到这个他描述的形象和细节,是一种无以名状的激动和难以抑制的兴奋。此前我已经开始酝酿构想着的一位族长的尚属模糊平面的影像,顿时就注入了活力也呈现出质感,一下子就在我构想的白鹿村的村巷、祠堂和自家门楼里踏出声响来;这个人的禀赋、气性,几乎在这一刻达到鼻息可感的生动和具体了。也就在这一刻,我从县志上抄录的'乡约',很自然地就融进这个人的血液,不再是干死的条文,而呈现出生动和鲜活。"那两年无论是在骑车、吃饭、喝茶,还是在地里锄草、培土、浇水,一人独处时的陈忠实,满脑子装的都是这个人。①

与白嘉轩这块千百年乡村秩序的"基石",以及"乡约"所代表的规范、约束村民自我修身的传统文化精神相对照,小娥这个人物的构思显然被安排为乡村社会价值观的另一维度。埋头抄录地方志时的陈忠实想到,与《创业史》里长安县的先进女青年改霞不同,这个人物与地域性有着更为原汁原味的连接。他发现一部二十多卷的县志里,

---

① 陈忠实:《寻找属于自己的句子》,第25—26页。

关于贞妇烈女的卷本竟然有四五本之多,"我在那一瞬有了一种逆反的心理举动,重新把'贞妇烈女'卷搬到面前,一页一页翻开,读响每一个守贞节女人的复姓姓氏——丈夫姓前本人姓后排成××氏,为他们行一个注目礼,或者说挽歌,如果她们灵息尚存,当会感知一位作家在许多许多年后替她们叹惋。我在密密麻麻的姓氏的阅读过程里头晕眼花,竟然产生了一种完全相悖乃至恶毒的意念,田小娥的形象就是在这时浮上我的心里。在彰显封建道德的无以数计的女性榜样的名册里,我首先感到的是最基本的作为女人本性所受到的摧残,便产生了一个纯粹出于人性本能的抗争者叛逆者的人物。这个人物的故事尚无影踪,田小娥的名字也没有设定,但她就在这一瞬跃现在我的心里。我随之想到我在民间听到的不少荡妇淫女的故事和笑话,虽然上不了县志,却以民间传播的形式跟县志上列排的榜样对抗着……这个后来被我取名'田小娥'的人物,竟然是这样完全始料不及地萌生了"。他由此发出感叹道:"这些女人用她们活泼的生命,坚守着道德规章里专门给她们设置的'志'和'节'的条律,曾经经历过怎样漫长的残酷煎熬,才换取了在县志上几厘米长的位置。"①

在"文化心理结构"和社会思潮的双重启发下,宗族社会与革命运动是陈忠实给《白鹿原》安排的两条主线,宗族与革命形成了这部长篇的基本架构。如果说田小娥的"放荡"是对白嘉轩代表的乡约带来巨大压抑性的某种自我调节,那么革命历史板块的错动,则是对传统中国社会纳入变局的撕裂性的猛烈推送,陈忠实认为正是宗族社会与革命运动的相互较量,才绘制出20世纪初叶到中叶中国社会历史的全图。鹿兆鹏和黑娃的形象是虚构的,而白灵则来自作家对地方志的勤奋抄录。地方志凝望着这个本乡革命烈女的生与死,而这个烈女也会不辜负白鹿原的厚重期许。创造过"周秦汉唐"辉煌史的白鹿原,从来都是不断涌现慷慨悲歌之男女的非凡之地。反过来说,没有少男少

---

① 陈忠实:《寻找属于自己的句子》,第23—24页。

女英气勃发的地方志,又怎么有资格成为值得"文化心理结构"和社会思潮观照并与之相匹配的研究对象?没有它们之间的相互审视和热烈讨论,《白鹿原》的历史精神气也就将丧失殆尽,若是这样,这部在1990年代初的文坛上引起轰动,接连被各种读者层次所认可,获得"茅盾文学奖",又被称为人民文学出版社"长销书"的长篇小说,究竟还有什么存在的意义和余地呢?

在《寻找》"十三 原上的革命"一节中,陈忠实详细记述了宗族社会叛逆者白灵形象(她是白嘉轩的女儿,另一个宗族社会叛逆者是鹿子霖的儿子鹿兆鹏)孕育产生的过程。1987年初夏,陈忠实到传说中的白鹿原腹地孟村小镇粮店寻觅第一个中共支部秘密诞生的事迹,据说这支部是由一位在北京某大学接受马列思想的青年创办的,他还发展了两个党员。但历史猜测毕竟是猜测,即使是写小说也要将史料做实。正当史料断线而作者的寻访再陷死胡同的时候,作家张敏寄来他主编的薄薄的刊物《革命英烈》。"在这本包装简单的小开本刊物上,我读到了张景文烈士的事迹。她是白鹿原上人,在西安读书加入了中共,因为身份暴露被国民党特务追捕,地下党把她送到刘志丹在南梁开辟的革命根据地,大约一年左右时间,在极'左'路线执行者发起的'清党'运动中被怀疑为'特务'活埋了","文章不足1000字,作者是一位同样被怀疑为'潜伏特务'的女战士写的,她和张景文被关押在一孔窑洞里,此前并不熟悉,关押的三两天时间里,才得知张景文是白鹿原上某村子的人。她眼看着张景文被拉出去活埋了"。陈忠实承认,"我的捶拳呼叹的失控心态,就在这一刻发生"。但是"从最初阅读这份简单的回忆文章的震惊里平静下来,一个鲜活的女革命者就横在我心里了"。"这是一个女性,一个能从白鹿原走进刘志丹革命根据地的女青年,我能充分感知需要怎样的思想和勇气"。"我后来才意识到,这种切近感和亲近感对我写白鹿原发生的革命,可以说是具有决定性的意义。我在未来的小说《白鹿原》里要写的革命,必定是只有在白鹿原上才可能发生的革命"。① 正如前面叙述过的,"柳青的'人物角度'写作方法,是作家隐在人物背后,以自己对人物此一境况或彼一境遇下的心理脉象的准确把握,通过人物自己的感知做出自己的反应",他相信这一现实主义文学创作原则仍然是适用的。② "这种切近感和亲近感对我写白鹿原发生的革命"具有决定作用,在我看来这正是陈忠实创作《白鹿原》的诗眼,是这部长篇深沉的灵魂。与1990年代后中国当代小说家的长篇小说架构大多取法于马尔克斯的《百年孤独》不一样,陈忠实虽也曾一度迷恋马氏,但他终于醒悟还是要回到自己文学的老祖宗柳青那里去。"革命"必须"接地",白灵必须是"本地儿女","中国现实"也未必一定要用"魔幻现实主义"来包装来炫耀来限定。"卡彭铁尔的宣言让我明白了一点,现代派文学不可能适合所有作家。"③

从地方志里走出来的"人物"必须也应该是"本地人",这是现实主义文学的原理之一。但它们又处在本地革命与宗族相冲突的真实的历史情境中。1990年代"重返宗族"与"反思革命"的双重历史架构,正是陈忠实创作《白鹿原》时必须去探索的历史架构。然而对作家来说,个体与全部的辩证关系是最难把握的历史关系,在"本地人"与"九十年代思潮"这种重复叠加的两重架构中,我们可以想到1990年代的作家都面临着自己位置的重新勘定。同样让人想到的是,在"今天"这个时间点和"过去"这个时间点上,在"本地"与"外来"这两种情景和思潮的交互节点上,陈忠实的长篇小说创作究竟有多大的回旋空间和叙述空间?也许对人物世界的进一步细读是不得不进行的工作。

---

① 陈忠实:《寻找属于自己的句子》,第176—182页。
② 陈忠实:《寻找属于自己的句子》,第69页。
③ 陈忠实:《寻找属于自己的句子》,第19页。

三、白灵、鹿兆海和朱先生之死

"自信平生无愧事,死后方敢对青天"——《白鹿原》的题记让我在小说里走近了这非同凡响的三个人。而且如果拿《白鹿原》与《寻找》对照阅读,这些古原人士的生与死就变得慷慨悲壮了,也变得无比高尚起来了。小说艺术的感性化和形象化,能让地方志走出冷冰冰的县资料馆,超越于沉睡多年的资料堆,变成活生生的历史本身。

白灵是白鹿村族长白嘉轩最宠惯的女儿。他原想按白鹿村祠堂乡约的教训,把她调教成一个相夫教子的本地恭顺女人的。未想五四风起,白灵吵闹着要到西安城读新学堂;又待革命风暴席卷,这位热血女子先参与救助省城的死难者,后在投身国民革命时与村约鹿子霖之子鹿兆海情投意合、私订终身;再到国共分裂,她被鹿兆海兄长鹿兆鹏诱惑,与兆海绝交,投入兆鹏怀抱,并在革命生涯中怀上兆鹏的骨血。但吊诡之处在于,老练世故的兆鹏竟然让当国民军青年军官的弟弟兆海做掩护,一路把白灵母子送到刘志丹的南梁根据地。剧情跌宕起伏,亲情恋情革命情交错混杂激烈撕扯,感人肺腑,动人心魄。陈忠实充分调动现实主义文学与柳青"人物角度"的写法,再用"文化心理结构"撬动家族史禁忌,令读者对这位深情执着却成极左路线"冤鬼"的可爱女子大怀同情悲悯之心。我读小说两次垂泪,一是为"白灵之死",另一个是为"鹿兆海之死",不是完全没有缘由的。且看小说叙述(白灵此时在被囚窑洞里面对抓捕她的毕政委):

> 白灵冷笑一声说:"我早已不考虑我的下场了。我的下场早都摆在那儿了。我今天死比前半月前一月死没有两样,唯一的好处是我把骂你的机会等到了!你处死我,你也同时记住:你比我渺小一百倍!"
>
> ············
>
> 白灵被活埋就在那天晚上,天上下着雪。其余有关活埋她的

细节和情节都无法查证。执行活埋她的两个游击队员后来牺牲在山西抗日阵地上。①

《寻找》对这位可爱可敬可悲的弱女子的命运感喟道,她"怎样荡涤威严的氏族祠堂网织的心灵藩篱,反手向这道沉积厚重的原发起挑战,他们除开坚定的信仰这个革命者的共性,属于这道原的个性化禀赋,成为我小说写作的最直接命题"②。然而世事沧桑,岁月轮回。几十年后白嘉轩老人竟还活在世上,年轻女儿却早早横死。他默默迎来的是被他逐出家门的女儿的真实死讯。"五个穿四兜制服的干部和一个穿灰色军装的军人来到白鹿村":"'白灵同志牺牲了……'白嘉轩'噢'了一声,微微扬起脱光了头发的脑袋,用只剩下一只明亮的眼睛瞅着蓝天上的太阳没有说话"。"白嘉轩这时才问:'灵灵怎样死的?'六个人商量好了似的,全都不说死亡的具体情况"。又问具体时间,答曰"十二月"。老人指出这是阴历十一月初七。对方颇为惊诧。"白嘉轩以不可动摇的固执和自豪大声说:'我灵灵死时给我托梦哩……世上只有亲骨肉才是真的……啊嗨嗨嗨……'浑身猛烈颤抖着哭出声来……"③这是白灵在父亲视野里的人生变轨,恐怕也是大历史轮回中的白鹿原子弟的必然命运。

鹿兆海是白鹿原上真正的情种。他是朱先生白鹿书院教出来的至纯至正的青年。他和白灵同为西安城念书的热血青年,在救助死难者时陷入热恋,但又因政见不同分道扬镳。兆海因此决定终生独身,他对白灵发起毒誓:"你可以随意嫁人。我嘛……我还是恪守誓言,非你不娶。你嫁了人我就发誓再不娶妻……"与老练世故的兆鹏相比,这对青年男女的鲜明特点就是"单纯"。兆海因为单纯加入国民革命,最后壮烈牺牲在中条山抗日前线。白灵因为单纯义无反顾地投身革

---

① 陈忠实:《白鹿原》,人民文学出版社,1993年,第546—547页。
② 陈忠实:《寻找属于自己的句子》,第182页。
③ 陈忠实:《白鹿原》,人民文学出版社,1993年版,第538—539页。

命,嫁给兆鹏,最后冤死。这是单纯青年的横死,这是热血理想与复杂年代之间的格格不入,正是这种巨大反差才令人顿足,让人心痛惋惜。朱先生决定替从白鹿书院走出的这位忠义悌孝弟子守灵。"朱先生问:'兆海的灵柩啥时间运回原上?'白孝文说:'明天。先由全县各界吊唁三天,最后召开公祭大会,之后安葬。'朱先生说:'我明天一早就上原迎灵车,我为兆海守灵。'白孝文提醒说:'姑父,兆海是晚辈……'朱先生说:'民族英魂是不论辈分的……兆海呀……'朱先生双手掩脸哭出声来……"这是陈忠实从地方志中抄录出的最动人的一节,他的深意是要对革命是非曲直做最坦率的讨论。然而陈忠实深知历史尚未提供这种讨论的适当环境,他于是像司马迁使用春秋笔法那样使用了小说曲笔。这样,在兆海、兆鹏、朱先生等人物身上就建立了一个"相互参照法"的阅读性架构。作家隐而不露,他让读者进入这个架构,与他一同来到苍茫的白鹿原上面对百年中国,在几个历史节点上做出比较分析。耐人寻味的是,作为白鹿原的儿孙,陈忠实决定让小说的逻辑安排顺从乡约和宗族血缘的规定,他想让兆海按照文化传统的礼仪归葬乡里。"白嘉轩的喉咙有点哽咽:'兆海是子霖的娃娃,也是咱全族全村的娃娃。大家务必给娃娃把后事……办好……'"①

朱先生之死是《白鹿原》全书的高潮。他像作品所有故事、人物、冲突的总线头,把全书紧紧串联在一起。这位白鹿原的大儒,忠义的象征,所有乡党的道德楷模,生在一个风起云涌的非凡大时代。他避世白鹿书院,默默为文化传统守节。他文雅儒弱,但俨然是纷乱巨变的白鹿原的定海之针。在白嘉轩内心深处,他是"白鹿原最后的一个先生"。在乡民心目中,他是乡约的制定者和守护者。由他起草的乡约中的"德业相劝"一节这么写道:

> 德谓见善必行闻过必改能治其身能修其家能事父兄能教子弟能御童仆能敬长上能睦亲邻能择交游能守廉洁能广施惠能受

---

① 陈忠实:《白鹿原》,人民文学出版社,1993年,第548、553页。

寄托能救患难能规过失能为人谋事能为众集事能解斗争能决是非能兴利除害能居官举职凡有一善为众所推者皆书于籍以为善行。业谓居家则事父兄教子弟待妻妾在外则事长上结朋友教后生御僮仆至于读书治田营家济物好礼乐射御书教之类皆可为之非此之类皆为无益。①

乡约是中国教化约束乡民，进行自我修身的最古老的乡村协议之一。它是道德的边界，是做人的相互约定。起草并遵守乡约教义的朱先生就像一面镜子，在这面无声的镜子前，我们读到白嘉轩对宗族祠堂文化遗传的坚守，鹿子霖道貌岸然掩盖下的淫荡，田小娥的越轨，鹿三的忠厚，兆鹏的机动主义，孝武能事父兄的质朴，还读到黑娃和孝文最终的浪子回头。这面镜子更被转化为陈忠实的"文化心理结构"理论所阐释的"地方志意识"："一个最直接的问题旋在我的心里，且不说太远，在我之前的两代或三代人，在这个原上以怎样的社会秩序生活着？他们和他们的子孙经历过怎样的生活变化中的喜悦和灾难……"②20世纪上半叶白鹿原的时代惊变、红旗翻卷，多少儿女的出走与重返，在上千年的中国历史中原不过是一个瞬间的移动。历史是若干回"兴起与衰落"的循环与往复，每个人的命运都被规定在这里面。一个共时性的结构把历时性的结构看得清清楚楚。孤立在白鹿原深处的朱先生的白鹿书院，正是这么一座无比沉着的历史瞭望哨。《寻找》解释说："朱先生是这部长篇小说构思之初最早产生的一个人物。"他的"生活原型姓牛，名兆濂，是科举制度废除前的清朝最末一茬中举的举人。我在尚未上学识字以前就听到这个人的诸多传闻。""牛才子是程朱理学关中学派的最后一位传人，对关学派的继承和发展有重要建树的一位学人。关学派的创始者张载，有四句宣言式的语录流传古

---

① 陈忠实：《白鹿原》，人民文学出版社，1993年，第92页。
② 陈忠实：《寻找属于自己的句子》，第10页。

今：'为天地立心，为生民立命，为往圣继绝学，为万世开太平。'"①也就是说，朱先生的存在一方面约束着白鹿原人们的反叛与躁动，另一方面又赓续传递着中国古代的文化血脉，但他知道这是一种绝望的反抗。像中国历史无数次的"兴起与衰落"、废除与重建一样，他知道自己就站在旧历史的最后一页，新的一页将毅然决然地把自己掩盖。这是一个无情无义的历史规律。朱先生预感到天命将尽，淡然吩咐夫人朱白氏给自己洗头剃须："朱先生死了。怀仁率先跑到前院，看见父亲坐在庭院里的那把破旧藤椅上，两臂搭倚在藤椅两边的扶栏上，刚刚剃光的脑袋倚枕在藤椅靠背上，面对白鹿原坡。"②

我读完《白鹿原》和《寻找》全书，将其中的纹理脉络一一对照，便隐隐感觉这部长篇不完全是新历史主义小说、魔幻现实主义小说，也不仅仅是柳青《创业史》的再生转世。它乃是从地方志上抄录的关于白鹿原的小说，兴叹于一段历史的建立与衰落，落泪于各种人物的出走、死亡与挣扎，是陈忠实自己关于故乡"灞桥"的故事。"一方水土养一方人"，这是它最值得注意的秘密。在今后的历史上，它大概就是《西游记》之于江苏淮安，《三言》《二拍》之于苏州，《金瓶梅》之于山东临清，《红楼梦》之于南京北京，《废都》之于西安，《人生》之于陕北之类的文学名著。在人生和创作上的连连受挫之后，在"九十年代思潮"的前因后果之中，这部长篇小说藏于西安灞桥人陈忠实的心中之久矣深矣。

---

① 陈忠实：《寻找属于自己的句子》，第 75、80 页。
② 陈忠实：《白鹿原》，人民文学出版社 1993 年，第 633 页。

普通人的史诗
——《一地鸡毛》与"新写实小说"之渊源考论

刘震云发表在《小说家》1991年第1期的短篇小说《一地鸡毛》史称新写实小说代表作,我却不愿意这样看它。当《钟山》1989年第3期开辟"新写实小说大联展",大力提倡"新写实小说"创作时,与《一地鸡毛》相类似的《塔铺》早已发表(《人民文学》1987年第7期)。① 也就是说,在没被灌输"新写实"观念前,刘震云就是这种类型的作家。这种类型的作家本来就擅长写故事,生活实感非常强,细节既体贴又精准,你读他的小说,好像是在跟作品人物过一段烟熏火燎的日子,一边吵架,一边又到菜市场跟小商贩斤斤计较。这种类型的作家有种能把读者吸引到故事情节中,忘掉自己其实是在读小说的特殊的本事。所以,如果按"新写实"观念读刘震云的小说,他就不是刘震云了。我也不想用"知人论世""文学周边""时代、作家、作品"等几种惯常的方式去读它们。我想刘震云既然擅长讲故事,那么就拿故事来"反串"人物和作品好了。这种文章是不是人们常说的那种学术论文,我们先不管它,至少我们也不能说拿故事"反串"人物和作品,这文章就没有内在的分析逻辑了。

一、"我们夫妇之间"

在小说中,小林和小李是一对年轻夫妻。他们大学毕业当公务员,有了孩子,生活却并不如意。他们夫妻之间的关系,他们与社会错

---

① 见王干、赵天成:《80、90年代的"新写实"——王干访谈录》,《文艺争鸣》2015年第6期。

综复杂的关系,看小说第一节就一目了然了。故事讲得十分生动和幽默。

小说第一节是写"豆腐变馊了"的故事。个体户的豆腐一斤一块,水分大,锅里炒不成团,所以小林天天排队在公家副食店买豆腐,那里一斤豆腐五块,二两一块,价廉物美。可单位处长老关较真,喜欢给晚到的人记"迟到"。小林每次排队都心急火燎,有一天终于买到豆腐没迟到,匆促间又忘记放冰箱里冷藏。下班发现豆腐馊了,老婆就抱怨,后来小林憋不住生气说:"一斤豆腐就上纲上线个没完没了,一斤豆腐才值几个钱?上次你失手打碎一个暖水壶,七八块钱,谁又责备你了?"一提暖水壶,让老婆联想起小林打破大立柜上花瓶的罪行:"动不动你提暖水壶,上次暖水壶怪我吗?本来那暖水壶就没放好,谁碰到都会碎!咱们别说暖水壶,说花瓶吧!上个月花瓶是怎么回事?花瓶可是好端端地在大立柜上边放着,你抹灰尘给抹碎了,你倒有资格说我了!"说着说着老婆就冲到小林身边,她"眼里噙着泪,胸脯一挺一挺的,脸变得没有血色"。老婆单位和小林的单位大同小异,不愉快的时候比愉快的时候多。小林心想:在单位不愉快,把不愉快带回家发泄就道德了?情急之下,失去理智的他准备放开手跟老婆大干,"已做好破碗破摔的准备"。在中国家庭中,夫妻没有不吵架的。别看平时风平浪静,俩人卿卿我我,弄点小情调,什么情人节送红玫瑰、生日庆祝点蜡烛啊,一旦因事反目,双方心底都有一本变天账,利于自己不利于对方的"罪状",一条一条全记在上面。几十年日积月累,内容之丰富不逊于文献档案。

小林与老婆即将爆发的大战转停,这时查水表的瘸子老头忽然敲门进来。对1990年代的贫贱夫妻来说,查水表的人代表着一种权利。老头吹嘘自己年轻时曾给大领导喂过马,也不知是真是假。小林夫妇工资不高,养着孩子,还雇着保姆,平时总是节衣缩食,最怕查出从水管偷水被罚款。老头说,有人反映这家门洞有人偷水。原来老婆刚从单位学到这项本领,办法是晚上不把水管龙头关死,故意让水滴滴答答,再用水桶接着,留待明天使用。小林闻讯无地自容。老婆却怀疑是对门那个自称"印度女人"的高胖女人告的刁状。老头走后,家庭风波暂止。小林心里责备老婆:一个大学生,什么时候学得这么市民气,偷的水不值几个钱,反落得被人数落。这时情节又一个转折,夫妻矛盾被转到与小保姆的关系上。当然我们知道这是作家刘震云的讲故事技巧。不转弯的故事情节,总会叫读者觉得乏味。而且他知道,所谓"日常生活"不光是夫妻吵架,还有衣食住行等具体问题。这天晚饭,一个炒豆角、一个炒豆芽、一碟子小泥肠(孩子专用),另一个是昨晚吃剩的杂烩菜。但小保姆宣称不吃剩菜,老婆曾和她吵过一架,说"你倒成贵族了,过去你在农村吃什么来着?"小保姆听了就不干了,威胁罢工辞职,经小林斡旋才达成工作协议。因此,剩菜就由小林夫妇解决。吃饭时,孩子很闹,小林老婆怀疑她要感冒。经过一下午和晚上的折腾,大家都疲倦不堪。不一会儿,老婆、孩子、保姆各自响起了鼾声,小林却睡不着。想到明天一大早还要排队买豆腐,又想到馊豆腐还在门厅,便爬起来去处理。小说接着写到小林与老婆相亲时,她虽个头小,但是个清秀文静的女孩子,让小林感到一种清新拂面的诗意,没想到结婚后变得邋遢、唠叨,还学会了偷水。检查完灯火水电的小林或许心烦意乱,差点儿一夜难眠。

二、调动、幼儿园和摆地摊

《一地鸡毛》三万多字,规模超过短篇小说,离中篇还有点距离。20世纪八九十年代先是短篇小说热,接着中篇又流行了起来,但好的短篇没有绝迹。这篇小说主要写小林夫妇,加上孩子、保姆、印度女人、处长、查水表的、小学老师有八个人,家庭矛盾是主线,叙述副线扯出单位、幼儿园、摆摊、调动、接待老师等社会的方方面面。小说共七节,第一节写豆腐,第二节写调动,第三节是小学老师来京看病,第四节写孩子感冒,第五节是找幼儿园,第六节写帮同学摆摊,第七节是送礼。在读者看来都是鸡毛蒜皮的小事，可对小林夫妇来说，却件件都是绕不开的大事。

"豆腐风波"平息后，老婆调动的事接踵而来。这天早晨醒来，老婆在那里发呆，小林最怕她这样，以为是在为昨天的事"补课"。但老婆突然提出要小林帮她调动工作。小林一听就急了：对自己这无职无权的小公务员来说，这件事远要比馊豆腐事件复杂难弄。当初他们搬家，房子是越搬越好，老婆也越搬越高兴，"说咱们终于也在北京有个房子"。于是老婆暂时忘掉在单位与同事不愉快的经历，"把主要精力花在布置房子上，怎么装窗帘，怎么布局，怎么摆冰箱和电视"，等家收拾得差不多了，她又不满意了，嫌这条线路上没单位班车，挤公共汽车上班来回，得花费三四个小时，早晨六点起床，晚上八点回来，真正是披星戴月。小林感觉调动像登山一样难，劝老婆凑合凑合，结果令其光火。无奈中，小林想到与前三门一家单位的人换工作，还打听到自己单位副局长老张恰好与那单位管人事的领导是同学。老张倒是热心，给对方写了信，还打了电话。小林和老婆扛着四十多块钱一箱的可口可乐挤上公共汽车，兴冲冲地登门拜访，结果正下楼的领导虽脸上带笑，嘴上却说，"我知道了，那个工作的事，我这里没有问题，关键是下边接收单位不好办"，这明显是推脱。小林一听急赤白脸傻乎乎喊道："王叔叔，我还给您带了一箱饮料！"头头在楼门外笑着答："我这里还缺几筒饮料？扛回去自己喝吧！"

9月份，老婆单位通班车，无须再换工作，孩子入幼儿园又成难题。居委会幼儿园条件不好，一家外单位幼儿园很好，可小林觉得进去比登山还难。老婆逼小林给园长送礼，小林却说："一个三岁的孩子，什么教育不教育，韶山冲一个穷沟沟，不也出了个毛主席！还是看孩子自己！"老婆马上愤怒，责怪他对孩子不负责。这边老婆在与保姆冷战，那边孩子舍不得保姆走哭着在地上打滚，而幼儿园的事还卡在那里。"最后，保姆终于放下嗷嗷哭的孩子，跑着下楼走了。保姆一走，小林老婆又哭了，觉得保姆在这干了两年多，把孩子看大，现在就这么走也很不好,赶忙让小林到阳台上去,给保姆再扔下一个月的工资。"正待绝望中的小林欲将孩子送进居委会幼儿园时,住对门的印度女人的丈夫慨然帮忙,两个孩子于是一起进了外单位幼儿园。但老婆心细、疑心重,无意中发现原来印度女人的孩子哭闹,人家是想让自己的孩子陪读才发此善心。想到这事,委屈万分的老婆"开始小声哭起来"。等晚上"老婆孩子入睡,小林第一次流下了眼泪,还在漆黑的夜里扇了自己一个耳光:'你怎么这么没本事,你怎么这么不会混!'"

1990 年前后是社会大转型的一个混乱的过渡期,也是容易令人心烦的时候。拜金意识席卷大地,理想信念溃不成军,静穆的书斋透风漏雨。从写英雄史诗到写小人物日常生活的转变就发生在这一阶段,例如刘震云的《一地鸡毛》《单位》,池莉的《烦恼人生》《不谈爱情》,方方的《风景》,刘恒的《狗日的粮食》等。1986 年下半年通货膨胀,"1988 年市场物价更以出乎人们意料的高幅度往上涨,全年上涨 18.5%,其中 12 月比上年同月上涨 26.7%"①,这"超越了群众、企业和国家的承受能力,相当一部分居民生活水平下降。这些情况引起了社会的普遍关注和群众的严重不安"②。有研究称:"据 1987 年 5 月的调查,薪给阶层(包括单位负责人、行政事业单位干部、企业干部、中小学教师以及各类专业人员等)对物价的不满程度最高,不满人数达 87.4%;个体户不满程度最低,不满人数占 66.7%。"③ 范阳阳认为在 1990 年代的场景中,出现了一个迥然于传统社会的"新经济人"形象:"新中国成立后,国家制度设计的思路是'通过单位制和身份制,把个人都纳入行政框架,使人成为高度的'组织人'"。而 20 世纪八九十年代社会转型的实质就是重新把社会个体抛向市场,于是孵化出一个不同于"组织人"的"经济人"的历史形象。"经济人"的特点是思想行为的

---

① 邱晓华:《九十年代中国经济——兼论经济总量与结构调整》,上海远东出版社,1999 年,第 8—9 页。
② 孙健:《中华人民共和国经济史(1949—90 年代初)》,中国人民大学出版社,1992 年,第 548 页。
③ 李朝鲜:《职工对物价上涨的承受能力》,《统计研究》1989 年第 6 期。

理性化和实用化,以现实利益的得失作为价值衡量的标准。"这种新人的出现与当时经济时代的热潮密不可分。现实迫使人们逐渐变成理性的'经济人',经济交换的原则开始被人们接受,并且渗透到生活的其他方面(如人际交往、情感付出等),成为现实生活的处事方式和逻辑。"①

在馊豆腐、搞调动和进幼儿园风波中惊魂未定的小林,在小说第六节再登场时,几乎变成阿Q式的搞笑人物。刘震云用近乎刻薄的笔法,描写了小林和小李白两个大学同学、青年诗人在20世纪八九十年代历史夹缝中的"重逢":

> 鸭杂便宜,才三块钱一斤。小林女儿爱吃动物杂碎,小林就也排到了队伍中,准备买半斤鸭杂。摊主有两个人,一个操安徽口音的在剁鸭子,另一个老板模样的人在收钱。可等排到小林,小林要把钱交给老板时,老板看他一眼,两人眼睛一对,禁不住都叫道:
>
> "小林!"
>
> "小李白!"

两人都丢下鸭杂和钱,笑着搂抱到一起。曾经也是公务员的小李白,辞职后摇身一变成了练摊的个体户。搞笑的不是两位校园诗人就这么在臭烘烘的菜市场上"重逢",而是小李白竟嘲笑起他们过去风流倜傥的写诗生活来:"'小李白'朝地上啐了一口浓痰:'狗屁!那是年轻时不懂事!诗是什么,诗是搔首弄姿混扯淡!如果现在还写诗,不得饿死!混呗。你结婚了吗?'"经过一番中国社会之分析,小林爽快答应每天下班帮小李白看两个小时地摊,做社会兼职。小李白说:"两个小时给你二十块钱,比给资本家端盘子挣得还多。"这正像范阳阳刚才敏锐发现的:"现实迫使人们逐渐变成理性的'经济人',经济交换

---

① 范阳阳:《80—90年代转变的证词——重读〈一地鸡毛〉》,《励耘学刊(文学卷)》2013年第1期。

的原则开始被人们接受,并且渗透到生活的其他方面(如人际交往、情感付出等),成为现实生活的处事方式和逻辑。"

从调动、进幼儿园到摆地摊,从小说技术角度看是对故事的拉动,因为公务员小林不仅变得像阿Q,而且形象也极其可笑了。对大学毕业后就行路坎坷的小林来说,他的确在这轰隆向前的历史活动中得到了实惠,这就是兼职的快感。第二天起,小林下班后就在板车后边卖鸭子收款,刚开始时就像做贼,穿着白围裙,却不敢抬头看人,回家满身鸭子味,赶紧洗澡清污。但两天后,每天能挣两张人民币,他眼睛也敢抬了,回家也不洗澡——习惯成自然。这时小林觉得自己像娼妓,头一回接客不免害怕害臊,渐渐就大方了,"接谁都可以"。其实在1990年代,读书人编假书骗人的,出外偷偷做买卖方中介的,跑到广州倒卖彩电冰箱的,体面一点的出外兼课挣钱的,比比皆是。卖鸭子的小林虽自觉挺丢人,但他也不过是公职人员出外兼职大军中的普通一员而已。经过这一番观念认识的重新洗牌,小林的脸皮也厚了起来。一天,小林办公室的处长老关过来遛弯,吃惊地发现他在卖鸭子练摊,竟然还在大声叫卖,第二天便找他"谈话",结果小林居然也能够"坦然应之"。小林心里想:"有钱到底过得愉快,九天挣了一百八,给老婆添了一件风衣,给女儿买了一个五斤重的大哈密瓜,大家都喜笑颜开。这与面子、与挨领导两句批评相比,面子和批评实在不算什么。"

三、小学老师进京

读刘震云的《一地鸡毛》,我想用点倒叙的办法。就是将小说第三节调到最后来说。因为如果一味跟着作家这么冷漠地走下去,便看不到温暖了,看不到人生的希望了。这也不是刘震云的小说了。刘震云的小说向来比较物质化,叙述比较客观和冷漠,但作品深处有温暖、有深情,这是他小说里面的辩证法。

刘震云对周罡回忆道:"我从小是外婆抚养大的,我父母在县城工作,是外婆把我从县城背到村里,走了四十里的路。当时是困难时期,外婆说一路上许多人走着走着就一头栽倒在地上,再也没有起来。""塔铺是一个真实的地名,一个特别小的镇。我当兵复员回去,在塔铺当了中学的民办教师,和同学们产生接触,那时生活很苦,孩子们每天从家里自带干粮,在学校里买一碗菜汤。"可以肯定地说,"在农村生活过的人,农村生活首先对世界观有影响。直到现在也一样"。① 作品里进京的小学老师可能是虚构的,但刘震云对农民进城看病又遭遇城里人歧视是感同身受和刻骨铭心的,一到这里,他的心就极热了。冷与热的辩证法就来源于此。这天,小林晚上下班回家,一进楼道就知道老家来了客人,大门敞开着,里面有外地老家人剧烈的咳嗽声。"里间床上正坐着两个皮肤晒得焦黑、头上暴着青筋的老家人,脚边放着几个七十年代的帆布提包,提包上还印着毛主席语录,两个人正在不住地抽烟、咳嗽,毫不犹豫地将烟灰和痰弹吐了一地,小林的小女儿也被烟呛得不住地咳嗽,在烟雾里乱跑。"

小林一见这场面就提心吊胆,头皮发麻。他觉得从感情上说应该高兴,毕竟来的是血脉相连的乡里乡亲,但老家人礼多,不仅认为你在北京应该接待,还交给你一堆买化肥、搞物资、打官司的难办事,不知你在这城市也是排队买豆腐的最底层,有时老家人还会故作傲慢的样子以维护自尊。另一个顾虑是老婆是城里人,亲属关系简单,爱干净。她起初还热情,可老是这样来来往往,便忍受不了了,开始给小林脸色看:"早知你家是这样,当初我就不会嫁给你!"小林立即气得指着老婆大声说:"当初我也把家庭情况向你说了,你说不在乎,照你这么说,好像我欺骗你!"但这次来的老家人非同一般,是小林小学老师,一脸疲惫病弱的样子,是让他联系医院确诊是不是癌症。老婆晚上七点半到家,见满地痰迹、满屋烟雾,就脸色难看地冲进了厨房。小林赶忙进

---

① 周罡、刘震云:《在虚拟与真实间沉思——刘震云访谈录》,《小说评论》2002年第3期。

厨房拿出刚分的五十块钱,给老婆作见面礼。谁知老婆忽然一把将五张人民币打飞,说:

"去他妈的,谁没有老师!我孩子还没吃饭,哪里管得上老师了!"

小林拉她:"你小声点,让人听见!"

老婆更大声说:"听见怎么了,三天两头来人,我这里不是旅馆!再这样下去,我实在受不了了!"就坐在厨房的水池上落泪。

不想老师在外屋很大声地说"小林你不必忙,俺已在外面吃过饭了,俺住在劲松地下旅馆。"说着拉开帆布包,让儿子将两桶香油送到厨房。老婆不好意思了,做了四个菜。临走时,老师说"给你添了麻烦,本来我不想来,可你师母老劝我来看看你",还说看病的事:"你忙你的,我还有办法!"

老师和儿子就这样走了。小林把老师送到公共汽车站,和他们再见。"看着公共汽车开远,老师还在车上微笑着向他挥手,车猛地一停一开,老头子身子前后乱晃,仍不忘向他挥手,小林的泪唰唰地涌了出来。"小林上小学时,老师教了他五年数学和语文。一个冬天他捣乱掉进冰窟,是老师把他救上来,不仅没责怪,还把他身上的湿衣裳脱下来,用自己身上的大棉袄将他裹起来,种种往事,十几年后一齐涌上心头。1990年代,有人将《一地鸡毛》拍成电影搬上银幕,我注意到观众看到这个情节时,都是一边抹眼泪,一边在观看的。令人揪心的往事和良知,还是深深打动了深陷在市场经济的理性化和实用化中的广大观众的心。这是刘震云的本事,是他小说中最具独特性的那种辩证法。他是老于世故的小说家,是看透世态人情的社会剖析家。他会煽情,但煽得总是恰到好处,在火候上已经达到了炉火纯青的地步。在前期的《塔铺》《新兵连》里,在后期的《我是潘金莲》《一句顶一万句》里,都是如此。我将第三节用倒叙法置于最后来讲,就是让人能在刘震云前后叙事的"冷"与这里的"热"之间了解到这一点。

读刘震云的《一地鸡毛》,我以为这是在经历一种时间的穿越,既从今天回到新写实小说的年代,又像是从1990年代穿越到今天。作为研究者,不免想到自己也有过许多像小林那样难堪的经历,也有过恨不得把一分钱掰成两半使用的拮据,以及带着妻儿一起度过艰难岁月的剧痛。"如何重新看'新写实小说'?""又如何进入1990年代?"经过几十年的艰难时世,在武汉大学这所著名学府里经先师陆耀东教授手把手的严格学术训练,尤其是经过了震荡时代最彻底的洗礼后,我意识到:关键就是"如何"这个词。这是一个很难寻找的角度。

四、《一地鸡毛》与新写实小说思潮

写这篇文章,我开宗明义就说要"拿故事来''反串人物和作品",这是想重新看这小说与1980年代、1990年代之交的新写实小说思潮关系之渊源。这种反弹琵琶式的文章写法,是想从作品来"反看"文学批评、文学史对这篇小说做出的结论。

但是用"反串"和"反弹琵琶"的角度再看文学史对《一地鸡毛》这篇小说的定位,令人不解的问题就冒出来了。文学史倾向于将作品定位在揭露1990年代小人物灰色人生的"新写实"代表作上:"日常琐事组成了小林的全部生活内容";而"生活对意志的磨损、腐蚀,使他们变成了患得患失的小市民";"小说采用冷静、不露声色"的方式叙述了这些人近于原生态的自私、猥琐心理;"作家着眼于被'体制'或日常生活所挤压的普通人压抑自我、泯灭个性的过程"。[①] 这些观点强调作品的外部作用,把作品人物等同于市场经济体制所塑造的社会的普通民众,因此"零度写作""冷叙事""日常生活"等"新写实主义"批评概念被文学史家巧妙改装后,似乎变成了经过沉淀的文学史结论。"反串"是让解读重新回到小说起点;"反串"是把我们早已忘记

[①] 参见洪子诚《中国当代文学史》(修订版)(北京大学出版社,2008年)、陈思和主编《中国当代文学史教程》(复旦大学出版社,2000年)、孟繁华、程光炜《中国当代文学发展史》(修订版,北京大学出版社,2011年)和董健、丁帆、王彬彬主编《中国当代文学史新稿》(人民文学出版社,2005年)等著作的相关章节内容。

了的东西重新摆到桌面上来。

北大同学兼河南老乡李书磊的文章《刘震云的勾当》，为我们展现了另一个刘震云："一九七八年我们一起考进北京大学。震云大我几岁，领我去看天安门，至今我还保存着我们那一日的合影，两个从豫北田野里来的乡下孩子茫然地望着那巍峨的天安门；都穿着整齐的中山装，扣着风纪扣，震云还夹着一个刚买来的画夹，看起来象一件拿错了的道具。"因朝夕相处，他发觉"那个时候震云对人心世故已经有了很高的觉悟"，"他对社会和人生早就看得很透，早就存着一种现实主义的慧心，即使当学生的时候也没有学生腔。念大学期间他对我的指点使我终生难忘"。"但他同时又能对自己经历的一切有一种反观，并把这种反观容于小说。"所以，他后来写出"这样的世俗小说我一点也不奇怪"。① 在作品中，小林在经历了馊豆腐、帮人练摊、陪别人家的孩子上幼儿园、怠慢老师等一连串贫困、受辱和良心自责等挫折后，对老婆说："不就是一个炭火吗，我全城跑遍，也一定要买到它！"他心里想，"死的已经死了，再想也没有用，活着的还是先考虑大白菜为好。小林又想，如果收拾完大白菜，老婆能用微波炉再给他烤点鸡，让他喝瓶啤酒，他就没有什么不满足的了"。

刘震云认同李书磊对他的看法，但不认同"新写实"理论对他作品的概括："大家当时都说《一地鸡毛》是原生态的小说，是小林家的流水账。如果是这样的话，《一地鸡毛》就不成立，恰恰小林不是我们认为的那种卑下，他的见识相当了不起，我是把他当做一个英雄来写的。"②他不认为自己笔下的人物像批评家说的那么悲观，小林身上其实有很多农民与生俱来的风趣和乐观，"他们从事最底层的工作，生活在恶劣的环境中，有些可能是非人的生活，但他们的生活不乏自嘲、自解、自乐，特别的原汁原味"，"我觉得用知识分子话语的'新写实'不恰切，在创作中，我是带有感情的，打开了感情世界同艺术世界的通

---

① 李书磊：《刘震云的勾当》，《文学自由谈》1993年第1期。
② 刘震云：《从〈手机〉到〈一句顶一万句〉》，《名作欣赏》2011年第3期。

道,打开了这个通道才有创新能力"。他又说,《一地鸡毛》等作品所描绘的"虚伪卑琐中也有乐趣,这些乐趣构成了支撑他们活下去的精神支柱,他们在自己的生活中插科打诨,这种伪生活也有很多乐趣"。这样把"英雄反写",不过是"过去小说膨胀的太厉害,承担了太多非文学的东西,现在小说回到了应该具有的状态"而已。① 正当小林为老婆调动工作一筹莫展、走投无路的时候,刘震云突然让他的小说路回风转。一天晚上下班回来,孩子感冒加重了,小林担心两个人又会争执大吵。不想,"老婆'吃吃'地笑"。小林忙过去问,原来调动工作的事迎刃而解:不是前三门单位头头同意了,而是老婆单位开通了班车,九月份开始。老婆一人高兴,全家都高兴。"大家情绪很好。孩子的病也压过去了。吃饭时大家喝了啤酒。晚上孩子保姆入睡,两人又欢乐了一次。欢乐时两人又很有激情。欢乐之后,两人都很不好意思。昨天欢乐,今天又欢乐,很长时间没有这么勤了。接着两人又抚摸着谈心",谈论孩子入托可以辞退保姆,对未来充满诸多不切实际的幻想。

"新写实"理论倾向于让小说叙述变得冷淡无情,喜欢利用小说与所谓"社会主义现实主义"战斗,以为这样就赢得了"文学自主性",获得了巨大的历史进步。但刘震云和小林的老师对此都表示狐疑。刘震云说:"我也没有用乡村的生活或者城市的生活来看城市生活和乡村生活,无非是一种见识的眼光。比如我说过,我两个舅舅都是农村人,一个赶马车,一个当木匠,他们说的道理就只适合农村吗?其实也适合城市、适合文学、适合政治家。这是对无形生活的认识。"②小林的老师在去世前嘱咐儿子给小林写信,信里说自上次父亲在北京看了病,回来停了三个月,就去世了,并对上次到北京受到小林的招呼表示

---

① 周罡、刘震云:《在虚拟与真实间沉思——刘震云访谈录》,《小说评论》2002年第3期。

② 周罡、刘震云:《在虚拟与真实间沉思——刘震云访谈录》,《小说评论》2002年第3期。

感谢等等。显然,刘震云和小林老师都不准备利用自己的乡下人身份和看病的挫折去指责城市,攻击那些与城市利益攸关的理论学说,他们生活的视野本来就是这么宽敞的,像豫北平原无边无际的原野,像寥廓晴朗的天空,只是偶尔有几片阴云飘过而已。生活还是要起步,日子还是要一天一天地过。就像小林夫妇的平凡岁月,一会儿吃力爬坡,一会儿又跌入谷底,但是,毕竟还是可以"昨天欢乐,今天又欢乐"的。

当20世纪八九十年代"新写实"浪潮汹涌奔流的时候,刘震云和他的小说没有为自己辩白的机会,被这席卷而来的文学浪潮压着了,吓住了。文学史结论,往往被认为是作家和作品自身产生的结论。但是当浪潮轰轰隆隆远去二十多年后,作家和作品才有勇气站出来为自己辩白、争执和不满,说出当时构思、写作过程中的真相,说出这里面的百折千回、丝丝缕缕、枝枝蔓蔓的故事。我想强调的是,"反串"和"反弹琵琶"不是要打倒文学史,不承认文学史做出的结论,而是说,文学史和作家自述、文本内容其实是相互参照着的两面镜子,你照着我说出来我的真谛,而我也照着你说出你的真谛。反过来二者又是辩驳和较劲的关系,是不满意地要增加自己的议席,争取话语权。这种争执和参照会随着文学的存在而生生不息的。这就是我要为这篇文章做的《一地鸡毛》与"新写实小说"关系的渊源之考论。到小说结尾,作者让小林一家又卷入了幼儿园小朋友的家庭竞相给老师送炭火的激烈战争。于是夫妇俩分工,老婆天天接送女儿,小林跑遍全城最后在郊区一个旮旯小店买到了炭火。第二天,女儿悲愁的脸色云开日出,全家情绪又都好起来。"这时小林对老婆说,其实世界上事情也很简单,只要弄明白一个道理,按道理办事,生活就像流水,一天天过下去,也满舒服。舒服世界,环球同此凉热。"这其实就是刘震云两位乡下舅舅说过的那些老实话。